COMANDAMI

UN ROMANCE MM CAPO-ASSISTENTE IN VACANZA

SYNERGY
LIBRO 4

MICHELLE MCCRAW

AVVISO SUI CONTENUTI

Comandami è un romance piccante che contiene scene di intimità esplicite e linguaggio volgare. Questa storia contiene anche violenza e abuso di alcol, così come abuso domestico (non rappresentato direttamente) e senzatetto (non rappresentato direttamente).

Se questo non è il momento giusto per te di leggere una storia con questi elementi, considera di saltare questo libro per ora. Prenditi cura di te.

1

BEN

I GUAI si presentarono sotto forma di un paio di spalle larghe.

Anche se le teneva curve in avanti, a incorniciare la testa china, erano ampie e muscolose, con i bicipiti a malapena contenuti in una T-shirt vintage dei Rolling Stones, sottile come carta, infilata dentro un paio di jeans sulla vita stretta. La sua ridicola fibbia della cintura di Austin, Texas, era grande quanto la mia mano.

Quando passavo le pause caffè con gli altri assistenti, andavano tutti in visibilio per il fascino da scapestrato e la personalità provocante di Jackson Jones.

Io no. Quello lo lasciavo fare al mio capo.

Aspetta, scusate, l'ho detto davvero? A ogni modo, sapevo che Jackson Jones era un guaio.

Arrancò fino alla mia scrivania e mi puntò addosso due occhi iniettati di sangue. «È di là?»

Dio, avrei voluto che non ci fosse. O di poter mentire e salvare il mio capo da qualunque nuovo inferno in cui Jackson stava per trascinarlo.

«Posso aiutarLa in qualche modo?» Mi alzai e mi lisciai il

maglione di lana merino blu scuro. Non ero un uomo alto ma, in piedi, non ero costretto a piegare il collo per guardare Jackson.

Ridacchiò. «Non a meno che tu non abbia una cura miracolosa per qualsiasi virus abbia messo al tappeto mio figlio, mia moglie e la tata.»

«Mi dispiace, ne sono sprovvisto… oh. Lei oggi dovrebbe andare a Boston.»

«Già. A proposito di questo…»

Feci una smorfia. Il mio capo era appena tornato da un viaggio in Asia la settimana prima. Non aveva avuto il tempo di riprendersi dal jet lag. E Jackson stava per chiedergli di risalire su un aereo, volare dall'altra parte del Paese e scombussolargli di nuovo l'orologio biologico.

Ma Jackson pensava che Cooper Fallon fosse Superman, che potesse fare tutto: il suo lavoro di Direttore Operativo e anche quello di Jackson.

Non aiutava il fatto che Cooper non facesse nulla per dissipare quell'idea. Quando Jackson gli chiedeva di saltare, lui chiedeva solo "quanto in alto?". Secondo l'assistente di direzione che supportava il consiglio di amministrazione di Synergy, che era lì quasi dall'inizio, la loro dinamica era sempre stata quella da quando avevano fondato l'azienda più di dodici anni prima. Erano soci, ma non era niente di simile a un 50 e 50. Più un 80 e 20. E Cooper finiva sempre con l'avere la peggio.

«Allora, posso entrare?»

Non mi ero reso conto di essermi messo davanti alla porta a vetri dell'ufficio di Cooper, bloccando l'entrata al suo socio. Avrei voluto potergli dire di no per proteggere Cooper da Jackson e dal suo stesso eccesso di zelo, ma Cooper non voleva essere protetto da Jackson.

Anche se ne aveva bisogno.

Abbassai deliberatamente le spalle, che mi si erano irrigidite fino alle orecchie. Mi voltai e bussai alla porta prima di spingerla e infilare la testa nell'apertura. «Signor Fallon?»

Quando si girò dallo schermo, la luce blu gli illuminò il viso, conferendo alla sua pelle, di norma ambrata, un colorito pallido e verdognolo. Anche i suoi occhi erano rossi. Non quanto quelli di Jackson, ma capivo che aveva passato troppo tempo a fissare fogli di calcolo. Sollevò una mano sulla giuntura tra collo e spalla e si massaggiò il muscolo. Avrei voluto poterlo fare io per lui, ma avrebbe violato la nostra regola non detta del "non toccarsi".

«Ben, quante volte ti ho chiesto di chiamarmi Cooper?»

Lasciai che un angolo della bocca mi si incurvasse. «Circa una volta al giorno da quando ho iniziato a lavorare qui sei mesi fa, signor Fallon.»

«Quindi, approssimativamente centoventi volte. E quante altre volte dovrò dirtelo prima che tu mi dia ascolto?»

Lo scatto nel suo tono avrebbe potuto spaventare qualcun altro. Cooper Fallon era famoso per la sua determinazione implacabile e per il suo carattere irascibile. Io sapevo che a quel latrato non avrebbe mai fatto seguire un vero morso. Forse con un dirigente come Jackson, ma non con qualcuno del mio livello. L'avevo osservato, probabilmente più di quanto fosse salutare, e sapevo, grazie a molte ore di attenta osservazione, che anche se il suo tono era tagliente, di solito teneva a bada la furia che lampeggiava nei suoi occhi azzurri.

«Oh, io La ascolto,» dissi.

Dietro di me, Jackson si schiarì la gola e il sorriso svanì dal mio viso. «Jackson è qui per Lei. Ha un minuto?» Ti prego, di' di no.

Si passò una mano tra i capelli baciati dal sole e si alzò; la sua figura di un metro e novanta si dispiegò con eleganza atletica. «Fallo entrare.»

Trattenni un sospiro e aprii completamente la porta, entrando nell'ufficio, e dissi con più formalità del necessario: «Può riceverLa adesso».

Jackson mi passò accanto strusciando i piedi. «Ehi, Coop.»

Cooper aggirò la scrivania e diede una pacca sulla spalla a Jackson. Avevano circa la stessa altezza, due splendidi esemplari fisici, ma solo uno di loro mi metteva sottosopra ogni volta che ero in sua presenza.

Restai lì, schiacciato contro la porta. «Posso portarvi qualcosa? Un caffè? Un panino?» Cooper aveva pranzato? Io ero andato in mensa con l'assistente di Jackson, Marlee, ma non ero sicuro che Cooper si fosse mosso dalla sua scrivania.

«Mi prenderesti un caffè, per favore?» chiese Jackson.

«Certo. Che ne dice di un frullato verde, signor Fallon?» Avrebbe avuto bisogno degli antiossidanti per mantenersi in forze se doveva rimettersi in viaggio.

Il suo sguardo scattò su di me e un'ondata di calore mi investì la pelle. Ma le sue parole erano taglienti e gelide. «Sì, per favore. Grazie.»

E poi, per quanto odiassi farlo, uscii dal suo ufficio e chiusi la porta, lasciando dentro Jackson Jones e Cooper Fallon.

———

MI MASSAGGIAI la tempia pulsante e avanzai nella fila del chiosco del caffè nell'imponente atrio della Synergy. Il mio sguardo risalì il vano di vetro dell'ascensore fino al sesto piano.

Se potevo giudicare dalla tensione intorno agli occhi di Cooper, anche lui stava soffrendo di mal di testa. Non che avrebbe mai ammesso di essere abbastanza umano da provare dolore. Forse avrei potuto passargli un antidolorifico insieme a quel disgustoso frullato verde.

I frullati: il mio piccolo ma importante contributo all'azienda. Cooper ne beveva almeno uno al giorno. Era carburante rapido ed efficiente per i suoi doveri di Direttore Operativo di Synergy Analytics. Cooper mandava avanti la Synergy e, portandogli i suoi frullati, io facevo la mia parte.

Mi passai una mano sul volto e guardai l'atrio. Chi volevo prendere in giro? Non lo facevo per la Synergy. Lo facevo per lui.

Lo facevo per la fiammata in quegli occhi freddi e azzurri quando gli porgevo il bicchiere e dicevo: «Il Suo frullato, signor Fallon».

Lo facevo per l'infatuazione che mi aveva fatto svolazzare lo stomaco dal momento in cui gli avevo stretto la mano il mio primo giorno di lavoro, sei mesi prima. E mentre lavoravamo insieme, mentre imparavo a conoscere il dirigente determinato che avrebbe fatto qualsiasi cosa per il suo socio e migliore amico, che aveva fatto crescere l'azienda da un business plan scritto su un quaderno a spirale nella loro stanza del dormitorio, che sosteneva fondazioni che aiutavano ragazzi a rischio, quel battito d'ali si era trasferito dritto nel mio cuore e non se n'era più andato.

Mia sorella, Mimi, diceva che vivevo con il cuore a fior di pelle, e che mi sarei innamorato di chiunque mi avesse dato un minimo segnale di ricambiare la mia attrazione.

Non era vero.

Cooper Fallon non mi aveva dato alcun segnale. Era sempre freddo ed educato. Mi diceva «Grazie, Ben» alla fine di ogni giornata. Mi aveva regalato un cesto di formaggi costoso ma impersonale per le feste. A volte mi chiedeva della scuola, ma probabilmente doveva farlo visto che l'azienda pagava le mie tasse universitarie.

Eppure, io mi divoravo quelle fiammate di calore quando gli porgevo i suoi frullati.

Una donna prese il suo caffè e si allontanò dal chiosco, e io feci un passo avanti, ancora a due persone dalla cassa. Controllai il telefono. Dieci minuti da quando avevo lasciato Cooper da solo con Jackson.

Perché avevo cercato di risparmiare tempo scendendo al chiosco? Il bar in fondo alla strada conosceva il nostro ordine. Ma volevo restare abbastanza vicino per salvare Cooper se ne avesse avuto bisogno. Ah. Cooper Fallon non avrebbe mai ammesso di aver bisogno di essere salvato. O di una dannata pausa dal salvare il mondo. Avanzai lentamente in fila e picchiettai la punta del mio stivaletto chukka sul pavimento per scaricare l'energia nervosa che mi faceva venir voglia di scuotere qualcuno.

Jackson, che doveva essere il migliore amico di Cooper, faceva queste stronzate in continuazione. C'era sempre un motivo per cui non poteva fare un viaggio o una presentazione al consiglio di amministrazione.

Quando ero stato assunto da poco, Cooper gestiva la cosa senza problemi. Ma da quando era nato il figlio di Jackson a febbraio, Cooper sembrava più pallido, in qualche modo. Non solo la sua pelle, ma tutto lui. Come se parte della sua essenza vitale gli fosse stata risucchiata da quella macchina de La storia fantastica. I suoi movimenti erano più contenuti. Il suo sorriso, raro anche nei momenti migliori, era ormai inesistente. Persino la famosa ira di Fallon si era raffreddata, come se non valesse più la pena di arrabbiarsi per nulla.

Forse era solo una cosa stagionale e Cooper sarebbe tornato in vita quando le giornate si fossero allungate e illuminate in estate. Ma avevo la sensazione che non fosse così. Era una cosa legata a Jackson Jones. Mi premetti una nocca sulla tempia. Fottuto Jackson Jones e le sue cazzate.

«Ehi, Ben.» La voce del barista mi riportò alla realtà. Finalmente, ero in cima alla fila.

«Ehi.» Non venivo spesso al chiosco, ma supponevo che il barista si facesse un punto d'onore di conoscere i nomi di tutti.

«Sono Kris.» Mi fece l'occhiolino, i capelli scuri gli ricadevano su un occhio.

«Oh, giusto, lo sapevo. Scusa, Kris.» Lo sapevo davvero? «Avete i mirtilli?»

Kris sbatté le palpebre. «Uhm, certo.»

«Puoi aggiungerne una manciata a un frullato di cavolo riccio, per favore?» Controllai il telefono. Quindici minuti e nessun messaggio di SOS. Doveva essere un buon segno. «E posso avere anche un caffè nero e un latte macchiato scremato? E poi un macchiato al caramello per Marlee. Per favore.»

«Afferrato.» Versò caffè macinato fresco in una caffettiera a stantuffo. «Non vieni spesso qui. Non quanto vorrei.»

Distolsi lo sguardo dalle sue mani, che mentalmente stavo spingendo a muoversi più in fretta, per guardarlo in faccia. Aveva un look alla Harry Styles con quei capelli scompigliati e quegli zigomi da urlo. Totalmente il mio tipo.

Tranne per il fatto che non lo era. Non più. Il mio tipo, a quanto pare, erano miliardari emotivamente non disponibili con gli occhi azzurri. Fanculo. La. Mia. Vita.

Il telefono mi vibrò in mano.

MARLEE

Codice rosso. Ho bisogno di te ORA.

«Merda, scusa, annulla tutto.» Lanciai un rapido sorriso a Kris. Gli angoli della sua bocca si piegarono all'ingiù un attimo prima che io scattassi attraverso l'atrio verso gli ascensori. Martellai il pulsante e mi voltai per scrutare le porte dell'ascensore dietro di me. Apriti, apriti, apriti. Saltellai sulla punta dei piedi come se questo potesse far arrivare l'ascensore più in fretta.

Finalmente, una porta suonò e mi precipitai davanti. L'ascensore era pieno e ci volle ogni grammo di autocontrollo che possedevo per non farmi largo a spintoni tra i miei colleghi e poi buttarli fuori.

Quando la cabina finalmente si svuotò, mi ci fiondai dentro e premetti il pulsante del sesto piano, poi sbattei il palmo della mano sul pulsante di chiusura delle porte. Non era la prima volta che dovevo correre alla mia scrivania per il mio capo esigente. Ma oggi avevo una brutta sensazione. Maledetto Jackson Jones.

Guardai i numeri dei piani illuminarsi sullo schermo sopra la porta e respirai a fondo. Forse ero ingiusto con Jackson. A Marlee piaceva. A tutti piaceva. Compreso Cooper. In effetti—

Mi passai una mano sul bruciore fin troppo familiare allo stomaco. Dovevo smettere di interessarmi a Cooper. Come la maggior parte delle persone di cui mi ero innamorato, era fuori dalla mia portata. Inoltre, il suo cuore era già impegnato e prima mi fossi tolto dalla testa quella ridicola cotta, meglio sarebbe stato.

Finalmente, le porte si aprirono al sesto piano e uscii, con il cuore in gola.

Voci concitate assalirono la solita calma del piano dirigenziale.

Provenivano dall'ufficio di Cooper. Una folla di persone si era radunata vicino alla porta.

Marlee mi trotterellò incontro sui suoi tacchi a spillo rosa. Torcendosi le mani, sussurrò: «Santo cielo, Ben. Stanno litigando. Cioè, si stanno urlando contro, e non hanno risposto quando ho bussato. Devi entrare e farli smettere. Stanno tutti guardando».

«C'è Weston lì dentro?» Il CEO era l'arcinemico di Jackson, e nessuno dei due si risparmiava i colpi quando non erano d'accordo.

«No, solo Jackson e Cooper. Ma sono sicura che qualcuno lo dirà a Weston.»

La tensione nel mio petto si allentò. Jackson e Cooper a volte alzavano la voce, ma non durava mai a lungo. Almeno il CEO non stava assistendo di persona. Cooper avrebbe potuto trovare una spiegazione più tardi. Aveva un tocco magico con il suo capo.

Dovevo rubare un po' di quella magia con i capi per me stesso. «Tutti al lavoro. Niente da vedere qui,» annunciai mentre mi dirigevo verso l'ufficio di Cooper. Alcune persone tornarono alle loro scrivanie. L'assistente di Weston, Julie, più sfacciata, indugiò nelle vicinanze.

Inarcai un sopracciglio, e lei lentamente si voltò e tornò con passo pesante alla sua scrivania. Non si sedette, ma rimase in piedi, a fissare, pronta ad assistere a qualunque cosa sarebbe scoppiata quando avessi aperto la porta.

Bussai, ma stavano urlando troppo forte per sentire. Spinsi la maniglia, ma non si mosse. Perché era chiusa a chiave?

A malincuore, passai il mio badge davanti al sensore. Era codificato solo per l'ID di Cooper, di Jackson e per il mio. La luce divenne verde. Feci un respiro profondo, abbassai la maniglia e aprii la porta.

Cooper, con il viso rosso e gli occhi sporgenti, ruggì: «Non ne posso più delle tue stronzate!» Sbatté una mano sulla sua scrivania.

Accadde tutto così in fretta. Quando, più tardi, ripassai la scena nella mia mente, mi parve di ricordare un 'ping', come se quel grosso e brutto anello che Cooper portava sempre avesse colpito il piano di vetro che proteggeva il legno.

Indipendentemente dalla causa, ci fu uno scricchiolio come di fuochi d'artificio e poi silenzio. Dopo un secondo, un frammento di vetro cadde dal bordo e si conficcò nella spessa moquette. Alcuni pezzi più piccoli lo seguirono. Cooper fissò la superficie della sua scrivania. Poi alzò lo sguardo e scrutò il suo migliore amico dalla testa ai piedi.

La gelosia mi divampò nelle viscere. Perché, anche quando Jackson scaricava le sue responsabilità su di lui, il primo istinto di Cooper era proteggere Jackson? Cosa non avrei dato per ricevere io quella preoccupazione, quella cura.

Merda, non era il momento di sospirare per il mio capo. Dovevo fare qualcosa per sistemare la situazione. Ma i miei piedi erano incollati al pavimento. Conoscevo intimamente il suo carattere, ma per quanto ne sapevo, non aveva mai colpito nulla.

«Coop... tutto a posto?» La voce di Jackson era quieta come un funerale. Era la prima volta che lo vedevo immobile.

«Io... mi dispiace, Jay. È stato un...»

Volevo correre da lui, controllare che non si fosse fatto male, ma la tensione nella stanza era così solida da tenermi inchiodato alla porta. La chiusi alle mie spalle. «Tutto bene qui dentro?»

Chiaramente no. La superficie della scrivania di Cooper scintillava di vetri infranti. Il suo viso era bianco come le carte impilate ordinatamente nella sua vaschetta della posta in uscita. Quando una goccia di sangue cadde sulla scrivania, lui sollevò la mano e la fissò come se non fosse sicuro che gli appartenesse.

«Me... voglio dire, ecco. Lasci che L'aiuti.» I miei piedi si scollarono dalla moquette e un secondo dopo ero accanto al mio capo. Il palmo della sua mano era attraversato da tagli, da cui sgorgava sangue.

Frugai nella tasca anteriore per il mio fazzoletto e lo spiegai. Esitai un momento — quella regola del non toccarsi — ma questa era un'emergenza. Avrebbe odiato se avessi dovuto interrompere il suo lavoro per rimuovere un tappeto macchiato di sangue.

Piegai il fazzoletto in tre e lo premetti delicatamente contro il suo palmo. La sua mascella si tese.

«Fa male?» I tagli non sembravano profondi, ma non li avevo visti bene.

«No.» La parola non aveva nulla della sua solita nettezza. Era sotto shock?

«Si sieda.» Con la mano che non stavo usando per fare pressione sulla sua ferita, mi allungai e spinsi sulla sua spalla finché non si accasciò sulla sedia.

Finalmente, guardai Jackson, che era ancora a bocca aperta a fissare il suo amico. «Cos'è successo?» Il mio tono non era rispettoso come avrebbe dovuto essere nei confronti del cofondatore dell'azienda, ma qualsiasi cosa che coinvolgesse del sangue costituiva una circostanza attenuante.

Jackson si precipitò verso la scrivania e raccolse i frammenti di vetro infranto in un mucchio. «Cooper stava esprimendo un concetto in modo un po' troppo energico. Credo che avrebbe dovuto optare per il vetro temperato.»

Cazzo, se continuava così, mi sarei ritrovato con due persone sanguinanti. «Jackson, si fermi. Chiamo la manutenzione per...»

«Maledizione!» Quando Jackson si mise il pollice in bocca, il suo gomito urtò la conchiglia sulla scrivania di Cooper. Quella che spolveravo una volta a settimana, chiedendomi ogni volta perché tenesse quell'unico oggetto decorativo sulla sua scrivania. Non dovevo più chiedermelo. Ruzzolò giù dalla scrivania, rimbalzò una volta sulla moquette e si frantumò quando si schiantò sul pavimento di legno.

Il silenzio che seguì fu ancora più assordante di quando Cooper aveva rotto la scrivania.

«Scusa, Coop, io...»

Un lampo di dolore attraversò il viso di Cooper. Era la stessa espressione che aveva avuto il giorno in cui Jackson aveva portato il suo bambino in ufficio in uno di quegli zaini portabebè. «Lascia perdere. Io... devo andare.»

«Adesso?» Sollevai un angolo del mio fazzoletto. L'emorragia era rallentata. «Non può andare a una riunione in queste condizioni.» Solo Cooper Fallon avrebbe continuato la sua giornata lavorativa come se nulla fosse accaduto dopo essersi ferito. Annodai le estremità del panno attorno al dorso della sua mano, stringendo il nodo sul palmo.

«La gente è abituata a vedermi in disordine. Non te.» Jackson si passò una mano tra i capelli scuri. «Ascolta Ben. Siediti e riposa un minuto. Ho del whisky nel mio ufficio. Possiamo…»

Appena le mie dita lasciarono il nodo sul fazzoletto, Cooper ritrasse la mano di scatto. I suoi occhi azzurri non erano gelidi come al solito quando li puntò su di me. Probabilmente a causa della perdita di sangue.

«Ho bisogno… di uscire.» Si alzò e mi aggirò per dirigersi verso la porta. Con la mano sulla maniglia, si voltò.

Grazie a Dio, si sarebbe seduto e sarebbe stato ragionevole. Feci un mezzo passo verso di lui nel caso vacillasse tornando alla sedia.

Ma rimase lì, aggrappato alla maniglia. «Ben, faccia sapere alla Società degli Imprenditori del New England che prenderò il posto di Jackson come relatore principale. E sposti la sua prenotazione d'albergo a mio nome.»

Jackson si tolse il pollice dalla bocca. «Coop, non devi farlo.»

Cooper rivolse al suo migliore amico un sorriso sardonico. «Non è esattamente quello che mi stavi dicendo che dovevo fare prima… prima di questo?» Agitò la mano avvolta nel fazzoletto verso il disastro nel suo ufficio.

«Ma…»

Tese il palmo della mano. Tremava. Doveva star esercitando un enorme autocontrollo. «Sposta tutte le mie riunioni alla prossima settimana.»

Ma che cazzo stava succedendo? «Sì, signor Fallon.»

Aprì la porta e uscì, chiudendola delicatamente dietro di sé. Niente borsone da palestra, niente cappotto, niente portatile. Sarebbe rimasto nell'edificio? Aveva una stanza segreta per gli urli primordiali al piano di sotto?

«Va bene.» Jackson chinò la testa. «Puoi dirlo. Sono il peggior amico del mondo.»

Non potei farne a meno. Sorrisi a quello stronzo. Era irritantemente adorabile. «Lo sei assolutamente. Ma ti vuole bene lo stesso.»

Alzò di scatto la testa e sorrise. «È vero, no? Sono il ragazzo più fortunato di San Francisco.»

Il mio sorriso svanì. Lo era, cazzo. Cosa non avrei dato per essere il destinatario dell'uno percento di quell'amore. Jackson era troppo pieno di sé per notarlo, ma io l'avevo visto fin dai miei primi giorni in azienda. Cooper si struggeva per il suo migliore amico. Il suo migliore amico, inconsapevolmente etero.

«Dovrebbe andarsene,» dissi, con tono piatto. «Chiamerò la manutenzione per pulire qui.»

«Grazie, Ben. Darò a Coop un'oretta per sbollire, e poi parlerò con lui.»

Se conoscevo il mio capo, gli ci voleva più di un'ora. E immaginavo che l'avrebbe ottenuta durante il suo viaggio dell'ultimo minuto a Boston. Che ora dovevo organizzare.

Porca puttana.

Avrei trovato un modo per controllarlo, anche a Boston. Perché forse a Jackson Jones non fregava un cazzo di quanto avesse incasinato la vita di Cooper, ma a me sì.

2

COOPER

QUANDO AVEVO APPROVATO il progetto open space per il sesto piano del nostro palazzo, non avrei mai immaginato che mi sarebbe servito un posto diverso dal mio ufficio per rimettermi in sesto.

Avevo lavorato sodo per rendere il mio ufficio un luogo di calma, un posto dove potevo rievocare la pace e la sicurezza dell'isola e dove nessun brutto ricordo, nessun ricordo dell'uomo che mi aveva dato il mio nome, potesse intrufolarsi.

Tuttavia, era proprio nel mio ufficio che avevo appena perso le staffe.

Nonostante il dolore dei tagli, il palmo della mano era smanioso di stringere una pallina antistress o di colpire un sacco da boxe, un modo per scaricare la tensione dai muscoli, per raffreddare la rabbia che mi ribolliva nelle vene. Se avessi avuto il coraggio di guardarmi allo specchio, ero certo che il mio riflesso mi avrebbe ricordato il volto di mio padre, paonazzo di rabbia.

In qualche modo, finii davanti all'ufficio di Weston. Aveva senso, perché fin dai primi tempi, da quando avevamo quotato in borsa la Synergy, si era comportato quasi come un padre per me, dandomi il tipo di consigli che mio padre non era abbastanza saggio o sobrio da dare.

«È dentro?» mi fermai davanti alla scrivania di Julie.

Mi fissò a occhi sgranati, prima di abbassare lo sguardo sul fazzoletto insanguinato che mi avvolgeva la mano.

«È al telefono.»

«Ho bisogno di lui.» Superai la sua scrivania e mi diressi dritto nell'ufficio di Weston.

«Ma...»

Chiusi la porta, troncando la sua protesta.

Weston diede un'occhiata al di sopra della spalla. I suoi impeccabili mocassini poggiavano sulla credenza di fronte alla finestra. A differenza della mia, la sua vista sulla baia non era ostruita dal palazzo vicino. L'acqua grigia si agitava sotto le nuvole incombenti.

Sollevò un dito e abbassò i piedi. «Devo richiamarti.» Si sfilò l'auricolare e lo posò sulla scrivania.

I suoi occhi caddero sul mio palmo avvolto nel fazzoletto. «Cos'è successo?»

Lo coprii con l'altra mano. «Un incidente.»

«Capisco.» E capiva davvero. I suoi occhi limpidi mi leggevano dentro, fino al mio nucleo tumultuoso. Si alzò e indicò il divano di pelle borchiata.

Mi ci appollaiai. I mobili di Weston non erano abbastanza comodi da sprofondarci dentro. E poi, il mio corpo vibrava ancora per l'adrenalina che mi scorreva impetuosa nel sangue.

Lui si sedette sulla poltrona a orecchioni accanto al divano e accavallò le gambe. Da sotto l'orlo dei suoi pantaloni di lana si intravedevano alcuni centimetri di calzini neri.

La mia voce era troppo calma, persino alle mie orecchie. «Vado alla conferenza degli Imprenditori del New England. Per Jackson.»

«Ti sei offerto volontario?» Le sue sopracciglia scure si inarcarono sopra gli occhi che si abbinavano al blu profondo della sua cravatta di seta.

«Non esattamente. Sua moglie e la bambina sono malate. Deve prendersi cura di loro e dell'altro figlio.» Detta così, sembrava una cosa perfettamente ragionevole. Perché ero esploso contro di lui quando me l'aveva detto? Strinsi la mano ferita con l'altra.

«Non eri appena tornato dall'Asia?»

«Sì. Non suppongo tu voglia andare a Boston?»

Fece una risatina. «Mi dispiace, questa settimana ho Phoebe.»

Lanciai un'occhiata alla foto sulla sua scrivania. Weston era in piedi accanto a sua figlia con il suo caschetto e la sua giacca da equitazione, le braccia intorno alle spalle di lei e la piccola mano della bambina che teneva le redini di cuoio del cavallo sauro al suo fianco.

«Potresti sempre annullare» disse lui.

Strisi la mascella. «La Synergy non viene meno ai suoi impegni. Né con i clienti, né con i dipendenti, né con gli altri imprenditori. E non all'ultimo minuto.»

«Capirebbero. Fa' che li chiami Jones.»

Era proprio quello di cui Jackson aveva bisogno, un'altra ammaccatura alla sua già fragile reputazione. «No, lo farò io.»

«Faresti qualsiasi cosa per lui, vero?» Le parole erano leggere, ma il suo sguardo era carico di significato.

Avrei voluto potermi sfogare con lui. Potergli dire cosa provavo per Jackson Jones fin quasi dal primo momento in cui era entrato nella nostra stanza del dormitorio a Stanford. Parlargli di come avessi tenuto imbottigliata per anni la mia ridicola cotta, sapendo che Jackson era etero e non volendo rovinare la nostra amicizia con una confessione. Del modo in cui il mio cuore si era spezzato in due quando si era fidanzato: il mio amico refrattario agli impegni, che si era sempre rifiutato di investire soldi in qualsiasi cosa non avesse delle ruote con cui poter scappare, fidanzato! E poi era andato completamente in frantumi quando mi aveva detto che la sua fidanzata era incinta.

Sapevo che non sarebbe mai stato mio, ma quel fagiolino nell'ecografia che mi aveva sventolato in faccia era stato il fischio finale della partita di illusioni che avevo giocato con me stesso.

La notte in cui era nata, ero rimasto io nel corridoio dell'ospedale quando l'infermiera mi aveva sbarrato la strada dicendo: «Solo familiari.»

Jackson era il mio migliore amico, ma non sarebbe mai stato la mia famiglia.

Non avevo bisogno che il dottor Pradhi me lo psicanalizzasse. Il promemoria che mi aveva dato quel giorno stesso — scegliere la sua famiglia anziché l'azienda che avevamo costruito insieme — era ciò che mi aveva fatto esplodere.

Come se potesse leggermi i pensieri scritti sulla fronte, Weston disse: «Penso che un po' di tempo via ti farebbe bene.»

«Ma io…»

«Pensaci. Mi occuperò io delle cose qui. Dovresti riflettere su ciò che vuoi. Per te e per la Synergy.»

Cosa volevo? Avevo desiderato Jackson così a lungo che dentro di me c'era un vuoto dove prima viveva tutto quel desiderio. Persino la Synergy sembrava vuota. L'aveva abbandonata, proprio come aveva abbandonato me.

«Vuoi parlarne?» Appoggiò i gomiti sulle ginocchia, la fronte corrugata dalla sincerità. Sembrava il padre che avrei voluto avere quando avevo l'età di Phoebe. Come uno dei miei zii sull'isola.

Mi fidavo di Weston, da quando aveva salvato la Synergy quando Jackson mi aveva deluso. La sera prima di incontrare i banchieri d'investimento, io e Jackson eravamo usciti a bere qualcosa per festeggiare il fatto che la nostra partnership di sette anni stava finalmente per dare i suoi frutti in grande stile. Dopo che io ero tornato in albergo, Jackson aveva avuto un alterco con un poliziotto. Si era presentato al nostro incontro tutto stropicciato, con un livido sotto un occhio e un odore infernale.

I banchieri insistettero perché sostituissimo Jackson come CEO con Weston. E con Jackson che somigliava a mio padre la mattina in cui andavo a prenderlo alla cella di smaltimento, acconsentii. Jackson, da par suo, mi mollò per uno yacht pieno di modelle in bikini, ma Weston rimase. Guidò la Synergy — e me — attraverso il processo per diventare una società per azioni. E contribuì a farla crescere fino a diventare la potenza del software che era diventata.

Anche se avevamo lavorato insieme negli ultimi sette anni, non avevo mai detto a Weston cosa provavo per Jackson. Non l'avevo detto a nessuno. Mai. Anche se la mia altra migliore amica, Jamila, l'aveva indovinato da sola.

«No, sto bene.»

«Ne sei sicuro? Mi preoccupo per te, Fallon.»

Il mio cognome, quello che condividevo con mio padre, mi fece trasalire. Non avevo ereditato solo il suo nome. L'avevo dimostrato oggi.

Come se stessi rivedendo una videoregistrazione, mi immaginai con la faccia rossa, la saliva che mi volava dalla bocca mentre mandavo in frantumi il vetro della mia scrivania. Non avevo sentito nulla, né l'impatto né i tagli. Quando mio padre tornava a casa con l'odore di whisky scadente, non ricordava mai perché le sue nocche fossero rosse, finché non vedeva il livido corrispondente sulla mia guancia.

Nonostante Weston sembrasse la foto di repertorio di uno psichiatra di lusso, con i capelli grigi che gli scintillavano sulle tempie e sulla barba corta, non potevo dirgli cosa avevo fatto o perché l'avevo fatto. Quegli occhi azzurri sarebbero diventati duri o, peggio, si sarebbero inteneriti di pietà.

«Sto bene» ripetei. Cooper Fallon stava sempre bene. Affidabile. Gran lavoratore. «Ben sta spostando i miei incontri. Puoi tenere d'occhio le cose mentre sono a Boston?»

«Certo. Ben viene con te?»

«Ben... venire con me?» Sbattei le palpebre. Era un'idea terribile. Quando era entrato in azienda subito dopo il matrimonio di Jackson, ero stato vulnerabile, un nervo scoperto. Era l'unica cosa che poteva spiegare la scossa che avevo sentito quando gli avevo stretto la mano per la prima volta. Il calore nel petto dove c'era il mio cuore prima che diventasse freddo e buio. Viaggiare con Ben sarebbe stata una tentazione troppo grande. «No.»

«Potrebbe esserti di supporto. Non devi fare tutto da solo, sai.»

«Davvero?» Mostrai i denti in un sorriso tirato.

Lui ricambiò l'espressione. «Hai ragione. E potrebbe peggiorare se Jones decidesse di andarsene e concentrarsi sulla sua famiglia.»

I miei muscoli si irrigidirono come la pelle della poltrona. «Andarsene?»

«Vediamo entrambi come stanno le cose, Fallon. Il suo cuore non è più qui. Ha altre priorità.»

Priorità diverse da me e dall'azienda che avevamo costruito insieme. Perché non me n'ero accorto? Forse l'avevo fatto, inconsciamente, ed era per questo che ero esploso nel mio ufficio.

Cazzo.

Senza Jackson, la Synergy sarebbe stata un doloroso promemoria di tutto ciò che avevo perso. Non sarebbe stato più divertente. Sarebbe stato lavoro.

Gli occhi di Weston mi perforarono come un trapano, scavando in cerca dei miei segreti. Poi si allungò e mi strinse una spalla. «Pensaci. Prenditi del tempo se ne hai bisogno. Dopo Boston.»

Mi alzai. «Lo farò.»

Uscii dal suo ufficio e andai dritto alle scale, senza incrociare lo sguardo di nessuno, temendo di incrinare la facciata di finta pietra che avevo intonacato sopra le mie emozioni volatili. Per la prima volta dopo mesi, lasciai l'ufficio mentre il sole invernale era ancora sospeso sopra l'orizzonte.

QUANDO ENTRAI dalla porta di casa, Norma mi diede un'occhiata e si fece il segno della croce. Alzando al cielo i suoi occhi castani, mormorò qualcosa — una preghiera, ne ero certo, dato che pregava sempre per qualcosa — poi tese la mano.

Era inutile resistere, così le misi la mano nella sua, con il palmo rivolto verso l'alto.

«Ancora boxe?»

«Jiu-jitsu» le ricordai. «E no. Io...» Non potevo dirglielo. L'avrebbe detto a mia madre in chiesa. «Mi sono tagliato al lavoro.»

«Tu lavori dietro una scrivania.» Schioccò la lingua mentre esaminava il fazzoletto insanguinato. «Non in una fabbrica.»

«È un taglio da carta?»

Non accennò nemmeno a un sorriso alla mia debole battuta. Ma non avrei mai detto a Norma, quella donna pragmatica — una mia dipendente di cui ero responsabile — che avevo sbattuto la mano sulla scrivania perché il mio migliore amico mi aveva colto in contropiede e ferito i miei sentimenti. Sentimenti che non pensavo di avere più.

Chinò la testa sulla mia mano. Non un capello sfuggiva al suo chignon grigio e stretto, ma le sue dita furono delicate quando tirò il fazzoletto.

Strinsi la mano attorno al panno. «Va tutto bene.»

Le sue labbra si strinsero in una linea pallida. «Dobbiamo lavare la ferita. E mettere una benda pulita. Non è abbastanza profonda per dei punti, vero?»

«No.» Eppure, la seguii in cucina e la lasciai srotolare il fazzoletto di Ben sopra il lavandino. In modo sbrigativo, e non delicato, mi lavò la mano con un sapone che bruciava. Fissai il fazzoletto macchiato di sangue che aveva lasciato cadere con noncuranza accanto al lavandino. Non era niente di speciale, solo del tipo che si compra in pacchi da tre nei grandi magazzini. Eppure, era speciale. Perché era suo. Dovevo restituirglielo.

«Me lo lavi?» Feci un cenno con il mento verso il panno. «L'ho preso in prestito da una persona.»

«Sì, sì. Proprio come tutti i tuoi vestiti puzzolenti da allenamento e le lenzuola su cui dormi a malapena.»

Mi stava asciugando la mano, quindi non mi vide alzare gli occhi al cielo. Mi lasciò andare per un secondo per tirare fuori il kit di primo soccorso da sotto il lavandino. «Se ti esaurisci, non puoi più lavorare. E allora cosa succede a questo posto?» Fece un gesto verso la cucina da gourmet che usava per prepararmi i pasti, verso l'elegante sala da pranzo adiacente che usavo solo per le cene di lavoro con servizio catering. «Devi prima prenderti cura di te stesso, Lito.»

Non mi presi la briga di spiegare che se mi fossi dimesso oggi, sarei comunque rimasto un uomo ricco grazie alle mie azioni della Synergy e ad altri investimenti. Come tutte le governanti, le cuoche e le giardiniere che la Mamá mi mandava dalla chiesa — donne gran lavoratrici e sfortunate — lei capiva di liquidità, ma non molto altro.

Norma, che aveva perso il marito di venticinque anni sei mesi prima in un incidente, era migliore della maggior parte delle altre. Faceva funzionare la mia casa come un motore Ferrari, a differenza della sua predecessora che aveva dimenticato di pagare la bolletta della luce e mi aveva lasciato al buio per un gelido fine settimana di gennaio, che per caso era il fine settimana del mio compleanno. Ma non avrei mai potuto licenziare una delle persone di Mamá. A differenza del lavoro, ero in fondo alla gerarchia delle signore della chiesa. Avevo messo quella precedente a capo della lavanderia e assunto Norma come governante.

Dopo che Norma ebbe fissato la garza con un pezzo di cerotto, raccolse il fazzoletto insanguinato e se lo ficcò nella tasca del grembiule. Guardai il rigonfiamento. Non sarebbe stato pulito prima di domani, e io sarei stato a Boston.

Il che mi ricordò… «Parto stasera per un viaggio. Non tornerò prima del fine settimana. Prenditi un po' di ferie.»

Si accigliò, a metà strada verso la lavanderia. «Un altro viaggio? Sei appena tornato dall'Asia venerdì scorso.»

«Lo so.» Tracciai il contorno della garza sulla mano, cercando di reprimere l'ondata di rabbia. «È sorto un imprevisto.»

«Mi preoccupo per te, mijo. Lavori troppo.»

Era quello che stavo dicendo a Jackson quando avevo rotto la scrivania. La rabbia pulsò di nuovo, silenziosamente. Dovevo chiamare il dottor Pradhi.

«Ti scaldo la cena prima di andare.»

«Grazie, Norma. E grazie per questo.» Feci un gesto con la mano destra fasciata.

Liquidò i miei ringraziamenti con un gesto della mano mentre metteva uno dei miei pasti pre-porzionati nel forno. «Hai bisogno di una vacanza, non di un altro viaggio di lavoro. Un massaggio. Un po' di sonno.»

«Mamá ed io siamo andati sull'isola a Natale.»

«Sono passati mesi, e da allora hai lavorato quasi ogni fine settimana. Anche di sera. Hai bisogno di una pausa.»

Non aveva torto. La giornata di oggi lo dimostrava.

«Un giorno» dissi. Anche se, a quanto pare, non finché Jackson aveva un neonato.

Lei strinse le labbra e si mise la borsa in spalla. «Buon viaggio. E non dimenticarti di mangiare.»

Le rivolsi un debole sorriso. «Non dimenticartelo nemmeno tu. E non passare i tuoi giorni liberi a lavorare alla mensa dei poveri.»

«Quello che faccio nei miei giorni liberi non sono affari tuoi, Miguelito. Se voglio passare del tempo in chiesa o anche qui, non è una tua preoccupazione.»

Alzai i palmi. «Sì, señora. Buonanotte.»

Fece un solo cenno col capo e uscì dalla porta del garage. I suoi fari svanirono lungo la strada.

Dopo il mio pasto solitario, salii a fatica in camera da letto. La borsa portabiti nella cabina armadio era ancora mezza piena dal mio viaggio in Asia.

Boston all'inizio di aprile. Rabbrividii.

Infilai un paio di maglioni di lana nelle tasche, poi agganciai i completi e le camicie sulle loro grucce. Proprio mentre stavo pensando di aggiungere un paio di jeans nel caso avessi avuto l'energia di uscire dopo la conferenza, il mio telefono vibrò sul comò al centro dell'armadio.

Era Ben, che chiamava per sapere come stavo? No, non mi chiamava dopo l'orario di lavoro. Ma non mi ero mai fatto male al lavoro prima d'ora. Il mio stomaco ebbe un sussulto di speranza.

Quando controllai il nome sul display, il mio stomaco si quietò per un secondo e poi si contrasse. Doveva aver saputo quello che avevo fatto.

«Jamila.»

«Ehi, adesso. Non c'è bisogno di essere così scontroso. Sai che con me queste cazzate non attaccano. Chiamo per sapere come stai.» Il suo accento texano intriso di miele ammorbidiva le consonanti.

Controllai la mano destra. La benda era priva di sangue, nonostante i bagagli che avevo fatto. «Sto bene.»

«Ne sei sicuro? Perché le persone che stanno bene non si trasformano in Hulk in ufficio.»

«Che cazzo ti ha detto Jackson? Non mi sono trasformato in Hulk. Stavo sottolineando un concetto, e il mio anello ha urtato il vetro della scrivania.» Perché le stavo mentendo? Era la mia migliore amica, dopo Jackson. Doveva sapere perché l'avevo fatto.

«Intendi il vetro che ci hai messo dopo aver litigato con una delle tue stagiste e lei ti ha rigato il legno?»

Sussultai. Non era stato il mio momento migliore. Ma quella volta era stata la stagista a danneggiare la scrivania, non io. «Sai com'è Jay. Mi ha fatto saltare i nervi.»

«So come sei tu riguardo a Jay. Sin da quando…»

«Non c'entrava niente.» Un'altra bugia. Continuavano a uscirmi di bocca. Che Mick Fallon fosse morto e mi avesse posseduto come i jumbee delle storie delle mie zie? Potevo solo sperare che Mick Fallon fosse morto. Come diceva spesso Jamila, quell'uomo era troppo cattivo per morire.

«Ne sei sicuro? Sei intrattabile da quando è nata Valentine.»

«Ho sempre coperto le sue mancanze, ma è a malapena venuto in ufficio dalla nascita. Ho fatto il mio lavoro e anche il suo.»

Mi spostai verso la scaffalatura a muro che conteneva i miei orologi. Accanto al mio Breitling c'era la fragile e secca boutonnière di calle che avevo conservato dal suo matrimonio. Quando la toccai, il bordo di un petalo si sbriciolò. Quella notte mi aveva spezzato il cuore in due. Grazie a Dio c'era stata Jamila a salvarmi.

Rabbrividii al pensiero di cosa avrei potuto dire — o fare — se mi fossi ubriacato.

Tornai di fronte al mio portabiti. «Sto facendo le valigie proprio ora per tenere il suo discorso alla Società degli Imprenditori a Boston.»

«No, Coop. Sei appena tornato da Singapore.»

«Qualcuno deve pur farlo» ringhiai, esaminando l'armadio in cerca delle mie scarpe eleganti. Che ne aveva fatto Norma?

«Ci sono altre persone che possono sopperire, sai. Fallo fare a Weston. Il CEO dovrebbe farsi avanti.»

«Non può.» Mi aveva detto di annullare. Ed ero stato tentato. Specialmente dopo che mi aveva fatto capire come Jackson si stesse districando dall'azienda che avevamo costruito insieme, quella che simboleggiava la nostra amicizia.

«Nessun altro può riorganizzarsi all'ultimo minuto come posso fare io. Loro hanno coniugi. Figli. Famiglie.» Tutto ciò che avevo era un'enorme e vuota villa a Pacific Heights. Non avevo nemmeno un fottuto pesce rosso di cui prendermi cura. E se l'avessi avuto, Norma avrebbe potuto dargli da mangiare mentre ero a Boston.

Dopo un momento di esitazione, disse: «Non avere quegli obblighi non significa che tu possa fare il lavoro di tutti, Cooper. Anche tu hai bisogno di un po' di riposo. Non pensi che quello che è successo oggi lo dimostri?»

Cercai nella tasca dei pantaloni e tirai fuori l'anello che aveva causato tutti i problemi. Era un anello grosso e brutto, tipo chevalier, con una pietra azzurra incastonata al centro. L'anello d'argento era leggermente appiattito dall'impatto e la pietra ora era crepata nel mezzo. Larimar. Per l'illuminazione e la guarigione, disse Mamá quando me lo diede. Se avesse funzionato, dubito che l'avrei usato per spaccare la mia scrivania. Non mi sarei comportato come lui.

«Non voglio parlarne.»

«Devi parlare con qualcuno. Hai chiamato il tuo terapeuta?»

«Non ancora.» Le parole mi uscirono a stento dai denti serrati.

«Non arrabbiarti. Sto cercando di aiutarti.»

«Lo so. Lo so.» Ma sapere che Jamila era dalla mia parte non spegneva il fuoco che mi ardeva dentro. «Devo andare all'aeroporto. Ti chiamo questo fine settimana.»

«Okay, tesoro. Abbi cura di te.» La preoccupazione le colorava la voce. Aggiunsi anche lei alla lista con Norma e Ben.

Controllai il pesante Rolex al polso. L'auto sarebbe stata fuori tra dieci minuti. Dove cazzo erano le mie scarpe? Lanciai il telefono attraverso la stanza verso il letto, così avrei avuto entrambe le mani libere per mettere a soqquadro l'armadio. Mi girai sulla punta del piede e…

Quando abbassai lo sguardo, vidi le mie scarpe. Ai miei piedi. Stavo per distruggere il mio armadio per un paio di scarpe che avevo dimenticato di indossare.

Mi tremavano le mani e, quando colsi il mio riflesso nello specchio sul retro della porta, i miei occhi erano sgranati e selvaggi. I capelli erano dritti in ciocche color sabbia.

La prossima volta, avrebbe potuto non essere una scrivania quella che colpivo. Avrebbe potuto non essere una lastra di vetro quella che distruggevo.

Aggiunsi me stesso a quella lista di persone preoccupate.

Attraversai la cabina armadio, afferrai la boutonnière dalla mensola e la stritolai nel pugno. Lasciai cadere i pezzi nel cestino. Con lui avevo chiuso. Chiuso con tutto.

Le mie dita tremavano quasi troppo per trovare il contatto nel telefono, ma alla fine schiacciai il pulsante di chiamata. «Emily?» dissi quando la pilota rispose. «Ho bisogno che tu cambi il nostro piano di volo. Non andiamo a Boston.»

3

BEN

MARLEE SORRISE mentre passavo davanti alla sua scrivania. «Sei di buon umore».

Mi fermai e indicai l'enorme lucernario sopra di noi. «C'è il sole e ieri sera ho preso il massimo dei voti al compito di economia». Quando lo vidi, avrei voluto cantare vittoria. Quasi desiderai che io e il mio ex, Trey, ci parlassimo ancora per potergli dare la notizia.

«Bravo! Ma ricordami perché stai seguendo economia?». Fece una smorfia. «Tu odi i fogli di calcolo».

«Questo è solo un corso introduttivo, e riguarda più la teoria che le formule vere e proprie. Il corso di contabilità che ho seguito il semestre scorso?». Rabbrividii al ricordo. I numeri erano sempre stati così difficili per me. A differenza di mia sorella, Mimi, che lavorava come contabile al piano di sotto ed era un genio della matematica. «Solo e soltanto fogli di calcolo. Ma è obbligatorio per la mia laurea in economia aziendale».

«Avresti dovuto specializzarti in programmazione come me». Si scostò i capelli castano chiaro con un gesto della testa.

«Avrei dovuto fare un sacco di cose in modo diverso». Come

andare in terapia dopo che il mio ragazzo mi aveva lasciato al primo anno, invece di mollare gli studi. Forse allora avrei avuto quello che Trey considerava un lavoro vero e non sarei stato lo studente più vecchio del mio corso di economia, a prendere una laurea così lentamente che sarei stato fortunato a finirla prima dei trent'anni.

«Ehi». Marlee allungò la mano sulla scrivania per stringermi la sua. «Penso che sia fantastico che tu stia prendendo la laurea». Fece un sorrisetto. «Una delle lauree di Cooper è in economia aziendale. Magari un giorno sarai ricco come lui».

«Ah, ah. A ventott'anni aveva già quotato in borsa la Synergy ed era già multimilionario». Lanciai un'occhiata verso il suo ufficio per abitudine, ma ovviamente era buio. Era a Boston. «Spero che stia bene dopo tutto quel casino che ha combinato Jackson ieri».

«Jackson?». Mi lasciò la mano. «Non è stato lui a spaccare la sua scrivania».

«Sì, ma lui... lascia perdere». Marlee era la migliore amica della moglie di Jackson e considerava i suoi figli come un nipote e una nipote suoi. Nessuno di loro si preoccupava dei fardelli che Jackson riversava su Cooper.

«Sono sicura che sta bene. Cooper incassa sempre il colpo senza scomporsi».

Era vero. Fino a ieri. Era una pentola a pressione, che teneva tutto quel vapore dentro. Ne avevamo visto un po' sfogare ieri, ma cosa sarebbe successo se avesse continuato ad accumularsi? Sarebbe sbottato contro qualcuno che non l'avrebbe perdonato subito? Weston, forse? Che Dio ci aiutasse tutti se Weston avesse licenziato Cooper.

«Cosa farai con tutto il tuo tempo libero mentre è via?».

«Tempo libero? Devo assicurarmi che rimettano il suo ufficio com'era». La squadra delle pulizie aveva rimosso tutti i vetri, ma quando ispezionai il lavoro, trovai dei piccoli graffi sulla finitura in ciliegio causati dal vetro rotto. Qualcuno come Jackson non se ne sarebbe mai accorto, ma Cooper sì. «I restauratori di mobili dovrebbero essere qui a momenti. Il nuovo piano di vetro verrà consegnato domani». Mi ero assicurato di ordinare il vetro temperato in caso di un altro incidente.

Ma cosa avrei fatto senza Cooper lì? Sembrava perfetto: nessuno sforzo di trattenermi, di controllarmi, quando ero vicino a lui. Nessuna tentazione di accarezzargli la schiena attraverso quelle camicie su misura dall'aspetto deliziosamente morbido. Non fino a lunedì prossimo. Mi meritavo una santissima pausa da quella tortura quotidiana.

Avrei potuto portarmi avanti col prossimo compito per l'università, supposi. Anche se scrivere un'altra arida tesina di economia era un diverso tipo di agonia. «Fammi sapere se posso aiutarti in qualche modo, okay?».

«Certo, certo». Si morse un labbro. «Pensi che ora siano a posto? Jackson e Cooper?».

«Li conosci da più tempo di me. Litigano sempre». Mai come ieri, però, e lo sapevamo entrambi. Mi guardai intorno per vedere se qualcun altro fosse abbastanza vicino da sentirci. Dovevamo fingere che tutto fosse normale, o sarebbe arrivata una voce a Weston. Qualcosa di sinistro si nascondeva appena sotto quell'esteriorità fredda ed elegante.

«Ma...». Marlee si avvicinò e abbassò la voce. «...non sono mai passati alle mani prima. Era come... come la Bestia».

«Intendi quella degli X-Men?». Tyler le aveva dato una vera educazione fumettistica?

«No, de La Bella e la Bestia. Anche se la Bestia era davvero gentile, sai». Marlee si attorcigliò una ciocca di capelli intorno al dito. «Finché Gaston non l'ha attaccato».

Ovviamente lei avrebbe pensato a una delle sue fiabe. «Non hai mai letto un fumetto degli X-Men o visto i film? È totalmente la Bestia. I suoi occhi sono dello stesso colore della pelliccia blu della Bestia. E sono entrambi dei geni».

Marlee inclinò la testa di lato. «Io l'ho sempre visto più come un Thor, personalmente. Capelli biondi, occhi azzurri, la barba di qualche giorno, quei muscoli...». Rabbrividì.

«Ehi, un momento». La porta delle scale sbatté alle spalle di Tyler. «Spero stiate parlando di me».

«Certo». Mi fece l'occhiolino prima di voltarsi, a braccia aperte, per dare il benvenuto al suo fidanzato al piano direzionale. Gli diede solo un bacetto sulla guancia, ma io distolsi lo sguardo. L'amore che brillava sul viso di Tyler era troppo osceno per un ambiente d'ufficio.

«Jay non è ancora qui?». Indicò con il mento l'ufficio buio.

«No, la povera Valentine ha la febbre e li ha tenuti svegli entrambi la notte. Ecco perché non è andato a Boston. Oggi lavora da casa così Alicia può riposare».

E questo significava che Cooper non poteva riposare. Si faceva sempre carico del lavoro non fatto da Jackson. Spensi l'irritazione che mi bruciava nel petto con una sorsata del mio latte macchiato tiepido. «Buongiorno, Tyler. A più tardi, Marlee».

«A più tardi», mormorò Marlee, ancora sorridendo a Tyler come se fossero stati separati per giorni e non per ore.

Quella fiammata di irritazione divenne fredda e pesante. Non avrei mai provato un amore del genere. Non finché avessi continuato a innamorarmi dei ragazzi sbagliati. Mi trascinai fino alla mia scrivania, proprio fuori dall'ufficio di Cooper. Appena posai la mia borsa, la luce rossa lampeggiante del telefono attirò la mia attenzione. Erano arrivati i mobilieri? Perché José non aveva chiamato il mio cellulare? Sollevai la cornetta e premetti il pulsante per ascoltare i messaggi.

Il primo era delle sei del mattino, le nove sulla costa Est. «Signor Levy-Walters, sono Shauna della New England Entrepreneurs' Society. Il signor Fallon non ha ancora fatto il check-in e non sono riuscita a contattarlo. Spero Lei possa confermarmi che potrà ancora tenere il discorso di apertura oggi a mezzogiorno».

Dagli una tregua, cavolo. Non poteva essere arrivato prima di mezzanotte. Era un uomo, non una macchina; probabilmente stava solo prendendo un espresso in più per affrontare il jet lag. Tuttavia... Cooper si comportava più da macchina che da uomo, e non l'avevo mai visto arrivare in ritardo. A niente.

Il secondo messaggio partì subito, registrato trenta minuti fa. «Signor Levy-Walters, sono di nuovo Shauna. Della Entrepreneurs' Society? Comincio a essere un po' ansiosa. Il signor Fallon non è ancora qui. Può richiamarmi?».

Presi il mio cellulare aziendale della Synergy e chiamai Cooper. Partì direttamente la sua segreteria telefonica. Di solito, ascoltare il suo messaggio registrato mi faceva sciogliere, ma stavolta lo stomaco mi si strinse per l'ansia. Cosa poteva essergli successo? Gli lasciai un messaggio secco chiedendogli di farsi vivo il prima possibile.

Il telefono fisso squillò con un ID chiamante di Boston. «Ufficio di Cooper Fallon. Parla Ben Levy-Walters».

«Oh, signor Levy-Walters. Sono così contenta di averLa finalmente trovata. Mi scusi se ho chiamato così tante volte, ma non abbiamo ancora visto il signor Fallon. Sta arrivando?».

Se non era ancora arrivato, ne dubitavo. Cooper Fallon onorava sempre i suoi impegni.

Qualcosa non andava.

«Mi dispiace per il poco preavviso, Shauna, ma il signor Fallon ha avuto un malore improvviso. Febbre. Brividi. Vomito». Mi interruppi prima di poter attribuire a Cooper altri sintomi disgustosi. «È comparso all'improvviso. Probabilmente è contagioso. Vorrebbe che Le porgessi le sue scuse. Farà una cospicua donazione alla Società non appena si sarà ripreso».

«Oh. Grazie». Avevo imparato lavorando con Cooper che il denaro aiutava sempre ad appianare le cose. Shauna non sembrava così placata come avevo sperato. «Ma cosa ne facciamo del discorso di apertura?».

«Mi dispiace, Shauna», dissi, il più gentilmente possibile. «Non posso aiutarLa con questo. Ma ha una sala piena di imprenditori. Non può farsi avanti uno di loro?».

«Io... suppongo che proverò...».

«Perfetto. Le auguro una giornata fantastica». Riagganciai in fretta prima che potesse di nuovo scaricarmi addosso il problema.

Il mio telefono squillò quasi subito, e sospirai quando vidi che era la guardiola della sicurezza. Dopo una breve chiacchierata con José, entrai in ascensore per scortare i restauratori.

Dov'era Cooper?

Dopo aver fatto entrare la squadra dei mobilieri nell'ufficio di Cooper e averli visti mettersi al lavoro, tornai alla scrivania di Marlee. Stava strizzando gli occhi davanti allo schermo, probabilmente facendo il suo controllo mattutino del codice. Quanto potevo essere sincero con lei riguardo al mio problema con Cooper? Eravamo amici dal mio primo giorno, e quasi quotidianamente ci lamentavamo scherzosamente l'uno dell'altra dei nostri capi. Ma questo era diverso. Diverso in un modo che mi faceva sprofondare lo stomaco.

Chiaramente, qualsiasi cosa stesse succedendo a Cooper era un suo segreto, dato che non me l'aveva detto. Ed era autorizzato ad avere dei segreti. Almeno nella sua vita personale. La sua vita professionale era affar mio. Avrebbe dovuto dire a Shauna che non si sarebbe presentato. E anche a me.

Non l'avevo mai visto sottrarsi a un impegno in quel modo. Quindi, qualunque fosse il suo segreto, doveva essere grosso. Uno che non voleva che nessuno conoscesse.

Anche se non spettava a me condividerlo, avevo bisogno di sapere perché riguardava la Synergy. Cooper era il cuore pulsante dell'azienda, e se le voci fossero arrivate ai media, le azioni sarebbero crollate come se Thor le avesse colpite col suo martello. E poi anche l'azienda sarebbe crollata, proprio come al mio ultimo lavoro.

Mi schiarii la gola. «Ehi, so che avevo detto che ti avrei aiutato oggi, ma Cooper mi ha assegnato a un progetto speciale». Osservai il suo viso in cerca di segni di riconoscimento o incredulità.

Mi guardò rapidamente e scrollò le spalle. «Nessun problema, allora. Procedi pure col progetto».

«Lui, uhm, non ha detto niente a te o a Jackson riguardo... al progetto?».

Il suo sguardo era già tornato sullo schermo. «No. Serve aiuto?».

«No. Non per ora, comunque. Grazie». Tornai sconsolato alla mia scrivania.

Chiamai di nuovo Cooper. Direttamente in segreteria.

Chiamai l'hotel a Boston. Non aveva fatto il check-in.

Chiamai Emily, la pilota del jet. Non rispose, ma le lasciai un messaggio vocale. Perché non avevo insistito perché Cooper mi desse accesso al tracciamento del volo del jet? Avrei saputo se avessero lasciato l'aeroporto.

Julie, l'assistente esecutiva di Weston, passò di fretta, stringendosi al petto dei fogli, sopra il pancione.

Forse lei sapeva cosa stava succedendo. «Ehi, Julie».

Si voltò, le labbra serrate in una linea impaziente. Io e lei non eravamo amici come me e Marlee, ma andavamo d'accordo. Di solito. Chiaramente, oggi c'era qualcosa che non andava. «Sì, Ben?».

«Scusa il disturbo. Mi chiedevo se il signor Weston avesse avuto notizie da Cooper oggi. So che è a Boston, ma avrei una domanda per lui».

«Non deve tenere un discorso di apertura stamattina? Probabilmente ti chiamerà dopo».

Quindi neanche lei sapeva nulla. «Giusto». Sorrisi. «Grazie».

Annuì e continuò la sua corsa verso l'ufficio dell'Amministratore Delegato.

Presi il mio cellulare e lo tenni in mano per un minuto. Il mio telefono aziendale aveva l'app di localizzazione della Synergy in caso di smarrimento o furto. In qualità di Direttore Operativo, Cooper custodiva i segreti dell'azienda, e i dispositivi che contenevano quei segreti, come un tesoro. Che probabilmente erano, nelle mani sbagliate.

Mi morsi il labbro. Non stavo esattamente rintracciando un dispositivo perso. Stavo rintracciando una persona persa. Un dirigente. Era un'invasione della privacy. E non autorizzata.

Ma se fosse stato davvero malato? O ferito? E se il jet fosse precipitato? Il cuore mi balzò in gola. Qualcuno avrebbe chiamato se l'aereo fosse precipitato, no? Merda.

Aprii l'app di localizzazione e cliccai sul nome di Cooper. La rotellina girò. Alla fine, comparve un messaggio. Impossibile trovare il dispositivo. Vedi mappa per l'ultima posizione nota. Doveva aver spento il telefono.

Il cuore mi martellava mentre scrutavo la mappa. I punti di riferimento si fecero chiari. San Francisco. Cosa? Non era partito? Feci zoom sull'icona che mostrava l'ultima posizione nota del telefono di Cooper. Casa sua a Pacific Heights.

Mi alzai così in fretta che la sedia rotolò via e andò a sbattere contro il muro. Afferrando la borsa e la giacca, corsi verso gli ascensori. Non era salito sull'aereo. Era malato? Malato per davvero, non il finto malanno che avevo inventato per la Entrepreneurs' Society? Forse Jackson lo aveva contagiato con qualunque virus avesse la piccola Valentine. Immaginai Cooper a letto, da solo, che bruciava di febbre. O che gemeva sul pavimento del bagno, aggrappato al bordo del water.

«Devo andare, Marlee», dissi mentre passavo davanti alla sua scrivania. «Emergenza progetto».

«In bocca al lupo», gridò lei mentre entravo in ascensore.

Da quanto tempo non lo vedevo? Diciotto ore? Era stato malato e solo per tutto quel tempo? Battei lo stivale per terra per tutta la discesa fino al piano terra.

Non mi presi la briga di prendere l'autobus. Usai la mia carta aziendale — se questo non era un affare di lavoro, non sapevo cosa lo fosse — per prendere un'auto con conducente fino al quartiere elegante di Cooper e dritto alla sua villa in collina, tutta colonne doriche, pietra bianca e piante autoctone ecologiche e ben curate. Chiesi all'autista di aspettarmi, nel caso in cui dovessimo correre in ospedale. Avrei voluto ricordarmi di prendere un modulo di non divulgazione prima di lasciare l'ufficio, ma avrei potuto occuparmene più tardi. L'importante era assicurarmi che Cooper stesse bene.

Correndo fino all'elegante portone di rovere intagliato, suonai il campanello. Uno schermo accanto alla porta si illuminò e mostrò il volto di una donna. I suoi capelli grigi erano raccolti in uno chignon severo. Il suo viso, di un marrone dorato e leggermente segnato dalle rughe, era una maschera inespressiva. «Posso aiutarLa?».

«Salve», ansimai. Dio, se una corsetta dall'auto mi aveva lasciato così senza fiato, dovevo iniziare a fare un po' di cardio. «Sono Ben. L'assistente di Cooper. Lo sto cercando. Sta bene?».

Un lampo di riconoscimento le attraversò gli occhi castani. «Non è qui».

«Lui... non è qui? Non è malato?».

«È partito ieri sera per un viaggio. Ma ha lasciato un pacco per Lei. Intendevo mandarlo in ufficio stamattina, ma il bucato ha subito un ritardo». Aggrottò la fronte. «Un momento». Lo schermo diventò nero.

Un minuto dopo, la porta si aprì. Dallo chignon stretto della donna, mi aspettavo che aprisse la porta indossando una di quelle vecchie uniformi nere con grembiule bianco. Invece, indossava pantaloni da yoga e una maglietta impolverata. Si lisciò l'orlo della maglietta. «Stavo pulendo i lampadari, visto che il signor Fallon non c'è. Tenga». Mi porse una piccola scatola.

La presi automaticamente. «Ma lui... lui non si è mai presentato. Non è andato a Boston».

I suoi occhi si strinsero. «Non è qui».

«La prego». Mi avvicinai. «Ha idea di dove potrebbe essere andato?».

Lo sapeva. Potevo capirlo dal luccichio nei suoi occhi. Ma disse: «No. Mi dispiace». Esitò per un momento. «La cosa migliore che può fare per il signor Fallon è dargli qualche giorno per sé».

«La prego, io...».

«Arrivederci. Quando tornerà, gli farò sapere che Lei è stato qui». Mi chiuse la pesante porta di legno in faccia.

Suonai il campanello un'altra dozzina di volte, ma la porta non si aprì. Alla fine, mi appoggiai a una colonna e osservai la scatola che avevo in mano. Era più lunga che larga e piatta, di cartone lucido. Sembrava troppo leggera per una delle eleganti cravatte di seta di Cooper.

Feci scivolare il pollice sotto il coperchio e la aprii. Una normale busta commerciale giaceva sopra un fazzoletto bianco piegato in modo impeccabile. Il mio? Accarezzai il cotone inamidato. Il mio fazzoletto non era mai stato così pulito o… rigido. Lo annusai e sentii l'odore del detersivo di Cooper. Afferrai la busta e poi richiusi la scatola di scatto per imprigionare il profumo. La infilai sotto il braccio e rivolsi la mia attenzione alla busta.

Aveva scarabocchiato il mio nome sul davanti. Ben. Solo il mio nome. Era quasi intimo. Rabbrividii mentre la giravo per estrarne il contenuto.

Un buono regalo per una spa. Uno molto generoso che avrebbe coperto un'intera giornata di trattamenti, persino il decadente bagno di fango del Mar Morto.

E un biglietto scritto a mano.

Ben – Sarò via per qualche giorno. Prenditi un po' di tempo libero. – Cooper

Tutto qui. Undici parole, più il mio nome e il suo. Nessuna scusa. Nessuna spiegazione. Che diavolo stava succedendo?

«Devo trovarlo», mormorai.

Ma dovevo davvero?

Tornai verso l'auto, stringendo ancora il biglietto che aveva scritto. Se n'era andato, secondo la sua governante. Molto probabilmente, non era malato. Aveva spento il telefono. Ciò significava che non voleva essere trovato. Forse lei aveva ragione e ciò di cui aveva più bisogno da me era del tempo da solo. Di coprirlo fino al suo previsto ritorno in ufficio, lunedì.

Potevo farlo. Potevo fare ciò che avrebbe aiutato di più Cooper — e l'azienda.

Sarebbe tornato lunedì, e tutto sarebbe tornato alla normalità.

Vero?

4

COOPER

MI CI VOLLERO cinque tentativi per scrivere il messaggio al mio consulente finanziario.

Dell 25$ Azioni Classe A

Normalmente, ne avrei parlato con Luis, ma stasera non era di turno. Probabilmente fu per quello che scrissi il messaggio. Ero solo. Mi mancava Jackson, ma ero anche arrabbiato con lui. Sguazzavo in quelle emozioni che di solito tenevo rinchiuse. Circondato da turisti felici. E ubriaco.

Il barista era un ragazzino che non conoscevo. Mi voltai verso il tipo grosso sullo sgabello accanto al mio. Portava un cappello che mi ricordò Marlon Brando in Bulli e pupe. Chi diavolo portava una fedora con quel caldo? Eppure, sembrava più sobrio di me.

«Ehi. Questo messaggio ha senso?» glielo mostrai.

Aggrottò la fronte guardando lo schermo. «Pensavo che la Dell non fosse più quotata in borsa.»

«Dell? Che cazzo?» Strizzai gli occhi sullo schermo. «Oh,

merda. Errore di battitura.» Lottando contro le mie dita recalcitranti, cambiai la D in una S e sollevai il telefono. «Così va meglio?»

«Volevi vendere azioni per un valore di venticinque dollari? O forse intendevi una percentuale?»

«Gesù Cristo.» Tamburellai furiosamente sul simbolo del dollaro, lo cancellai e poi scorsi schermata dopo schermata per trovare il simbolo della percentuale. I caratteri mi si offuscavano davanti agli occhi.

«Vuoi una mano?»

«Davvero?» Provai a fargli un sorriso vincente, ma il whisky mi aveva intorpidito la faccia. Jackson non aveva mai avuto quel problema. Anche da ubriaco, il suo sorriso poteva far cadere i pantaloni a chiunque. Ma non lo faceva più. Non ora che aveva una moglie e un maledetto figlio. E un bambino. Cazzo. Mi asciugai gli occhi che pizzicavano sulla manica della camicia, lasciando una macchia umida sul cotone floscio.

Jackson non sarebbe mai stato solo in un bar come uno sfigato. Non per molto, almeno.

Io, invece? Sarei stato solo per sempre.

Il tipo mi diede un colpetto sul braccio. «Tutto a posto.»

Diedi un'occhiata allo schermo.

Vendi 25% Azioni Classe A

«Grazie, amico.» Con attenzione, presi la mira sulla minuscola freccia e la premetti.

«Se non ti dispiace che te lo chieda,» disse il tipo, «perché lo stai facendo adesso? Non sembri il genere di persona che deve vendere qualcosa per potersi permettere un posto come questo.»

Abbassai lo sguardo sui pantaloni stropicciati del mio completo e sulla camicia che si era inumidita con l'umidità dell'isola. Sembravo… sembravo mio padre. Deglutii. Lui non aveva mai avuto abiti costosi come i miei, ma quando tornava a casa dai bar, le sue camicie da lavoro avevano perso la freschezza che mia madre aveva così accuratamente stirato.

Cosa mi aveva chiesto? Lo schermo del mio telefono si illuminò. Un'altra chiamata da Ben. La rifiutai e mi ricordai: le azioni.

«Cattive associazioni,» dissi. Nemmeno io ero sicuro se intendessi che le azioni mi ricordavano Jackson o il mio stesso comportamento pessimo nel mio ufficio il giorno prima. In entrambi i casi, il ricordo doveva essere eliminato, e l'alcol mi suggeriva che vendere le azioni sarebbe servito allo scopo.

Rimasi seduto per un minuto, a fissare l'unico cubetto di ghiaccio nel mio bicchiere di whisky. Mi sentivo diverso? Più leggero, con meno legami, meno fardelli?

No. Mi sentivo ancora pesante e cupo.

Vendere le azioni della Synergy non era servito. Neanche il whisky era servito, anche se adesso il bar aveva un'aura sfocata come Carole Lombard in L'impareggiabile Godfrey. Era un bel bar. Passai la mano sulla superficie lucida del bancone di legno. Un bel bar. Ci sarei tornato domani. Forse un altro giorno a bere mi avrebbe aiutato a dimenticare.

Scesi dallo sgabello e vacillai per un secondo.

«Tutto bene, amico? Hai bisogno di aiuto?» Il tipo corpulento con il cappello allargò le mani come per sorreggermi.

«Ci penso io.» Una mole più bassa incombeva alle mie spalle. Ramón.

«Sei un facchino,» dissi, come se la cosa fosse rilevante. «Non ho bagagli da farti portare.»

Lui rise. «Mi assicuro solo che tu arrivi in camera. Sano e salvo. E da solo.» Lanciando un'occhiataccia all'altro tipo, mi afferrò sotto il gomito.

Dopo che fummo scesi dai gradini e ci incamminammo lungo il sentiero di ghiaia verso il mio bungalow, mi chiese: «Come sta tua madre?»

«Sta bene. L'ho chiamata quando sono arrivato ieri.» Una sensazione di calore mi pervase al ricordo di aver aggiunto un paio di uomini alla sua scorta. Sarebbe stata al sicuro anche se io ero a migliaia di chilometri di distanza.

«Ti raggiunge?»

«Non questa volta.» Non poteva vedermi così. A crogiolarmi nell'autocommiserazione. Ubriaco.

«E il resto della tua famiglia? Andrai a trovare Isobel?»

«Assolutamente no.» La mia prozia era peggio di Mamá. Avrebbe cucinato per me, avrebbe chiacchierato e mi avrebbe tirato fuori tutta la sordida storia. E l'ultima cosa che volevo era rivangare come mi ero trasformato in Mick Fallon con il mio migliore amico, ricordare i suoi occhi sbarrati e spaventati, e l'espressione scioccata di Ben.

Non volevo pensarci mai più.

«Hai bisogno di qualcuno,» disse lui. «Non dovresti stare da solo.»

«Ne sei sicuro?» Per qualche ragione, il volto di Ben mi balenò davanti agli occhi. Sbattei le palpebre con forza. No. Quando non potevo fidarmi di me stesso, stare da solo sembrava la cosa migliore. Forse avrei potuto affittare una baita in montagna e diventare un eremita.

Quello di cui avevo bisogno era un altro drink.

Per fortuna, avevo un mobile bar ben fornito nel mio bungalow, e non appena Ramón mi lasciò, mi versai un altro whisky.

Se avessi bevuto abbastanza, avrei potuto dimenticare quello che avevo fatto. Quello che avevo perso.

5

BEN

LA MATTINA SEGUENTE, proprio mentre stavo per fare un altro ping al telefono di Cooper, Julie si piantò davanti alla mia scrivania. Oscurai lo schermo del telefono e le feci un sorriso. «Cosa posso fare per Lei, Julie?»

«Il signor Weston dice che il signor Fallon si è preso un periodo di ferie. Significa che non parteciperà alla conferenza stampa sulla partnership di ricerca?»

Cazzo, era oggi. La Synergy aveva assegnato un piccolo team per personalizzare il nostro software per un'organizzazione di ricerca sul cambiamento climatico, come avevano fatto l'anno prima per un gruppo di ricerca genetica. La speranza era che il motore di analisi della Synergy potesse snellire e accelerare la ricerca per ottenere risultati più rapidi. Cooper si era battuto duramente per quella donazione, e sarebbe dovuto essere lui a parlarne.

«No, mi dispiace.»

«Lo comunicherò al signor Weston.»

Rilasciai il fiato. «Grazie, Julie.»

«Gli faccia mandare un'email di aggiornamento, per favore. Il signor Weston sta cercando i dati più recenti per il suo grande progetto. Inoltre, vuole la password di rete di Cooper.»

«La sua password?»

«Dato che Cooper non tornerà per un po', il signor Weston vuole essere sicuro di poter accedere ai suoi file. Ha bisogno della sua password.»

«Io… io non posso dargliela.» Durante la formazione dei nuovi assunti, avevo firmato un documento in cui mi impegnavo a non condividere mai e poi mai la mia password con nessuno, neanche con mia sorella. Doveva valere anche per la password di Cooper.

Julie si accigliò. «Certo che può. Non appartiene a Cooper. Appartiene alla Synergy. E il signor Weston è l'amministratore delegato.»

Intorpidito, le mie labbra formarono la parola: «Okay.»

Dopo che si fu allontanata, mi presi la testa tra le mani.

Avrei dovuto accettare quella maledetta giornata alla spa.

Weston sapeva dell'assenza di Cooper. Immaginai avesse senso che Cooper l'avesse detto al suo capo. Non poteva prendersi il tempo di dirlo anche al suo assistente? Maledetto biglietto. Maledetto buono regalo. Lo stomaco mi bruciava.

Ma io ero un professionista, anche se Cooper aveva deciso di smettere di comportarsi come tale. Gli avrei mandato un'email…

Email! Perché non ci avevo pensato? Se Cooper stava mandando email, forse sarei riuscito a scoprire dove era andato.

Passai dall'app del calendario a quella della posta e feci l'accesso per visualizzare quella di Cooper. Le email non lette erano un numero impressionante; avrei dovuto smaltirle in seguito. Controllai la casella della posta inviata.

Una sola email era stata inviata da quando Cooper era scomparso martedì sera. L'orario era della tarda serata di mercoledì, meno di otto ore prima. La esaminai, affamato di dettagli.

Era un messaggio al responsabile della conformità della Synergy, che confermava un'email dal suo consulente finanziario. Cooper aveva intenzione di vendere alcune azioni di Classe A.

Cosa. Cazzo.

Cercai una risposta nella casella di posta in arrivo di Cooper. Eccola. Il responsabile della conformità aveva inviato una risposta amichevole ricordando a Cooper che eravamo in un periodo di blackout, ma che avrebbe potuto vendere non appena fosse terminato, entro una settimana.

Cooper stava vendendo azioni. Non azioni qualsiasi. Azioni di Classe A, quelle che davano il controllo sulla società.

Che cazzo significava quello?

Sapevo cosa aveva significato nella mia vecchia azienda, ma solo col senno di poi. I fondatori avevano liquidato le loro azioni poche settimane prima che andasse tutto a rotoli. Uno aveva detto che stava comprando una casa sulla spiaggia; l'altro stava divorziando e aveva bisogno di liquidità. Non c'era nessuna casa sulla spiaggia. Il divorzio, però, ci fu. E dopo aver incassato i soldi, mi chiamarono nella sala conferenze, i loro volti pieni di scuse e un briciolo di colpa, e mi licenziarono.

Con la piccola liquidazione che mi avevano dato, avevo dovuto scegliere tra pagare l'affitto e pagare le tasse universitarie.

Quando avevo chiesto al mio ragazzo, Trey, se potevo stare da lui per un mese o due, giusto il tempo di rimettere in sesto la mia vita, lui aveva assunto un'espressione terrorizzata. Okay, forse avevo una macchia di gelato Häagen-Dazs Triplo Cioccolato e Biscotti sulla maglietta e non mi ero fatto la barba per qualche giorno. Ma quando aveva iniziato ad accampare scuse, capii che tra noi era finita.

Meritavo qualcuno che mi sostenesse quando ne avevo bisogno. Che non scappasse al primo segno di difficoltà. Che fosse disposto ad affrontare insieme i problemi della vita. Il giorno dopo mi trasferii da Mimi e smisi di rispondere alle chiamate e ai messaggi notturni di Trey.

E quando trovai un ottimo lavoro alla Synergy che mi pagava le tasse universitarie, promisi a me stesso che non mi sarei fatto cogliere di sorpresa di nuovo. La prossima volta sarei stato pronto, in guardia.

Cooper sapeva qualcosa sul futuro della Synergy? Stava

cercando di uscirne finché era in tempo? Un rivolo di sudore mi scese lungo la schiena e mi incollò la camicia alla pelle.

Aprii una finestra del browser e feci una ricerca. Non si trattava di tutte le sue azioni di Classe A. Circa un quarto. Neanche lontanamente una svendita totale.

Eppure, cosa significava?

«Stai bene?»

Alzai lo sguardo dallo schermo, sbattendo le palpebre. Non avevo sentito i tacchi di Marlee ticchettare sulle vecchie assi di legno. Una piccola ruga di preoccupazione le solcava la fronte.

Minimizzai la finestra del browser. «Tutto bene. Che succede?» Tentai di sorridere, ma non ci riuscii.

«Sei davvero pallido. Sei sicuro di stare bene?»

Marlee lavorava alla Synergy da molto più tempo di me. Conosceva Jackson e Cooper meglio di me. Ed era discreta riguardo alle bravate di Jackson. Potevo parlarle.

«Hai un minuto?» Le feci un cenno verso la sala conferenze vuota alle sue spalle.

«Certo.» Aprì la strada verso la stanza, che si affacciava sulla strada trafficata e sugli alti edifici che circondavano la fabbrica riconvertita che ora ospitava la Synergy. Chiusi la porta.

Sapevo qualcosa di azioni grazie al corso di finanza dell'anno scorso. Il compito del responsabile della conformità era assicurarsi che ciò che faceva la Synergy fosse in regola con le normative governative. Probabilmente aveva già inviato una comunicazione pubblica dell'intenzione di Cooper di vendere le sue azioni, quindi non avrei rivelato a Marlee nulla di confidenziale.

Tuttavia, non sarebbe stato male essere cauto. «Quand'è l'ultima volta che Jackson ha venduto azioni della Synergy?»

La piccola ruga di preoccupazione era tornata. «Intendi dire, esercitato le sue stock option?»

«No, intendo dire venduto azioni vere e proprie.»

«Lavoro per Jackson da quattro anni e non l'ho mai visto vendere azioni. Non quando ha comprato casa, non quando si è sposato e non quando hanno avuto Valentine. Lui e

Cooper si terranno stretta quest'azienda finché non gliela strapperanno dalle mani fredde e senza vita. Perché me lo chiedi?»

Controllai che la porta alle mie spalle fosse chiusa. «Cooper sta vendendo alcune delle sue azioni di Classe A. Sembra strano, no?»

Gli occhi di Marlee si sgranarono. «Super strano. Quelle di Classe A sono quelle che danno loro diritti di voto extra, non è così?»

«Esatto.»

Lei arricciò il naso. «Pensavo che quelle venissero trasmesse agli eredi. Come per i Ford. Può davvero venderle?»

«Non sul mercato azionario normale. Ma lo statuto della Synergy permette ai detentori di convertirle in un numero maggiore di azioni ordinarie.»

«Senti un po' il nostro laureato in economia.»

Le mie guance avvamparono. «Laurea in economia in corso.»

«Cosa ti ha detto quando gliel'hai chiesto?»

Feci una smorfia. Prima, non volevo far sapere che Cooper era scomparso. E non erano ancora passate quarantotto ore. Ma Marlee poteva aiutarmi a rintracciarlo. In più, ero disperato all'idea di condividere quel fardello.

«Cooper è andato via. Svanito. Non si è presentato a Boston.» Le parole mi uscirono di getto, raccontandole del telefono di Cooper, della sua governante, dei messaggi non restituiti al pilota, dell'email. Persino del biglietto che mi diceva di prendermi qualche giorno di ferie, anche se non riuscii a guardarla negli occhi quando glielo dissi.

Quando finii, Marlee si era portata le mani alla bocca. «C'è qualcosa che non va,» mormorò tra le dita. «Dobbiamo rintracciarlo.»

«È quello che sto cercando di fare da un giorno e mezzo, ma senza fortuna.»

Marlee lasciò cadere le mani lungo i fianchi e si sistemò la gonna. «La cosa buona è che sappiamo che è vivo e che sta almeno ragionevolmente bene se sta mandando email al responsabile della conformità.»

Non l'avevo vista in quel modo. La tensione nel mio corpo si allentò un pochino. «Che boy scout. Spunta tutte le caselle anche quando è disperso.»

Marlee sbuffò. «Boy scout. Comunque, dobbiamo trovarlo. Qualcuno prima o poi lo scoprirà, e la scomparsa del tuo COO non è una bella pubblicità.»

«Okay, allora qual è il piano?» Marlee aveva sempre un piano.

«Parlerò con Jackson. Se Cooper ha detto a qualcuno dove stava andando, l'avrà detto a lui. E userò alcune delle mie tecniche per rintracciare Jackson per scoprire dove è andato Cooper.»

«Tecniche per rintracciare Jackson?»

Lei fece un sorrisetto. «La tecnica preferita di Jackson per affrontare lo stress è sparire. Non ti dico neanche tutti i posti in cui ha cercato di nascondersi. Lasciami lavorare su questa cosa per un paio di giorni. Oggi è giovedì. Se non avrò scoperto niente e lui non sarà tornato entro lunedì, rivaluteremo la situazione.»

Coincideva con i pochi giorni in cui pensava di stare via. «Forse è andato in una spa.»

«Uno di quei ritiri spirituali in un monastero del silenzio?»

Risi al pensiero di Cooper Fallon che restava in silenzio per una settimana senza dare ordini a nessuno. «Che Dio aiuti quei monaci.»

«Non preoccuparti. Lo troveremo.»

Stringendo la mano della mia amica, mi sentii un po' meglio.

6

BEN

ASPETTARONO il dolce per tendermi un'imboscata.

Papà aveva appena portato in tavola la sua torta al limone fatta in casa con salsa ai lamponi quando suonò il campanello.

«Vuoi che vada a vedere chi è?» Mimi posò la caraffa del caffè.

«No, no.» Mia madre agitò nervosamente le mani. La guardai socchiudendo gli occhi. Mamma, un avvocato ambientalista, non era mai nervosa. «Ho chiesto a un collega di portarmi dei documenti stasera. Ricordi, te ne ho parlato. Quello nuovo. David.» Si affrettò verso la porta.

Mia madre non si affrettava mai.

Inarcai le sopracciglia verso papà, ma lui concentrò la sua attenzione sul tagliare delle fette spesse di torta. Così mi voltai verso Mimi. Lei storse le labbra di lato.

«Tu cosa sai, Mimi?»

«Niente.» Prese un'altra tazza di porcellana dalla credenza vecchio stile. Persino la sua nuca dai capelli ricci sembrava compiaciuta.

Mamma rientrò di gran carriera in sala da pranzo, facendo tremolare le candele dello Shabbat. «David è stato così gentile da portarmi le carte di cui avevo bisogno dall'ufficio che gli ho chiesto di fermarsi per il dolce.»

Dietro di lei, un ragazzo bianco sulla mia età entrò nella stanza. Non era molto più alto di mia madre, quindi più o meno della mia statura. Capelli scuri, barba corta e un bel naso marcato, aveva quell'aria tipica di chi non vede mai la luce del sole, come tutti i suoi colleghi per via del troppo tempo passato in ufficio.

Roteai gli occhi al cielo verso mia sorella. Mamma l'aveva fatto di nuovo.

«David, ha conosciuto mio marito, Adam, alla festa il mese scorso. Questa è mia figlia, Miriam, e mio figlio, Benjamin. Ben sta finendo la laurea in economia.»

Mimi non si meritò neanche un accenno alla sua professione. E così svanì la mia ultima speranza che l'appuntamento fosse per lei. Era per me. Meraviglioso.

Lui strinse la mano a Mimi, poi la mia. Presa salda, forte. Lunghe ciglia incorniciavano i suoi occhi scuri. «Shabbat shalom,» disse.

«Shabbat shalom,» ripetei. Ebreo, anche. Mamma stava puntando al colpo grosso con David.

Lo indirizzò al posto accanto al mio. Davanti a torta e caffè, chiacchierammo del più e del meno su dove fosse cresciuto, dove aveva studiato, quanto gli piacesse il diritto ambientale.

Mamma finse di essere assorta nella conversazione tra papà e Mimi sull'ultimo scandalo del mercato azionario, ma capivo che stava ascoltando dal modo in cui si irrigidì quando David parlò della sua brillante università.

Alla fine, intervenne. «Ben ha avuto un percorso di studi non tradizionale. E ora lavora e studia. Seguirà le orme di suo padre nel mondo degli affari.»

«Davvero?» David aveva aggrottato la fronte quando gli avevo detto che ero un assistente esecutivo, ma ora i suoi occhi marroni si animarono. Trey era stato uguale. Quando ci eravamo appena conosciuti, mi aveva chiesto perché volessi fare il segretario.

«Beh, non esattamente. Mio padre ha insegnato per vent'anni

prima di avviare la sua attività di tutoraggio. Una volta laureato, farò domanda per un lavoro diverso nell'azienda in cui lavoriamo io e Mimi. Forse nel marketing.»

«Il marketing è una scelta solida, Ben.» Mamma doveva aver notato il modo in cui non potevo fare a meno di arricciare il naso parlando del mio percorso di carriera. «Sai che non puoi mantenerti facendo l'assistente sociale.»

«Lo so.» Ne avevamo parlato fino allo sfinimento, finché non avevo cambiato corso di laurea. Il marketing non era la carriera più entusiasmante, ma mi avrebbe tolto mamma di torno e mi avrebbe fatto alzare dal divano di Mimi.

E mi sarei lasciato alle spalle il sesto piano, Cooper Fallon e i suoi allettanti occhi blu.

David inclinò la testa. «Non sembra entusiasta del marketing.»

Ritornai a concentrarmi su di lui. I suoi occhi erano davvero belli con quelle lunghe ciglia. Non sbalorditivi come quelli di Cooper, ma mamma si era data così tanto da fare. Sfoderai un sorriso ammiccante. «Di cosa sembro entusiasta?»

«Beh,» — si lisciò la mano accanto alla piega impeccabile dei pantaloni — «ha parlato molto di Cooper Fallon.»

Afferrai il bicchiere d'acqua, desiderando che ci fosse più ghiaccio per raffreddarmi le guance. La buttai giù e posai il bicchiere sul tavolo. «È il mio capo. Ed è straordinario. È partito dal nulla per creare un'azienda da Fortune 1000 in meno di dieci anni.»

«Stanford non è il nulla.» Mia madre non riusciva a stare fuori dalla nostra conversazione. «Si può fare qualsiasi cosa con una laurea di Stanford. Potresti...» Strinse le labbra. «Perché stiamo parlando di Cooper Fallon? Voi due avete così tanto in comune! Vi piacciono entrambi...»

Quando la sua pausa si protrasse troppo a lungo, scambiai un'occhiata con David. Cosa avevamo in comune?

«Le cause!» Finalmente trovò la parola. «David ha a cuore l'ambiente — da qui, il diritto ambientale. E Ben...»

Si era di nuovo messa in un angolo da sola. Non voleva tirare in ballo la mia causa specifica perché toccava un tasto troppo dolente.

David non sapeva di essere entrato in un campo minato. «Qual è la sua passione, Ben?»

«Faccio volontariato quasi tutti i fine settimana al centro sociale. Con i ragazzi a rischio.»

David si sporse in avanti. La sua voce profonda e lo sguardo fisso di quegli occhi marroni avrebbero dovuto farmi fremere. Ma, dannazione, nessun fremito. Niente di niente. «Perché il centro sociale?»

Lanciai un'occhiata ai miei genitori, che si erano immobilizzati. Meglio non rivelare quella sordida storia a un estraneo, specialmente a uno che lavorava per mia madre. Così feci spallucce come se non mi avessero mai dato una coperta lisa in un rifugio. «Sono molto interessato al problema dei senzatetto, soprattutto perché colpisce in modo sproporzionato le persone LGBTQ.»

«Oh. È nobile da parte sua.»

Le spalle di mia madre si rilassarono. Papà cominciò a raccogliere i piatti vuoti.

Mi alzai e presi il piatto di David. «Oh, sono la cosa più lontana dalla nobiltà. Ma molte volte, i rifugi sono l'unica cosa che si frappone tra quei ragazzi e il farsi del male da soli o per mano di altri.»

«No, Ben, ai piatti ci penso io.» Mamma si alzò a metà.

La feci sedere con un gesto della mano. «Ho bisogno di sgranchirmi. Perché non racconti a David di quella volta, l'anno scorso, in cui tutto lo studio ha fatto volontariato alla mensa dei poveri? Sa, David, è a soli cinque chilometri da qui. La fame è un problema reale nelle nostre comunità.»

Non che lui l'avesse mai provata. Cooper, d'altra parte, mi dava quella sensazione. Sembrava non percepire i segnali del suo stomaco. Forse era il suo regime di fitness a esserne la causa, ma quello era un altro segno di un passato travagliato: cercare di esercitare il controllo sul proprio corpo. Era per questo che gli portavo tutti quei frullati e li addolcivo con i mirtilli.

No, i mirtilli non erano solo perché mi ricordavano i suoi occhi.

«Mi piacciono quella passione, quel fuoco,» disse David, strappandomi dalle mie riflessioni su Cooper Fallon.

«Grazie,» dissi, sorridendo. Come vorrei riuscire ad appassionarmi a David. Ma il mio cuore testardo voleva un solo uomo. Uno che non potevo avere.

In cucina, misi la pila di piatti accanto al lavello e caricai nella lavastoviglie quelli che papà sciacquò.

Papà si appoggiò al lavello. «Sta cercando di aiutare, lo sai.»

Sospirai. «Lo so. E lui è un ragazzo a posto, ma...»

«Ma?»

«Non sono pronto.»

Mi scrutò da sotto le sopracciglia grigie. «Sono passati mesi da quando hai rotto con quel... quel...»

«Trey, papà. Si chiama Trey.»

«È uno stronzo.» Lo sussurrò. «Non è abbastanza per te.»

«No.» Sorrisi. Non potevo farne a meno con il mio papà protettivo. «Non era giusto per me. Ma questa è tutta la mia storia sentimentale: ragazzi che non pensavano che fossi abbastanza per loro. E i ragazzi così non mi meritano. Ecco perché mi sto prendendo una pausa.» Chiusi la lavastoviglie.

«Ma se...»

«No.» Incrociai le braccia. «Neanche se... se Jonathan Groff si presentasse alla mia porta e mi supplicasse di uscire con lui per un caffè. Mi sto concentrando sullo studio. E sul mio lavoro. Ti renderò orgoglioso. Lo prometto.»

«Benny, sai che siamo orgogliosi di te, a prescindere. Ti sei tirato su, ti sei costruito una vita.» Si asciugò le mani e ne posò una sulla mia spalla. «Ma non devi fare tutto da solo. Penso che saresti più felice con qualcuno al tuo fianco. Qualcuno che ti meriti.» Mi strinse la spalla.

Diedi una pacca sulla sua mano e ricacciai indietro le lacrime che mi bruciavano gli occhi. «Non sono solo. Ho voi. E Mimi. Non ho bisogno di nessun altro. Sto bene da solo.»

«Non devi dimostrarci niente. Anzi, saremmo felici di aiutare...»

Alzai una mano. «No, papà. Me la cavo da solo. Synergy mi paga le tasse universitarie ora, e sto risparmiando per un posto tutto mio.»

«Benny...»

Scossi la testa. Avevamo avuto quella discussione troppe volte.

«Comunque,» disse, «la vita è più divertente con una persona speciale accanto.»

Sorrisi. «Forse è così. Tu e mamma dovreste saperlo. È solo che non ho ancora trovato quella persona speciale.»

«Quindi è un no per David?» Un angolo della sua bocca si sollevò.

«Per oggi, è un no.»

«Povera mamma tua. Ci lavora da settimane.»

«Sono sicuro che troverà un ragazzo adorabile.»

«E un giorno,» — mi trafisse con lo sguardo — «lo troverai anche tu.»

Questo era mio padre. Vedeva sempre il meglio nelle persone. Persino in me. Ero contento che non potesse vedere il vero motivo per cui non trovavo attraente David. Quella era la mia cotta del tutto inappropriata per il mio capo irraggiungibile.

Che al momento era scomparso.

7

BEN

LUNEDÌ, Cooper non era tornato.

Peggio ancora, Weston in persona mi chiamò nel suo ufficio per chiedermi la password di rete di Cooper. Avevo sperato che se ne dimenticasse, ma avrei dovuto immaginarlo. Il nostro inflessibile CEO non dimenticava nulla.

«Aprirò un ticket all'IT oggi» promisi.

Lui si accigliò. «Dobbiamo coinvolgere l'IT? Lei non la sa?»

«No.» Anche se l'avessi saputa, non gliel'avrei detta. Era difficile essere licenziati alla Synergy, ma mettersi a fare casini con la sicurezza? Se Cooper l'avesse scoperto, sarei tornato dritto in fila all'ufficio di collocamento.

«Controlli sulla sua scrivania. Forse l'ha scritta da qualche parte.»

Avrei potuto elencare a memoria gli oggetti sull'immacolata scrivania di Cooper, ed era impossibile che avesse scritto la password su un post-it per poi attaccarlo sotto il telefono come un boomer qualsiasi. Ma per uscire dall'ufficio di Weston, dissi: «Certo, controllo subito».

Evitai l'ufficio di Cooper e andai dritto alla scrivania di Marlee.

Lanciando un'occhiata alle mie spalle per assicurarmi che Weston non mi stesse guardando, la trascinai in una sala riunioni lì vicino e le dissi cosa mi aveva chiesto di fare.

Marlee sbatté le palpebre dei suoi grandi occhi castani. «Non gli hai dato la password, vero?»

«No, non la so nemmeno. Tu sai quella di Jackson?»

«Non più. Anche se la sapevo quando stava»… fece una smorfia, «… attraversando la sua fase meno responsabile. All'epoca aveva bisogno di molto aiuto. Gliele impostavo io. Usavo sempre i titoli dei miei romanzi rosa preferiti.»

«Tu… lascia perdere.» Cooper non me l'aveva mai chiesto. Significava che non si fidava di me? O che era in grado di sbrigarsela da solo, a differenza di Jackson? «Credo che chiederò ai ragazzi dell'IT.»

«Non farlo.»

Mi sentii sollevato che Marlee avesse confermato quella sensazione di prurito che la richiesta di Weston mi aveva insinuato sotto la pelle. «Non dovrei, vero? È strano.»

«Nessuno dovrebbe condividere le password. All'epoca non l'avrei fatto per Jackson se non fosse stata una situazione disperata. Cooper ti impalerebbe la testa e la userebbe come supporto visivo nel suo prossimo discorso sulla cybersecurity.»

«Già.» Dio, quanto avrei voluto che fosse lì per spiegarmi cosa stava succedendo. Anche se mi avesse urlato contro per non aver rifiutato all'istante la richiesta di Weston. «Nessuna fortuna con le tue tecniche di localizzazione di Jackson?»

«Non ancora.» Abbassò la voce. «Hai controllato l'app di localizzazione del telefono?»

«Sì, ogni giorno, ma nessun segnale.»

«Probabilmente l'ha disattivata. L'ha creata lui, sai.»

Feci una smorfia. «Ah.» Avrei dovuto ricordare che Cooper era un genio degli affari e un programmatore decente. «E adesso?»

«Adesso passiamo alla Fase Due del piano.»

«Fase Due?»

«Weston sa che se n'è andato. E se ti chiede la password di

Cooper, ha in mente qualcosa. Dobbiamo passare al livello successivo. Scoprire cosa sa Weston.»

Non conoscevo molto bene Weston. Era affascinante, nel suo genere da volpe argentata, ma la piega crudele della sua bocca carnosa non mi attirava per niente. E i suoi occhi blu zaffiro osservavano sempre. Inquietante. Mi voltai di nuovo a guardare alle mie spalle, ma nessuno stazionava fuori dalla porta a vetri della sala riunioni.

«Cosa credi che abbia in mente?»

«Nessuna idea, ma non può essere nulla di buono. Jackson non si fida di lui.»

Eccola di nuovo quella sensazione di vuoto allo stomaco, come se fossi sulle montagne russe e avessimo appena iniziato la discesa dalla cima più alta. Ma Marlee avrebbe trovato una soluzione.

«Grazie, Marlee.» L'abbracciai, avvolto dal suo profumo di rose.

«Non ringraziarmi ancora.» Mi strinse più forte la schiena e mi parlò all'orecchio. «Non hai ancora sentito la tua parte del piano.»

———

MARLEE MI FECE MEMORIZZARE i tre passi del piano dal nome ingannevolmente semplice, che aveva battezzato Operazione Alla Ricerca di Nemo. Chi l'avrebbe mai detto che una donna che sembrava e parlava come una Principessa Disney avesse una mente così diabolica?

Il giorno dopo, martedì, a una settimana dall'ultima volta che avevo visto Cooper, si fermò alla mia scrivania, con un braccio attorno alle spalle di Julie. Entrambe indossavano l'impermeabile; quello di Julie si apriva sul suo ventre prominente. Quando era previsto che andasse in maternità, di nuovo? Sembrava imminente.

«Ehi, Ben. Io e Julie andiamo a prendere un gelato da quel

furgoncino in fondo alla strada. Hanno dei gusti fantastici, ma resta solo per altri venti minuti.»

Gli occhi di Julie si spalancarono. «Marlee dice che ne hanno uno alla patata dolce e bacon. E magari sopra ci metto una pallina di gelato alla sriracha?»

Repressi un brivido. «Sembra delizioso.» Con nonchalance, aggiunsi: «C'è qualcosa che devo coprire mentre siete via?»

«Oh mio Dio, quasi dimenticavo. Non posso andare, Marlee. Il signor Weston ha una chiamata con il Presidente tra cinque minuti. Mi fa sempre comporre il numero e metterli in contatto come se fossimo nel 1960.» Alzò gli occhi al cielo.

Feci un finto sbuffo. «Posso farlo io per te, nessun problema.»

«Davvero?» I suoi occhi si spalancarono.

«Certo. Non vorrei che ti perdessi quel gelato alla sriracha.»

«Oh mio Dio, ho l'acquolina in bocca. Ti devo un favore enorme, Ben. Tutte le informazioni sono nel mio calendario.»

Marlee mi fece l'occhiolino. Passo Uno: fatto.

«Me ne occupo io. Voi due divertitevi.»

«Grazie. Sei il migliore, Ben» gridò Julie alle sue spalle mentre Marlee la guidava verso l'ascensore.

Ora il Passo Due. Aprii il calendario di Julie e trovai le informazioni per la chiamata. Quando l'orologio segnò l'ora esatta, chiamai il Presidente e gli chiesi di attendere in linea per Weston. Poi chiamai Weston.

«Signor Weston, ho il Presidente in linea.»

«Ben? Dov'è...? Non importa. Me lo passi.»

Collegai la chiamata, ma invece di riattaccare, rimasi in linea, assicurandomi di aver silenziato il mio microfono. Marlee mi aveva promesso che Weston non era abbastanza esperto di tecnologia da accorgersene. Tuttavia, dalla mia scrivania, osservavo la porta chiusa del suo ufficio, con i palmi sudati che facevano scivolare la cornetta nella mia presa.

«Buon pomeriggio, Charles.» Weston si lanciò in convenevoli, chiedendo della nuova nipotina del Presidente, di sua moglie e dei suoi affari. In cambio, il Presidente propose una partita a golf tra qualche settimana, quando il tempo si fosse riscaldato.

Mentre chiacchieravano del più e del meno, io aspettai, con la matita sospesa sul mio blocco note e un sudore freddo che mi imperlava la fronte. Respiravo il meno possibile, anche se ero in muto e non potevano sentirmi.

Finalmente, Weston chiese: «Ha letto la mia proposta?»

«Sì, e ho alcune perplessità.» Il Presidente sembrava... a disagio? Non poteva essere. L'avevo incontrato solo una volta, e non era che un concentrato di disinvoltura e sicurezza. «Non credo che Cooper o Jackson approveranno alcune delle sue misure di taglio dei costi. Il piano di rimborso delle tasse universitarie, per esempio...»

Sussultai. Poi controllai tre volte di essere ancora in muto. Non avrei mai finito l'università se la Synergy non mi avesse pagato le lezioni e i libri. Ma il Presidente non aveva ancora finito.

«Il vero ostacolo è questo taglio del personale del dieci percento su tutta la linea. Nessuno dei due fondatori ha mai appoggiato una riduzione del personale, nemmeno durante l'ultima recessione.»

Mi irrigidii. Licenziamenti? Chi avrebbero tagliato? Qualcuno in un grande dipartimento come mia sorella, Mimi, o gli assunti più recenti? Io ero stato assunto solo sei mesi fa.

«Quali sono le novità su Cooper?» chiese il Presidente. «Jackson non firmerà se lui si oppone.»

«Non credo che Fallon sarà un problema ancora per molto.»

Un brivido, uno di quelli veri, mi graffiò la schiena quando Weston lo disse. Era uno stronzo, ma non avrebbe fatto nulla per fare del male a Cooper, vero?

«Cosa intende dire?» Alzai gli occhi al lucernario e ringraziai Dio per aver fatto porre al Presidente la domanda che mi bruciava sulle labbra.

«Ha presentato una richiesta di conversione di azioni di Classe A.»

Il Presidente non disse una parola per qualche secondo. «Quante?»

«Circa un quarto.»

«Potrebbe aver bisogno di liquidità.»

«Potrebbe. O potrebbe essere un segno che ne ha abbastanza. Che è esaurito. Non sarebbe il primo fondatore a rimanere deluso dalla sua azienda. A voler voltare pagina. Il che supporta l'opportunità di cui le ho parlato la settimana scorsa.»

«Ha parlato con il suo contatto?» chiese il Presidente.

Un'opportunità? Un contatto? Cosa stava succedendo?

«Se vende un altro cinque percento, lui e Jones perderanno la loro maggioranza di blocco. La Synergy diventerà molto più attraente.»

Attraente per chi? Per i clienti? Per il mercato? Di cosa stavano parlando? Ero diventato così immobile che non sentivo più i piedi. Afferrai la cornetta come se fosse un'ancora di salvezza.

«È proprio questo che mi preoccupa.» La voce del Presidente rimbombò nel mio orecchio. «E se ci fosse un'acquisizione ostile? Gurusoft…»

«Charles, Charles» tubò Weston. «Ho la situazione in pugno. Ho lavorato con il responsabile della conformità. L'azienda è al sicuro da avances indesiderate.»

Il Presidente rimase in silenzio. Fissai lo schermo del mio computer, senza vederlo. Weston disse di avere la situazione in pugno. Come? E il cambiamento nelle quote azionarie — e nel potere — avrebbe significato che per Jackson e Cooper sarebbe stato più difficile opporsi alle misure di taglio dei costi di Weston? Quelle misure mi riguardavano direttamente.

Se fossi stato licenziato, mi sarei ritrovato di nuovo con il culo per terra per la seconda volta in meno di un anno. Niente piano tasse, niente laurea. Se anche Mimi avesse perso il lavoro, saremmo finiti entrambi per strada.

Riattaccai la cornetta. Non avevo bisogno di sentire altro. Dovevo trovare Cooper, assicurarmi che non vendesse altre azioni e fare tutto il necessario per farlo tornare.

8

BEN

GIOVEDÌ, dieci giorni da quando avevo visto Cooper, il metodo di tracciamento segreto di Marlee non aveva prodotto un singolo indizio. E quando chiese a Jackson dove potesse essere Cooper, lui era confuso tanto quanto noi.

Neanche Cooper lo aveva chiamato.

Il telefono di Cooper era ancora non rintracciabile e la sua segreteria telefonica era piena. Tornai a casa sua, ma la governante mi fece di nuovo muro.

Andai a lezione giovedì sera, ma non sentii una parola della spiegazione, troppo impegnato a preoccuparmi per la sessione estiva. Non potevo permettermelo, se Weston avesse tagliato il programma di sovvenzione delle tasse universitarie. E se mi avessero licenziato, sarei diventato quel tizio con un altro buco nel curriculum, a scroccare un posto sul divano di sua sorella, abbastanza disperato da sgomitare per un lavoro al salario minimo.

Venerdì, nella sala relax dei dipendenti al sesto piano, mangiucchiai un boccone del mio panino al tacchino. Deglutii a fatica per mandarlo giù oltre il nodo che avevo in gola. Quanti altri pranzi avrei consumato nell'ufficio della Synergy? Quanto tempo mancava prima di dover avere di nuovo a che fare con l'ufficio di collocamento?

Marlee irruppe nella sala relax, con le guance rosa come la sua camicetta. «Ho notizie!»

Lasciai cadere il panino sul tovagliolo. «Buone notizie?»

Lei si strinse nelle spalle. «A questo punto, qualunque notizia non è una buona notizia?»

«Hai ragione.» Se avevamo un indizio su dove fosse andato Cooper, eravamo un passo più vicini a farlo tornare. Lasciando il pranzo sul tavolo, seguii Marlee nella sala riunioni vuota più vicina.

Lei chiuse la porta e vi si appoggiò. Con una voce bassa che vibrava di eccitazione, disse: «Hai presente quell'isola dove va in vacanza?»

«Nei Caraibi, giusto?»

«Sì. È lì.» Infilò una mano nella tasca della gonna e tirò fuori un post-it. Glielo presi. Con la sua grafia svolazzante c'erano il nome di un resort, un numero di telefono e un indirizzo.

Un'isola dei Caraibi. Era in una fottuta vacanza, a sorseggiare cocktail con l'ombrellino e a procurarsi quell'abbronzatura dorata che gli stava così bene. Mentre noi tutti eravamo preoccupati per lui.

Ignorando il vuoto allo stomaco, sventolai il biglietto. «Come lo hai trovato?»

Lei fece una smorfia. «Non sta usando la sua carta aziendale. Potrei aver chiamato la compagnia della sua carta di credito personale e aver finto di pensare che fosse stata rubata. Non dirglielo, soprattutto se gli annullano la carta.»

Come dicevo, astuta.

«Il tuo segreto è al sicuro con me.» Fissai il biglietto. «Quindi, uhm, li chiamo e chiedo di Cooper?»

Lei fece una smorfia. «Scusa, ci ho già provato. Sono inflessibili quanto la sua governante. Non hanno voluto nemmeno confermare che alloggiasse lì. Dovrai andarci tu.»

«Andarci?» Sbattei le palpebre. Non ero mai stato su un aereo.

Non avevo mai nemmeno lasciato lo stato della California. Non ne avevo mai avuto bisogno. Tutto ciò a cui tenevo — il mio lavoro, la mia famiglia — era qui.

«Sì, sai. Volare lì. Trovarlo. Rapirlo. Qualunque cosa serva.»

Qualunque cosa serva. Aveva ragione. La posta in gioco era troppo alta per non provare. Senza Cooper, non avrei avuto un lavoro né alcuna speranza per il mio futuro. E nemmeno Marlee. Anche se era un membro part-time del team di sviluppo, se avessero costretto Jackson ad andarsene, non avrebbero voluto tenersi intorno la sua più fedele sostenitrice.

«Ti ho già prenotato i voli per domani mattina. Scusa se non posso rimediare il jet aziendale, ma dobbiamo mantenere un basso profilo, capisci? Hai la tua carta aziendale? E un passaporto?»

«Cooper me ne ha fatto fare uno quando sono stato assunto. Nel caso avessi dovuto viaggiare con lui.» Avevo tremato quando me l'aveva detto, pensando a passeggiate lungo gli Champs-Élysées o a scattare un selfie davanti alle Torri Petronas con Cooper. Ma non mi aveva mai chiesto di viaggiare con lui. E ora, forse non l'avrebbe mai fatto.

«Allora sei a posto. Chiamami appena lo trovi, ok?» Si strofinò una palpebra, spalmando il mascara sulle occhiaie violacee che le erano rimaste sotto gli occhi per tutta la settimana.

Tirai fuori il mio fazzoletto — non quello che sapeva di Cooper, ma uno normale — e le tolsi il mascara sbavato. «Ok. E tu mi chiamerai se senti qualcos'altro?»

«Certo.» Mi fissò, seria. «C'è molto in gioco. So che puoi farcela.»

Annuii, sentendomi come Spider-Man che prendeva un ordine da Iron Man. Anche se di solito Iron Man non indossava così tanto rosa. Il peso del mondo — o almeno dell'azienda — gravava pesante sulle mie spalle.

«E?» Le sue sopracciglia si inarcarono.

«E... cosa?» Sbattei le palpebre, guardandola.

«Vai a casa! Fai le valigie. Dormi. Il tuo unico compito ora è trovare Cooper. Concentrati, Ben.» Mise le mani sui fianchi.

«Sissignora.»

Lei annuì, aprì la porta e uscì a grandi passi. Tornai nella sala relax e buttai via i resti del mio pranzo. In uno stato di torpore, misi le mie cose nella borsa a tracolla e me ne andai. L'indomani a quell'ora, sarei stato in missione: Operazione Alla Ricerca di Nemo. Non potevo tornare senza di lui.

QUANDO MIMI TORNÒ A CASA, stavo fissando il mio borsone, circondato da pile dei miei vestiti sul divano che fungeva anche da mio letto.

«Cosa stai facendo?» Si tolse le scarpe con la punta dei piedi e posò la borsa del portatile sul pavimento accanto a esse.

«Preparo le valigie.»

«Ovviamente. Per cosa stai preparando le valigie, Benjamin? Non stai... Non te ne stai andando?» La sua voce salì fino a diventare uno squittio.

«No! Cioè, certo che me ne sto andando. Ma non definitivamente.»

«Bene.» Si lasciò cadere sulla poltrona.

«Ma non vuoi che me ne vada?» Diedi un'occhiata all'appartamento che condividevamo da quando avevo perso il mio vecchio lavoro. Fortunatamente, era un bilocale, non un monolocale, quindi lei aveva ancora una stanza per sé. E io cercavo di stare fuori dai piedi il più possibile. Ma quando si era trasferita, non aveva previsto di condividerlo con suo fratello. Non c'era molto spazio oltre al piccolo divano dove dormivo, la poltrona e quello che a Potrero Hill passava per una cucina. Per quanto cercassi di essere ordinato, per quanto spesso preparassi la cena per entrambi, doveva essere pronta a riavere i suoi spazi per sé.

Lei si allungò e mi diede un colpetto sulla spalla. «Alla fine sì. Ma non mi è dispiaciuto avere il mio fratellino in giro. Mi è piaciuto averti qui dove posso tenerti d'occhio.» Scrutò il borsone e le pile dei miei vestiti che di solito stavano in un paio di scatoloni nell'angolo.

«Hai finalmente rinunciato alla tua cotta per Cooper e hai conosciuto qualcuno?» I suoi occhi si arrotondarono. «Davvero ti è piaciuto David?»

Il mio viso si accese. «Non ho una cotta per Cooper.»

Le sue labbra si assottigliarono. «Sì, ce l'hai. I tuoi occhi diventano tutti dolci quando parli di lui.»

«È un bravo ragazzo! E i miei occhi non diventano dolci.»

«Sono dolci in questo momento. Molli, come il caramello.»

«Non è vero!»

«Ok, va bene. Non hai una cotta per il tuo capo. Ti piace e basta. Molto. Professionalmente. Quindi, ti è piaciuto David?»

«No! Certo che no! Cioè, andava bene. Solo che non era per me.»

«Perché certo che no? Sei il campione mondiale di incontri e innamoramenti istantanei. Non puoi andare a fare la spesa senza tornare a casa praticamente fidanzato.»

Stava esagerando. Per lo più. E allora se ero andato a letto con Trey il giorno in cui l'avevo conosciuto, e siamo stati inseparabili per il mese successivo?

Gettai un paio di costumi da bagno nel borsone. «È per lavoro. Io… io…» Non le avevo detto nulla. Non volevo che si preoccupasse per il suo lavoro. Ma ora, considerando che stavo per salire su un aereo e volare in un altro paese per trovare il nostro COO, capii che era il momento di dirglielo. Nel caso fossi morto, sai.

L'intera storia della scomparsa di Cooper e della misteriosa conversazione di Weston con il Presidente mi uscì di getto.

Quando ebbi finito, Mimi si sporse in avanti sulla poltrona, con i gomiti appoggiati alle ginocchia. «Come farai con l'università?»

«Andrà tutto bene. Parto domani mattina presto e probabilmente riuscirò a tornare in tempo per la lezione di martedì. Ma per sicurezza, ho detto al professore che dovevo viaggiare per lavoro, e ha detto che posso tenermi al passo con i compiti da remoto, se necessario. Ma non sarà necessario. Troverò Cooper, gli parlerò del piano malvagio di Weston e tornerò. Magari mi berrò un cocktail con l'ombrellino mentre sono lì.» Cercai di rassicurarla con un sorriso, ma le mie guance si rifiutarono di collaborare.

«Benjamin.» Il tono di Mimi era pieno di un avvertimento da sorella maggiore. «Guardami.»

Incontrai il suo sguardo. I suoi occhi erano più scuri dei miei, del colore di una porter invece che di un'ambrata.

«Tu vai lì. Lo convinci a tornare e a occuparsi della sua azienda. E poi torni. Niente innamoramenti con il tuo capo. Non sei Pepper Potts. Capito?»

Annuii. Cooper Fallon era l'esatto opposto di Tony Stark. Stabiliva le regole e non le infrangeva mai. Era Capitan America, che si batteva per ciò che era giusto e buono. E innamorarsi del suo assistente era contro le regole, per quanto lo desiderassi.

Anche se era stata una mossa da Tony Stark in piena regola scappare per una fottuta vacanza su un'isola senza dire niente a nessuno, lasciando me — tutti noi — a preoccuparci per lui.

«Tuttavia,» disse Mimi, frugando nella ciotola sotto il tavolino e tirando fuori una striscia di preservativi, che gettò nel mio borsone, «non si sa mai cosa potrebbe succedere con il ragazzo della piscina.»

Sbuffai. Se avessi seguito il suo piano — entrare, convincere Cooper, uscire — non ci sarebbe stato tempo per flirt sull'isola.

Le sue sopracciglia scure si inarcarono. «Metti un lucchetto a quel tuo cuore fragile, Ben. E torna presto, ok?»

Mi lanciai attraverso lo spazio tra di noi e l'abbracciai. «Lo prometto, lo farò.»

9

BEN

PER UN SECONDO, mentre l'antica Ford Escort si inerpicava ansimando sul fianco di una piccola montagna al centro dell'isola, sulla strada dall'aeroporto al resort, pensai che non ce l'avremmo fatta a scollinare. Ma non mi importava. Almeno eravamo sulla terraferma. Dopo il turbolento volo su un aereo a elica da Charlotte Amalie, con lo stomaco in subbuglio e le dita tremanti sul sacchetto per il vomito, niente sulla terraferma mi avrebbe mai più spaventato.

La brezza dell'isola, profumata di oceano, mi riscaldò le guance mentre il taxi saliva lentamente borbottando lungo il viale circolare, superando palme e cespugli di grandi fiori tropicali rossi.

L'autista fermò l'auto davanti a un paio di ampie porte di legno intagliato, spalancate. Un uomo con una guayabera rosa papavero e un paio di bermuda kaki mi aprì la portiera.

«Benvenuto in paradiso, señor». Il suo viso abbronzato si aprì in un sorriso, mostrando denti bianchi e dritti. Sul suo cartellino c'era scritto Ramón.

Scivolai fuori dall'auto e mi alzai, sgranchendomi. Ramón

prese il mio borsone dall'autista e indicò con un gesto plateale le porte del resort.

Mi trascinai nella direzione che mi aveva indicato. «Grazie. Voglio dire, gracias».

L'aria umida mi si appiccicava alla pelle e ammorbidiva le pieghe della mia polo da golf. Non avrei dovuto preoccuparmi di stirarla quella mattina, a casa. Con la coda dell'occhio notai uno dei miei riccioli scuri e lo lisciai all'indietro. Scattò di nuovo all'istante e mi si appiccicò alla fronte. Il mio prodotto per capelli non era stato pensato per questo clima.

Ramón mi seguì fino alla reception, dove si fermò a una distanza discreta, con la mia borsa tra i piedi, mentre facevo il check-in.

Dopo che l'impiegata mi descrisse le loro sistemazioni — bungalow privati sulla spiaggia, un attico con piscina a sfioro, suite lussuose, camere con spa e vasche idromassaggio — le chiesi la stanza più economica. Avrei dovuto chiedere a Cooper di approvare la mia nota spese, e non volevo dover giustificare un tavolo da massaggio in camera, per quanto ne avessi bisogno dopo il volo passato ad aggrapparmi ai braccioli.

Al telefono mi avevano fatto muro, ma ora che ero un ospite speravo che sarebbero stati più collaborativi. Mentre le porgevo la mia carta aziendale, mi chinai verso di lei. «Devo incontrare un altro ospite. Cooper Fallon. Sa dove alloggia?»

L'impiegata della reception arricciò le labbra rosse e infilò bruscamente la mia carta nel lettore. «Mi dispiace, non posso fornire questa informazione».

«È nella proprietà... da qualche parte» insistetti. Se fossi stato una spia in un film, le avrei allungato una banconota da cento dollari bella fresca. Ma ero a corto di centoni e non ero nemmeno uno stronzo. Invece, le rivolsi il mio sorriso più smagliante.

«Mi dispiace, signore. Non posso dirglielo».

Merda. Avrei dovuto aspettare che Marlee mi facesse sapere se avesse speso soldi in un bar o in un negozio del posto. Ammesso che non gli avesse fatto sospendere la carta di credito aziendale.

Nel frattempo, gli avrei dato la caccia al ristorante del resort o in piscina.

La piscina. Me la immaginai per un momento. Cooper sarebbe stato sdraiato su una chaise longue, a leggere il Wall Street Journal o il Financial Times. Avrebbe indossato una camicia di cotone a maniche corte, aperta sul davanti, sopra un... deglutii... uno Speedo? No, non sarei mai stato così fortunato. Avrebbe indossato un normale costume lungo, come quello che avevo messo in valigia io. Sarei rimasto in piedi accanto alla sua sedia, come facevo spesso in ufficio, aspettando che finisse il suo articolo e mi degnasse di uno sguardo. Avrebbe abbassato il giornale scoprendo gli addominali a tartaruga che avevo sognato a occhi aperti e si sarebbe alzato gli occhiali da sole per appoggiarli sui capelli biondo sabbia, scompigliati dalla brezza. E avrebbe detto...

«Per quante notti?»

Riportai lo sguardo sull'impiegata. Mi fissava in attesa.

«Oh, solo per stanotte, credo». Anche se era già tardo pomeriggio. Sarei riuscito a trovarlo così in fretta? «Anzi, meglio fare due». Nel caso in cui non lo avessi individuato subito e avessi dovuto cercarlo il giorno dopo. Inoltre, non avevo nessuna fretta di risalire su quella lattina arrugginita di aereo a elica nel minuscolo aeroporto dell'isola. Dopo aver coperto Cooper per quasi una settimana, aver trascinato il culo attraverso gli Stati Uniti continentali e vomitato praticamente tutto il mio apparato digerente sul Mar dei Caraibi, mi meritavo due notti in un letto vero in un resort di lusso. E un cocktail con l'ombrellino o due.

Subito dopo aver trovato Cooper Fallon, avergli detto cosa stava succedendo in ufficio e avergli ricordato che il suo posto era lì. Lo avrei rispedito indietro con il lussuoso jet della Synergy, e poi mi sarei seduto a bordo piscina, avrei sorseggiato qualcosa di fruttato per celebrare un lavoro ben fatto, avrei passato un'altra notte in una camera da letto privata senza mia sorella che passava in punta di piedi davanti al divano nel cuore della notte per un bicchiere d'acqua, e sarei tornato a casa, dandomi una pacca sulla spalla da solo.

L'impiegata mi fece scivolare davanti una cartellina di carta con due tessere magnetiche all'interno e cerchiò l'estremità più lontana dell'edificio principale con un pennarello Sharpie rosa sulla mia copia della mappa del resort. «Bienvenido. Le auguro un buon soggiorno».

«Grazie». Presi la cartellina e la mappa e mi voltai verso Ramón. Mi precedette verso un lungo corridoio a sinistra. Dopo aver superato la zona degli ascensori, disse a bassa voce: «Lei è un amico del signor Fallon?»

Un amico? Non proprio. Ma amico mi avrebbe probabilmente portato più lontano di dipendente. «È andato via di casa senza dire a nessuno dove andava. Sono preoccupato per lui». Tutto vero.

Ramón si fermò e posò il mio borsone sulle piastrelle spagnole. Mi scrutò, un lampo speculativo nelle sue iridi scure. «Anche noi siamo suoi amici. Siamo preoccupati anche noi. Il signor Fallon non è più lui da quando è qui».

«Non è più lui?» Poi ricordai che veniva qui una o due volte l'anno. La gente del resort lo conosceva, almeno un po'.

«No. Lui è...» strinse gli occhi verso di me, come se potesse vedermi attraverso, fino al cuore. Poi annuì una volta. «Venga. Le mostro io». Si mise in spalla la mia borsa, girò sui tacchi e tornò da dove eravamo venuti. Ma invece di tornare nella hall, svoltò in un corridoio più stretto che terminava con una porta a vetri. Mi tenne aperta la porta e io entrai nel bar dell'hotel.

La parte più vicina sembrava un bar normale con pavimenti in bambù, un tetto a falda bassa con travi a vista in legno scuro e tavoli alti che circondavano un bancone centrale quadrato. Un frullatore ringhiò dietro la superficie lucida del legno. Un barista dalla pelle scura, con una guayabera color foglia di tè, infilò un ombrellino in un bicchiere alto contenente qualcosa di rosa — mi venne l'acquolina in bocca — e lo posò sul vassoio di una cameriera, che lo portò verso l'estremità opposta del bar.

L'estremità più lontana si apriva sulla spiaggia. Il tetto ombreggiava la terrazza, ma alcuni tavoli con ombrellone erano posizionati direttamente sulla sabbia, dove la gente poteva bere con i piedi nella sabbia e il sole sulla pelle. Agitai le dita dei piedi nei miei mocassini. Forse mi meritavo più di due notti per godermi appieno le comodità dell'isola. Una brezza leggera e calda mi solleticò le guance.

Ramón mi diede un colpetto sulla spalla. «Lì». Seguii il cenno del suo mento verso la parte vicina del bancone, che era occupata da una donna con un prendisole a fiori e un enorme cappello di paglia, un uomo accasciato sul suo drink e un altro uomo che sbirciava un vicino tavolo di ragazze del college che indossavano sottili copricostumi sopra i bikini. Lo stomaco mi sprofondò come se fossi di nuovo su quell'aereo a elica. Il tizio aveva delle mèches bionde tra i capelli come Cooper, ma non era il mio capo.

Guardai di nuovo Ramón. Forse l'avevo frainteso prima e non stavamo parlando della stessa persona. Ma lui annuì verso il bancone.

Controllai di nuovo, e questa volta colsi la forma familiare dell'avambraccio che l'uomo al centro aveva appoggiato sul bancone per stringere il suo whisky. Lo stesso avambraccio spolverato di peli dorati su cui avevo sbavato nelle poche occasioni in cui Cooper si era rimboccato le maniche della camicia in ufficio. Era fasciato di muscoli e tendini e leggermente lentigginoso, soprattutto se aveva passato il fine settimana in bicicletta. E ora era appoggiato sul bancone, a sei metri da me, attaccato a un uomo che era ubriaco al punto da scivolare giù dallo sgabello.

«Ma che...» scattai in avanti, inserendomi tra la tesa del cappello di paglia della donna e il mio capo. Gli afferrai la spalla e lo raddrizzai. La mia mano, appiccicosa per l'umidità, si staccò con delle minuscole fibre attaccate. Cooper indossava un maglione grigio antracite sottile come carta sopra un paio di pantaloni neri. Delle scarpe eleganti nere e lucide completavano il suo look da ufficio.

Rabbrividì e si guardò alle spalle — quella sbagliata — e poi si girò verso di me. La sua bocca si allentò. «Ben?» Un'ondata di alito alcolico mi investì. Le sue guance erano arrossate e il sudore gli imperlava la fronte.

Il barista spostò lo sguardo da me a Ramón. Annuì e fece mezzo passo indietro, fingendo di pulire un bicchiere da margarita ma tenendo d'occhio me e Cooper.

«Cooper». Signor Fallon sembrava fuori luogo quando il mio capo era sbronzo da far schifo in un bar sulla spiaggia ai Caraibi.

«Co... perché...?»

I discorsi di lavoro, o qualsiasi cosa di serio, avrebbero dovuto aspettare che si fosse ripreso dalla sbornia. Lasciai che un angolo della mia bocca si sollevasse. «Sembri... caldo».

«Grazzzzie». I suoi occhi rossi e sfocati incrociarono i miei. «Aspetta. Era un tentativo di approccio? Ben non lo farebbe mai. Tu non puoi essere Ben. Sei una fanta... fantasi... un sogno». Scosse la testa e una ciocca di capelli gli cadde tra gli occhi, appiccicandosi alla fronte.

«No, sono reale, e quella non era una frase da rimorchio». Presi un tovagliolo da cocktail e gli asciugai il sudore dalla fronte. «Mi sto chiedendo perché indossi un maglione di cachemire quando ci sono ventisette gradi».

Le sue parole uscirono più nitide di quanto mi aspettassi. «Un problema di guardaroba».

Inarcai un sopracciglio, e lui ebbe la reazione più strana: sorrise. Non quello a labbra strette che mi rivolgeva in ufficio dopo aver detto: «Buon lavoro, Ben». Un sorriso vero con una fossetta vera e propria sulla guancia sinistra. Io ero vestito in modo appropriato per il caldo, eppure un'ondata di calore mi salì alle guance.

Un secondo dopo il sorriso era sparito, e lui si rivolse al barista. «Un altro, Luis».

Lo sguardo del barista incrociò il mio. Scossi la testa, e lui annuì. Mise del ghiaccio in un bicchiere alto e lo riempì con la pistola della soda. Fece scivolare l'acqua verso Cooper, che la fissò.

«Questo non è whisky».

«Bevi, poi ti porto a letto». Merda, mi era uscita male. «Voglio dire, nel tuo letto». Maledizione, ancora non ci siamo. Non avevo bevuto nemmeno un goccio, e le mie guance sembravano la superficie del sole.

Gli occhi blu di Cooper si annebbiarono di nuovo. «Ora so che non sei Ben. Chi cazzo è questo, Luis?»

Luis sogghignò, mostrando due fossette. «Non lo so. Ma io mi lascerei portare a letto da un ragazzo così carino». Mi fece l'occhiolino.

Wow. Osservai gli avambracci muscolosi e la pelle scura e perfetta di Luis. Forse avrei usato la striscia di preservativi di Mimi. Dopo aver rispedito a casa Cooper.

Cooper fissò la sua acqua. «Sai che non faccio queste cose, Luis. Non da un lungo, lungo, lungo, lungo tempo».

«Lo so». La bocca voluttuosa di Luis si contrasse. «Ma come ti dico sempre...»

«Lo so, lo so. Tutti meritano l'amore. Sei pieno di cazzate, Luis». Cooper fissò di nuovo l'acqua con intensità, come se potesse trasformarla in whisky con la sola forza di volontà.

Fissai il mio capo. In ufficio, era un blocco di marmo, impenetrabile e con angoli di novanta gradi abbastanza affilati da tagliarti. Qui, al bar, suonava sospettosamente come me: tenero e fragile, vulnerabile e desideroso che qualcuno lo amasse.

No. Non poteva essere. Era il whisky a parlare. Io e il mio capo non avevamo assolutamente niente in comune.

«Io, pieno di cazzate? Non più di te, vecchio amico». Allungò la mano e diede una pacca sulla spalla di Cooper. Cooper non si ritrasse, non come quando lo toccavo io. «Ora, vai a casa e riposa». Luis fece cenno con le dita a qualcuno dietro di me.

Un secondo dopo, Ramón era in piedi dall'altro lato di Cooper. Non aveva più la mia borsa. «È ora di andare, signor Fallon». Infilò una spalla larga sotto il braccio destro di Cooper. Feci lo stesso con il sinistro di Cooper, e insieme lo sollevammo dallo sgabello e lo mettemmo in piedi.

Ramón ci diresse non attraverso la porta a vetri verso l'hotel, ma verso la terrazza e giù per un paio di gradini fino a un sentiero di conchiglie frantumate. Il sole aveva iniziato a tramontare sull'acqua, il suo bagliore arancione accecante.

Sollevando conchiglie, ci trascinammo lungo il sentiero. Il sole al tramonto tremolava tra i tronchi delle palme, rendendo l'esperienza surreale come ballare in un club con una luce stroboscopica. O forse era il mio jet lag.

Inciampai in un avvallamento del sentiero, e il palmo di Cooper, che pendeva sulla mia spalla sotto il punto in cui gli tenevo il braccio, si strinse sul mio pettorale sinistro. Rabbrividii alla sensazione. Come sarebbe stato se lo avesse fatto di proposito? Toccarmi, accarezzarmi la pelle come nessuno aveva fatto dopo Trey?

Trey. Strinsi la presa sul braccio di Cooper. Diceva di amarmi, ma poi mi aveva scaricato quando avevo bisogno di lui. Per Trey, andavo bene solo per una scappatella occasionale. Niente di più.

Su questo ero d'accordo con Cooper. Luis era pieno di cazzate. L'amore non era per tutti.

Io davo il mio amore liberamente, troppo liberamente, secondo Mimi, e non ricevevo mai niente in cambio. Il mio scopo qui era riportare Cooper a San Francisco, al suo posto. Poi avrei dimenticato la mia stupida cotta per lui e avrei rimorchiato un tizio a caso in un locale. Cento percento lussuria, zero percento amore. Era quello di cui avevo bisogno. Quello che mi meritavo.

Anche se, quando mi sarebbe ricapitata un'altra occasione di essere così vicino al mio capo? Girai la testa verso il suo collo e lo annusai per bene, aprendo le narici al cedro del suo costoso profumo e al sottofondo di menta che mi faceva rabbrividire quando mi avvicinavo troppo in ufficio. Ma stasera, l'alcol trasudava dai suoi pori, coprendo il suo profumo irresistibile con l'odore nauseabondo del mais fermentato.

Cooper girò la testa, il suo naso a un centimetro dal mio. «Che stai facendo?»

Cazzo, avevo appena annusato il mio capo, e se n'era accorto. Sperai che fosse troppo ubriaco per ricordarselo. Guardai il sentiero davanti a me. «Trascinando il tuo povero culo fino alla tua stanza».

Ridacchiò. «Non può essere Ben. Ben non dice parolacce».

«Posso dire quello che voglio quando vado oltre i miei doveri lavorativi» borbottai. Sul serio, Cooper era pesante. E né una caccia all'uomo internazionale né trascinare personalmente il mio capo fuori da un bar sulla spiaggia erano nella mia descrizione del lavoro.

«Oltre i doveri» ripeté. «Ben va sempre oltre. Il miglior assistente che abbia mai avuto. Lo amo».

Inciampai di nuovo e per poco non spiaccicai la faccia sul sentiero di conchiglie. Fortunatamente, il solido peso di Ramón servì da ancora, tenendo Cooper in piedi. Con una smorfia, mi ficcai sotto l'ascella sudata di Cooper e continuammo lungo il sentiero.

Mi amava? Intendeva che amava il mio lavoro. Amava avermi come suo assistente. Tutto qui. Ed ero uno stupido a sognare che significasse qualcosa di più.

«Quanto manca?» chiesi a Ramón. Avevamo perso di vista la parte principale del resort, ed erano passati un paio di minuti da quando avevamo superato uno dei bungalow sulla spiaggia.

«Quasi arrivati» grugnì. Si era caricato la maggior parte del peso di Cooper.

Davanti a noi, apparve un muro di stucco bianco. Il sentiero principale girava bruscamente allontanandosi dalla spiaggia, ma un sentiero più piccolo conduceva a un cancello di metallo nel muro.

«La sua tessera, signore».

«Mmm?»

Quando Ramón lasciò andare Cooper, barcollai sotto il suo peso. Lui tastò le tasche del mio capo e dalla tasca destra dei pantaloni tirò fuori una tessera magnetica. Non bianca come la mia, ma di plastica dorata che scintillava nei raggi rossi del tramonto.

La passò davanti a un sensore al cancello, e trascinammo

Cooper all'interno. La proprietà di fronte a noi era mozzafiato. Il retro della casa a un piano, in stucco, era tutto finestre che si affacciavano su una piscina privata ben curata e, oltre un muretto con un altro cancello, sulla spiaggia. Ci avvicinammo alla casa dalla terrazza posteriore, tra ibiscus e bouganville. Il dolce profumo del gelsomino si mescolava alla brezza marina mentre ci facevamo strada tra un tavolo rotondo con sedie da esterno e un divano componibile in vimini.

Quando raggiungemmo la casa, Ramón passò la tessera davanti a un altro sensore e la porta a vetri si aprì su un soggiorno con i mobili rivolti verso la vista della piscina e della spiaggia.

Come se conoscesse il posto, Ramón svoltò in un corridoio a destra e aprì la porta di una camera da letto. La sua enorme finestra ci offrì una vista mozzafiato del sole che tramontava sulla spiaggia. Ma ero troppo sudato ed esausto per ammirarla. Lasciammo che Cooper si afflosciasse ai piedi del letto. Rimbalzò una volta e poi sprofondò nel materasso, il suo maglione e i pantaloni scuri in contrasto con le lenzuola bianche.

«È carino, qui» borbottò. «Vi darò a tutti delle azioni. Azioni Sssynergy». Le sue palpebre si chiusero sbattendo.

Io e Ramón ci scambiammo un'occhiata.

«Se la cava da qui?» chiese Ramón, asciugandosi il sudore dalla fronte con la manica.

«Sì, io... credo di sì?»

Cooper sospirò, già addormentato. Ma non potevo lasciarlo lì da solo dopo aver bevuto così tanto.

«Ho fatto portare la sua borsa in camera sua» disse Ramón. «Vuole che gliela porti qui?»

Pensai ai miei vestiti puliti. Al mio spazzolino da denti. Alla crema per il viso che usavo prima di dormire. Ma il mio lavoro era servire gli altri, e non stavo per far faticare qualcuno, di certo non Ramón, che era anche lui andato ben oltre i suoi doveri, per portarmi le mie cose.

«No, andrà bene per stanotte. Grazie. Di tutto».

«De nada. Ci vediamo in giro, Ben». Mi fece l'occhiolino e poi scomparve lungo il corridoio.

Un leggero russare ronzò dal letto, e tornai a concentrarmi su Cooper. Avrebbe avuto caldo a dormire con quel maglione. E i pantaloni. Ma nemmeno "andare oltre i doveri" comprendeva spogliare il mio capo. Toccare la sua pelle nuda. Controllarlo in boxer... o slip? Rabbrividii. Avrei abbassato l'aria condizionata così sarebbe stato comodo.

Le sue scarpe eleganti pendevano dal bordo del letto, impolverate dalle conchiglie del sentiero. Gliele sfilai delicatamente una dopo l'altra, poi le portai nel bagno privato, dove le pulii, insieme alle mie Chucks, con un panno umido. Non aveva un paio di infradito?

Andai al suo armadio dove, come mi aspettavo, Cooper aveva disfatto la valigia e appeso i suoi vestiti. Un altro maglione di lana in un morbido color cammello. Un trio di camicie eleganti stropicciate, ognuna indossata almeno una volta, e due giacche da completo e un blazer, mai messi. Due paia di pantaloni da completo spiegazzati pendevano flosci su grucce separate. Ripiegati sul ripiano superiore dell'armadio c'erano un paio di pantaloncini da basket di seta e una maglietta da allenamento high-tech. Un paio di scarpe da ginnastica se ne stavano rigide accanto a loro. Niente infradito, niente magliette, nemmeno un paio di jeans.

Trovai il sacco per la lavanderia del resort e compilai il modulo d'ordine. Vi infilai i pantaloni e le camicie e seguii le istruzioni per chiamare la reception e lasciare il sacco fuori dalla porta principale.

L'angolo cottura del bungalow, fornito di elettrodomestici di lusso, era aperto sul soggiorno. Tutto era arredato con colori neutri da spiaggia: bianco, sabbia e azzurro pallido con qualche accento corallo occasionale. Non c'era un bicchiere o un piatto fuori posto, e non capivo se fosse perché Cooper era un maniaco dell'ordine in vacanza come lo era in ufficio, o perché qui ci aveva solo dormito e aveva passato ogni ora da sveglio a ubriacarsi al bar.

Dall'altra parte del soggiorno c'erano due camere da letto più piccole. Una era arredata con colori neutri come il resto della casa. L'altra era chiaramente pensata per una donna. Il copriletto con stampa di ibiscus, il copriletto in pizzo sul comodino e la pila di due romanzi gialli sopra di esso mi strinsero la gola. Quale donna veniva qui così spesso da averle arredato una stanza?

Anche se... la camera da letto era separata da quella di Cooper. L'aveva preparata per una donna con cui non dormiva?

Lanciai un'ultima occhiata desiderosa all'altra camera degli ospiti e poi usai il bagno di servizio. Trovai uno spazzolino e un dentifricio nuovi, così ebbi almeno quella piccola consolazione. Infine, tornai barcollando nella stanza di Cooper.

Si era girato su un fianco, rannicchiando le ginocchia e stringendo il cuscino. Sembrava pacifico, innocente. Repressi l'impulso di scostargli i capelli umidi dalla fronte sudata.

Invece, abbassai il termostato a sedici gradi, presi la coperta e il cuscino di riserva dal suo armadio e spensi la luce. Rannicchiato sul piccolo divano della camera da letto, lasciai che la pura stanchezza mi portasse nel sonno.

10

COOPER

COME AL SOLITO, mi svegliai con un mal di testa da spaccarmi il cranio, una bocca che sapeva di fondo di un cassonetto e un buco in mezzo al petto.

Non potevo fare nulla per il buco, ma potevo occuparmi degli altri due.

Socchiusi un occhio e lì, sul comodino, c'erano un bicchiere d'acqua alto e un paio di aspirine. Ero stato abbastanza sobrio la sera prima da metterli lì? Cercai di ricordare, ma il pensiero mi fece venire voglia di cavarmi un occhio dall'orbita, così ingoiai le pillole, svuotai il bicchiere e mi misi lentamente a sedere.

Quando la testa smise di girarmi, mi alzai e mi diressi in bagno. Dopo aver svuotato la vescica e lavato i denti, commisi l'errore di guardarmi allo specchio. Occhi gonfi e iniettati di sangue. Pelle cerea. Una barba incolta che iniziava ad assomigliare più a una barba vera e propria che a un look trasandato ma stiloso. E quella era una ciocca grigia proprio accanto alla bocca? Porca puttana, ero felice che a nessuno sull'isola importasse del mio aspetto. O della mia immagine professionale. La maglia e i pantaloni erano un unico groviglio di pieghe, dopo averci dormito dentro. E quello era il mio ultimo cambio di vestiti puliti.

Mi strofinai il petto dove doleva. Non importava. Quella era la mia vita ora. Vegetare in paradiso, dove non dovevo fare altro che bere fino a dimenticare ciò che avevo fatto in ufficio e ciò che significava che fossi diventato.

Almeno qui, non c'era nessuno che amassi abbastanza da ferire.

Presi il bicchiere dal comodino e mi diressi lungo il corridoio verso il mobile bar. Tanto valeva iniziare subito.

Le porte a vetri erano aperte, le tende velate ondeggiavano nella brezza calda. Gesù Cristo. Nessuno mi avrebbe dato fastidio sull'isola, ma dovevo davvero sfidare la sorte lasciando le porte aperte tutta la notte?

Superai la cucina e andai dritto al mobile bar.

E mi immobilizzai.

Le bottiglie erano sparite dal punto in cui le avevo lasciate, sopra il mobile basso. C'era solo una caraffa d'acqua.

Spalancai le ante del mobile. Tutte vuote.

Merda. Qualcuno aveva rubato tutti gli alcolici. Ironico, dal momento che a quanto pare ero troppo ubriaco per chiudere a chiave le porte.

Avevano sostituito l'alcol con dell'acqua. E quelle erano fette d'arancia che galleggiavano in superficie? Ma. Che. Cazzo?

Afferrandomi i capelli per contrastare le martellate che sentivo nel cranio, mi voltai di scatto verso il terrazzo e notai una figura seduta sul divano da esterno. Le tende che ondeggiavano lo nascondevano parzialmente, ma se mi fossi trovato in un posto qualsiasi che non fosse un'isola sperduta e secondaria nel mezzo dei Caraibi, a tremila miglia da dove lo avevo lasciato, avrei detto che quella figura esile e quei riccioli scuri appartenevano a Ben Levy-Walters.

Avrei dovuto saperlo. Erano sei mesi che lo fissavo a ogni occasione.

Uscii attraverso le tende, sotto il sole accecante della terrazza.

Portandomi una mano sugli occhi, aspettai che il dolore lancinante dietro i bulbi oculari si attenuasse. Alla fine, divaricai due dita quel tanto che bastava per sbirciare attraverso la fessura.

«Ben? Che cazzo ci fa qui?». Avevo fatto tutto ciò che mi era venuto in mente per assicurarmi che non mi trovasse: il biglietto in cui gli suggerivo di prendersi qualche giorno di ferie, disattivare il localizzatore del telefono. Perché se c'era una cosa che avevo imparato sul mio assistente, era che era tanto insistente quanto me.

«Buongiorno… ehm… buon pomeriggio». Si alzò, le sue mani si mossero nervosamente dalle tasche dei pantaloncini ai fianchi. Il brillante sole tropicale gli scintillava sui capelli. Gli occhiali da sole nascondevano i suoi occhi, ma sapevo che brillavano come whisky single malt sotto le luci di un bar. Aveva una barba di uno o due giorni e mi piaceva. Volevo passarci le dita sopra.

No, non lo volevo!

Non potevo.

Strinsi i pugni lungo i fianchi e tenni lo sguardo fisso sui suoi occhiali da sole, senza osare tentarmi con la vista delle gambe del mio assistente in pantaloncini.

Guardò verso la spiaggia per un secondo, come se avesse letto i miei pensieri e volesse scappare. «Che ne dice di un po' di caffè?». Indicò una caraffa termica sul tavolino, accanto a un piatto di panini.

Il mio stomaco si rivoltò, anticipando ciò che l'acidità del caffè avrebbe fatto alla mia mucosa gastrica già martoriata. «Non era una domanda retorica» ringhiai. «Perché è qui?».

«Mettiamo qualcosa nello stomaco prima di parlarne».

«Al diavolo il cibo. Dov'è il whisky?» sbottai. Non potevo lasciargli vedere l'effetto che mi faceva, quanto fossi felice di vederlo.

«Bene». Incrociò le braccia sul petto. «È sparito. E dobbiamo parlare».

«Parlare?». Lo fulminai con lo sguardo, quello che faceva

tremare gli avversari in una trattativa e spingeva i giovani colla-
boratori negligenti a evitarmi nei corridoi.

Lui fece mezzo passo indietro e urtò il divano. Dopo aver
mulinato le braccia per un secondo, si raddrizzò e serrò la
mascella. «Sì, parlare. Di Synergy».

Mi strofinai il viso. Tutta la mia energia rabbiosa defluì via
attraverso i piedi. Era solo un lacchè, fedele a qualcun altro ora
che ero via da più di una settimana. Avevo sperato di più da Ben.
Pensavo che ci capissimo. Che lui mi capisse.

Non era la prima volta che qualcuno mi deludeva. Forse
sarebbe stata l'ultima.

«Chi l'ha mandato? Weston? O Jackson?». Quando pronunciai
il nome del mio socio, lo stomaco vuoto mi si contrasse. Il suo
abbandono era l'altra cosa che avevo cercato di cancellare con
l'alcol.

La bocca di Ben si tese. «Non mi ha mandato nessuno».

Una risata amara mi sfuggì. «Nessuno l'ha mandato? È venuto
fin qui da solo per... per parlarmi di Synergy?». Doveva lavorare
per Weston. Pensavo che Weston capisse che avevo bisogno di una
pausa, but forse aveva mandato Ben a controllarmi. Non c'era
modo che Ben avesse scelto di venire fin qui. Non dopo avermi
visto esplodere in ufficio. Non dopo aver dovuto ripulire il casino
che avevo combinato.

Ben era troppo gentile, troppo brillante, troppo bello. Lui era la
giornata di sole, tropicale, dal cielo azzurro, e io l'uragano dalle
nuvole nere. Lui era la brezza leggera e il dolce e rilassante
lambire dell'acqua sul lato caraibico dell'isola. Io ero il vento sferzante e le onde che si infrangevano sul lato atlantico. Lui curava;
io distruggevo. La mia scrivania in ufficio ne era la prova.

Doveva essere rimasto inorridito nel vedere la mia perdita di
controllo. Avrebbe dovuto dimettersi. Non dovrebbe essere in
piedi sulla mia terrazza a offrirmi del caffè.

Era venuto per rassegnare le dimissioni? Non aveva alcun
senso. Scossi la testa, e questo non fece che far esplodere un nuovo
dolore tra gli occhi. Me lo strofinai con la punta delle dita.

«Sono venuto qui per lei». La sua voce era così gentile che quasi non riuscivo a sentirla sopra la brezza marina. «Ero preoccupato, signor Fallon».

Mi sentii come se avessi subito una finta seguita da un pugno al fegato. Era preoccupato. Per me. E poi mi aveva ricordato la nostra relazione. Io ero il suo capo. Lavorava per me, e questo mi rendeva responsabile per lui. Per il suo benessere. Il che significava che l'attrazione che provavo era del tutto inappropriata. Per non parlare del fatto che ero un pericolo per le persone di cui avrei dovuto prendermi cura.

Avevo bisogno di un drink. Uno forte. Fortunatamente, casa mia non era l'unico posto sull'isola con una scorta di alcolici.

Mi voltai sui piedi nudi e mi diressi verso la mia camera da letto, dove trovai il mio ultimo paio di calze pulite e, in bagno, le mie scarpe eleganti. Che cazzo ci facevano in bagno? Erano anche sospettosamente pulite, non coperte di polvere dal sentiero di conchiglie. Che Ben avesse…? Impossibile.

Mi infilai le scarpe e mi avviai a grandi passi verso la porta d'ingresso. Ben era in piedi in cucina e mi porse una tazza di caffè nero fumante.

La scacciai con un gesto della mano. «Me ne vado. Arrivederci, Ben».

Rimase a bocca aperta, e con una soddisfacente porta sbattuta, me ne andai.

11

BEN

RIMASI IMPIETRITO, stringendo senza pensare la tazza di caffè, dopo che Cooper uscì furibondo. Poi sbattei la tazza sul bancone, e il caffè si rovesciò sul granito liscio. Ora che l'avevo trovato, non potevo perderlo di vista. Non prima di avergli chiesto della vendita delle azioni. E di avergli chiesto di ciò che avevo sentito per caso durante la chiamata di Weston con il Presidente.

Correndo verso la porta sul retro, mi infilai le Converse, poi saltai giù dalla terrazza e mi lanciai attraverso il cancello posteriore. Cooper, con le sue lunghe falcate, era già molto più avanti di me. Camminai a passo svelto per tenerlo d'occhio.

Non mi sorpresi quando si diresse di nuovo verso il bar dove l'avevo trovato la sera prima. Salì faticosamente i gradini e scomparve dietro il muro. Accelerai fino a una vera e propria corsetta — e se ci fosse stata una sala privata di cui non sapevo nulla? — e salii i gradini del bar di corsa.

Cooper sedeva sullo stesso sgabello della sera precedente e disse qualcosa al barista. Non era Luis, ma un ragazzinə dal viso fresco, non più di vent'anni, con un taglio pixie e una spilla con su scritto they/them. Invece di una guayabera color foglia di tè, indossava una canottiera bianca, annodata appena sotto le costole. Si sporse sul bancone, mettendo in mostra un sedere e delle cosce formose sotto i pantaloncini cortissimi. Dannazione, Cooper tornava qui anno dopo anno per rifarsi gli occhi? Aveva assaggiato qualcuna delle prelibatezze in offerta? Il collo mi si accaldò sotto il colletto della polo.

Quando la bartista si girò per preparare il drink di Cooper, incrociai il suo sguardo e scossi la testa. Si morse il labbro e annuì.

Scivolai sullo sgabello accanto a Cooper. «Non ti libererai di me così facilmente».

Lui tenne lo sguardo fisso sulla schiena della bartista. «Quanto?» chiese, a un volume troppo basso per essere udito da lei.

Stava parlando con me? «Quanto cosa?»

«Quanto ti paga Weston per riportarmi indietro?»

Sussultai. «Weston non mi paga!»

«Jackson, allora». Lo sguardo che mi rivolse era una straziante miscela di speranza e angoscia.

«No» dissi dolcemente. Avevo visto il modo in cui guardava Jackson in ufficio. Era lo stesso modo in cui Mimi guardava il cioccolato, anche se era allergica. Lo stesso modo in cui io guardavo ogni cane che incrociavamo per strada quando ero bambino. Mimi era allergica anche ai cani.

Era il modo in cui io guardavo Cooper ogni stramaledetto giorno.

La sua mascella si tese, e fissò il drink che la bartista gli fece scivolare davanti. «Che cazzo è questo?» ringhiò.

«La specialità del giorno. Daiquiri alla banana. Analcolico». Ci appollaiò sopra un minuscolo ombrellino blu e gli fece l'occhiolino.

«Ho chiesto del whiskey». La sua voce aveva assunto un brontolio roco.

Feci un cenno alla bartista, che sgattaiolò dall'altra parte del bancone. Posai la mano sulla manica del maglione di Cooper, dove gli copriva l'avambraccio. «Ho bisogno che tu sia sobrio. Dobbiamo parlare».

Lui si alzò. «Non voglio un fottuto daiquiri analcolico, e non voglio parlare». Un uomo con una fedora di paglia al tavolo più vicino alzò lo sguardo al tono di voce alterato di Cooper. «Voglio parlare con Luis» gridò alla bartista.

Lei rimase dov'era, attorcigliandosi un dito nel nodo della canottiera. «Luis non è di turno fino alle quattro».

Cooper lanciò un'occhiataccia al suo Rolex, si girò sui tacchi e uscì a grandi passi dal bar, imboccando il sentiero di conchiglie.

Con un ultimo, nostalgico sguardo all'allegro ombrellino blu, mi misi a correre per raggiungerlo.

«Credo di poter considerare fatto il cardio di oggi» dissi quando fui al suo fianco.

Cooper grugnì e continuò a quello stesso passo che macinava terreno. Andava bene. Ero abituato al suo ritmo in ufficio. E, a differenza sua, io avevo le calzature adatte per una camminata veloce su una superficie irregolare.

Esitai solo un momento. Avrei preferito non iniziare la conversazione all'aperto, dove chiunque avrebbe potuto sentirci, ma dovevo catturare la sua attenzione prima che provasse a escludermi di nuovo. «Allora, che storia è questa che vendi le tue azioni?»

Lui guardò dritto davanti a sé. «Hai letto le comunicazioni di conformità?»

«Non avevo molto altro da fare, da quando sei sparito».

Mi lanciò un'occhiata, le folte sopracciglia aggrottate. «Dovevi prenderti delle ferie. Ti ha mandato Jackson qui?»

«No!» Mi morsi il labbro per impedirmi di dirgli che ero venuto perché ero preoccupato per lui. Ero abbastanza sicuro che potesse ancora licenziarmi anche se non eravamo nell'edificio della Synergy.

Parlò a denti stretti. «I dirigenti aziendali comprano e vendono azioni in continuazione. Weston ne ha vendute un po' l'anno scorso quando ha divorziato».

«Ma tu no». E nemmeno Jackson, non aggiunsi. Non potevo sopportare di rivedere quello sguardo.

«C'è una prima volta per tutto».

«C'è...» — ingoia il rospo, Ben — «l'azienda è in difficoltà?»

Aggrottò la fronte. «Certo che no. Perché dovresti pensarlo?»

«È solo che... i miei vecchi capi fecero così. Vendettero un sacco di azioni poco prima che l'azienda andasse a picco».

Lui si acciglió. «Spero che la SEC li abbia messi in prigione. No, non è niente del genere». La sua casa — più che altro un complesso residenziale — era in vista. Invece di dirigersi dritto verso il cancello posteriore, virò a sinistra verso il sentiero che portava alla porta d'ingresso.

«E allora cos'è?» Corsi per qualche passo per tenere il suo ritmo accelerato. «Qualcosa che ha a che fare con i—»

Cooper salì di corsa i gradini del suo portico d'ingresso. «Sto solo semplificando un po' le cose. Eliminando dalla mia vita quelle di cui non ho bisogno. Addio, Ben. Torna a casa».

E per la seconda volta in meno di un'ora, mi sbatté la porta in faccia.

Non avevo la chiave di casa sua, quindi pestai i pugni sulla porta per qualche minuto. Non rispose. Girai intorno alla casa fino al cancello e sbirciai attraverso le sbarre. Non era sulla terrazza sul retro.

Non avevo avuto la possibilità di chiedergli dei tagli di Weston. E non potevo tornare a casa finché non gli avessi chiesto di quello che avevo sentito.

Meno male che avevo già deciso di fermarmi una notte in più. Peccato che non avrei avuto quel drink con l'ombrellino.

12

COOPER

UN TRILLO mi riscosse da un incubo.

Non avevo mai manovrato una marionetta in vita mia, ma avevo visto Tutti insieme appassionatamente un centinaio di volte. Nel sogno, tenevo in mano la croce di legno del burattino e gli facevo eseguire una danza complessa sul palco sottostante. Il pubblico di bambini esultava e io sorridevo mentre muovevo i fili.

Poi notai un filo attaccato al dorso della mia stessa mano. Lo seguii con lo sguardo e vidi che era attaccato a un'asticella. Il burattinaio mi guardava da sopra con un ghigno. «Balla, Mikey!»

Era mio padre.

Mi misi a sedere, sudato, quando il trillo risuonò. La sobrietà faceva un cazzo di schifo. E così pure parlare con la dottoressa Pradhi. Aveva capito subito perché ero fuggito da Synergy. Disse che spaccare la scrivania non mi rendeva uguale a mio padre. Che era stato un incidente. Che dovevo perdonare me stesso così come avevo perdonato Jackson tutte le volte che mi aveva ferito. Che dovevo parlare con lui, chiedergli se quello che aveva detto Weston era vero, se anche lui stava cercando una via di fuga da Synergy.

Non avevo bisogno di chiedere. Ciò che aveva detto Weston era in linea con la mia interpretazione della situazione. Jackson era un uomo ricco. Non aveva bisogno dei guadagni di Synergy. Era pronto a concentrarsi su ciò che era importante per lui, e non era l'azienda che avevamo costruito insieme. Aveva rivolto la sua attenzione alla sua famiglia, che aveva costruito da solo. Con una recinzione intorno che mi teneva fuori.

La dottoressa Pradhi aveva detto che fuggire dai miei problemi non li risolveva. Ma il whiskey me li faceva dimenticare.

Finché non comparve Ben, buttò via l'alcol e mi riportò a galla i ricordi.

Il trillo suonò ancora una volta, e stavolta sentii bussare forte dal lato anteriore della casa. La porta. Era venuto Luis a controllarmi?

A piedi nudi, mi diressi piano verso l'ingresso. Che ore erano? Dovevo aver dormito per qualche ora dopo aver mandato a casa Ben e aver chiamato la mia terapista. Dalle finestre sul retro, il sole stava tramontando sull'acqua.

Proprio mentre il campanello suonò di nuovo, spalancai la porta. Ben era lì, con in mano una busta di carta marrone. Il suo sorriso era tirato, nervoso. «Buonasera, signor Fallon.»

«Perché è ancora qui?»

«Posso entrare?»

«Perché?» Obbediva sempre perfettamente ai miei ordini. A quest'ora sarebbe dovuto atterrare a San Francisco. C'era un problema con il jet?

«Così possiamo parlare.»

«Non voglio parlare.» Ero ancora tremante e vulnerabile dopo la conversazione con la dottoressa Pradhi. Dopo l'incubo. Avrei potuto dire qualcosa che non pensavo.

«Cosa vuole?» Inclinò la testa e strinse le labbra carnose. I raggi rosei del sole al tramonto filtravano dalle finestre posteriori e tingevano i suoi ricci scuri di un oro rosato infuocato.

Quello no. Potevo desiderarlo, ma non averlo. «Cosa intende?»

«Perché è venuto qui, sull'isola? Dai vestiti nel Suo armadio, non sembrava che l'avesse programmato. Perché questo cambio di programma all'ultimo minuto? Cosa stava cercando? O da cosa stava fuggendo?»

La testa mi girava per le sue domande e per alcune delle mie. «Sei stato nel mio armadio?»

Alzò gli occhi al cielo, appena. «Io e Ramón l'abbiamo riportato qui dal bar ieri sera.»

«Oh.» Mantenni un viso neutrale, ma il disgusto per me stesso ribolliva appena sotto la superficie. Doveva avermi visto nel mio momento peggiore. «Non ho… uhm… provato a tirarti un pugno, vero?»

Le sue sopracciglia si aggrottarono. «Non te lo ricordi?»

«No, io…» Cercai di ricordare, ma l'ultima settimana dopo l'arrivo sull'isola, dopo aver chiamato Mamá, era una nebbia di sudore e del bruciore del whiskey e di risvegli sul pavimento più spesso che nel mio letto. «Non me lo ricordo.»

«Hai detto che avresti dato a me e a Ramón delle azioni di Synergy.»

Oh. Prima aveva chiesto della vendita di azioni. Ero ubriaco quando avevo inoltrato il primo ordine di vendita. Avrei potuto cancellarlo il giorno dopo, ma l'avevo lasciato attivo per vedere che effetto mi faceva. Finora, nessun effetto. Forse avrei provato qualcosa una volta eseguito. In caso contrario, avrei provato con un altro ordine tra qualche giorno. Regalare azioni era come venderle. «Sono un uomo di parola. Quante ho detto che ve ne avrei date?»

Ben sbuffò e si appoggiò allo stipite della porta. «Eri ubriaco frad… non ragionavi chiaramente. Nessuno di noi due ti ha preso sul serio.»

«È di questo che volevi parlare?» Se non l'avevano mandato Weston o Jackson, perché era venuto Ben? E perché era ancora sull'isola? Di solito, ero io quello con tutte le risposte, ma la testa mi faceva di nuovo male e i miei pensieri si rifiutavano di connettersi.

Le gambe mi divennero improvvisamente di gelatina.

Lasciando la porta aperta, mi voltai verso il soggiorno. «Ho bisogno di sedermi.»

L'istante dopo Ben era lì, infilato sotto il mio braccio. Cazzo, indossavo gli stessi vestiti da due giorni e puzzavo, ma non riuscii a trovare la forza di allontanarlo. Mi guidò fino al divano e mi spinse ad accomodarmi. Delicatamente, mi spinse la testa tra le ginocchia, poi mi massaggiò la schiena con movimenti circolari. Era piacevole, come quando Mamá mi rimboccava le coperte la sera.

«Quando è stata l'ultima volta che hai mangiato?» mi chiese, la sua voce proveniente da molto sopra di me.

Il sangue mi affluì alle orecchie e mi pulsò nel cervello. Pensare era difficile. «Non lo so.»

«Hai mangiato qualcosa oggi? Ti ho lasciato i panini in frigo.»

«No. Di solito Luis mi serve i pasti al bar, ma tu mi hai fatto venire via.»

I cerchi sulla mia schiena si fermarono per un secondo e poi ripresero. «Preferiresti mangiare un panino adesso o venire con me al ristorante per cena?»

Con me fu decisivo. «Ristorante. Ma prima devo farmi una doccia e cambiarmi.»

«A proposito di questo…»

«Dammi dieci minuti.» Mi alzai di scatto e barcollai per un secondo, ma stavolta le ginocchia ressero. Mi diressi in camera da letto, mi sbattei la porta alle spalle e feci scorrere l'anta dell'armadio. Mi accolsero solo giacche di abiti e grucce vuote. E i miei vestiti da allenamento, inutilizzati, sul ripiano superiore. Proprio come il mobile bar.

«Ben!» urlai.

Ben fece capolino in camera da letto. «Signor Fallon, io…»

«Hai buttato via anche i miei vestiti? Ognuno di quegli abiti costa più di quanto ti pago in un mese.»

«No! Li ho mandati in lavanderia. Ho parlato con il direttore e li hanno mandati a una lavanderia a secco di lusso a Miami.

Torneranno dopodomani. Nel frattempo, Le ho preso questi.» Mi porse la busta dello shopping.

Gliela presi con due dita e sbirciai dentro. «È uno scherzo?»

«Sono abiti adatti all'isola. Sarà molto più comodo.»

Tirai fuori una camicia con il colletto. Il cotone giallo limone era stampato con conchiglie rosa. «Davvero?»

«Quel giallo starà benissimo con la... la Sua carnagione.» Le guance di Ben si tinsero di rosso fuoco, e stavolta non per il tramonto. «Ci sono anche dei pantaloncini. Aspetto fuori in veranda.» Se n'era andato prima che potessi rispondere.

Pantaloncini. E una camicia tropicale. Sarei sembrato un turista. Fissai il ridicolo tessuto stampato che stringevo. Poi le grucce vuote nell'armadio. Indossavo sempre i pantaloncini quando venivo qui. E a volte, nella privacy della mia piscina, molto meno. Ma in qualche modo, esporre le braccia e le gambe a Ben, il mio assistente, era diverso.

Accarezzai con un dito una delle conchiglie stampate. Il cotone non lavato era rigido, ancora con l'appretto. Ma l'aveva comprato per me. Pensando a me.

Pochi minuti dopo, uscii sulla veranda, con i capelli umidi, indossando la camicia con le conchiglie e i pantaloncini kaki. Quando la brezza dell'oceano mi colpì la pelle esposta, mi venne la pelle d'oca, facendo rizzare i peli sulle braccia e sulle gambe.

O forse era stato Ben. Assorto nell'incubo e con la vista annebbiata dalla fame, non l'avevo guardato bene prima. Indossava una polo rosa e dei bermuda bianchi. Prima di ieri, non gli avevo mai visto le gambe. Non avevo guardato allora, ma lo feci adesso. La sua pelle olivastra era chiara sotto peli scuri e folti. Le sue cosce e polpacci snelli avevano la forma e la definizione giuste.

Quando mi vide, si alzò, le sue Converse color lavanda che schiaffeggiarono il legno. «Pronto?» La sua voce era acuta e flebile. Si schiarì la gola.

«Sì.» Lo feci passare davanti a me attraverso la porta scorrevole e la chiusi a chiave dall'interno. Uscimmo dalla porta principale, e chiusi a chiave anche quella. Più distanti che potei, camminammo lungo il sentiero verso il resort principale.

«È davvero bellissimo qui,» disse Ben, le sue scarpe da ginnastica che scricchiolavano sulle conchiglie. «È per questo che vieni? Il… il paesaggio?»

Era il mio assistente, mi ricordai. Non mio amico. Quindi gli diedi una parte della verità. «Ho dei legami qui sull'isola. Mi sento a mio agio.»

«Legami… come Luis?» Guardava il sentiero davanti a sé. Scelta saggia, visto che a volte una tartaruga o una jutía ci si avventuravano.

«Certo, Luis. E altri.» Luis era stato il mio migliore amico sull'isola quando mia madre mi ci aveva portato da bambino. E la famiglia di Mamá — almeno quelli che non erano andati negli Stati Uniti come lei — viveva lì vicino. Non potevo andare in città senza incontrare almeno tre cugini ed essere invitato per un caffè o un pasto. Quindi non ero andato in città.

«Altri?» Ben mi lanciò un'occhiata. Era il tramonto, o le punte delle sue orecchie erano rosse? Forse si era scottato.

«Altri.» Non parlavo mai della mia famiglia. La stampa finanziaria ci si sarebbe fiondata, mandando reporter sull'isola per parlare con le persone che conoscevano meglio Cooper Fallon. Poi avrebbero riesumato mio padre, e quella era il tipo di pubblicità di cui nessuno aveva bisogno.

Ben si morse il labbro e scrutò il sentiero che si oscurava. Scricchiolammo in silenzio per un minuto finché l'edificio principale del resort non apparve in vista.

«Se, uhm, incontra uno di quegli altri e vuole che io, uhm, Le lasci un po' di spazio, me lo faccia sapere. Capisco che questa non è una cosa sociale, signor Fallon.» Fece un gesto tra noi due ma evitò accuratamente di guardarmi.

«Ben.» Finalmente capii cosa stava dicendo. Smettendo di camminare, e dopo un secondo, lui si fermò e si voltò verso di me. «Mi hai gentilmente invitato a cena. Certo che è una cosa sociale. E non ti lascerei solo per rimorchiare qualcun altro.»

Il pensiero di rimorchiare era ridicolo. Non ero sicuro di ricordare come si facesse.

Ma Ben e i suoi signor Fallon mi tentavano a pensarci. Perché quel signor sulla sua bocca era così fottutamente sexy? Doveva smetterla o avrei fatto qualcosa di cui mi sarei pentito, come accarezzargli la mano. «Senti, non siamo in ufficio. Tanto vale che mi chiami Cooper.»

Lentamente, un sorriso si diffuse sul suo volto e illuminò quegli occhi color whiskey. «Okay. Cooper.»

Sentii una fitta al petto. Forse non era stata una grande idea fargli usare il mio nome. Il mio nome — in qualsiasi forma — sulle sue labbra accendeva terminazioni nervose che pensavo fossero morte da tempo.

«Andiamo.» La mia voce fu più burbera di quanto intendessi. «Mangiamo.»

Lo portai al meno formale dei due ristoranti del resort, quello dove di solito andavano le famiglie. Dove la mia ridicola camicia sarebbe stata accettabile. Portarlo al ristorante formale sarebbe sembrato pericolosamente un appuntamento. E Ben e io non eravamo a un appuntamento.

Il che fu chiaro dal momento in cui ci sedemmo accanto a una famiglia di cinque persone.

Ben adocchiò la coppia di bambini piccoli, pastelli stretti nei pugni, e la neonata che dormiva nel suo ovetto. «Va bene qui?» mormorò.

«Va benissimo.» Presi il menu. Nessun pericolo di perdermi negli occhi color whiskey di Ben mentre i bambini chiacchieravano al tavolo accanto.

Non provai nemmeno a ordinare un bourbon o una birra, ma avrei voluto averlo fatto quando un urlo assordante eruppe dal tavolo accanto. La bambina si era svegliata. La madre cercava di calmarla mentre i bambini piccoli, non più intrattenuti dai loro pastelli, si lamentavano con il padre. Il rumore si unì al martellare nella mia testa, e mi massaggiai la tempia.

«Puoi chiamare il cameriere? Ho bisogno di bere.»

«No, ma dammi un minuto.» Ben si allontanò dal tavolo e, pochi secondi dopo, il silenzio calò come una coperta.

Alzai lo sguardo e vidi i bambini che tenevano per mano Ben mentre li conduceva lontano dal tavolo verso la fontana al centro del ristorante. Frugò nella tasca dei pantaloncini e tirò fuori qualcosa che illuminò gli occhi dei bambini. Poi si inginocchiò accanto a loro e li lasciò prendere gli oggetti dal suo palmo. Monete. La bambina chiuse gli occhi per qualche secondo, poi allungò il pugno sopra la vasca sotto la fontana. Poi aprì la mano, e la moneta cadde dentro. Il bambino ripeté le sue azioni. Ben sorrise, deliziato.

Le luci del ristorante scintillavano sulle onde scure dei suoi capelli, in contrasto con i ricci biondi e soffici dei bambini. Presero altre monete dal suo palmo e le gettarono nella fontana, ridacchiando. Non avevo mai visto un'espressione di tale piacere sul volto di Ben. In ufficio, era tutto serietà e rispetto. Con quei bambini, era libero.

Per un secondo, immaginai Ben con un paio di figli suoi. Che spingeva un passeggino al Presidio a San Francisco. O sulla spiaggia, tenendoli per mano mentre danzavano dentro e fuori dalle onde, come avevo visto fare a tante famiglie. Quello, lì con i bambini, era quello che Ben avrebbe dovuto fare. Non bloccato in un ufficio a gestire calendari e riunioni per me mentre io nascondevo il mio desiderio dietro la mia corazza da scontroso.

Chiusi gli occhi con forza. Ben doveva tornare a casa. Se, quando, avessi tagliato i ponti con Synergy, mi sarei assicurato che finisse in un posto sicuro e protetto. Che era il più lontano possibile da me.

13

BEN

QUANDO USCIMMO DAL RESORT, la canzone ritmica della risacca mi chiamava. «Possiamo tornare indietro camminando sulla spiaggia?»

Cooper si accigliò. «Non devi riaccompagnarmi.»

Vidi il suo sguardo saettare verso il bar. «Ma io voglio.»

Si chinò per slacciarsi le scarpe da corsa. «Hai una stanza al resort, vero?»

«Sì.» Posai il mio sacchetto di carta con la bistecca avanzata per sfilarmi le Chuck e togliermi i calzini. Mettendo un piede sulla sabbia, mossi le dita.

Era molto diverso dall'ultima volta che ero stato su una spiaggia, quando i miei amici ed io eravamo andati a Half Moon Bay. La sabbia calda si estendeva a perdita d'occhio e la risacca mormorava come una ninna nanna. Diedi un'occhiata a Cooper e ai polpacci muscolosi che non avevo mai visto prima di quella sera. La giusta quantità di peli. Sotto, pelle liscia e dorata. Desiderai leccargli quel polpaccio, risalire dietro il suo ginocchio e… merda! Dovevo smetterla di fissare le gambe del mio capo.

«Pronto?» Non aspettai la sua risposta. Arrancai sulla sabbia, oltre la fila di sedie a sdraio e ombrelloni, fino al punto in cui la sabbia era compatta e umida sotto i miei piedi. Fissai le acque scure. La luna non era ancora salita abbastanza da brillarvi sopra, ma le stelle scintillavano in cielo, più di quante ne avessi mai viste tutte insieme.

«È pacifico, non trovi?» Cooper era in piedi accanto a me e lo sentii inspirare l'aria salmastra.

Feci lo stesso e sospirai, liberandomi della tensione delle ultime due settimane. «Sì.» La brezza mi scompigliò i capelli, allontanandoli dalla pelle appiccicosa. Alzai una mano per lisciarmi i ricci, ma si impigliò in quel groviglio indomabile. L'aria umida dei Caraibi aveva completamente sconfitto il mio prodotto per capelli. Meno male che la notte era buia.

Cooper si voltò e si incamminò verso il suo bungalow. Mi affrettai a raggiungerlo per non cadere in tentazione di guardare il modo in cui il suo sedere si muoveva in quei pantaloncini, la tensione dei suoi tendini posteriori mentre avanzava con forza sulla sabbia.

Ma non riuscii a resistere e sbirciai il suo viso. Provai a convincermi che fosse per controllare il suo colorito — la disintossicazione lo stava colpendo duramente — e non per sbavare sulla definizione dei suoi zigomi.

Qualcosa si mosse nell'ombra alle sue spalle.

Mi bloccai come se fossi la sua preda. «Cos'è quello?»

«Cosa?» Seguì il mio sguardo.

«Lì.» Indicai. «Dietro quell'ultima sedia a sdraio. Qualcosa si è mosso.»

Strizzò gli occhi. «C'è gente che cammina sul sentiero. Forse hai visto quello.»

In effetti, ci fu il luccichio di qualcosa di lucido — vetro, o il telefono di qualcuno — e un rumore di passi sul sentiero di conchiglie appena visibile tra gli alberi. Ma non pensavo fosse quello ad aver attirato la mia attenzione. Avevo visto qualcosa, e non era umano.

«Ci sono lupi qui? Coyote? Linci rosse?»

«No. Potrebbe essere stato un roditore. O un pecari.»

«Un pecari?»

«È una specie di cinghiale.»

Sbirciai nell'oscurità, ma non vidi nulla. Abbassai lo sguardo sulle mie mani. Una teneva le scarpe e l'altra il sacchetto da asporto. Nessuna delle due sarebbe stata un'arma efficace contro un come-si-chiama. Un cinghiale. Aveva le zanne?

Ora anche la risacca sembrava minacciosa. «Andiamo.» Avrei preso il sentiero di conchiglie ben illuminato per tornare alla mia stanza dopo aver lasciato Cooper.

Camminai più in fretta che potei sulla superficie irregolare della spiaggia. Cooper teneva facilmente il passo con le sue gambe più lunghe. Mi voltai un paio di volte, ma non vidi nulla. Mi ero quasi rilassato quando Cooper parlò.

«Siamo seguiti.»

«Da uno di quei cinghiali? O da un Bigfoot? Ce ne sono qui?» Il cuore già mi saltava nel petto, ma a quel punto prese a galoppare.

«No.» Ridacchiò. «Da un Segugio delle Noci di Cocco.»

«È come Il mastino dei Baskerville?»

«È solo come chiamano i cani randagi qui sull'isola. Continua a camminare e guarda indietro. A ore otto.»

Rallentai abbastanza da lanciare un'occhiata alle mie spalle. Un cane si aggirava furtivamente dietro di noi, rimanendo nell'ombra, ma i suoi occhi luccicavano nel chiarore delle stelle.

«Probabilmente sente l'odore della tua cena.»

Il cane non era nemmeno così grande. Era più piccolo di un Labrador, il cane che avevo sempre desiderato. Era di colore chiaro nella luce stellare, giallo o marrone chiaro, con il muso scuro. Quando mi fermai e mi voltai, si immobilizzò.

«Ehi, ciao», dissi a bassa voce. Mi accovacciai e lasciai cadere le scarpe sulla sabbia. Poi posai il sacchetto con i miei avanzi.

Il cane alzò il naso per annusare. Le sue orecchie enormi lo facevano sembrare un pipistrello troppo cresciuto e senza ali. Fece un passo incerto verso di noi, e fu allora che notai quanto fosse magro. Le costole gli si vedevano anche al chiaro di luna. Era della taglia di un beagle, ma non poteva pesare più di una decina di chili.

Lentamente, infilai la mano nel sacchetto e tirai fuori il pacchetto avvolto nell'alluminio. In cucina l'avevano attorcigliato a forma di cigno, con un lungo collo di stagnola che si ergeva sopra il fagotto di bistecca. L'alluminio crepitò mentre iniziavo a scartarlo.

«Che stai facendo?» La voce di Cooper spaventò il cane, che si ritirò guizzando nell'ombra.

«Shh. Sto dando da mangiare a quel povero cane.»

«È un randagio. Selvatico. Potrebbe avere qualche malattia. Potrebbe morderti.»

Parlai dolcemente al cane. «Non mi morderai, tesoro, vero?» Quando aprii il pacchetto, si diffuse l'odore della carne. Lo posai sulla sabbia e arretrai di qualche passo.

Il cane fece un passo incerto e guardingo verso il cibo, poi un altro.

«Così, tesoro. Vieni a cenare.»

«Gli insegnerai solo a infastidire i turisti, e qualcuno lo rinchiuderà perché è un disturbo.»

Il cane si bloccò di nuovo alla voce di Cooper.

«Shh. Allontanati di qualche passo. Lo stai spaventando.»

Non ebbi bisogno di guardare per vedere che Cooper fece come gli avevo chiesto. Sentii la sua assenza dietro di me. «Forza, tesoro. Nessuno ti farà del male.»

Il cane si avvicinò sempre di più, furtivamente, finché non afferrò un boccone tagliato e corse di nuovo nell'ombra.

«Esatto. Bravo ragazzo. Ora vieni a prenderne ancora.»

Ripeté il processo, afferrando un boccone e scappando via, finché non finì tutto. Volevo allungare la mano e grattargli quelle enormi orecchie triangolari, ma non volevo spaventarlo. Appallottolai la stagnola e la infilai nel sacchetto. «È finito», gridai.

Quegli occhi grandi e scuri mi guardarono brillare dall'ombra.

«Contento adesso?» disse Cooper. Ma la sua voce non aveva il morso del sarcasmo. Era più dolce di quanto l'avessi mai sentita.

Era in piedi, alto e dritto sulla sabbia, contro la risacca gorgogliante. I capelli gli ricadevano sulla fronte in onde perfette, da spiaggia. Probabilmente non aveva nemmeno bisogno di usare prodotti per ottenere capelli perfetti. E quella notte, era tutto mio da ammirare. «Sì, lo sono.»

Come se in qualche modo mi avesse letto nel pensiero, abbassò la testa. «Andiamo, prima che altri cani affamati scoprano che cuore tenero hai.»

Raccolsi le scarpe e insieme proseguimmo verso casa sua. C'erano così tante cose che volevo chiedergli, che avevo bisogno di chiedergli. Sulla vendita delle azioni. Sul perché era venuto sull'isola. Sul perché non era andato a Boston. Ma ogni volta che lo guardavo e vedevo la dolcezza nei suoi occhi, la sua mascella rilassata e non contratta in un modo che non avevo mai visto in ufficio, dimenticavo quello che stavo per chiedere. La luna si levò sopra gli alberi e lo indorò d'argento, e l'unico pensiero rimasto nel mio cervello era di tracciare quelle linee di luce lunare con le dita.

Ma non potevo. Ero il suo assistente e lui era il mio capo freddo e severo. Cooper Fallon non avrebbe mai avuto una relazione con un dipendente, e di certo non con il suo dipendente diretto. Inoltre, il mio cuore era ancora ammaccato e ferito per colpa di Trey. Non potevo darlo a qualcuno come Cooper. Diavolo, non sapevo nemmeno per certo se fosse gay dichiarato. Secondo i tabloid, usciva con le donne. I sentimenti che andavano oltre l'amicizia che percepivo provasse per Jackson potevano essere un segreto vergognoso. Potrebbe non aver accettato la sua bisessualità; non tutti lo facevano. Potrei aver immaginato la tenerezza che pensavo di aver visto nel suo viso spigoloso quando mi guardava.

Quando raggiungemmo il suo cancello, avevo accumulato un uragano emotivo nel petto. Dovevo allontanarmi da Cooper e calmarmi. Avevo sprecato la giornata; non potevo permettermi di sprecarne un'altra. Avrei dormito in un letto vero e al mattino sarei stato pronto a fare a Cooper le domande che dovevo fargli. Non mi sarei lasciato distrarre dai suoi zigomi o dalle onde allettanti dei suoi capelli o dall'affetto nel suo tono di voce.

«Buonanotte», dissi, voltandomi già verso il sentiero di conchiglie.

«Buonanotte, Ben.»

Tutto dentro di me si fermò al basso fremito della sua voce. Osai alzare lo sguardo sul suo viso.

Fu un errore. Un qualche scherzo del chiaro di luna gli riscaldava gli occhi azzurri. E quando si passò la lingua sul labbro inferiore per inumidirlo, stava solo assaporando il gusto salmastro della brezza marina. Qualcosa mi toccò la nocca, e abbassai lo sguardo mentre la mano di Cooper sfiorava la mia per poi infilarsi nella tasca dei suoi pantaloncini.

Le ginocchia mi si piegarono. «Buonanotte.»

«L'hai già detto.» Il luccichio dei suoi denti — un vero sorriso da parte di Cooper Fallon — fu l'ultima cosa che vidi prima che il cancello si chiudesse alle sue spalle.

Rimasi lì per un momento, ansimando nell'aria di mare. Poi mi infilai le scarpe e tornai scricchiolando verso il resort lungo il sentiero di conchiglie. In realtà, stavo fluttuando.

Quando il telefono squillò, non guardai nemmeno l'ID del chiamante, ancora perso nel sorriso sognante di Cooper.

«Pronto?»

«Ben, stai bene?» La voce di Marlee mi strappò dal sogno.

Mi schiarii la gola. «Bene. Che succede?»

«Che succede a te? Qualche progresso?»

Sussultai. «Non ancora. Sto cercando di andarci piano.»

La sua voce gracchiò. «Non hai più tempo per andarci piano. L'ordine di vendita viene eseguito domani.»

14

COOPER

LUNEDÌ, quando mi svegliai di nuovo sobrio, cacciai la borsa con le magliette che Ben mi aveva comprato in fondo all'armadio e indossai una maglia da allenamento e dei pantaloncini. Non avevo intenzione di allenarmi, ma non avrei neanche indossato vestiti che mi ricordassero Ben.

Ero stato tanto stupido riguardo a Ben quanto lui lo era stato con quel cane la sera prima. L'avevo lasciato avvicinare anche se sapevo che non avevamo futuro insieme. Non avevo futuro con nessuno. Meglio stare da solo che ferire qualcuno a cui tenevo.

Dovevo dargli un taglio, di netto.

Ignorai i colpi di Ben alla porta, i suoi messaggi e le sue telefonate. Quando chiamò dal cancello, rientrai in casa. Se non avessi risposto, se ne sarebbe andato. Sarebbe tornato a casa.

Sul divano, lessi l'email del mio consulente finanziario che riassumeva la vendita delle azioni. Controllai il saldo del mio conto. Il direttore della mia fondazione ne sarebbe stato entusiasta. E ognuno dei circa cinquanta rifugi per donne nella Bay Area avrebbe ricevuto una donazione cospicua ma anonima. Sarebbero state in estasi.

E io come mi sentivo?

Vuoto.

Avevo sperato di provare qualcosa. Sollievo per essermi finalmente svincolato da Jackson. Rimpianto per aver infranto la promessa fatta al mio amico. Eccitazione per la possibilità di fare qualcosa di nuovo, qualcosa per cui non avrei dovuto lottare con Weston, qualcosa che non sentivo di stare imponendo a Jackson.

Tutto ciò che provavo era stanchezza.

Così, come una delle lucertole dell'isola, feci un pisolino sul divano, sotto il sole che splendeva caldo attraverso le finestre.

Dei raggi accecanti contro le palpebre chiuse mi svegliarono. Abbassandosi verso l'orizzonte, il sole luccicava sull'oceano e sulla piscina e proiettava scintille dorate sul soffitto del soggiorno. Mi misi a sedere e mi strofinai il viso.

Ero meno stanco… e affamato. Lo stomaco mi brontolò.

Ma non potevo andare al bar o al ristorante. Ben mi ci avrebbe perseguitato. Così chiamai il servizio in camera.

Mezz'ora dopo, il campanello suonò, uno squillo breve come faceva sempre Ramón. Andai alla porta a piedi nudi e la aprii. Ma non era Ramón.

Era Ben.

E aveva il carrello di Ramón.

«Che ne hai fatto di Ramón?» fu la cosa più intelligente che riuscii a dire. Feci una smorfia.

Ben spinse il carrello oltre la soglia finché non mi spostai. «Penso che dovremmo mangiare nel patio, non credi? È una serata meravigliosa.»

«Dovremmo?» Lo seguii attraverso la porta scorrevole e fuori sulla terrazza.

Fermò il carrello e si voltò di scatto verso di me, con le mani sui fianchi. «Ti ho portato la cena.» Fece un gesto verso il carrello. «Il minimo che tu possa fare è condividerla con me.»

«Perché sei ancora qui?» Chiunque altro se ne sarebbe tornato a casa. Senza un dirigente da assistere, Ben avrebbe potuto giocare ad Animal Crossing tutto il giorno alla sua scrivania. O prendersi una settimana di ferie come gli avevo suggerito. Nessuno se ne sarebbe lamentato.

«Dici sul serio?» La sua mascella, di nuovo ben rasata, sporse in fuori. «Sei venuto qui per riposare e rilassarti, ma non sai come si fa. Credo sia piuttosto evidente che sei depresso. Hai bisogno di qualcuno con cui parlare. Che si assicuri che tu mangi. Forse non vuoi che quella persona sia io, ma al momento sono tutto ciò che hai.»

Si voltò verso il carrello. Con movimenti a scatti, gettò una tovaglia sul tavolo del patio e, con abilità ma non in silenzio, fece tintinnare i piatti e le posate sul piano.

Ero depresso? Forse quello spiegava il vuoto che sentivo dentro. Ne avrei parlato con la dottoressa Pradhi la settimana successiva.

Mentre lui riportava dentro il carrello, diedi un'occhiata alla tavola. C'erano vassoi di pesce e verdure. Una ciotola di insalata e un'altra con un piatto di cereali. Era esattamente quello che avrei mangiato se fossi venuto sull'isola per una delle mie solite visite, niente a che vedere con le schifezze che avevo mangiato al bar. C'era persino una piccola composizione di orchidee autoctone. E un trio di candele al centro.

Con il tramonto rosato sull'oceano che trasformava le onde in oro fuso, e lo sciabordio ritmico delle onde sulla spiaggia, sembrava tutto così... romantico.

«Che c'è?» Ben uscì nel patio.

«Mi sento vestito in modo inadeguato.» Cercai di infondere tutto il mio ringraziamento e le mie scuse nel rapido sorriso che gli rivolsi.

Lui scrutò la mia maglietta a compressione e i pantaloncini sportivi, poi si schiarì la gola. «Vai benissimo.» La sua voce uscì roca e, nonostante il tramonto fiammeggiante, mi venne la pelle d'oca sulle braccia.

Le strofinai via. «Mangiamo?»

Non seppi cosa mi spinse a farlo, ma tirai indietro la sedia più vicina e aspettai che si sedesse. Poi presi la sedia di fronte.

«È molto carino. Grazie.» Feci un gesto verso la tavola. «Ma non hai teso un'imboscata a Ramón, vero? Non è che giace da qualche parte tra i cespugli?»

«No.» Le sue guance si tinsero di rosa mentre prendeva il vassoio del pesce e me lo porgeva. «Ramón mi ha fatto un favore.»

Presi un pezzo di pesce e gli ripassai il vassoio. Un favore? E quel rossore. Sapevo bene che razza di dongiovanni fosse Ramón. Che lui e Ben stessero avendo una tresca sull'isola? Controllai il collo di Ben ma non vidi nessuno dei caratteristici succhiotti di Ramón. Anche se forse li aveva fatti in un punto nascosto dalla polo e dai pantaloncini di Ben.

Tirai il colletto della maglietta lontano dalla pelle accaldata, improvvisamente meno affamato di prima.

Ben lanciò un'occhiata al cancello e poi di nuovo a me. «Come ti senti?»

«Intendi dire, se ho bevuto oggi?» Lasciai che un angolo della bocca si incurvasse verso l'alto.

«No, voglio dire, oggi hai un bell'aspetto.» Indicò il mio viso con la forchetta. «Anche se hai sempre un bell'aspetto. Sembri più riposato.»

Lasciai che il complimento mi pervadesse e mi scaldasse lo stomaco. Era quasi buono quanto il bourbon. «Ho fatto un pisolino.»

«Fantastico. E, uhm, ti sei allenato?» Fissò la mia maglietta attillata.

«No. Avevo solo questa.»

Si morse il labbro e, quando lo lasciò andare, era lucido e più rosa di prima. Avrei voluto sporgermi sul tavolo e assaggiarlo. Ma quel labbro delizioso apparteneva a Ben, il mio assistente, quindi tenni il culo sulla sedia.

«Dovresti fare più esercizio. Ti farebbe bene. Come ti alleni di solito quando sei qui?»

Di solito non ne avevo bisogno. Tra tutte le passeggiate in città e i progetti di costruzione, bruciavo un sacco di calorie. Ma non avevo intenzione di condividere con Ben il mio vero legame con l'isola. Avrebbe trovato un modo per usare le persone a cui tenevo come leva per farmi fare qualsiasi cosa per cui Weston l'aveva mandato. E se fossi andato in città, la mia famiglia si sarebbe impicciata dei miei affari, soprattutto se Ben avesse detto loro che ero depresso.

«Non ho bisogno che tu gestisca i miei allenamenti,» ringhiai.

Lanciò uno sguardo al cancello ma poi tornò a concentrarsi su di me. «Ok, allora, passiamo agli affari. Ho saputo che hai proceduto con la vendita delle tue azioni Synergy.»

La delusione schiacciò la piccola scintilla che si era accesa nel mio cuore. Il cibo, le candele, i fiori erano solo un tranello. Non quello che mi ero azzardato a sperare: una serata romantica con Ben. Voleva parlare di Synergy. Bene. Mi raddrizzai sulla sedia. «L'ho fatto. Anche se non sono affari tuoi.»

«Non sono affari miei?» Le sue folte sopracciglia scomparvero sotto i riccioli che gli ricadevano sulla fronte. «Cooper, se te ne stai andando…»

Punzecchiai il pesce con la forchetta. «Non vado da nessuna parte.» Per ora. Se l'avessi fatto, avrei trovato a Ben un'altra posizione all'interno di Synergy così che potesse finire l'università.

«Uhm… ho sentito delle cose. In ufficio.»

Visto che non continuava, chiesi: «Cosa hai sentito?»

«Weston ha delle idee sull'azienda. Idee per dei tagli.»

Sbuffai. «Weston vuole sempre tagliare qualcosa. È un uomo di numeri.»

Ben posò la forchetta. «Tagli al personale. E… e al programma di rimborso delle tasse scolastiche.»

«Ridicolo.» Mi appoggiai allo schienale della sedia. «Weston non lo farebbe. E anche se volesse, qualcuno lo convincerebbe a non farlo.»

«Chi, Cooper?» Ben inclinò la testa. «Chi lo convincerà? L'amministratore delegato? Jackson? Tu non sei lì per farlo.»

Il nome di Jackson e il ricordo di aver lasciato la mia azienda mi colpirono al petto come due pallini. Ma Weston aveva promesso che si sarebbe occupato lui delle cose. «Weston vuole il meglio per l'azienda. Mi fido di lui.»

«Davvero? Perché ha detto delle cose che mi hanno preoccupato.»

«Ah, sì?» Mi massaggiai il punto dolente sul petto. «Cosa?»

«L'ho sentito dire al Presidente che hai venduto le tue azioni. E poi parlare di un'opportunità.»

Improvvisamente, il fatto che Charles sapesse che avevo venduto le mie azioni rese tutto reale. Charles, il patrigno di Jackson, ci aveva sempre sostenuti, quindi era stato logico chiedergli di diventare Presidente del Consiglio di Amministrazione nei primi tempi di Synergy. E ora avevo venduto le mie azioni senza avvertirlo. Ridurre la mia proprietà di Synergy smise di essere un concetto leggero e trasparente come la brezza dell'isola e divenne una realtà concreta e colpevole. Mi sentii come se avessi perso una parte di me. Una parte della mia anima.

Ma quello era il mio egoismo. Ben era preoccupato per il suo lavoro e per la sua istruzione.

«Weston fa parte di Synergy da metà della sua esistenza. Farà ciò che è giusto per essa. E per i dipendenti.»

Le labbra di Ben si piegarono di lato, come se non se la bevesse. «Il Presidente ha detto qualcosa riguardo a una scalata ostile?»

«Sono sicuro che Weston stia prendendo provvedimenti per evitarlo. Ha a cuore il miglior interesse dell'azienda. Te lo prometto.»

Gli occhi di Ben si strinsero per un secondo, ma poi annuì. «Okay. Se lo dici tu.»

«Lo dico.»

«Ma per quanto riguarda Jackson?»

Mi si bloccarono i polmoni, costringendomi a tossire. Mandai giù un sorso d'acqua. «Che c'entra Jackson?» La mia voce uscì come un ringhio dalla gola contratta.

«È lì da solo a tenere testa a Weston. Se c'è bisogno di tenergli testa.»

Lo capii in quel momento. «È stato Jackson a mandarti?» Tipico di Jackson mandare qualcuno al suo posto per pregarmi di tornare al lavoro. Maledetto Jackson, sempre a volere, a pretendere qualcosa da me. Le briciole di amicizia che ricevevo in cambio non mi bastavano più.

In più, avevo stupidamente sperato che Ben fosse venuto qui per me. Era solo uno strumento che Jackson aveva raccolto, ignaro che fosse proprio quello giusto per spezzarmi.

«No!» Il tramonto balenò nei suoi occhi. «Sono venuto qui perché ero preoccupato. Per te.»

«Non ho bisogno che tu ti preoccupi per me, cazzo. Sto bene!» Sentii che la mia voce si era alzata, ma mi sembrava di fluttuare sopra il mio stesso corpo, separato dallo stronzo dalla faccia paonazza che urlava contro l'uomo gentile che gli aveva portato la cena. L'uomo gentile il cui viso era passato da sorridente a impietrito.

Durante il silenzio che si allungò tra noi, sentii un fruscio giù vicino alla piscina, e la mia coscienza si schiantò di nuovo nel mio corpo, nuotando nel calore liquido che lo riempiva. Chi cazzo aveva portato Ben con sé? Chi altro si era unito al festino dell'autocommiserazione? Mi allontanai dal tavolo spingendo la sedia, le cui gambe stridettero sul legno della terrazza, e mi diressi a grandi passi verso il cancello. Quando lo aprii con uno strattone, una macchia marrone sfrecciò accanto a me.

Mi voltai di scatto per vedere un Coconut Hound ritto sulle zampe posteriori che leccava la faccia di Ben. Un fottuto cane. Era lo stesso della sera prima, quello che aveva nutrito con la sua bistecca avanzata? O ne aveva attirato un'intera colonia mentre dormivo? Ero solo un altro cane randagio per lui, uno che aveva bisogno di cibo e passeggiate?

Gli occhi di Ben si spalancarono quando vide l'espressione sul mio viso, una frazione di secondo prima che la rabbia esplodesse da dentro di me.

Quando mi avvicinai a grandi passi, il cane si voltò e ringhiò, mostrando i denti.

«Sono venuto qui per me stesso. Perché volevo farlo. Non sono cazzi di nessuno quello che faccio.» Indicai all'impazzata la piscina, la casa, la spiaggia. «Questa non è una fottuta vacanza per nessuno tranne che per me. Tu non rimani. O te ne torni a casa domani, o sei licenziato.» Fissai il cane attraverso una nebbia rossa. Quello scoprì i denti e ringhiò più forte. «E non puoi continuare a dare da mangiare a quel fottuto cane randagio. Non è un animale domestico. Potrebbe morderti!» Sbattei la mano sul tavolo, facendo sobbalzare i piatti. Un bicchiere d'acqua cadde con un tonfo secco.

Mi immobilizzai. Era stato quello a dare inizio a tutto quel casino. Separarmi da Jackson, stordirmi con l'alcol e svuotare il sacco con la mia terapeuta... niente di tutto ciò aveva risolto alcunché.

Ben si alzò. Mi coprii gli occhi con una mano per non vederlo fuggire attraverso il cancello. Avevo la gola irritata e stretta, e nemmeno deglutire mi dava sollievo.

Un tocco leggero come una piuma si posò sul mio braccio, appena sotto la manica della T-shirt. «Io... io non me ne vado.»

La rabbia svanì, lasciandomi barcollante, come se la sua fiammata fosse stata l'unica cosa a tenermi in piedi. Mio malgrado, mi appoggiai al tocco di Ben. Lui mi accarezzò il braccio, su e giù, come avrebbe fatto con un cane.

Ma in quel momento, non mi importava. Non mi importava di essere solo un altro cane randagio per lui, bisognoso di cure e affetto. E che quando avesse lasciato l'isola, mi avrebbe abbandonato proprio come avrebbe abbandonato quel dannato cane.

«Mi dispiace. Scusa se ho urlato,» borbottai. Non era neanche lontanamente abbastanza, ma era tutto ciò che riuscii a dire. Se avessi aperto di nuovo la bocca, avrei potuto dire qualcosa di cui mi sarei pentito ancora di più. Pregarli di restare. Con me. Non potevo volerlo. Non potevo averlo. Nemmeno quando delle scintille mi percorrevano ogni volta che mi toccava, come avevano fatto fin dal primo giorno, sconvolgendo il mio cuore in un nuovo ritmo: Ben-Ben, Ben-Ben. Mi strofinai il petto con l'altra mano.

«Va tutto bene. Vuoi il dolce, o preferiresti andare a letto?»

Sapevo che non intendeva con lui, ma il mio cuore non era altrettanto intelligente. Martellò, e probabilmente Ben lo vide attraverso la maglietta di spandex. «A letto.»

«Okay.» Mi accarezzò il braccio un'ultima volta, e quando smise, il mio braccio si sentì freddo. «Pulisco qui fuori. Ci vediamo domattina.»

«Okay,» mormorai, ancora sotto il suo incantesimo.

Fu solo dopo essere entrato che mi resi conto che mi aveva incastrato. Che cazzo avremmo fatto la mattina dopo?

Anche se avevo fatto un pisolino, trascinavo i piedi. Avevo bisogno di dormire ancora. L'ultima cosa che gli sentii dire prima di chiudere la porta della mia camera fu: «Coco, che ne dici di un po' di pesce saporito?»

15

BEN

QUANDO BUSSAI alla porta di Cooper la mattina dopo, con gli abiti della lavanderia in una mano e un vassoio di caffè nell'altra, seppi che era troppo presto. Be', sarebbe dovuto essere troppo presto. Ma sapevo due cose: il mio capo era un tipo mattiniero — quando non era ubriaco o con i postumi di una sbronza — e aveva bisogno di fare esercizio. La sera prima, quando gli avevo toccato il braccio, avevo praticamente sentito l'energia in eccesso sfrecciargli attraverso il corpo.

Infatti, aprì la porta. Non avevo idea se avesse l'aria assonnata o sveglia perché non. Riuscivo. A. Smettere. Di. Fissargli. Il petto. Il petto nudo. Muscoloso, dai pettorali spessi e piatti fino agli addominali scolpiti. Una giungla tropicale di peli biondo scuro sul petto e giù, giù, giù, sotto quei pantaloncini sportivi. Le mie dita ebbero un fremito al pensiero di accarezzargli la pelle dorata, il neo sul pettorale sinistro, proprio sopra il capezzolo. Quel capezzolo abbronzato si tese verso di me come se anche a lui piacesse l'idea. Grazie a Dio stringevo i suoi abiti puliti in una mano e i caffè nell'altra. Non sarebbe stato il caso di toccare il mio capo quasi nudo.

Lui si schiarì la gola. «Che diavolo, Ben? Sono a malapena le sette.» Ma mi prese i pesanti abiti della lavanderia e si fece da parte quando avanzai.

Posai il caffè sul bancone della cucina e fissai lo sguardo sugli abiti coperti di plastica che aveva in mano. «Vuoi metterli via e indossare una… una maglietta? Hai bisogno di fare esercizio, quindi ho pensato che potremmo andare a correre insieme.» Mi trattenni con cura dal fare una smorfia. Odiavo correre. Troppi ricordi dei giri di pista del liceo con il coach che urlava: «Muoviti, Walters!»

Non diversamente dal coach, Cooper mi squadrò dalla mia maglietta dei Guardiani della Galassia alle mie Converse viola. «Non puoi correre con quelle scarpe.»

«Sono le uniche scarpe da ginnastica che ho. Andranno bene. Sono scarpe da basket.»

«Scarpe da basket,» sbuffò. «Non correrai con quelle. Invece cammineremo.»

Camminare sembrava molto più piacevole che correre. «Una passeggiata sarebbe fantastica. Anzi, Ramón mi ha detto che dovremmo andare in città a piedi per vedere il Giardino di Tía. Cos'è? Non l'ho visto sul foglio che mi hanno dato con le cose da fare.»

«Ramón,» ringhiò. Finalmente, mi prese gli abiti. «È uno di quei posti solo per la gente del posto.»

«Ooh! Mi ci porti? Adoro vedere i posti come farebbe uno del posto.»

«Dammi un minuto.»

Ci volle più di un minuto. Ero a metà del mio caffè quando emerse dalla camera da letto, docciato e rasato, indossando la seconda maglietta e i pantaloncini che gli avevo preso. La maglietta era bianca con delle lucertole verdi stampate che prendevano il sole. Avevo pensato che fosse carina, ma dall'espressione minacciosa di Cooper, a lui non piaceva.

Gli porsi il caffè, distogliendo accuratamente lo sguardo dalla sua mascella liscia, nuda e scolpita che era in qualche modo ancora più sexy, più irresistibile, di quanto non fosse stato il suo petto nudo. «Pronto per andare, o volevi mangiare qualcosa prima?»

«Andiamo. Sono sicuro che troveremo qualcosa da mangiare in città.»

«Ooh, un altro posto segreto per la gente del posto?»

Cooper si limitò a grugnire.

Meno male che avevo bevuto metà del mio caffè, perché ne avrei versato uno intero alla mezza corsetta che dovetti mantenere per stare al passo con le lunghe falcate di Cooper. Prendemmo il sentiero di conchiglie fino all'edificio principale del resort e un sentiero asfaltato intorno a esso finché non raggiungemmo la rotonda che portava alla strada. Sapevo che non era lontano dalla città, poco più di un miglio e mezzo, ma ero quasi troppo senza fiato per parlare. E dovevamo parlare.

«Possiamo rallentare?» sbuffai.

Si fermò così all'improvviso che quasi gli sbattei contro la schiena. Guardando dietro di me, disse: «Ci stanno seguendo.»

Mi voltai e vidi Coco, che si nascondeva tra i cespugli a circa sei metri dietro di noi. «Va tutto bene. È solo Coco.»

Le folte sopracciglia di Cooper si sollevarono. «Coco? Gli hai dato un nome?»

«È un maschio, e certo che gli ho dato un nome.» Fischiai, e Coco trotterellò verso di noi. Percorse gli ultimi metri furtivamente e si rannicchiò dietro di me.

Cooper arricciò il naso. «È… camomilla?»

«È meglio dell'odore che aveva prima. È solo lo shampoo che c'era nella mia stanza. Ho usato tutta la bottiglia su di lui.» Mi chinai e arruffai il pelo di Coco.

«Era nella tua stanza? E le pulci?» Il labbro di Cooper si arricciò.

«Aveva un sacco di pulci, sì. E un paio di zecche. Ma Ramón mi ha aiutato a fargli un bagno antipulci in una delle docce all'aperto. Aveva un odore assolutamente disgustoso, ed è per questo che l'ho lavato con lo shampoo alla camomilla. Però non gli è piaciuto l'asciugacapelli, e non potevo lasciarlo dormire fuori mentre era ancora bagnato.» Chiusi la bocca di scatto e mi preparai all'esplosione di Cooper su come non sarei rimasto e su come non avesse senso fare amicizia con un cane randagio.

Ma non lo fece. Mi guardò solo accarezzare il pelo giallastro di Coco per un minuto prima di voltarsi e continuare a marciare verso la città.

«Bravo ragazzo,» borbottai. Poi corsi per raggiungere il mio capo, con Coco che trotterellava ai miei talloni.

Le prime case che vedemmo erano piccole, non più grandi della mia modesta stanza al resort, ma dall'aspetto robusto e dipinte con colori pastello. Per quanto fosse presto, alcune persone si davano da fare nei loro giardini, raccogliendo pomodori rossi maturi e zucchine dorate.

Un bambino piccolo uscì di corsa da una casa color turchese e si schiantò contro le gambe di Cooper. Le sue braccia magre si avvolsero intorno alla vita di Cooper, e seppellì il viso nel suo fianco. Una donna incinta scese lentamente dal portico, percorse pigramente il sentiero e stampò un bacio sulla guancia di Cooper. Non ci fu nulla di lento nello spagnolo che sparò a raffica contro Cooper. Colsi solo le parole costruire e scuola.

Cooper borbottò una risposta in spagnolo.

La donna mise una mano sul fianco e mi scrutò, poi fece una domanda a Cooper. Lui non rispose, ma si chinò per districare delicatamente il bambino dalle sue gambe. Poi inclinò il mento nella direzione in cui stavamo andando e disse qualcosa sul giardino che avevamo intenzione di visitare.

Dopo che Cooper ebbe dato una pacca sulla testa del bambino e baciato la guancia destra della donna, lei mi squadrò ancora una volta. Tornarono alla casa turchese senza nemmeno un'occhiata a Coco. Cooper riprese la sua andatura a grandi passi.

«Chi era?» chiesi quando lo raggiunsi.

«Solo una persona che conosco.»

«La conosci?» Mi voltai per riesaminare la casa turchese. «Come? Lavora al resort?»

«Fai un sacco di domande,» brontolò.

«Questa non era una risposta.» Mi misi sulla sua strada in modo che dovesse fermarsi e incrociai le braccia.

Lasciò andare un sospiro frustrato. «E va bene. È un'amica di famiglia. Volevano ringraziarmi per alcuni lavori che ho fatto nella comunità l'ultima volta che sono stato qui.»

«Lavori? Tipo, un programma software?»

«No.» Inclinò il mento verso qualcosa dietro di me. «Quello.»

Mi voltai e vidi un piccolo edificio di stucco dipinto di un allegro giallo girasole. «Cos'è?»

«Una scuola. Per i bambini del villaggio.»

«Hai donato dei soldi per costruirla?»

«Sì.» Riprese la sua marcia verso la città. «E li ho aiutati a costruirla.»

Arricciai il naso. «Tipo, con un martello?» Prima di trovarlo sull'isola, non sarei riuscito a immaginare Cooper in nient'altro che un abbigliamento da lavoro inamidato, con il telefono premuto contro l'orecchio. Faticavo a immaginarlo mentre faceva un lavoro manuale.

«Ho delle competenze, sai. Non sono sempre stato un Direttore Operativo. Anch'io ho fatto lavori estivi una volta.» Serrò la mascella, e capii di non dovergli chiedere di quei lavori estivi.

Continuammo lungo la strada, superando la scuola, un negozio di alimentari, una farmacia. Alcuni uomini ciondolavano davanti al tabaccaio chiacchierando, le loro nuvole di fumo che si disperdevano nel cielo limpido e azzurro.

Dei vicoli si diramavano dalla strada principale, conducendo a più case. Cooper svoltò in uno costeggiato da una staccionata dipinta di bianco. Delle viti vi si arrampicavano sopra, i loro boccioli viola che si stavano appena schiudendo al sole del mattino. In altri punti, fiori alti si sporgevano oltre la staccionata, i boccioli che ondeggiavano nella brezza leggera come per darci il buongiorno. I girasoli si curvavano verso la strada, le teste troppo pesanti di semi per sollevarsi.

Dall'altro lato della staccionata, una piccola donna con un cappello grande come la ruota di una bicicletta usava un paio di cesoie pericolosamente affilate per tagliare una testa di girasole e lasciarla cadere nel suo cesto. Trasalì al rumore della mia scarpa da ginnastica sul selciato. «¿Lito?»

Alzai lo sguardo su Cooper, che stava... sorridendo. «Tía Camelia.»

Tirando Cooper verso di sé per baciargli la guancia, la donna parlò così velocemente che il mio spagnolo del liceo non riuscì a tenere il passo. Cooper non cercò di interromperla. Colsi le parole visita, troppo tempo e affamato. Il mio stomaco brontolò.

«¿Y él, quién es?» chiese.

«Tía Camelia, questo è Ben, il mio assistente.»

Sparò un'altra sfilza di spagnolo che fece arrossire le guance di Cooper.

«También es un amigo.»

Amigo. Quella l'avevo capita. Mi stava chiamando suo amico? Anche le mie guance si scaldarono.

Finalmente, parlò in inglese. «Entrate. Per colazione.» Senza aspettare una risposta, sollevò il cesto, si voltò ed entrò.

«Quindi, non è il Giardino di Tía, un posto segreto per la gente del posto. È il giardino di tua zia.»

Il sorriso scomparve dal suo volto, e tornò a essere il mio capo con la mascella serrata. «Esatto. Ricordami di fare due chiacchiere con Ramón più tardi.»

«Me ne occupo io. Capo.»

Mi guardò con gli occhi socchiusi. E poi fissò Coco. Tenne aperto il cancello per farci passare.

Non dovemmo entrare in casa di Camelia. Un pergolato intrecciato di vite ombreggiava la sua veranda sul retro, che ospitava un lungo tavolo di legno con sedie spaiate, ognuna dipinta di un colore vivace diverso. Io presi quella viola e Cooper quella blu che si abbinava al cielo e ai suoi occhi. Coco si appiattì lungo il gradino più basso, un occhio su Cooper e l'altro sulla sua via di fuga.

Camelia aveva già messo in tavola pane fresco, fette di mango e una purea che chiamava mangú. Le tazze da caffè erano spaiate come le sedie, e versò il caffè in una tazza di Delft così sottile che potevo quasi vederci attraverso. Me la porse.

Quando si sedette su una sedia arancione di fronte a noi, portai la tazza alle labbra. L'aroma robusto mi si arricciolò nelle narici. Era caldo e forte, amaro, con una punta di dolcezza. Sorseggiandolo, i miei occhi si spalancarono.

«Tía Camelia fa il miglior caffè dell'isola,» disse Cooper, riponendo la sua tazza sul piattino.

«Potresti farlo anche tu,» disse lei, porgendogli il cestino del pane. «Alfonso in fondo alla strada tosta i chicchi. Te ne darà tutti i sacchetti che vuoi.»

Lui fece un gesto con la mano. «Ci ho provato. Ma quando lo preparo a casa mia in California, non ha lo stesso sapore che ha qui, con i tuoi fiori e la brezza dell'oceano.»

Come se fosse stata pagata, la brezza soffiò attraverso il giardino e gli scompigliò i capelli baciati dal sole. Volevo farlo anch'io. Passare le dita tra quelle onde dall'aspetto morbido. Massaggiargli il cuoio capelluto e vedere se chiudeva gli occhi, assaporando la sensazione come aveva fatto con il caffè.

Cazzo. Fissai la mia tazza. Che cosa c'era in quella roba, comunque, da farmi pensare di poter toccare con nonchalance Cooper, il mio capo tutto d'un pezzo? Presi un pezzo di pane appena sfornato dal cestino che Cooper mi passò e ci spalmai sopra burro e marmellata. Non avevo ancora mangiato, quindi non era il caffè, era la glicemia bassa che mi aveva dato quel pensiero del tutto sgradito.

«Allora, Ben, sei l'assistente di Miguelito, o suo amico?» Alzò le sopracciglia, approfondendo le rughe sulla fronte. Ora che si era tolta il cappello, potevo vedere che i suoi occhi marrone scuro erano limpidi e acuti.

Wow. Tía Camelia non aveva peli sulla lingua. E perché lo chiamava Miguelito? Era un soprannome? «Non un amico. Mi piace, certo.» Posai il caffè. Troppo caldo. Dappertutto. «È un ottimo capo.» Volevo scivolare sotto il tavolo.

Tía Camelia socchiuse gli occhi guardando me, poi Cooper. «E anche a te piace lui.»

Mi raddrizzai e lo guardai come se stesse per svelare i segreti dell'universo. Ma lui non mi guardò. Fissava Coco sul gradino della veranda. «Ben è molto simpatico. E il miglior assistente che abbia mai avuto.»

Il mio petto si gonfiò al complimento. Poi mi ricordai della sfilza di interinali veramente terribili che mi avevano preceduto. Essere il miglior assistente che avesse mai avuto non era un grande traguardo. E mi aveva definito simpatico. Come un concetto. Non che gli piacessi davvero. Mi afflosciai.

Gli occhi di Tía Camelia si ridussero a due fessure. «Ben ti ha seguito fin qui. È preoccupato per te.» Poi inclinò la testa verso di me. «E sei ancora qui.»

Infine, il suo sguardo si posò sulla maglietta con le lucertole di Cooper. Batté le mani. «Capisco! Tendrás la boda aquí ¿sí?»

Cooper scosse la testa, ma le sue labbra si curvarono come se stesse cercando di non sorridere. «Tía, sei incorreggibile.»

Avrei voluto che il mio spagnolo del liceo mi fosse rimasto più impresso in testa. Forse tía Camelia mi avrebbe raccontato la sua battuta in inglese più tardi. Cos'era la boda?

«Miguelito, perché sei qui sull'isola? Non ti aspettavamo fino a luglio.»

Mi affaccendai a imburrare un altro pezzo di pane.

Sentii lo sguardo di Cooper posarsi su di me prima che dicesse a bassa voce: «Ho avuto un incidente al lavoro. Sapevo di aver bisogno di una pausa.»

Lei annuì. «E quanto dura questa pausa?»

Mi immobilizzai, il pezzo di pane a metà strada verso la bocca.

«Tutto il tempo che ci vorrà. Forse molto. Forse per sempre.» Borbottò l'ultima parte, ma la sentii.

Anche Tía Camelia la sentì. «Non puoi scappare dai tuoi problemi. Specialmente se sono dentro di te.» Allungò la mano sul tavolo e gli strinse la sua. «Ma questo è esattamente il posto dove devi essere per capire le cose. Circondato dalla familia.» Allargò entrambe le braccia come se fosse in un abbraccio di gruppo.

Mi guardai intorno, aspettandomi quasi di vedere una famiglia di Fallon riunita intorno a noi. Ma c'erano solo le api ronzanti, i fiori e la brezza salmastra. Doveva intendere metaforicamente. A meno che... non includeva me come parte della famiglia di Cooper? Un calore mi riempì lo stomaco. Tenevo a lui. Non perché firmava i miei stipendi. E non solo perché avevo una cotta per lui dal mio primo giorno di lavoro. Era un brav'uomo. Aiutava le persone a casa in California attraverso la sua fondazione, e aiutava le persone nel suo rifugio segreto per le vacanze costruendo scuole con le sue fottute mani. L'avrei aiutato a risolvere i suoi casini, se avessi potuto.

Cooper non disse nulla. Invece, si guardò le mani e si strofinò la crosta sul palmo da quando aveva rotto la scrivania.

Coco ringhiò, il pelo che gli si rizzava lungo la schiena. Fissava attraverso il fitto verde il vicolo oltre.

«Che c'è, Coco?»

Senza distogliere lo sguardo, ringhiò più forte. Una scarpa strusciò nel vicolo, e dei passi si allontanarono verso la strada. Con un ultimo sbuffo, Coco si scrollò e si riaccomodò sul gradino.

«Sento dire che degli stranieri hanno fatto domande.» Tía Camelia si alzò, la caraffa del caffè in mano.

«Non sarebbe la prima volta,» brontolò Cooper. «E non sarà l'ultima.»

«Comunque, non mi piace. Stai attento, Miguelito.»

«Sto sempre attento.» Si scambiarono un'occhiata, e non mi piacque il modo in cui lui serrò la mascella o il modo in cui lei si irrigidì. Da cosa doveva stare attento in questo paradiso isolano?

Cooper prese il piatto vuoto di Camelia e lo impilò con il suo. «Hai finito, Ben?»

Mi cacciai in bocca l'ultimo, delizioso boccone di pane e gli passai il mio piatto. Alzandomi, raccolsi i barattoli di marmellata e il cestino del pane vuoto.

«Cariños, non preoccupatevi. Pulisco io,» disse Camelia.

«Lo faccio io,» disse Cooper con uno sguardo così deciso che quasi mi rimisi a sedere.

Sprotesi il mento. «Aiuto io.»

Anni passati a pulire la cucina dei miei genitori mi avevano reso un campione nel lavare i piatti, e Cooper mi sorprese come abile asciugatore. La cucina era minuscola, ma tutto aveva il suo posto, e Cooper sembrava conoscerlo come se ci vivesse.

Sotto il tintinnio dello sfregare delle posate, chiesi: «Vuoi parlarne? Della pausa dal lavoro?»

Lui asciugò una tazzina. «C'eri. L'hai visto. Devo risolvere i miei...»

«I tuoi casini?»

Un angolo della sua bocca si sollevò. «I miei casini.»

«Stai...» Dio, stavo abbattendo quel muro di professionalità con la forza di un ariete, «parlando con qualcuno?»

Il suo sorriso svanì, strofinò una macchiolina invisibile sulla tazza. «Sì.»

«Bene. Molto bene.» Anche se avrei voluto che parlasse anche con me. E poi mi ricordai di cosa dovevo parlargli. «So che hai detto che non c'era nulla di cui preoccuparsi alla Synergy. Ma sono preoccupato. Per il piano di Weston. Per il fatto che stai vendendo le tue azioni. Per questa pausa che ti sei preso. Stai... stai lasciando la Synergy in modo permanente?»

Posò la tazza e rispose alla domanda che avevo avuto troppa paura di fare. «Ben, non ti succederà nulla. Anche se decidessi di allontanarmi dalla Synergy, il tuo lavoro è al sicuro. Te lo prometto.»

Il mio stomaco si rilassò un po'. Ma non del tutto. Perché se Cooper si fosse allontanato, io avrei voluto avere un lavoro sicuro alla Synergy? Certo, la paga e i benefit, specialmente il rimborso delle tasse universitarie, erano fantastici. E Marlee mi piaceva molto. Avevo persino pianificato di fare domanda per un altro lavoro una volta ottenuta la laurea. Ma dopo un paio di giorni con il Cooper sbottonato dell'isola, sapevo che se lui non ci fosse stato, non sarebbe stata la stessa cosa. Sarebbe stato… vuoto.

Ero nei guai. In grossissimi. Guai. Il mio cuore accelerò.

«Ben, stai bene?» Cooper mi avvolse una mano intorno alla spalla. Mi bloccai, stringendo ancora le posate. «Sei pallido. Hai bisogno di sederti?»

«No, sto bene.» La mia voce era troppo acuta, e mi schiarii la gola. «Sto bene.» Sciacquai le posate e le misi sull'asciugamano perché Cooper le asciugasse. Tolsi il tappo e lasciai che l'acqua defluisse dal lavandino.

«Forse anche tu hai bisogno di una pausa. Dovresti… dovresti restare.»

Avevo davvero bisogno di sedermi. Mi aggrappai al bordo del lavandino. Respirai. Cercai di buttarla sullo scherzo. «Hai detto che ero licenziato se fossi rimasto, quindi immagino di essere già nel tempo di recupero.»

Mi strinse la spalla e la lasciò andare con una risatina. «Dovresti sapere ormai che non sempre penso quello che dico.»

Il mio cuore si fermò, e le parole mi uscirono di getto. «Quindi non lo pensavi davvero poco fa? Riguardo al restare?»

I suoi occhi azzurri si addolcirono. «Certo che lo pensavo. Dovresti goderti la vacanza.»

Non si mosse per prendere le posate per asciugarle. Mi fissava e basta, come se intendesse più di quanto avesse detto. Qual era il significato dietro quegli impenetrabili occhi azzurri? Intendeva dire che avevo bisogno di una pausa dopo essermi fatto il culo per lui negli ultimi sei mesi? O che voleva che restassi perché gli piaceva la mia compagnia? O che… deglutii a fatica, la gola improvvisamente secca… avrei potuto godermi lui, in questa tregua temporanea dal mondo reale?

«O… okay.»

«Bene.» Prese un cucchiaio e lo strofinò per asciugarlo.

«Ah.» Tía Camelia era sulla soglia, le mani sui fianchi. «Sapevo che avreste trovato un modo per far funzionare le cose. Insieme.»

Fece un gesto verso la sua cucina pulita, come se fosse quello che intendeva.

Socchiusi gli occhi guardandola. La recita innocente di Tía Camelia non ingannava nessuno.

Tuttavia, quando tornammo al resort, parlai con Maria alla reception e prolungai il mio soggiorno di una settimana.

16

BEN

LA MATTINA dopo aver conosciuto la tía Camelia di Cooper, io e Coco ci presentammo a casa sua di buon'ora. E che importava se lo facevo per due giorni di fila? Cooper era un tipo mattiniero. Non significava per forza che volessi iniziare la giornata vedendo la sua faccia... e magari di nuovo il suo petto nudo. Inoltre, Coco sembrava entusiasta di tornare a trovarlo, nonostante la mancanza di entusiasmo del mio capo per il mio compagno a quattro zampe.

In più, la telefonata di Marlee della sera prima mi tormentava. A quanto pare, mentre mi stavo abbuffando di mangú, degli sconosciuti erano comparsi nella sala riunioni della Synergy per un incontro con Weston. Sconosciuti che avevano quell'aria viscida alla Gurusoft, almeno secondo Jackson e Marlee. I predoni aziendali facevano visita agli obiettivi delle loro scalate ostili?

Dovevo darmi una mossa. Così portai un sacchetto di dolci che, a detta di Luis, erano i preferiti di Cooper. Non riuscivo a immaginare Cooper che mangiava qualcosa con così tanti carboidrati, ma avevano un profumo talmente celestiale che, se fossi stato in lui, avrei interrotto una dieta pluriennale per mangiarli.

Bussai alla porta. Nessuna risposta.

Bussai più forte. Mi rispose solo il silenzio di una casa vuota.

Coco mi seguì lungo il fianco della casa fino al cancello sul retro, e io sbirciai attraverso le sbarre. Non un'increspatura turbava la piscina. Le sedie erano tutte vuote.

Se n'era andato? Cooper era tornato a casa in California? Per quanto la cosa si allineasse con ciò che stavo cercando di fargli fare, una fitta di delusione mi attraversò. Non se ne sarebbe andato senza dirmelo, vero?

Lo aveva già fatto in passato.

Mi trascinai verso la spiaggia e la scrutai. Niente Cooper. Solo un paio di persone che facevano jogging e una famiglia con un bambino dai capelli dorati che giocava sulla battigia.

Caddi sulla sabbia. Con un mugolio di compassione, Coco si sedette accanto a me.

«Non mi deve niente», dissi.

Coco mi diede una zampata sui pantaloncini.

«Non deve rendere conto a me. L'ha dimostrato venendo qui. Weston è il suo capo, e quella è l'unica persona a cui deve una spiegazione».

Coco si avvicinò ancora un po'.

«Sì». Non potevo ignorare il peso che avevo nello stomaco. «Hai ragione. Sono un cretino. Sapevo che non poteva importargli di uno come me». Aprii il sacchetto dei dolci e tirai fuori uno di quei pasticcini sferici e appiccicosi. Quando me lo ficcai in bocca e l'esterno fritto scrocchiò, l'interno soffice mi si sciolse sulla lingua.

«Oh mio Dio, Coco. Dove sono state queste cose per tutta la mia vita?». Ne addentai un secondo e ne diedi metà a Coco. Lui lo divorò e si leccò lo sciroppo dal muso.

Il terzo fu tutto mio. «Immagino che possiamo stare qui a ingozzarci tutto il giorno. Anche se questi starebbero meglio con una tazza di...»

«Caffè?». La voce alle mie spalle era dolorosamente familiare e rozzamente divertita.

Mi alzai di scatto e mi voltai per trovare Cooper, di nuovo vestito con i suoi abiti da allenamento aderenti, in piedi dietro di me con un paio di bicchieri da asporto.

«Oh, ehi. Cioè, buongiorno». Tenni gli occhi fissi sul suo viso. Il sole vi si rifletteva, rendendo dorata la sua barba corta. E per quanto trovassi irresistibile la sua mascella, non era niente in confronto ai muscoli che la sua maglia a compressione rivelava. Non. Guardare. Se l'avessi fatto, mi sarei sciolto direttamente sulla sabbia.

«Stavo uscendo… e poi ho pensato che saresti potuto venire qui». Si schiarì la gola. «Così ti ho comprato un caffellatte». Me lo porse.

Lo presi, per una volta senza parole.

«È quello che ti piace, giusto? Con latte scremato?».

«Come facevi a saperlo? Sono io che porto il caffè a te. Fa quasi parte delle mie mansioni, tipo».

Strisciò la sua scarpa da ginnastica high-tech nella sabbia. «Faccio attenzione».

«Oh, giusto». Certo. Uno dei segreti del successo di Cooper Fallon era la sua attenzione ai dettagli. Doveva averne un milione che gli svolazzavano nel suo cervello geniale in quel preciso istante. «Grazie».

«Hai, ehm, qualcosa sulla maglietta».

Abbassai lo sguardo. Merda, c'era una striscia di sciroppo sul mio pettorale destro. Non potevo nemmeno affogare i dispiaceri nel cibo senza sembrare un bambino piccolo. Gli porsi il sacchetto. «Li ho presi per te».

«Per me». Le sue labbra si contrassero come se volesse sorridere. Prese il sacchetto e sbirciò dentro. «Buñuelos! Sono i miei prefer…» Si interruppe quando alzò lo sguardo su di me, e i suoi occhi diventarono ardenti come quando lo chiamavo "Signor Fallon" in ufficio. «Hai un po' di miel… un po' di sciroppo… sul labbro».

Quando mi leccai l'angolo della bocca e vi trovai il sapore

dolce, il mio viso avvampò. Non era tutto dovuto al sole che saliva nel cielo. In parte era dovuto a quei raggi laser blu dei suoi occhi che seguivano il percorso della mia lingua.

Mi passai le labbra tra i denti. Se non avessi detto niente, non avessi mangiato o bevuto niente, forse avrei potuto salvare la mia dignità.

Lui si schiarì la gola. «Devo andare in un posto. Oggi dovresti provare la spa qui. O rilassarti a bordo piscina». Fece un cenno verso il resort.

Strinsi gli occhi. Di nuovo questa storia? «Non puoi liberarti di me con la tua tentazione del massaggio con le pietre calde. Vengo dove vai tu. Finché non te ne torni a casa».

Non sembrava arrabbiato. Sembrava quasi... compiaciuto? Anche se il suo sguardo si raffreddò un po'. «Va bene, allora. Vieni». Senza aspettare la mia risposta, si voltò e si diresse di nuovo verso il resort.

———

QUANDO ARRIVAMMO AL CANTIERE, i buñuelos erano finiti e io avevo un dolore al fianco a causa del passo svelto di Cooper.

L'edificio sorgeva in uno spiazzo con pick-up parcheggiati disordinatamente intorno. Era ricoperto da quell'involucro di plastica che avevo visto sulle aggiunte delle case nel quartiere dei miei genitori. Il tetto era di compensato nudo. Alcune anime coraggiose con elmetti arancioni stavano sul tetto, e una macchina a terra sollevava materiali fino a loro. Dio, era come la mia fantasia preferita dei Village People che prendeva vita.

«Cosa stanno costruendo?», chiesi.

«Questo sarà il nuovo centro comunitario. L'uragano ha danneggiato quello vecchio». Cooper si mise una mano sul fianco e si fece scudo con l'altra per scrutare il tetto.

«¡Oye!», gridò Cooper agli uomini sul tetto. In spagnolo, chiese qualcosa riguardo al metallo.

Gli uomini annuirono, e uno di loro gridò qualcosa in risposta e indicò i materiali che salivano lentamente verso di loro.

Cooper si diresse a grandi passi verso la scala più vicina e ne aveva percorso un quarto prima che mi rendessi conto di cosa stesse succedendo e mi affrettassi al suo fianco. Coco mi seguì, abbaiando a più non posso. Poteva essere preoccupato quanto me, oppure pensava che inseguire Cooper fosse un gioco divertente.

Gli uomini sul tetto scossero la testa, e l'uomo che aveva parlato con Cooper agitò i palmi delle mani in un chiaro segnale di "non salire qui". Un ragazzo in jeans e con un elmetto bianco raggiunse la scala nello stesso momento in cui lo feci io.

«¡Lito, no!».

Cooper si fermò e guardò in basso. Sibilò una sfilza di parole in spagnolo e fece un cenno verso il tetto. L'uomo con l'elmetto bianco si piantò le mani sui fianchi, scosse la testa e rispose. Le mie lezioni del liceo non mi avevano fornito alcun vocabolario edilizio, ma colsi la parola peligroso — pericoloso. Ero d'accordo.

L'uomo si toccò l'elmetto e indicò le mani di Cooper. Cooper alzò gli occhi al cielo e poi indicò l'elmetto dell'uomo. Questi scosse la testa, con un'espressione seria tranne che per una contrazione all'angolo della bocca.

L'uomo con l'elmetto bianco, apparentemente un supervisore, gridò a un altro ragazzo a terra che portò un paio di guanti da lavoro e un paio di spatole di metallo. Con un sospiro che coinvolse tutto il corpo, Cooper tornò giù per i pioli della scala finché non fu al mio fianco. Con riluttanza, prese le spatole e i guanti. Il supervisore non si mosse finché Cooper non si infilò i guanti e li agitò con un gesto che diceva "contento adesso?".

Guardò Cooper con gli occhi socchiusi e poi lo indirizzò verso il lato dell'edificio, dove un paio di ragazzi stavano fissando una rete metallica sopra la plastica. Poi si voltò e si allontanò.

«Di che si trattava?», chiesi.

Cooper fissò i ragazzi sul tetto come se desiderasse avere le ali. «Sono stato io a raccomandare la copertura metallica. È più resistente ai venti forti. E volevo aiutare a installarla. Ma» – le sue guance divennero rosse – «il capocantiere non me lo permette. Dice che non ha elmetti di riserva, e che il mio cervello e le mie mani sono troppo preziosi per essere rischiati in una caduta. Cristo Santo! Lavoravo nell'edilizia quando lui stava imparando l'ABC!».

«Ehi, vacci piano». Gli strofinai i bicipiti. «Non è una critica alla tua abilità. Ma sei più utile qui a terra. Chiunque può installare una copertura. Sei l'unico che può dirigere la Synergy e continuare a staccare assegni per sostenere la ricostruzione qui».

Non lo negò. Tuttavia, fissò intensamente gli operai sul tetto mentre srotolavano un materiale scuro e lo fissavano con pistole sparachiodi.

«Hai davvero lavorato nell'edilizia?».

«Sì. Quando ero al liceo. Anche prima. Mio padre...» Rabbrividì e guardò la mia mano, che poggiava ancora sulla sua manica.

Mi ritrassi di scatto come se mi fossi scottato. Mi ero dimenticato della regola del non toccare.

«Lascia perdere», disse. «Porta quel cane sotto quegli alberi. Non voglio che intralci. E guarda dove metti i piedi. I chiodi da copertura sono una maledizione se non indossi scarponi da lavoro».

«Posso aiutare», protestai. Debolmente. Ero figlio di un avvocato e di un'insegnante. Quando c'era qualcosa da riparare in casa, ingaggiavano un appaltatore. Non avevo mai costruito nemmeno una casetta per gli uccelli nella mia breve carriera da Cub Scout. Lasciai il gruppo dopo aver trovato un ragno grande quanto la mia mano nel sacco a pelo durante il nostro primo campeggio.

«Puoi aiutare tenendo quel cane lontano dai piedi. E assicurati di rimanere idratato. Non ho intenzione di riportarti indietro in braccio».

Si allontanò a grandi passi verso il lato dell'edificio, caricò una spatola con una sostanza simile al fango e la spalmò sulla rete come se gli avesse insultato la madre.

Io? Feci quello che mi disse di fare. Mi sedetti all'ombra con

Coco. Be', e portai bottiglie d'acqua dalla ghiacciaia al resto dei ragazzi mentre il sole saliva alto nel cielo. E se il mio sguardo non si staccava da quei muscoli scolpiti di Cooper mentre si piegava e sollevava il fango pesante, mentre le sue braccia si arcuavano lungo il lato del nuovo centro comunitario, mentre si accovacciava per raschiare la barra di metallo che lisciava la superficie dello stucco, chi poteva biasimarmi?

17

COOPER

LAVORAI sodo al centro comunitario finché i muscoli non mi fecero male e la squadra tirò fuori una ghiacciaia piena di birre per festeggiare.

Potevo quasi sentire il fresco amaro che mi intorpidiva il fondo della gola. Ma ringraziai i ragazzi e me ne andai, dicendo che avevo bisogno di una doccia calda.

Anzi, di una doccia fredda. Avevo sentito lo sguardo di Ben incollato su di me tutto il giorno come una carezza, e mi ero praticamente schiacciato contro il lato ancora umido di vernice dell'edificio per nascondere il rigonfiamento nei miei pantaloncini da basket.

Lo mandai al bar del resort con la richiesta di qualcosa di rinfrescante. Qualsiasi cosa avesse portato sarebbe stata di sicuro deludente e analcolica, ma mi avrebbe dato il tempo di ricompormi e di ricordare che Ben era ancora il mio assistente e non qualcuno che volevo assaggiare.

Ma quando tornai a casa, non la trovai vuota. C'era qualcuno sulla mia terrazza. Un qualcuno di alto.

Feci roteare le spalle, poi aprii il cancello sul retro ed entrai. «La sicurezza fa schifo da queste parti».

Jamila si voltò di scatto dal punto in cui stava studiando la bouganvillea sul graticcio, la sua gonna bianca che si apriva attorno alle sue cosce brune. Un sorriso le spuntò sul viso.

«Hai ragione. È bastato un po' di questo» fece una dimostrazione ancheggiando verso di me «e uno di questi» ammiccò «e sono entrata nel tuo fortino. Con il pranzo». Indicò la tavola imbandita sul patio. Due piatti per un tête-à-tête. «O forse è cena. Dopo aver viaggiato tutto il giorno, non ho idea di che ora sia».

Feci una smorfia. Era preoccupata per me. Sapevo bene quali impegni un amministratore delegato avrebbe dovuto rimandare per prendersi un giorno di ferie. «Mila, non dovevi...»

«Col cazzo che non dovevo. L'ultima volta che ci siamo sentiti, stavi andando a Boston. Il mio amico Cooper non si è mai preso una vacanza non programmata in quindici anni che lo conosco. Devo controllare che non ti abbiano rapito gli ultracorpi. Qual è una cosa che solo il vero Cooper saprebbe?»

Sbuffai. «Che hai un tatuaggio con una rosa gialla all'interno del—»

«Okay, va bene. Anche se un numero sorprendente di persone sa di quel tatuaggio».

«Sorprendente?» Inarcai le sopracciglia. «Detto dalla donna che, la prima volta che l'ho incontrata, era seduta nella mia stanza del dormitorio in mutande?»

«Allora non sapevo che Jackson sapesse contare le carte».

Jackson. La mia faccia doveva aver mostrato un po' della desolazione che mi aveva annerito dentro, perché lei invertì la rotta e abbandonò il viale dei ricordi.

«Dimmi che non sei contento di vedermi».

Le diedi un bacio sulla guancia e il suo odore familiare di gelsomino mi inondò le narici. «Certo che lo sono. Ma ti ho mandato un messaggio, sto bene».

«Bene?» Inarcò le sopracciglia. «Sospetto che tu sia tutto tranne che bene. Ora siedi quel culo e racconta tutto alla tua migliore amica Mila».

Guardai il cancello. Ben sarebbe arrivato da un momento all'altro con i drink e il suo sorriso malizioso. E Jamila avrebbe visto tutto. Non avevo bisogno di darle altre munizioni per la ramanzina che vedevo nel mio immediato futuro.

«Normalmente, lo farei...»

«Normalmente? Che sta succedendo? Non starai bevendo di nuovo?» Mi annusò, arricciò il naso, poi scosse la testa. «Un segreto, allora». Si picchiettò le labbra, scurite da un rossetto viola intenso. «Una relazione segreta! Dov'è lei? O lui? O loro?»

Ignorai le sue sopracciglia sollevate fino all'attaccatura dei capelli. «Volevo solo dire che avrei gradito un po' di preavviso. Un po' di pianificazione».

«E perché mai? Sai che non devi pulire casa per me». Sotto la sua aria maliziosa, sotto la dolcezza dell'accento del Texas che le si aggrappava come miele, impastando l'accento californiano che aveva adottato, mi guardava con quegli occhi scuri. Scrutando. Catalogando. Valutando, come farebbe con un pezzo di codice anomalo.

«Lasciami andare a darmi una ripulita. Puzzo». Avrei intercettato Ben alla porta d'ingresso, l'avrei mandato via. Ci sarebbe rimasto male, ma sarebbe stato meglio che stare seduto per un'ora sotto l'esame minuzioso di Jamila.

«Cooper?» Troppo tardi.

Jamila sbirciò oltre le mie spalle verso il cancello sul retro. «Beh, cosa abbiamo qui?» mormorò.

«Comportati bene», la avvertii prima di voltarmi e dirigermi al cancello per far entrare Ben. Teneva una caraffa in una mano e una pila di bicchieri di plastica nell'altra.

Aprii il cancello. «Jamila Jallow è passata a sorpresa. Se non vuole restare...»

«Certo che vuole restare». Jamila era proprio dietro di me. «Ben. Ci siamo già visti nell'ufficio di Cooper».

Aveva calcato la mano un po' più del necessario su ufficio di

Cooper? E mi aveva lanciato un'occhiata con quei suoi grandi occhi scuri? O stavo vedendo cose che non c'erano?

«Giusto», disse Ben. «Neanche Lei prende appuntamenti lì, a quanto pare».

Gli occhi di Jamila brillarono per un istante, poi gettò indietro la testa e rise. «Non così puntiglioso fuori dall'ufficio, eh?» Allungò la mano. «Piacere di rivederLa».

Ben, ancora fermo sulla soglia del cancello aperto, si infilò i bicchieri sotto il braccio e le strinse la mano. «Buon volo?»

Cazzo, era questo che stavamo facendo? Fingere che fosse perfettamente normale per me essere in un resort caraibico con il mio assistente? Tesi la maglietta a compressione per staccarla dalla pelle appiccicosa. Fu un errore. L'odore di sudore e lime mi arrivò al naso.

Jamila scrutò Ben dalla scottatura rosa sul naso fino alle sue Converse impolverate. Poi puntò lo sguardo sui miei vestiti da allenamento sporchi di stucco. Dio solo sapeva cosa pensava fossero quelle macchie bianche incrostate. Un sorriso le arricciò le labbra viola. «Ha fame, Ben?»

«N—Io—Ho fame?» Mi guardò sbattendo le palpebre.

Chiusi gli occhi e sospirai dal naso. «Entri, Ben. Beviamo qualcosa, almeno». Lanciai un'occhiata al miscuglio fruttato nella caraffa. Avrei scommesso il rosario preferito di mia madre — quello che Papa Giovanni Paolo II aveva toccato di persona — che non conteneva una singola goccia di alcol.

Ma Ben non fu il primo a varcare il cancello. Quel cane, quello che lo seguiva ovunque, entrò furtivamente, rasoterra, dritto verso Jamila.

«E chi abbiamo qui?» Si accovacciò con grazia, come una piuma che discende, e tese la mano. Il cane la annusò e poi ci strofinò la testa, cercando le sue carezze. Jamila gli grattò il mento e dietro le orecchie prima che lui si gettasse sulla schiena perché lei potesse grattargli la pancia.

«Lo chiamo Coco», disse Ben.

«Coco», tubò Jamila. Il cane scodinzolò.

Mentre Jamila prodigava attenzioni al cane, presi la caraffa dalle mani di Ben e lo tirai qualche passo più in là. «Mi dispiace, io… di solito lei non si ferma a lungo». Perché mi stavo scusando con Ben? Jamila era mia amica e aveva più diritto di lui a essere lì. Eppure, dissi: «Può andarsene quando vuole».

Lui abbassò la testa. «Vuole che me ne vada?»

Lo volevo? Jamila aveva già visto e dedotto più di quanto mi piacesse. Più di quanto ci fosse, probabilmente. Non poteva andare peggio se fosse rimasto. E non appena se ne fosse andato, Jamila avrebbe dato il via a una serie di domande a cui non ero pronto a rispondere. «Decida Lei». Incrociai un braccio, quello che non reggeva la caraffa, sul petto.

«Ha una stanza qui in casa sua, vero?»

Aveva visto la camera degli ospiti piena di fronzoli. «A volte ci sta mia madre, ma è perlopiù di Jamila».

«Lei…» Strinse le labbra e scosse la testa. «Resterò. Per un drink. Ho sete». E protese il mento. Per qualche ragione, volevo pizzicarglielo tra le dita e portare le sue labbra alle mie. Ma non potevo. Non di fronte a Jamila. Cazzo! Non potevo baciare Ben a prescindere da chi altro fosse presente. Era il mio assistente. Zona proibita.

Mi passò accanto e quel contatto casuale del suo avambraccio nudo contro il mio mi incendiò. Me lo strofinai, e quando alzai lo sguardo, Jamila mi stava guardando, un sorriso complice che le aleggiava sul volto. Avevo detto che non poteva andare peggio? Mi sbagliavo.

«Cooper», disse Ben, «potrebbe passarmi la caraffa, per favore?»

«Certo. Scusa». Mi affrettai verso il tavolo e la posai.

Ben tolse la pellicola dalla cima e versò il contenuto nei bicchieri che aveva riempito dal secchiello del ghiaccio. Ne porse uno a Jamila, un altro a me, e sollevò il suo. «Alle visite a sorpresa».

«Agli amici, vecchi e nuovi», replicò lei.

Non riuscii a guardarla. Invece, tracannai la bevanda eccessivamente dolce. Passai la lingua sulla pellicola appiccicosa che mi aveva lasciato sui denti. «Cos'è questa roba?»

«Punch alla guava. Buono, vero?» Ben si leccò una goccia dall'angolo della bocca, e dovetti distogliere lo sguardo prima di pensare troppo intensamente a che sapore avrebbe avuto il punch alla guava sulla sua pelle.

Jamila prese un secondo sorso cauto. «Forse posso allungarlo con un po' di tè. Anche se penso che sarebbe comunque troppo dolce per te, Coop».

Sentii Ben afflosciarsi anche se era dall'altra parte del tavolo rispetto a me. «Va bene». Presi un altro sorso e cercai di non fare una smorfia. Il mal di testa e la nausea per lo zucchero sarebbero arrivati più tardi, ma potevo reggere la finzione per un'ora o giù di lì.

«Non so voi due, ma io muoio di fame. Non credereste mai all'ora impossibile a cui ho dovuto lasciare la California». Prese un piatto da qualche parte sul tavolo sovraccarico e lo mise di fronte a Ben. Poi riempì il suo piatto con frutta e un pasticcino. «Non avete fame?»

«Io no. Cooper, e Lei? Ha lavorato tutto il giorno senza quasi una pausa». Ben sorseggiò il suo drink.

«No». Non sapevo cosa fare con le mani, così presi un pezzo di formaggio dal vassoio.

«Cos'avete combinato qui sull'isola?» Jamila mise della frutta su un piatto e lo passò a Ben.

Risposi per lui. «Oh, sai. Drink con l'ombrellino sulla spiaggia. Lezioni di steel drum. Balli di gruppo con gli altri turisti».

Jamila ignorò il mio commento superficiale. «Come procede il centro comunitario?»

«Bene». Mi misi a staccare una macchia di stucco dai pantaloncini.

«Si è buttato a capofitto nel lavoro qui, proprio come farebbe in ufficio, vero?» Jamila tamburellò con le unghie corte e smaltate sul tavolo.

«Eh... credo?» Due macchie di colore fiorirono sugli zigomi di

Ben. Prese una fetta di banana dal suo piatto e la lanciò a Coco, che la ingoiò intera.

In ufficio e sull'isola, Ben mi proteggeva. Pensava di farmi un favore non dicendo a Jamila che ero stato uno straccio per una settimana sull'isola. Era così gentile. Così premuroso. Anche dopo che avevo quasi perso di nuovo il controllo due sere prima, era tornato. Aveva questo in comune con il cane Coco.

Jamila conosceva troppo bene i miei meccanismi di difesa per lasciarsi ingannare. Inclinò la testa verso di me.

«Non i primi giorni», ammisi. «Ma Ben mi ha convinto a tirare fuori la testa dal culo. Sai che ho toujours bisogno di qualcosa da fare. E qui ci sono abbastanza progetti di costruzione da tenermi impegnato per un po'».

Imburrò un panino. «Oppure» prolungò la parola «potresti rilassarti, passare un po' di tempo in spiaggia. Non devi sempre dimostrare il tuo valore alla gente».

Sbuffai. La dottoressa Pradhi me lo diceva almeno una volta al mese. «Ah no?»

Jamila posò il panino e mi afferrò la mano. «No. Non devi. Le persone tengono a te». I suoi profondi occhi castani erano feroci. «Io tengo a te. E anche Ben». La stretta che diede alla mia mano garantiva che avesse altro da dire quando fossimo rimasti soli.

Guardai Ben e mi bloccai. I suoi occhi castano chiaro non erano feroci come quelli di Jamila, but l'espressione che vi lessi mi spaventò ancora di più. Erano gentili, rassicuranti e pieni di deliziose promesse. Un'offerta che desideravo disperatamente accettare. Ma non potevo.

«Ben è venuto qui a controllarmi. Come te. Vorrei solo che credeste tutti che sto bene. So badare a me stesso. Avevo solo bisogno di una pausa». E in mancanza di qualcosa di meglio da fare con le mani, presi un altro sorso del punch. Feci una smorfia.

«Saremmo stati più propensi a credere che stai bene se avessi acceso quel dannato telefono e parlato con noi». Le labbra di Jamila si strinsero in una linea sottile e viola.

Tutto il casino era iniziato quando avevo parlato con Jackson.

Lo avevo aggredito verbalmente. Avevo fatto lo stesso con Ben solo l'altra sera. Non potevo fidarmi di me stesso e rischiare di non ferire le persone a cui tenevo. Non allora. Forse mai.

«Vuole il mio numero?» chiese Ben. «Mi fermo per qualche giorno, potrei farLe sapere che sta bene».

Il ringhio eruppe da me, involontario. «Cosa si crede di essere, la mia fottuta babysitter?»

Con una fredda occhiata verso di me, Ben porse il suo telefono a Jamila, che si aggiunse come contatto e poi chiamò il proprio telefono per ottenere il numero di Ben.

Svuotai il mio punch alla guava nell'ibisco in vaso dietro di me e riempii il bicchiere con l'acqua dell'altra caraffa. Il liquido ghiacciato spense la fiammata di rabbia nel mio petto.

«Credo che andrò, ora. Vi lascio recuperare il tempo perduto». Ben si alzò, e qualcosa si contrasse nel mio ventre. Non ancora.

Avrei dovuto lasciarlo andare. Lasciarlo uscire direttamente dalla mia vita. Ma le mie ginocchia traditrici mi spinsero in piedi.

«L'accompagno al cancello. A volte si incastra». Una bugia. Lo staff di Luis si assicurava che il cancello non si incastrasse mai.

Camminammo in silenzio fino al cancello, il cane che trotterellava ai talloni di Ben. Quando lo raggiungemmo, appoggiai la mano sul metallo. La mia voce uscì scontrosa e burbera. «Potrebbe passare più tardi. Per cena. Se vuole».

«Non si ferma?» Lanciò un'occhiata alla terrazza e a Jamila.

«No. È venuta solo a controllarmi».

«È stato gentile da parte sua. Ma davvero, non la mandi via per causa mia. Ho del lavoro da fare. Per la scuola. Mi sono preso un paio di giorni di pausa e ora devo recuperare».

«Lo porti qui?» Perché non potevo semplicemente lasciarlo andare, lasciargli avere una serata per sé? Evitare la tentazione?

Perché mi aveva seguito fin qui. Si era preso cura di me. Non mi aveva trattato come il mostro che ero. E perché lo volevo. Avevo bisogno di lui. Anche se questo faceva di me una bestia.

Una piccola ruga gli solcò la fronte. «Okay. Ci vediamo verso le nove?»

«Le otto. La manderò via presto».

Un piccolo sorriso. «A dopo, allora».

Si allontanò tranquillamente verso il resort, con Coco che gli trotterellava ai talloni.

Quando tornai al tavolo, Jamila aveva allontanato il suo piatto. «Allora, come stai davvero?»

«Meglio». Il petto non mi si stringeva più di continuo, e la notte precedente avevo dormito quasi otto ore di fila.

«Bene. Sai che siamo tutti preoccupati per te. Specialmente Jay».

La mia bocca si serrò. «Eppure, sei tu quella che è venuta a controllarmi».

«Io non ho un neonato a casa e una moglie che cerca di tenere a galla la sua attività. Jay ha nuove responsabilità. Dovrai abituartici, sai». La sua voce era dolce come la risacca lontana.

«Questo non lo so». Cercai di respirare nonostante la stretta che era tornata con tutta la sua forza. «Weston ha detto che Jay sta pensando di tirarsi fuori».

Inclinò la testa. «Weston ha detto questo? Non Jay?»

«Non c'era bisogno che lo dicesse, cazzo», ringhiai. «Ha un piede fuori dalla fottuta porta da quando si è sposato».

Jamila parlò ancora più lentamente del solito, tastando il terreno nel mio campo minato emotivo. «So che il suo matrimonio lo scorso autunno è stato difficile da accettare per te, visto quello che provi».

«Provavo. Non… non più».

«Ne sei sicuro?»

«Certo che lo sono! Ha una fottuta famiglia. Non potrei mai…» Cercai di deglutire, ma avevo la gola piena di sabbia. Tracannai dal mio bicchiere d'acqua.

«Lo so, tesoro. Lo so. Ma…» Piegò con cura il tovagliolo accanto al piatto. «Pensavo che forse quando gli hai urlato contro, significasse…»

«Significava che mi manca il mio migliore amico».

I suoi occhi divennero liquidi. «Coop, lui…»

«No. Lei è la sua migliore amica adesso. È andato avanti. È prima di tutto un marito e un padre. Ed è... è così che dovrebbe essere». Mi alzai e mi diressi verso il bordo della piscina per riprendere fiato.

«E pensi che vendere le tue azioni ti farà sentire meglio?» Mi accarezzò il centro della schiena e fissò con me le profondità blu dell'acqua.

«Non lo so. Ho autorizzato la vendita quando ero ubriaco. Non ho provato niente di terribile quando è andata a buon fine». Non avevo provato assolutamente niente. Probabilmente Ben aveva ragione sulla mia depressione.

«Se hai intenzione di venderne altre, dovresti dirglielo prima. Avevate quell'accordo».

Mi allontanai dalla sua portata. «Non—non posso. Parlargli». Ogni volta che lo facevo, il ghiaccio dentro di me si trasformava in fuoco. Quando avevo sbattuto il pugno sulla scrivania quasi due settimane fa, avrei voluto davvero colpirlo, dritto nel plesso solare, così avrebbe sofferto tanto quanto me.

«Hai parlato con la dottoressa Pradhi di recente?»

«Sì. All'inizio di questa settimana».

«Okay. Sono sicura che ti abbia detto che devi fare ciò che è giusto per te. Per la tua salute mentale. Se questo significa dare un addio all'irlandese a Jackson e alla Synergy, che sia».

Lasciai vagare lo sguardo verso la spiaggia e l'oceano oltre la mia piscina recintata. Potevo restare sull'isola? Lasciarmi alle spalle le mie responsabilità in California? Lavorare al centro comunitario mi faceva sentire bene. Appagato. E c'era molto altro da fare.

Potevo convincere Mamá a tornare? Sarebbe stata più al sicuro così lontana da mio padre. Le sarebbero mancate ле sue amiche in chiesa e al centro anziani, ma sull'isola aveva la famiglia.

Inspirai a fondo l'aria salmastra. La lasciai uscire. Se Jamila non fosse stata lì, avrei varcato il cancello, sarei andato sulla sabbia e ci avrei affondato le dita dei piedi. L'isola mi era sempre sembrata casa, calmandomi, rassicurandomi, abbracciandomi in un modo che la mia casa d'infanzia non aveva mai fatto e in un modo che non avrei mai potuto ricreare in California nella grande e fredda villa di Pacific Heights.

«Anche se quel Ben…» Jamila mi lanciò uno sguardo sornione. «Sarebbe un peccato dirgli addio».

La mia mente andò in tilt e, per una volta, non mi vennero le parole.

«Lo pensavo. Una piccola avventura isolana potrebbe farti bene. Farti superare tutto quel casino con Jay. Permetterti di andare avanti».

Sbuffai. «Un'avventura con il mio assistente? Sarebbe un'idea terribile. Dovrei fare un richiamo disciplinare a me stesso».

«Santo cielo, Cooper. Tutti scopano in vacanza. Diavolo, io e te…»

La interruppi con un brusco cenno del capo. «Il Direttore Operativo non scopa il suo assistente».

«E se Ben volesse scopare il tipo figo da cui non riesce a staccare gli occhi, che per caso è il suo capo quando si trovano a un intero continente di distanza? Finché è consensuale, non mi sembra un problema».

«Quindi, quando scriverò la sua valutazione delle prestazioni a fine anno, dovrò dargli un voto per come scopa, oltre alle sue altre responsabilità?» Ma non stavo protestando solo per un'avventura con il mio assistente. Stavo protestando per un'avventura con Ben. Ben, salvatore di bambini e animali. Ben, con i suoi morbidi occhi castani e la pelle ancora più morbida. Ben, che era venuto fino a questa piccola isola per prendersi cura di me. Ben meritava molto più di un'avventura. Molto più di me.

Mise le mani sui fianchi. «Siete entrambi adulti. Penso che possiate risolvere la cosa. Chiaramente, avete bisogno di sfogarvi».

«No, io no. Ci ho avuto a che fare per sei mesi, e…»

«Sei mesi? Intendi da quando ha iniziato alla Synergy?»

Feci una smorfia. «Sì?»

«Oh, tesoro». Mi mise una mano sul braccio, e non formicolò

come quando Ben l'aveva fatto la sera prima. «Devi risolvere questa situazione. Inoltre...»

Abboccai, la speranza che tremolava nel mio ventre. «Inoltre?»

«Se non torni, non sarà più il tuo assistente».

Santo cazzo.

18

COOPER

ERANO I SUOI POLSI. La curva delicata che formavano sulla tastiera del portatile mentre scriveva, seduto a un paio di metri da me sul divano componibile. Le ossa e i tendini che si muovevano al movimento delle sue dita. Quella era la parte di lui che più desideravo toccare, esplorare.

Dopo le sue labbra, ovviamente.

Come aveva già fatto una dozzina di volte, si irrigidì e girò la testa per guardarmi, percependo in qualche modo che lo stavo fissando. Stava seduto dritto, con i piedi per terra, il portatile sulle ginocchia, tutto concentrato sul lavoro. La sua espressione diceva: Perché stai cercando di distrarmi dal lavoro?

O forse: Smettila di fissarmi, maniaco. Ero il suo capo, e dovevo smetterla di sbavare dietro ai polsi del mio dipendente.

Ero mezzo spaparanzato nell'angolo del divano, con le gambe allungate verso di lui. Avevo i piedi nudi a penzoloni dal bordo della seduta. Affondai il naso nel mio tascabile malconcio, fingendo di leggere il thriller. Quando voltai la pagina, questa si staccò dalla rilegatura. I libri non reggevano bene l'umidità caraibica, specialmente quelli che avevo letto tante volte come quello.

Riadagiai la pagina al suo posto e poi, senza muovere la testa, lanciai un'occhiata a Ben.

Mi stava ancora guardando. «Bel libro?»

«Sì, adoro questo. È contorto.»

Perché cazzo avevo detto «contorto»? Perché ora riuscivo a pensare solo al ricciolo al centro della fronte di Ben che volevo attorcigliarmi attorno al dito. Non ero mai stato così grato all'umidità dell'isola. Aveva completamente sconfitto il regime di cura dei capelli di Ben, e i suoi ricci erano liberi e sciolti a fine giornata.

Si passò una mano tra i capelli, ma il ricciolo davanti gli ricadde sulla fronte. Strinsi la mano per trattenermi dal raggiungerlo. Non potevo toccarlo. Ero il suo capo. Quello che Jamila aveva detto sullo stare insieme sull'isola era un sogno. Teneva a me, ma non in quel modo.

Lisciai la pagina, fingendo di leggere. «Stai lavorando bene?»

«Sì, ho quasi finito di scrivere questa tesina per il mio corso di economia.»

Economia? Ben non sembrava il tipo da affari. Era un assistente fantastico, ma non era mai parso curioso dei meccanismi interni della Synergy. Avevo immaginato che studiasse qualcosa di più incentrato sulle persone. «È la tua specializzazione?»

Le sue guance si tinsero di rosa sulle cime, e premette un paio di tasti sulla tastiera prima di appoggiare il portatile sul tavolino e voltarsi verso di me, con un ginocchio piegato sul cuscino del divano. «Sono specializzato in economia. Per le prospettive di lavoro.» Fissò le ginocchia.

«Per le prospettive di lavoro?» ripetei. «È un ottimo campo. Ma non è quello che ami, vero?»

Non alzò lo sguardo. «Non proprio.»

Mi sporsi verso di lui. «Cosa, Ben? Cosa ami?»

Lo guardai deglutire, il suo pomo d'Adamo che si muoveva su e giù. «Amo... lavorare con i ragazzi. Voglio aiutarli. Non potrò mai farlo come lo fai tu, con la tua fondazione e i tuoi programmi e tutto il resto. Ma forse avrò un po' di soldi extra da donare. E tempo per fare volontariato. Lavoro al rifugio nei fine settimana, ma...» Scosse la testa. «Mi piace lavorare con i singoli ragazzi. Ragazzi che sono nei guai, come lo sono stato io.» Chiuse la bocca ermeticamente, come se non avesse voluto dirlo.

«Sei stato nei guai?» Non riuscivo a immaginare il Ben composto, abbottonato ed elegante mai nei guai. Poi mi ricordai dei miei guai giovanili, degli occhi neri che avevo dovuto spiegare ai miei insegnanti, dei lividi che avevo nascosto durante l'ora di ginnastica cambiandomi nel cubicolo del bagno. Un calore mi salì nel petto. Nessuno aveva fatto del male a Ben in quel modo, vero? Il mio cuore accelerò il ritmo e la mia mano si strinse a pugno.

«Io...» Si lasciò sfuggire una risatina nervosa. «Mia sorella dice che tengo il cuore fuori dal corpo, dove chiunque può ferirlo. E al primo anno di college, ho lasciato che qualcuno... il mio ragazzo... mi facesse del male. Emotivamente,» si affrettò a dire, posando la mano sul mio pugno.

Quel tocco raffreddò il mio sangue e lo rimandò al mio cuore, dove rallentò quel battito furioso. Allentai le dita sotto le sue.

«Ho fallito in tutti i miei corsi, e poi ero troppo imbarazzato... troppo incasinato... per tornare a casa e dirlo ai miei genitori. Così ho dormito sui divani per un po', ma poi sono finito per strada. E io... merda, perché ti sto raccontando queste cose?»

Girai la mano e strinsi la sua. «Voglio sentirlo, Ben. Se non ti dispiace raccontarmelo.»

Fissò le nostre mani unite. Cazzo, stavo tenendo la mano del mio assistente. Mollai la presa, ma lui la strinse più forte.

«Finii nei guai. Con la polizia. Ma invece di mandarmi in prigione, il giudice mi mandò in un programma. Mi lasciarono vivere lì, e loro... be', il direttore, un tizio di nome Victor... mi aiutò a rimettermi in piedi. Mi trovò un lavoro in una tavola calda. Se non fosse stato per lui, non so cosa mi sarebbe successo. Voglio dire» — alzò lo sguardo su di me, con gli occhi grandi — «ho dei genitori fantastici. Che mi sostengono. Volevano che tornassi a casa. Ma io... non potevo. Non allora. Comunque, vorrei poter essere come Victor. E aiutare altri ragazzi che si sono cacciati nei guai e hanno bisogno di una mano.»

«È...» Fissai le nostre mani unite, la sua più pallida e piccola nella mia. «È...» Il mio cervello si era bloccato. Sentii ogni parola, ma la sua presa su di me rese tutto lento. Facile. Pacifico.

«È bellissimo.» Intendevo tutto quello che mi aveva detto. E di più. La luce della lampada che brillava tra le sue ciocche scure. La serietà di quegli occhi castano-dorati che assorbivano ogni mia preoccupazione e la facevano evaporare. Tutto ciò che volevo era tenere Ben con le mie mani, con il mio sguardo, per sempre.

Ma non potevo. Era molto più di quanto avessi immaginato. Tenace. Forte. Troppo forte perché io potessi ferirlo? No. La mia scrivania distrutta ne era la prova.

Inoltre, era ancora il mio dipendente.

Strappai la mia mano dalla sua. «Io... vado a farmi una nuotata.»

Uscii sulla terrazza e feci un paio di respiri dell'aria appiccicosa. La piscina sembrava fresca e invitante.

Dannazione, ero uscito senza costume. Il mio era in casa. Ma non potevo passare davanti a Ben. Non avrei mai resistito alla tentazione di prenderlo tra le braccia e di baciarlo con foga.

«Fanculo,» borbottai. Uscii dalla pozza di luce proveniente dalla casa e mi sfilai maglietta e pantaloncini. Con indosso solo i boxer, mi tuffai in piscina e rimasi immerso il più a lungo possibile. La pressione dell'acqua, il fresco sulla pelle, persino il bruciore nei polmoni mi riportarono con i piedi per terra. Mi ricordarono che ero Cooper Fallon, e che non meritavo l'amore di nessuno. Certamente non quello di Ben. Cristo santo, voleva lavorare con ragazzi a rischio. Perfino quel maledetto segugio sapeva che Ben era gentile e buono, non pericoloso come me.

Alla fine, la stretta nei polmoni mi costrinse a risalire. Ansimando, scossi l'acqua dagli occhi e mi girai per galleggiare sulla schiena. Fissai la luna, bianca e serena. Ecco come dovevo essere io. Freddo. Duro. Separato dalla vita da migliaia di chilometri e dal vuoto dello spazio.

«Ti dispiace se mi unisco a te?»

Mi rannicchiai su me stesso e mi voltai per guardare Ben, che era in piedi a bordo vasca.

«Cosa?» Scossi l'acqua da un orecchio.

Toccò l'orlo della sua polo. «Ti dispiace se mi unisco a te in piscina?»

«Ma non sei...» Indicai la sua maglietta e i pantaloncini. «Non hai il costume.»

Un angolo della sua bocca si sollevò. «Neanche tu.»

Cazzo, ero lì fuori in mutande. Supposi che questa situazione potesse rientrare nelle eccezioni al codice di abbigliamento che Synergy aveva per le feste in piscina. L'avrei perdonato a quasi ogni altro dipendente. Tranne a me stesso. «Io... non penso...»

«Non pensare,» disse. Si sfilò la maglietta, e non potei farne a meno. Fissai. I peli scuri sparsi sul suo petto, il pallore della pelle coperta dalla maglietta e la pelle più scura sulle braccia, baciata dal sole dei Caraibi.

Poi le sue dita andarono al bottone dei pantaloncini, e mi voltai a guardare oltre la recinzione, verso l'oceano. Rilasciai il fiato quando sentii lo splash del suo ingresso in acqua.

All'improvviso, la piscina sembrava troppo piccola. Nuotai a rana fino alla parte più profonda, dove c'era una seduta sommersa, e ci piazzai il culo sopra. Mi aggrappai al bordo. Niente mi avrebbe smosso da quel punto. Non finché Ben non se ne fosse andato.

Pagaiai nella mia direzione, ma si fermò dove il fondo cominciava a digradare. «Ti ho messo a disagio, là dentro?» Inclinò la testa verso la casa.

«No.» L'unica cosa a disagio era stata la pressione nei miei pantaloncini. Ma che impressione dava il fatto che me ne fossi andato subito dopo che lui aveva condiviso con me quell'informazione molto personale? Gesù, mi ero comportato da stronzo. Mi passai una mano fresca e bagnata sul viso. «Grazie per aver condiviso la tua storia con me. Mi fa piacere che tu ti senta abbastanza a tuo agio da parlarmi.»

Le sue spalle si afflosciarono, e si allontanò da me pagaiando verso i gradini nella parte bassa. Si sedette su uno dei più bassi, con la maggior parte del corpo sott'acqua.

«Pensavo che stessimo parlando. Pensavo che forse avresti parlato con me.» Le parole erano appena udibili da un capo all'altro della piscina.

Mi si contrasse lo stomaco. «Io... Ben, io...» Merda. Non potevo urlarlo attraverso la piscina.

Nuotai verso di lui e mi fermai a pochi metri dai gradini. No, era ancora sbagliato. Mi feci strada nell'acqua e mi sedetti all'estremità opposta del suo gradino. Un materassino da piscina avrebbe potuto passare tra di noi.

«Sono rimasto colpito da quello che hai detto. Non ho avuto un'adolescenza facile. Vorrei aver avuto un Victor da cui andare.» Non che l'avrei fatto. I Fallon non chiedevano aiuto. Lottavano finché non annegavano, o imparavano a nuotare.

Ben si avvicinò. «Davvero?»

Distolsi lo sguardo da lui e fissai l'oceano oltre la recinzione. Qui sull'isola, il tempo e la marea erodevano sempre i miei problemi. E non volevo evocarlo qui. Mio padre non aveva posto in questo splendido rifugio. «Se non ti dispiace, preferirei non parlarne.»

«Okay. Ma se mai volessi parlarne...»

Non l'avrei fatto. Ma annuii una volta.

Una mano fresca e bagnata mi si posò sulla spalla, e mi sorprese abbastanza da farmi guardare verso di lui. Ben era vicino, troppo vicino, i suoi occhi castani scuri e quelle labbra piene così invitanti. Desideravo allungare un dito e toccarle. Ma non potevo. Io...

«Al diavolo,» mormorò Ben.

Quando si sporse attraverso la distanza che ci separava, delle increspature lambirono i nostri petti nudi. Mi concentrai su di esse. Avevano toccato la sua pelle, e ora toccavano la mia. Dove finiva lui e dove iniziavo io? L'acqua aveva cancellato le nostre barriere. Le mie barriere. Il suo sguardo bruciava nel mio, e mi persi.

Dopo una brevissima esitazione, sfiorò le sue labbra sulle mie.

Quello scivolare delle sue labbra era tutto ciò che avevo immaginato e anche di più. La sua pelle era morbida e profumava del balsamo per labbra al miele che teneva nel cassetto della scrivania. Il suo respiro caldo mi sfiorò la guancia. Tenni gli occhi aperti — dovevo aver saputo a un livello istintivo che non potevo perdermi un solo dettaglio di questa esperienza perché non sarebbe mai, mai potuta accadere di nuovo — ma le sue ciglia scure si abbassarono tremando sugli zigomi. Così vicino, sentii il suo dopobarba, e mi fece pensare a mattine pigre, alla luce del sole che filtrava nel letto, alla punta del suo osso iliaco appena visibile oltre il bordo di un lenzuolo stropicciato.

Devo aver emesso un suono, perché si bloccò. Anch'io mi immobilizzai, sperando che se non mi fossi mosso, non avrei spezzato l'incantesimo.

Rimase lì, con le labbra a un centimetro dalle mie, per tre dei miei respiri affannosi. Le onde increspate mi accarezzarono il petto quando si irrigidì, pronto a ritrarsi.

Non potevo permetterglielo. Ora che l'avevo assaggiato, ne volevo di più. Come quel fottuto cane sdraiato sotto il tavolo del patio, una volta sentita la gentilezza premurosa di Ben, sapevo che non dovevo perderlo di vista.

Volevo farlo da quattro giorni — diavolo, da quando era entrato al sesto piano del mio edificio — così affondai la mano tra i suoi capelli per tenerlo fermo mentre premevo le mie labbra contro le sue.

Il nostro secondo bacio non fu leggero come una piuma come il primo. No, questo era mio, e portava con sé il mio bisogno, il mio desiderio, persino la mia violenza a malapena contenuta verso chiunque avesse mai ferito Ben. Spinsi la lingua contro la fessura delle sue labbra finché non si aprì. Presi e saccheggiai tutto. Divorai la barba della sera intorno alla sua bocca. Sfregai la lingua contro i suoi denti aguzzi. Gli strinsi i ricci tra le dita e tirai.

Ben non si tirò indietro. Anzi, si abbandonò contro di me, il suo petto nudo che scivolava contro la mia pelle. Rispose a ogni attacco alla sua bocca con una facile controffensiva, facendo scivolare la sua lingua contro la mia, mordicchiandomi il labbro inferiore e appoggiando il palmo al centro del mio petto, non per spingermi via, ma come se avesse bisogno di sentire come il mio cuore batteva forte per lui.

Alla fine, come sapevo che avrebbe fatto — come avrebbe dovuto, per la sua stessa incolumità — si allontanò, ansimando pesantemente nel mio orecchio. «Dio. Santo.»

Mi agitai, cercando di raddrizzarmi, ma quando mi baciò la mascella, mi bloccai.

«Sei così sexy,» mormorò, «e selvaggio.» Le sue labbra scesero sul mio collo, e dei brividi mi fecero venire la pelle d'oca.

Mollai la presa sui suoi capelli e strinsi le dita sul gradino della piscina.

«No, no.» Mi leccò il lobo dell'orecchio e lo succhiò. La sensazione mi arrivò dritta ai coglioni, facendomeli contrarre. «Tirami di nuovo i capelli. Mi è piaciuto.»

Sollevai le mani tremanti verso i suoi capelli e gli accarezzai i ricci. «Io... non dovrei.»

«Non dovresti?» mi sussurrò all'orecchio.

Il mio cazzo divenne d'acciaio.

«Non dovresti, invece di fare sempre la cosa giusta, fare per una volta quello che ti fa stare bene?» Si strofinò contro il mio collo e succhiò delicatamente il punto in cui pulsava la vena.

Non potei farne a meno. Avvolsi le dita tra i suoi capelli. La sua bocca su di me, il peso del suo corpo sul mio, era così fottutamente bello. Stavo perdendo il controllo, ed era fantastico.

Il suo respiro si spezzò quando strinsi la presa, e lui si spostò sulle mie ginocchia, la sua anca che sfiorava appena la punta del mio cazzo nei boxer. Un impulso disperato si impossessò di me, e le mie dita lo stavano già tirando di lato per poter invertire le nostre posizioni, per poter avere io il controllo, per poterlo far sentire bene come lui stava facendo sentire me.

Poi inspirai profondamente, e l'ossigeno raggiunse finalmente il mio cervello, ricordandomi che Ben era il mio assistente, e che non avrei dovuto pomiciare con lui. Neanche in vacanza.

«Cooper?» La sua voce sembrava drogata quanto mi ero sentito io un secondo prima.

«Dobbiamo smettere.»

«Dovresti smettere di pensare. Prova solo a sentire.» Ondeggiò verso di me.

«Non posso.» Con la massima delicatezza possibile, lo spostai di lato e mi allontanai di qualche metro sul gradino. Mi appoggiai con i gomiti sulle ginocchia e mi strofinai il viso. «Ho bisogno di…»

«Elaborare la cosa?» La sua voce accarezzò i miei nervi tesi.

Con le mani ancora a coprirmi il viso, scossi la testa. «Ho bisogno di chiamare le Risorse Umane.»

«Non te lo sognare nemmeno.»

Ben mi aveva mai insultato prima d'ora? «Certo che devo. Ho appena baciato il mio assistente.»

«No. Hai baciato me. Ben.» Mi toccò la mano.

I brividi mi percorsero da capo a piedi. Ero a un passo dal baciarlo di nuovo. E non potevo. Per più motivi di quanti potessi dirgli. Dovevo porre fine a questa storia.

Alzai il viso per guardarlo e gli lanciai il mio sguardo più duro. «Questo è un comportamento recidivo per il quale dovrei essere sanzionato.»

«Un comportamento recidivo?» Arricciò il naso.

Mantenni la voce dura come il diamante delle stelle che scintillavano sopra di noi. «Marlee ti ha detto che l'ho baciata l'anno scorso?»

Quello era stato il giorno in cui mi ero reso conto che Jackson non era più mio. Eravamo ubriachi alla sua festa annuale di Halloween, quella diversa da tutte le altre perché l'aveva organizzata con Alicia, non con me. E poi mi aveva detto che amava il suo feto non ancora nato più di quanto amasse me.

Quando Marlee mi aveva strofinato la schiena e aveva provato a farmi sentire meglio, mi ero approfittato del suo cuore gentile e avevo cercato di prendere da lei il conforto di cui avevo bisogno.

Ero un fottuto stronzo.

Ed eccomi qui, a farlo di nuovo.

Il viso di Ben divenne comicamente molle. Avrei riso se non stessi annegando in una pozza di catrame del mio stesso disprezzo.

«Sono un predatore, Ben. Domani chiamerò le Risorse Umane. Avranno bisogno anche di una tua dichiarazione.»

La sua bocca voluttuosa si assottigliò e si indurì. «Darò la mia dichiarazione di persona quando torneremo in ufficio.»

«Bene. Puoi partire domattina presto.» Mi alzai, e l'acqua mi scivolò addosso. Non dovevo preoccuparmi del mio aspetto con le mutande fradice. Il mio cazzo si era ammosciato, al contrario del mio cuore.

Anche Ben si alzò. «Non lascerò quest'isola senza di lei, Signor Fallon.»

Ho detto che ero moscio? Perché non appena la parola Signor lasciò le sue labbra, mi irrigidii. Uscii dalla piscina sguazzando e gli tenni la schiena. «Non tornerò. Io... non posso. Invierò una dichiarazione via email alle Risorse Umane. Il jet sarà pronto per riportarti indietro per le otto di domattina.»

«È per via di Jackson?» La sua voce si spezzò sul nome del mio amico.

«Esatto.» Synergy non sarebbe stata la stessa senza il mio migliore amico. Che senso aveva tutta la ricchezza che avevo accumulato se odiavo andare al lavoro ogni giorno? «Farò in modo che il tuo posto di lavoro sia al sicuro.» E che tu sia al sicuro da me.

«Bene.» La sua voce vibrava di rabbia. Sentii il suo sussurro, «Vaffanculo, Cooper Fallon,» un attimo prima che i suoi piedi schiaffeggiassero il bordo della piscina allontanandosi.

Bene.

Perfetto.

Proprio quello che volevo.

E il giorno dopo, per impedirmi di pensare a ciò che avevo perso, sarei andato nella città vicina dove non sapevano di non dovermi vendere whisky.

19

BEN

FOTTUTO COOPER FALLON.

Come osava? Come cazzo osava baciarmi e poi usare quella sua bocca stupenda per parlare dei suoi sentimenti per Jackson Jones? Diedi un calcio a una conchiglia con la punta della Converse, e questa schizzò via, rimbalzando contro il tronco di un albero.

Fottuto Jackson Jones. Aveva una moglie fantastica e due figli meravigliosi, un fottio di soldi, un lavoro che gli permetteva di fare esattamente quello che voleva. E aveva il cuore di Cooper.

E non lo voleva nemmeno, cazzo.

Ma io sì.

Porca puttana.

Le mutande bagnate mi si erano ficcate nella fessura del culo. Non me n'ero accorto mentre fluttuavo nella piscina di Cooper, baciavo le sue labbra morbide e sentivo la sua erezione sfiorarmi appena il fianco. Sapeva di menta e il suo profumo era la realizzazione di ogni mio desiderio. Ma notai il fastidio mentre arrancavo lungo il sentiero di conchiglie, con l'umiliazione che mi schiacciava i polmoni e i vestiti bagnati appiccicati alla pelle.

Mi aveva baciato. E non significava niente, proprio come quando aveva baciato Marlee.

Aveva baciato Marlee? Sapevo, quando avevo iniziato, che lei credeva di essere innamorata di lui. Sapevo anche che a lui non interessava minimamente.

Volevo bene a Marlee, ma, Dio, a volte sapeva essere così ottusa. Cooper era completamente sbagliato per lei. E ora ero stato altrettanto ottuso. Avevo pensato che a lui importasse. Mi aveva dimostrato il contrario.

Basta rendermi ridicolo. Avrei fatto le valigie e avrei aspettato in aeroporto. Non appena Emily fosse stata pronta a partire, me ne sarei tornato in California. Perché cazzo doveva importarmi di cosa facesse Cooper con le sue azioni? Era un adulto fatto e finito e poteva badare a sé stesso.

E anche se mi ero comportato come un adolescente con una patetica cotta, anch'io ero un adulto fatto e finito. Avrei raccolto il mio cuore ammaccato, mi sarei leccato le ferite e sarei stato bene.

Prima o poi.

Coco ringhiò.

Mi fermai sul sentiero perché si era fermato anche lui, voltandosi verso casa di Cooper. «No, amico. Non ci torniamo. Non devi più ringhiargli contro. Abbiamo chiuso con lui.»

Anzi... cazzo. Mi accovacciai sul sentiero e accarezzai il pelo di Coco che odorava ancora di camomilla, non importava quante volte avesse cercato di toglierselo di dosso rotolandosi nella sabbia. «Non posso portarti con me. Probabilmente ci sono dei documenti da fare, le vaccinazioni e altra roba, e poi Mimi è allergica, e a casa sua non sono ammessi animali.» Mi schiarii la gola e gli grattai dietro le orecchie come piaceva a lui. «Faresti meglio ad andare, ora.»

Coco finse di non avermi sentito e continuò a fissare in direzione della casa di Cooper. Non avrei dovuto aspettarmi che capisse.

Scrutarono il sentiero buio e non vidi nulla. Quando mi misi in ascolto, sentii solo il suono della risacca. Persino le rane si erano zittite. Tirai fuori il telefono e accesi l'app della torcia. Niente, solo il sentiero e i cespugli che lo costeggiavano.

«Vedi, Coco, non c'è niente di cui avere paura… oh.»

C'era la notifica di un messaggio. Spensi la torcia e aprii il testo.

MIMI

Come va?

Uno schifo, soprattutto dopo che l'ho baciato. Ma non potevo dirlo. Le sarebbe preso un colpo. Mi avrebbe ricordato tutte le ragioni per cui non avrei dovuto seguirlo in piscina, sbavargli dietro in mutande e poi addirittura raggiungerlo in acqua. E tanto meno baciarlo. Non c'era bisogno che mi sottolineasse che avevo di nuovo perso la testa. Per il mio capo. Sussultai.

Non ero venuto sull'isola per baciare Cooper; ero venuto per convincerlo a tornare alla Synergy così che gente come Mimi potesse mantenere il proprio lavoro. E avevo fallito. Mi si strinse lo stomaco.

Non tanto bene. Sto tornando a casa.

Ma Mimi mi conosceva da una vita.

TI SEI FOTTUTAMENTE PRESO UNA COTTA
PER IL TUO CAPO, VERO?

È stato un incidente. Ma è finita adesso.

COS'È finito?

Tutto

Potevo quasi percepire il suo "te l'avevo detto" nelle bolle di testo. Ma alla fine, era la sorella maggiore su cui avevo sempre contato.

> Mi dispiace, tesoro. Farò scorta di patatine e
> cioccolata, e potrai guardare tutti i film di
> supereroi che vuoi quando torni a casa.

Neanche i film di supereroi potevano aiutarmi, stavolta. Avevo trasformato Cooper Fallon in un supereroe, ma lui si era dimostrato esattamente come tutti gli altri uomini comuni a cui avevo dato il mio cuore, e che me lo avevano ritirato in faccia.

Avevo dimenticato tutto quando mi ero avvicinato così tanto da sentire l'odore della menta e della sua acqua di colonia al cedro, da vedere la barba ispida sul suo mento brillare argentea al chiaro di luna. I suoi occhi azzurri non erano stati glaciali. Erano del colore dell'acqua bassa ai margini della sabbia, dove sfrecciavano i pesciolini. L'acqua calda contro la mia pelle, che mi risucchiava verso il largo.

Non avrei mai dovuto seguirlo in piscina. Avrei dovuto sapere che sarebbe diventato glaciale con me. Chiaramente, non valevo abbastanza da infrangere le regole delle risorse umane. Lo sapevo fin da quel primo giorno in cui ero entrato alla Synergy e gli avevo stretto la mano. Quel lampo azzurro che era balenato nei suoi occhi prima che mi escludesse. Quando finalmente sarebbe tornato alla Synergy, saremmo tornati alla normalità e avremmo finto che non sapessi che sapore avesse di menta e dei resti sciropposi della mia cotta.

Quando fossi tornato a casa, Mimi mi avrebbe stretto a sé, passandomi sale, zucchero e fazzoletti. Per una che non si permetteva mai di fare una cosa così ridicola come innamorarsi, aveva un'inquietante percezione di ciò che avrebbe curato il mio cuore infranto. Non vedevo l'ora di vederla.

> A presto

Ancora prima che potessi chiudere l'app dei messaggi, Coco esplose in un latrato un secondo prima che qualcosa di pesante mi piombasse addosso.

La caviglia si torse, vacillò e cedette, e crollai, con la guancia che affondava nel sentiero di conchiglie e il mio aggressore che mi premeva sulla schiena. Lui — era decisamente un uomo, non un'iguana gigante o un pecari — mi immobilizzò con le braccia.

Ero riuscito a cadere sopra la mia borsa. Il mio portatile stava bene? Stavo per perdere il lavoro di un intero semestre? Il cuore mi batteva all'impazzata. E se avesse voluto rubarlo? Non avrei mai superato il corso, e se non l'avessi superato, la Synergy non avrebbe pagato. Cazzo. Cercai di proteggere la borsa da quel bestione.

Quando parlò, l'odore di rum mi avvolse la guancia come uno straccio bagnato. «Vattene a casa,» ringhiò.

Che diavolo?

Riuscivo a malapena a parlare, incapace di respirare a pieni polmoni con quel tipo enorme sopra di me. «Stavo. Andando a casa.» Cercai di indicare col mento l'altra ala del resort, oltre il ristorante affollato che era ancora troppo lontano per sentirmi gridare e troppo rumoroso per sentire i latrati frenetici di Coco.

«No.» Mi percorse il braccio fino al polso e me lo afferrò, torcendomelo dietro la schiena. Un dolore acuto mi trafisse la spalla e il polso. «Torna indietro. In California. O saranno guai.»

Come diavolo faceva a sapere che vivevo in California? I battiti del mio cuore accelerarono a un ritmo da colibrì. Cos'altro sapeva di me? Sapeva che Mimi era sola a casa sua adesso? Sapeva che Cooper era tornato nel suo bungalow con della tecnologia molto costosa e un orologio che valeva più di una macchina? Improvvisamente, il mio portatile sembrava un giusto scambio perché quel tizio mi si togliesse di dosso e tornasse barcollando in qualunque bar da cui fosse venuto.

Mi torse di nuovo il braccio e sussultai per la fitta di dolore.

Ma lo fece anche lui. E poi ululò, e il peso sulla mia schiena rotolò di lato; un'ultima lancia di dolore mi trafisse la spalla prima che allentasse la presa.

Mi rimisi in piedi barcollando, o almeno ci provai. La caviglia prese fuoco quando ci caricai del peso. Mi appoggiai a un albero per trovare sollievo, ma il dolore mi attraversò la spalla. Cazzo!

Ero comunque in condizioni migliori del tizio a terra. Agitava le braccia verso Coco, che gli teneva la gamba in una morsa letale. Una delle sue mani da macellaio colpì la nuca di Coco, ma il cane нe si mosse. Se non ce ne fossimo andati da lì, entrambi avremmo finito per farci seriamente male.

Mi staccai dall'albero e zoppicai per qualche metro verso il bungalow di Cooper. «Coco, lascia. Vieni.»

I cani selvatici conoscevano i comandi? Coco parlava inglese? Feci un altro passo zoppicante e feci un cenno con il braccio non dolorante. «Vieni, Coco.»

Lasciando la gamba dell'uomo, gli saltò sopra e mi precedette sul sentiero verso casa di Cooper, abbaiando per dare l'allarme. L'uomo gemette, ma non sarei mai tornato indietro a controllarlo. Zoppicai dietro a Coco più velocemente che potei. Perché non avevo pensato a comprare dello spray al peperoncino dopo che la sicurezza aeroportuale mi aveva confiscato il mio in aeroporto?

L'isola era sembrata così sicura. Il personale del resort si prendeva cura di me. E non avevo visto neanche un mendicante da quando avevo lasciato la città con l'aeroporto. Quest'isola meravigliosa, dove persino i cani randagi erano amichevoli, mi aveva cullato in un falso senso di sicurezza.

O non mi ero reso conto di quanto mi fossi allontanato da casa di Cooper, oppure la mia andatura lenta faceva sembrare che il sentiero si estendesse all'infinito. Mi sembrò di impiegare ore per tornare a casa sua. Ogni pochi passi, giravo la testa per sbirciare oltre la spalla e vedere se l'aggressore mi stesse seguendo, ma non vidi nulla. Non sentii nulla se non il suono della risacca e il canto dei coquí.

Alla fine, la casa di Cooper apparve. Coco graffiò la porta d'ingresso, che si aprì proprio mentre trascinavo la gamba dolorante sull'ultimo gradino.

«Ben!» Cooper si era messo i pantaloni del pigiama, lasciando esposti la pelle dorata e i peli color miele scuro del petto. «Cosa c'è che non va?»

Diedi un'ultima occhiata alle mie spalle e, non vedendo alcun movimento dal sentiero, zoppicai per gli ultimi passi verso Cooper. La mia caviglia, dopo avermi portato fin lì, alla fine cedette, e caddi in avanti contro di lui. Mi prese, mi infilò un braccio sotto le ginocchia e mi portò dentro.

Potrei essere svenuto.

20

COOPER

«BEN!» Il cuore mi martellò nel petto, battendo contro le costole per raggiungere l'uomo sul divano. «Ben!» Mi inginocchiai sul pavimento accanto a lui.

«Sono qui», disse, come se fossi io quello ad aver bisogno di rassicurazioni.

Avevo bisogno di rassicurazioni, eccome. Quando lui sbatté le palpebre e aprì gli occhi, ricominciai a respirare.

Aveva una guancia rossa ed escoriata, con frammenti di conchiglie frantumate appiccicati alla pelle. Quando gli toccai la spalla, trasalì. Mi cacciai le mani tra le ginocchia. «Cos'è successo?»

«Un tipo grosso e robusto mi è saltato addosso. Non ho idea del perché. Il mio portatile?»

«È qui». Feci un cenno verso il tavolino su cui era appoggiato.

«E Coco?»

Quel dannato cane era sgattaiolato dentro e ora sedeva dall'altra parte rispetto a me, con il mento appoggiato sul ginocchio di Ben. «C'è anche lui».

«Mi ha salvato. Ha morso quel tipo». Le palpebre di Ben si richiusero con un fremito.

Lanciai un'occhiata al cane. Ebbe la sfrontatezza di inarcare le sopracciglia, accusandomi di negligenza mentre lui era corso in soccorso di Ben.

«Bravo, cucciolo», borbottai.

«Ghiaccio?» chiese Ben.

«Certo». Mi alzai e andai in cucina, contento di rendermi utile. «Ti fa male la faccia?»

«Non quanto la caviglia o la spalla».

Mi bloccai mentre cercavo uno strofinaccio. «La caviglia e la spalla?»

«Me le sono distorte».

Cazzo. Tutta la mia attenzione si era concentrata sul viso di Ben. Piegai in fretta del ghiaccio in due strofinacci e li riportai verso il divano. Tolse con delicatezza la scarpa da ginnastica a Ben. La sua caviglia destra era gonfia. Gli appoggiai sopra uno degli impacchi di ghiaccio e l'altro sulla spalla che gli aveva fatto male quando l'avevo toccato.

«Tutto bene? Ti serve altro per un momento?»

Le sue palpebre si aprirono con un fremito e strizzò gli occhi per la luce della lampada. Cristo, aveva forse una commozione cerebrale?

«No, sto bene».

«Faccio solo un paio di telefonate». Non osavo lasciarlo. E se fosse svenuto e rotolato giù dal divano? E se avesse avuto bisogno di vomitare? Feci qualche passo avanti e indietro e chiamai Sara.

Rispose in spagnolo. «Lito! Tía Camelia ha detto a Mamá che sei qui! Perché non sei venuto a trovarci? Domenica. Dopo la chiesa… verrai a Messa, vero? Vieni a cena. Papá vuole chiederti…»

«Ascolta, Sara». Il mio spagnolo era basso e urgente. «Ho bisogno di te. Un mio amico è ferito. Puoi venire a controllarlo?»

«Ferito? Come?» In sottofondo, sentii un fruscio. Se conoscevo mia cugina Sara, stava già afferrando la sua borsa medica.

«Ferite alla spalla e alla caviglia. Non le ho ancora guardate. E dei tagli sul viso».

«Capito. Sarò lì tra dieci minuti».

«Grazie».

Tornai da Ben. Il cane si avvicinò e gli annusò il viso. Proprio mentre li raggiungevo, la lingua rosa del cane scattò fuori e leccò la guancia di Ben.

«Puah!» Spinsi il cane con il ginocchio finché non si allontanò di qualche metro. «Prendo un panno per pulirti».

Le labbra di Ben si serrarono. Cazzo, stava soffrendo ed era colpa mia. L'avevo mandato fuori da solo al buio. Lanciando un'occhiata di avvertimento al cane, andai in bagno a prendere un panno. Lasciai scorrere l'acqua finché non si scaldò e pensai alla mia prossima telefonata.

Un minuto dopo, allontanai di nuovo il cane da Ben e mi inginocchiai al suo fianco. Con la massima delicatezza possibile, tamponai i tagli sulla sua guancia. «Sei riuscito a vedere bene il tipo?»

«No. Mi è venuto addosso da dietro. Però aveva bevuto. Rum. E sembrava americano. Non ho sentito nessun accento. Anche se non ha detto molto. Era grosso. Doveva essere il doppio di me».

«Alto?»

«Non alto come te, solo massiccio. Mi ha tolto il fiato quando mi è caduto addosso».

«Te la senti di parlare con Luis? Potrebbe ricordarsi di lui al bar».

«Ok, certo».

Chiamai Luis. Quando rispose, sentii voci e musica in sottofondo.

«No, Cooper, non ti porto da bere».

«Non era quello che stavo per chiedere. Puoi andare in un posto tranquillo? È importante».

Potevo immaginare la sorpresa sul suo volto, ma dopo qualche minuto, una porta si chiuse con un clic, attutendo il rumore di fondo.

«Grazie, Luis. Stasera qualcuno ha aggredito Ben mentre tornava nella sua stanza. Ti metto in vivavoce così può raccontarti tutto».

Appoggiai il telefono sul tavolino. Mentre Ben raccontava la sua storia, strinsi i pugni sempre più forte, finché le unghie non mi lasciarono delle mezzelune rosse sui palmi.

«Aspetta», dissi. «Ti ha detto di tornare in California?»

«Sì, è strano, vero?» disse Ben. «Come faceva a sapere che vengo da lì?»

Fissai il telefono con rabbia. «Forse lavora per il resort».

«Senza una descrizione, è difficile dirlo», disse Luis. «Do lavoro a un sacco di tipi grossi e robusti. Ascolta, chiamo Mateo».

«Non Mateo», ringhiai. «Manda Ramón. O vieni tu stesso».

«Cooper, è venerdì sera. Abbiamo due addii al nubilato e una banda di ragazzini viziati del college. E Ramón ha la serata libera. Mateo si prenderà cura di voi».

Sbuffai. Non ero preoccupato per me. Ero preoccupato per Ben. Non volevo Mateo neanche vicino a lui. «Resta fuori. Lontano».

«Certo. Ben, starai bene?»

Bussarono alla porta, così afferrai il telefono e tolsi il vivavoce mentre andavo ad aprire. «Sara è qui. Starà bene. Ma fa' in modo che qualcuno porti le sue cose da me. Domattina va bene».

«Sta da te?» La sua voce si tinse di un sorriso.

«Sta da me».

«Gracias a Dios».

«Vaffanculo». Riagganciai la chiamata.

Quando aprii la porta, Sara entrò con fare indaffarato, portando la sua borsa. Mi diede un bacio sulla guancia mentre si dirigeva verso il divano.

Si accovacciò accanto a Ben. «Buonasera. Sono la dottoressa Sara Castillo».

«Ben Levy-Walters». Le porse la mano e lei la strinse.

«Vado a lavarmi le mani e poi, se per Lei va bene, controllerò le Sue ferite mentre mi racconta cosa è successo».

Ben annuì.

Invece di andare dritta in bagno a lavarsi, Sara mi afferrò per un braccio e mi condusse verso la porta scorrevole della terrazza. «Cooper, aspetta qui fuori».

«Aspetta, cosa?» Diedi un'occhiata a Ben.

«Ho bisogno che si senta al sicuro».

«Ma io…» Aprii di scatto la porta scorrevole e la trascinai fuori con me. Quando la porta si chiuse, dissi: «Non penserai mica che sia stato io a fargli questo?»

«La violenza domestica è una cosa molto reale, Cooper».

Se non lo sapevo io. La mia voce si alzò. «È stato aggredito. È venuto qui per chiedere aiuto. E non è il mio partner. È un mio dipendente. Non penserai che io possa mai…»

«Voglio ascoltarlo. E tu devi aspettare qui fuori. Con il tuo cane».

Abbassai lo sguardo e aveva ragione. Il cane era seduto ai miei piedi. «Bene». Mi lasciai cadere su una sedia a sdraio. «Solo… solo prenditi cura di lui. Ok?»

«Certo. Significa molto per te, non è vero?»

Guardai attraverso il vetro. Ben sembrava piccolo e fragile sul divano. La sua guancia si era gonfiata. Le bugie che gli avevo raccontato prima non avevano più importanza. «Sì».

«Mi prenderò ottima cura di lui». Si girò sui tacchi e tornò dentro.

Dopo che se ne fu andata, non riuscii a stare fermo. Camminai avanti e indietro intorno alla piscina, fissando con rabbia il riflesso tremolante della luna nell'acqua. Mia cugina pensava che avrei potuto ferire Ben. Assurdo. Anche se… non avevo forse cercato di allontanarlo proprio per quella ragione? Per paura di potergli fare del male?

Non gli avrei fatto del male. O forse sì? Era venuto da me in cerca di protezione. Non lo avrebbe fatto se avesse pensato che fossi un pericolo per lui.

Certo, lui non conosceva mio padre. Nessuno pensava che Mick Fallon potesse far male a qualcuno, nemmeno lui.

«Psst. Lito».

Mi voltai di scatto verso il cancello, dove mio cugino Mateo premeva il viso contro le sbarre di metallo.

I miei muscoli si tesero. Mi costrinsi ad avanzare verso il cancello.

«Luis mi ha dato una chiave elettronica» la sventolò nella mano che non reggeva una valigia «ma non volevo sorprenderti. Stai bene?»

«Sto bene». Spinsi il cancello per aprirlo e allungai la mano per prendere la valigia.

Mateo ebbe la sfacciataggine di mostrarsi ferito. «Niente abbraccio per tuo cugino?»

«No».

Mi passò la valigia. «Non sei ancora arrabbiato per…»

«No». Certo che lo ero. Solo vedere il suo bel viso e quegli occhi blu caraibico mi ricordava di come ballava sempre con la mia ragazza ogni volta che uscivamo insieme.

«E per quanto riguarda…»

«No. Tu resta fuori. Chiamami se vedi qualcuno di sospetto».

«Fuori? Non posso nemmeno sedermi sulla tua terrazza?»

«No».

«È una persona speciale, non è vero?» Quegli occhi blu brillarono al chiaro di luna.

«Sì. Stagli lontano».

«Cooper, non ho più sedici anni. Non farei mai…»

Mi girai sui tacchi e trascinai la valigia di Ben verso la casa. Non avevo detto la stessa cosa? Non gli farei mai del male.

Non mi fidavo di Mateo, ma forse potevo fidarmi di me stesso. Avrei protetto Ben con ogni risorsa a mia disposizione sull'isola. Fino al mio ultimo respiro.

21

BEN

DOPO AVER MANDATO via email il mio ultimo esame di economia al professore, sospirai e chiusi il portatile.

Allungai la mano verso il telefono sul tavolino. Non potevo più rimandare la lettura dei messaggi di Marlee.

MARLEE

Giorno, Ben

Quali sono le ultime su Cooper?

Sul serio, che sta succedendo?

Sta bene? Quando torna? Mi stanno tutti addosso perché Weston non dice niente.

Ci sono delle voci, Ben. Stanno girando delle liste di dipendenti. Sono preoccupata.

SMETTILA DI IGNORARMI

Trasalii leggendo quelle parole. La povera Marlee teneva tutto insieme in ufficio mentre io riposavo sul divano estremamente comodo di Cooper.

Aveva ragione. Dovevo chiedergli quando sarebbe tornato. Era stato immaturo da parte mia considerare di tornare a casa senza di lui, o almeno senza scoprire la data di fine di questa sua vacanza. Il lavoro doveva accumularsi per lui. I miei sentimenti feriti non avrebbero dovuto impedirmi di fare il mio lavoro.

> Prometto che gli parlo oggi

Inoltre, liste di dipendenti? Che cosa stava combinando Weston?

Oltre i cuscini che Cooper aveva usato quella mattina per sollevarmi la caviglia fasciata, attraverso le finestre posteriori e le sbarre del cancello, la sigaretta di Mateo brillò. Lui mi avrebbe parlato. A differenza di Cooper, che era sparito. Di nuovo.

Ero rimasto nel bungalow di Cooper per due giorni. Tre notti. E quando dico nel bungalow di Cooper, intendo dentro il suo bungalow. Niente puntate al ristorante, niente passeggiate sulla spiaggia. Nemmeno una cena sul terrazzo.

Era come essere in prigione. Una bellissima prigione con un secondino gentile che mi portava acqua e succo di guava mentre me ne stavo spaparanzato sul suo divano, che mi porgeva antidolorifici con la precisione di una Guardia della Regina.

E ogni sera, dopo avermi aiutato ad andare a letto nella sua stanza degli ospiti, mi dava una pacca sulla spalla, spegneva le luci e usciva.

Neanche un bacio paterno sulla tempia.

Almeno non aveva ancora mantenuto la promessa di chiamare le Risorse Umane. E aveva rimandato via il jet.

Bruciavo dall'interno per essergli così vicino eppure... non esserlo. Era come essere di nuovo in ufficio, niente a che vedere con l'intimità che avevamo condiviso quando avevamo cenato sul suo patio o quando eravamo andati a trovare sua zia Camelia. Prima che ci fossimo baciati nella sua piscina. Tranne quando mi sfiorava accidentalmente la pelle mentre mi fasciava la caviglia, la nostra regola del "non toccarsi" era di nuovo in vigore.

Era meglio così se per lui ero solo un altro Marlee, una fugace decisione sbagliata perché non poteva avere Jackson.

Quando la sigaretta di Mateo brillò di nuovo di rosso, mi alzai a fatica dal divano e zoppicai fino alla porta a vetri scorrevole. La aprii e, come sempre, Coco era seduto appena dentro il cancello, a fissare Mateo con adorazione. Era ancora incazzato con me per avergli detto che lo avrei lasciato lì. E ancora più incazzato con Cooper per avermi mandato via quella notte.

Ma Mateo, il cugino di Cooper, era il suo nuovo preferito. E perché non avrebbe dovuto esserlo? Mateo era quasi alla pari di Cooper in tutto e per tutto. Avevano più o meno la stessa altezza, anche se Mateo era un po' più massiccio. I suoi occhi più azzurri e i capelli più scuri erano come una versione di Cooper con una marcia in più. Qualcun altro avrebbe potuto pensare che Mateo fosse più attraente. Per me, sembrava un post di Instagram con la saturazione del colore alzata al massimo. Preferivo la bellezza più sobria di Cooper. Coco, d'altra parte, adorava Mateo perché aveva sempre un pezzetto di prosciutto in tasca.

Zoppicai fino al cancello. Mateo spense la sigaretta contro il metallo. «Non lo dirai a Cooper, vero?»

«Che fumi? Dipende.» Appoggiai la spalla — quella non dolorante — al cancello.

Non avevo ancora capito la dinamica tra i cugini. Era comparso durante la notte della mia aggressione. Non entrava mai in casa. Ogni volta che Cooper era freddo e sbrigativo con lui, Mateo sembrava un cucciolo bastonato. Ma quando Cooper non c'era, Mateo flirtava in un modo che Cooper non faceva mai.

«L'hai visto? Il tizio?» domandai.

«Difficile a dirsi.» Un angolo della sua bocca si contrasse verso l'alto. «Ci sono un sacco di tipi grossi e robusti con l'accento americano su quest'isola.» Indicò se stesso.

Mi morsi il labbro. «Se mi avessi aggredito tu, credo che lo saprei.»

«Davvero?» Fece un passo verso di me, ma poi si trattenne e si infilò le mani in tasca.

Sospirai. Perché non potevo innamorarmi di uno dolce e galante come Mateo? Lui non mi avrebbe mai tenuto a distanza. «Dov'è andato Cooper?»

«Al centro sociale.»

Certo che c'era andato. Meglio faticare e sudare in cantiere piuttosto che rimanere in mia presenza. Be', fanculo. Ne avevo abbastanza di starmene seduto come un invalido. La caviglia mi faceva a malapena male, ed era ora di stringere i denti e fare il mio dannato lavoro.

«Portamici.»

«Scordatelo. Cooper ha detto che devi rimanere qui.»

Inarcai le sopracciglia. «E se gli dicessi che stavi fumando sulla sua proprietà?»

Il suo sorriso malizioso scomparve. «Non lo faresti.»

«Non se mi porti da lui.»

«E io che pensavo fossi gentile,» borbottò. Tirò fuori un mazzo di chiavi dalla tasca. «Chiudi la porta scorrevole e raggiungimi all'ingresso. Faccio il giro con la macchina.»

Nascosi un sorrisetto. «Ci vediamo davanti.»

Tornai dentro zoppicando, chiusi a chiave la porta sul retro e infilai il piede leggermente gonfio nella scarpa da ginnastica. L'altra scarpa entrò facilmente. Poi feci uscire Coco dalla porta principale e la chiusi a chiave dietro di me. Mateo mi teneva aperta la portiera posteriore di un grosso SUV nero, parcheggiato nel vialetto circolare.

Non era lontano il centro sociale, ma Mateo mi fece promettere tre volte di dire a Cooper che l'avevo costretto a portarmi. Gli diedi una pacca sulla spalla. «Mi prenderò tutta la colpa. Se la prenderà solo con me.»

«Arrabbiato con te?» sbuffò. «Mai. Tu sei su novio.»

«Novio? Non sono il suo ragazzo.» Ma il mio viso avvampò.

«Non si direbbe.» Accostò vicino ai camion parcheggiati nel cantiere, proprio di fronte all'edificio.

Il mio sguardo sfrecciò dritto su Cooper. Lo avevano messo a dare un'altra mano di stucco. Per quanto sembrasse infelice di quell'incarico, i suoi occhi si incupirono ancora di più quando vide Mateo sporgersi in macchina per aiutarmi a uscire.

«Che cazzo, Mateo?» Le sue spatole caddero con un rumore metallico sull'erba mentre si dirigeva a grandi passi verso di noi.

Mi aggrappai alla spalla di Mateo finché non fui stabile. Poi incrociai le braccia e guardai Cooper dritto negli occhi. Aveva polvere rosa sulla camicia e tra i capelli, persino attaccata alla barba corta sulle guance. «È colpa mia, non sua. Dobbiamo parlare.»

Cooper strinse gli occhi verso suo cugino. Le guance di Mateo si coprirono di macchie rosse. «Io, uhm, finisco quello stucco per te,» disse. «Deve essere fatto in un'unica applicazione.» Si diresse furtivamente verso l'edificio, rimboccandosi le maniche della camicia di lino.

«Andiamo a sederci all'ombra,» dissi, indicando gli alberi dove mi ero accampato l'ultima volta. «Probabilmente non hai fatto una pausa per tutto il giorno.»

Scosse la testa, e capii che non stava ammettendo di non aver fatto una pausa. Stava negando di essere abbastanza umano da averne bisogno.

«Stai bene?» Mi scrutò dal centro del petto ai piedi, evitando i miei occhi come aveva fatto da quando ci eravamo baciati quella notte.

«Sto bene. È Synergy che non sta bene.» Feci qualche passo zoppicante verso gli alberi — la caviglia era rigida dopo essere stato seduto in macchina — ma Cooper mi infilò la spalla sotto la mia, sostenendomi finché non ci sedemmo all'ombra. Prese una bottiglia d'acqua dal frigo portatile e me la porse, poi ne prese una per sé.

«Dobbiamo parlare dell'azienda. Hanno bisogno di te laggiù.»

Scolò la sua acqua, fissando l'edificio così intensamente da poter bruciare un buco nello stucco. Si asciugò la bocca con le dita. «Chi ha bisogno di me laggiù?»

«Be', Marlee, per cominciare.» Ma dovevo tentare il tutto per tutto. «E J-Jackson.»

«Jackson non ha bisogno di me.» La sua mascella si contrasse.

«Certo che ne ha bisogno. Non può tenere testa a Weston senza di te.»

«Non ha bisogno di tenere testa a Harris. Se ne sta andando. Inoltre, Harris può gestire le cose finché non sarò pronto a tornare. E non sono ancora pronto.»

«Ne sei sicuro?» Sebbene Harris Weston mi desse i brividi, era in azienda da molto più tempo di me. Cooper lo stimava. E Cooper era un uomo intelligente.

«Sicurissimo. È stato il leader di cui Synergy aveva bisogno fin dai primi giorni. Non mi ha mai deluso.»

«Ma Marlee non ha detto niente del fatto che Jackson lasci l'azienda.» Cosa avrebbe fatto se se ne fosse andato? Probabilmente avrebbe passato tutto il suo tempo a programmare invece di fare da babysitter a quel fottuto di Jackson Jones. Non l'avrebbe mai ammesso, ma starebbe meglio senza di lui.

Fece spallucce. «Potrebbe non saperlo. Io non te l'ho detto quando ho venduto le mie azioni. Ci sono regole su ciò che gli insider possono divulgare.»

Un piccolo dolore mi esplose nel petto. Scoprirlo curiosando nelle sue dannate email era stato terribile. «Me lo diresti se decidessi di venderne altre?»

A quel punto si voltò a guardarmi. Sotto le pagliuzze di polvere rosa nelle sopracciglia, i suoi occhi si addolcirono. «Non credo che potrei avvisarti in anticipo. Non senza violare qualche legge federale e il nostro stesso codice etico.»

«Oh.» Strofinai la scarpa contro l'erba ispida. «Lo diresti a Jackson?»

Sbuffò una risata. «Forse avrei dovuto, visto che è il mio socio in affari e il mio amico.»

«Ma non è tutto.» Feci una smorfia, desiderando di potermi rimangiare le parole.

«Cosa non è tutto?»

Perché l'avevo detto? Avevo superato circa un milione di limiti. Poteva licenziarmi per quello che avevo insinuato.

Aspettò.

«Volevo solo dire...» Cazzo, non c'era un modo carino per dirlo. Tanto valeva che preparassi il mio curriculum. Ma mi ero spinto troppo oltre. «Volevo dire che tieni a lui.»

La sua espressione si fece inespressiva. «Certo che tengo a lui. È il mio migliore amico.»

Il dolore nel mio petto fece scoppiare qualunque cosa avesse trattenuto la mia rabbia dentro di me. «Amici? Penso che sia più di questo.» Se la mia caviglia fosse stata più forte, sarei balzato in piedi e me ne sarei andato a grandi passi. Invece, rimasi seduto, furioso, a fissare le mie Chucks.

La voce di Cooper era più gentile di quanto l'avessi mai sentita. «Ti dà fastidio questo, Ben?»

Non provò nemmeno a negarlo. «Sì, mi dà fastidio! Lui ha tutto! Una moglie, una famiglia e te. Fortunato bastardo.» Sibilai l'ultima parte. Ero licenziato di sicuro, ma non potevo farci niente. Mi ero di nuovo lasciato andare.

«Sei... sei geloso, Ben?»

«Certo che sono fottutamente geloso! Tengo a te più di quanto lui farà mai! Per quale altro motivo pensi che ti abbia baciato l'altra sera? Pensavi che avrei fatto una mossa kamikaze come quella se non fossi stato pazzo di te?»

«Pazzo di me?»

Ora mi stava ridendo in faccia. Cooper Fallon era tante cose, ma di solito non era crudele. Immaginai che una confessione d'amore non richiesta potesse avere quell'effetto su una persona. Non avrei mai più potuto guardarlo negli occhi.

Non avrei mai più potuto lavorare in ufficio con lui. Non con pazzo di te che aleggiava tra noi come una delle scoregge al formaggio di Coco.

Mi tirai su a fatica, ignorando la fitta alla caviglia. «Sai una cosa? Lascia perdere. Mi licenzio.»

Feci due passi traballanti verso il SUV. Non che avessi le chiavi o un modo per tornare a casa di Cooper. O all'aeroporto, che era dove dovevo davvero andare.

«Ehi.» Con due caviglie sane, lui era molto più veloce di me, e mi afferrò le braccia, con fermezza ma anche con delicatezza. Mi si parò davanti, bloccandomi la strada verso l'auto.

«Non vado bene per te, Ben. Lo sai.»

«Non lo so. O non lo sapevo prima che tu—tu—»

«Ti ferissi?» I suoi occhi saettarono tra i miei.

«Più che altro, mi sono ferito da solo.» Mi afflosciai. «Volendo qualcosa che non potevo mai sperare di avere.»

«Mai sperare? No, Ben. Io tengo a te. Più di quanto dovrei. Ti meriti molto più di me.»

Lo guardai dritto negli occhi. «Non pensi che dovrei essere io a giudicare cosa merito e cosa voglio?»

«Io... immagino di sì.»

«Allora voglio te.» Era ora di tentare il tutto per tutto. Mi raddrizzai. «Ti merito.»

«Ben, io...» Strinse la presa sulle mie braccia e poi mi lasciò andare. «Dicevi sul serio riguardo al licenziamento?»

«Assolutamente.» Indipendentemente da cosa sarebbe successo ora, non potevo tornare ai miei educati Signor Fallon e alla regola del non toccarsi. Non da quando l'avevo baciato. Non dopo avergli detto che meritavo il suo affetto.

Licenziarmi significava che non c'erano più barriere tra noi. «Potrei trovare un altro lavoro più facilmente di quanto potrei trovare un altro Cooper Fallon.»

«Ti stai ufficialmente dimettendo?»

La speranza divampò nel mio petto. «Scriverò un'email non appena torno al mio portatile.»

«Allora, dato che non sei più un mio dipendente...» Passandomi un braccio dietro la schiena, affondò la mano tra i miei capelli e poi le sue labbra si schiantarono sulle mie.

Il polso mi martellava nelle orecchie così forte che quasi non sentii le ovazioni della squadra e il «Finalmente!» di Mateo.

Ma non mi importava di loro. Tutto ciò che mi importava era l'uomo che mi teneva tra le braccia e mi stava baciando da togliere il fiato.

22

COOPER

QUANDO BEN USCÌ dalla sua stanza, non potei farci niente. Mi cadde la mascella. Immaginai che fosse per permettere anche ai miei denti del giudizio di sbavargli dietro.

Indossava una maglietta nera che abbracciava ogni muscolo asciutto. I suoi jeans? Deglutii. Se si fosse tirato su la maglietta, avrei saputo dire se era circonciso. Aveva accennato che la sua famiglia osservava le tradizioni ebraiche, quindi doveva esserlo.

Non che l'avessi visto. Ci eravamo baciati molto dal giorno prima in cantiere, fino a tarda notte, finché non ci eravamo addormentati accoccolati sul divano. Un'altra sessione di baci appassionati dopo colazione. Ma ogni volta che la sua mano si era avventurata verso la mia vita, l'avevo delicatamente rimossa. Vederci nudi era un punto di non ritorno. Eravamo pronti a tanto?

Quando mi aveva inviato per email la sua lettera di dimissioni, qualcosa non mi era tornato. Lui sembrava abbastanza felice della cosa, ma io ero preoccupato. Cosa sarebbe successo se questa cosa che stavamo provando insieme non fosse durata? Si sarebbe ritrovato senza una relazione e senza un lavoro. Avrebbe accettato dei soldi da me per rimettersi in piedi, dopo? Sospettavo di no. Non aveva accettato soldi dai suoi genitori quando aveva lasciato il college. Ben Levy-Walters era un uomo orgoglioso.

Sarei dovuto essere io a fare il sacrificio, a dimettermi. Anche se dimettersi era un passo più grande per me. Richiedeva piani di successione e passaggi di consegne. Per quanto avessi voluto farlo appena arrivato sull'isola, non potevo semplicemente andarmene. Le persone che lavoravano per la Synergy, che erano una mia responsabilità come COO, meritavano di più.

Quasi desideravo che Ben fosse ancora una di quelle persone. Sarebbe stato molto più facile proteggerlo come dipendente che come mio amante.

Ed era per questo che, ignorando quanto desiderassi esplorare ogni centimetro della sua pelle, conoscere i suoi sapori, i suoi odori, sentire i suoni che avrebbe emesso quando fosse stato disperato dal desiderio, avevo mantenuto due barriere tra di noi, e una di queste erano i nostri vestiti.

Quella mattina, quando i suoi occhi erano diventati incandescenti e dorati e lui aveva fatto scivolare la mano sulla mia coscia, ero andato a correre dove non poteva seguirmi con la sua caviglia slogata. Dopo pranzo, ero andato in sala pesi.

Ma ora mi aveva trovato sul divano. E aveva quell'aspetto.

«Vestiti.» Era la voce leggermente secca che usava in ufficio quando ero in ritardo e dovevo arrivare a una riunione o a un volo. La voce che mi faceva venire voglia di temporeggiare ancora un po' solo per sentirgliela usare di nuovo.

«Vestirmi?» Misi da parte il portatile, quello con il secondo ordine di vendita aperto. Una volta eseguito, sarei rimasto un azionista di maggioranza, ma Jackson avrebbe avuto tutto il controllo. Avrebbe potuto decidere se voleva rimanere o lavarsene le mani dell'azienda, e di me. Non ero ancora riuscito a cliccare il pulsante per eseguire l'operazione. Ogni volta che il mio dito si librava sul trackpad, cominciava a prudermi.

«Usciamo. Mettiti i pantaloni del completo e quella camicia elegante grigio antracite. Niente cravatta.»

Il fiato mi si mozzò. «Uscire?»

«Mi hai tenuto chiuso in questa casa per tre giorni. Per quanto tu mi piaccia, ho bisogno di vedere altri esseri umani.»

«Ma se quel tipo…»

«Mateo non ha visto nessuno. È stata un'aggressione casuale, e quel tipo se n'è andato da un pezzo. Senti.» Si mise le mani sui fianchi. «Ti ho dato tempo per elaborare. E se hai deciso che non vuoi fare questa cosa con me, va bene. Basta che me lo dici ora.»

«No, io… io lo voglio. Ti sei licenziato, per l'amor di Dio.»

«Lo so.» La sua bocca carnosa si strinse in una linea sottile. «Non farmene pentire.»

Mi alzai e mi diressi verso la porta scorrevole con il pretesto di far uscire Coco. Obbediente, trotterellò fuori dalla porta per fare visita alla bouganville.

Dando le spalle a Ben, chiesi: «Te ne penti? Perché non ho ancora inoltrato la tua lettera di dimissioni alle risorse umane.» L'altra barriera.

«Perché diavolo no? Io ci sono dentro con tutto me stesso. A meno che tu non lo sia?»

Mi voltai di scatto per guardarlo. Odiavo l'incertezza nella sua voce. Incertezza che io avevo provocato. «Ci sto.»

«Allora vestiti. Andiamo a ballare. Con Ramón e alcuni degli altri ragazzi qui al resort.»

«A ballare?» Fissai la sua caviglia. I suoi jeans attillatissimi la avvolgevano senza mostrare alcun gonfiore. «Riesci a malapena a camminare. Come farai a ballare?»

Lo scintillio in quegli occhi color whisky era malizioso. «Non ballo con i piedi, Cooper.»

Cazzo. Ora tutto ciò che riuscivo a immaginare era l'ondulazione dei fianchi di Ben. Mi si seccò la gola e, come un robot, marciai verso la mia camera e indossai esattamente quello che mi aveva detto. Mi lavai i denti e mi rasi per la seconda volta quel giorno.

Mi tagliai sulla mascella quando commisi l'errore di ricordare come stava Ben con quei jeans. Non aveva bisogno di indossare vestiti così attillati per me. Sbavavo per lui anche con le sue sgargianti polo e i bermuda. Tamponai il taglio con un fazzoletto. Inoltre, io ballavo solo quando dovevo. L'ultima volta era stata al matrimonio di Jackson in autunno. Con Marlee, dopo il nostro brindisi. E con Jamila. Non ricordavo l'ultima volta che avevo ballato con qualcuno che desideravo disperatamente scopare.

Finii di radermi e mi misi un po' di crema sui capelli per domarli. Il taglio della rasatura si era richiuso e sembravo pronto per una riunione informale del venerdì in ufficio. Niente a che vedere con un uomo che andava per locali e, cazzo, ballava. Quelli erano capelli grigi alla mia tempia? Grazie a Dio non avevo lasciato che questa… questa qualunque-cosa-fosse andasse oltre. Ben poteva ancora ripensarci.

Uscii a grandi passi dalla suite padronale per piazzarmi di fronte a Ben, che era appollaiato su uno sgabello al bancone della cucina, scorrendo il suo telefono. Quando alzò lo sguardo, allargai le braccia. «Ricevo la sua approvazione?» Feci un giro su me stesso.

Quando mi girai di nuovo verso di lui, si stava mordendo un labbro. «Assolutamente, signor Fallon.»

Supposi che quello fosse un vantaggio dei pantaloni stretti di Ben. Una vestibilità più aderente dei miei avrebbe impedito al mio cazzo di sporgere dalla gamba. Mi voltai per nascondere la mia reazione e scrissi a Mateo di portare la macchina.

Ben doveva essersene già occupato, perché quando Mateo arrivò un minuto dopo con uno dei SUV di Luis, Ramón era già sul sedile del passeggero. Scese dall'auto e offrì il suo posto a Ben. Infilai le mie lunghe gambe nella terza fila di sedili accanto a Ramón. La fila centrale era occupata da un trio che riconobbi come due dei camerieri di Luis e un barista.

Mateo incrociò il mio sguardo nello specchietto retrovisore e sollevò le sopracciglia. Non mi piaceva l'idea di niente di tutto ciò – Ben seduto accanto al mio cugino marpione, andare in un locale dove non avrei bevuto, e guardare Ben ballare – ma annuii comunque. Se era questo che Ben voleva, glielo avrei dato.

Venti minuti dopo, Mateo si fermò davanti a un locale in città, e tutti seguimmo Ben all'interno. Non andavo in un locale da anni, non da quando Jackson aveva smesso di invitarmi, ma era uguale a come lo ricordavo. Musica alta e luci che lampeggiavano a ritmo, piantandosi proprio sulle mie tempie. Ramón ci guidò a un tavolo riservato vicino alla pista da ballo. Un divanetto curvava intorno al tavolo rotondo, e Ben si infilò tra me e Mateo.

Il cameriere portò un secchiello con ghiaccio pieno di bottiglie d'acqua, una bottiglia di rum e sette bicchieri. Quando inclinò la bottiglia verso il bicchiere di fronte a me, posai la mano sul bordo. «Niente per me, grazie.»

Mateo sorrise e gridò: «Significa che sei il guidatore designato?»

Il mio cugino marpione, rum e Ben? No, grazie. Aggrottai le sopracciglia. «No. Guidi tu.»

Quando mise il broncio, aggiunsi: «Questo è per Isaac.»

«Isaac.» Si appoggiò allo schienale e fissò il disegno di luci colorate sul soffitto. «Quel minuscolo Speedo giallo.»

«Proprio quello.» Inclinai una bottiglia d'acqua verso di lui, e lui la toccò con la sua. Brindammo al primo appuntamento che mi aveva rubato.

Ben osservò lo scambio con vivo interesse. Poi sorrise. «No, non mi siedo tra due ragazzi sobri.» Si alzò a metà e si dimenò sulle mie gambe.

Le mie dita si allungarono verso i fianchi di Ben come se volessero inchiodarlo sulle mie ginocchia. E per un secondo pieno di speranza, pensai che si fosse fermato per appollaiarsi lì. Ma l'istante dopo, si lasciò cadere sul divanetto tra me e Bobby, il barista.

Non ci rimase a lungo. Dopo aver tracannato un bicchiere di rum, Ben si fiondò sulla pista da ballo. E aveva ragione. I suoi piedi si muovevano a malapena. Le spalle, gli addominali e i fianchi facevano tutto il lavoro, una rotazione ipnotica che attirò più di una persona in orbita intorno a lui.

Ragazzi alti e dinoccolati e altri tarchiati. Dalla pelle chiara e scura. Ragazzi vestiti eleganti con camicie abbottonate come me e ragazzi vestiti casual con magliette e jeans strategicamente strappati. Persino un paio di ragazzi a torso nudo con imbracature sul petto e minuscoli pantaloncini di latex. Ben ballò con tutti loro, ma mai per più di una canzone o due.

Gesù, come avrei voluto essere uno di loro. Potermi mettere dietro di lui e ondeggiare i fianchi con i suoi. Tracciare i contorni del suo petto.

Ma quello non ero io. Io ero il protettore, non l'animale da festa. E la persona da cui Ben aveva più bisogno di protezione? Io.

Presi una bottiglia d'acqua fredda dal secchiello e la tenni contro la mia tempia pulsante.

Ramón scivolò di nuovo sul divanetto. Non avevo notato con chi stesse ballando; il mio sguardo si era concentrato, e si concentrava ancora, solo su Ben, che aveva preso in prestito una bombetta verde lime dal suo attuale partner di ballo e lo stava guardando da sotto la tesa.

Ramón versò un dito di rum in un bicchiere e lo sorseggiò. «Non ho ancora avuto modo di ringraziarti. Per le azioni.»

Staccai lo sguardo da Ben per guardare Ramón. «Prego. Mantengo le mie promesse, anche quelle che faccio da ubriaco.»

Lui annuì e sorseggiò di nuovo il suo drink. «Ti sta aspettando, sai.»

«Chi mi sta aspettando?»

Indicò con un cenno del mento la pista da ballo. Ben mi fissava da sotto il cappello verde. I suoi fianchi roteavano e, nella mia immaginazione, spingevano contro i miei. Mi tolse il fiato.

Senza interrompere il nostro sguardo, si tolse il cappello dalla testa e lo lanciò all'altro uomo. I suoi ricci scuri riflettevano il rosso e il blu delle luci multicolori del locale. Ben sollevò il mento, sfidandomi a raggiungerlo sulla pista da ballo.

Feci scorrere lo sguardo su di lui. La maglietta ora gli aderiva alla pelle, e la parte anteriore si era sollevata mostrando una striscia di pancia piatta sopra la cintura dei suoi jeans attillatissimi. I faretti del locale danzavano su di lui, rivelando sprazzi delle sue cosce tese, la curva del suo sedere, persino per un secondo stuzzicante il profilo di una sporgenza che si estendeva dal cavallo verso l'osso dell'anca.

Incapace di resistere, scivolai fino al bordo del divanetto e nuotai verso di lui tra i ballerini come un pesce all'amo. Entrai nel suo spazio, abbastanza vicino da fargli piegare il collo per guardarmi in faccia. Rimasi fermo mentre lui ondeggiava davanti a me.

«Non balli?» Dovette gridare per farsi sentire sopra la musica, e la sua voce era già roca.

«Io non ballo.»

«Certo che balli. Ho sentito che hai ballato con Marlee una… una volta.»

«Non così.» Feci un gesto vago verso la massa di ballerini vorticanti.

«Non è complicato. Ti insegno io.» Posò le mani sui miei fianchi e cercò di farli oscillare da un lato all'altro. Non mi mossi. Ero troppo solido per quello.

Sollevò le sopracciglia. «No?»

«No.»

I suoi occhi brillarono d'oro. «Allora proviamo così.»

Mi diede le spalle e spinse il sedere contro il mio inguine, sbilanciandomi quanto bastava perché io istintivamente allungassi le mani e gli afferrassi i fianchi. Loro ondeggiarono e, come se fossimo incollati, i miei li seguirono.

Mi guardò da sopra la spalla. «Visto? Facile facile.»

Non c'era niente di facile nel modo in cui il mio cazzo si indurì contro i suoi jeans stretti. O nel modo in cui le mie dita si piantarono nei suoi fianchi, cercando un'ancora in quel locale vorticoso e confuso.

Non importava che ci fossero nuovi fili d'argento tra i miei capelli. Che fossi rigido e burbero e indossassi un fottuto abbigliamento da ufficio in un locale. Inspiegabilmente, Ben mi voleva. Era evidente in ogni strusciata del suo sedere contro di me, nel modo in cui appoggiava la schiena al mio petto. Nel morso dei suoi denti contro il labbro. Quando gli strinsi i fianchi più forte, il mio dito medio destro urtò qualcosa di duro e pesante nella parte anteriore dei suoi jeans. Ben aspirò una boccata d'aria.

Posò le sue mani sudate sulle mie e arricciò le dita. Un istante dopo, eseguì un movimento fluido come se l'avesse fatto mille volte. Mi sollevò le mani dai fianchi e piroettò in modo che ci trovassimo faccia a faccia, le mani intrecciate in alto sopra le nostre teste.

Il suo petto urtò il mio, e i miei capezzoli si indurirono al contatto. I miei addominali premettero contro il suo stomaco nel modo in cui avrei voluto che potessero fare i miei polpastrelli. Il rigonfiamento nella parte anteriore dei suoi jeans sfiorò la mia erezione mentre i suoi fianchi si inclinavano, e tremai nonostante il caldo del locale. Strusciando i fianchi contro i miei, si avvicinò sempre di più finché il suo viso non si librò a pochi centimetri sotto il mio.

«Vuoi andartene da qui?» Parlò a bassa voce. Anche sotto il ritmo martellante della musica, sentii ogni parola.

Con la gola troppo secca per parlare, annuii.

Una corsa in taxi e un messaggio a Mateo dopo, entrammo in casa mia, con le orecchie che ancora mi fischiavano per via del locale.

Nonostante Ben avesse affermato che la sua caviglia avrebbe retto una notte di ballo, fece una smorfia mentre si slacciava le scarpe eleganti e le posava accanto alla porta.

«Siediti sul divano e metti il piede in alto. Ti preparo un impacco di ghiaccio.» Mi lavai le mani al lavello della cucina.

«Non voglio mettere il piede in alto. Voglio...»

Lo fulminai con lo sguardo che significava che la mia parola era definitiva. «Ti siederai sul divano e riposerai la caviglia.»

«Sì, signor Fallon,» disse senza fiato.

Quando si fu sistemato sul divano, con il piede appoggiato sul tavolino, gli porsi un bicchiere d'acqua. Gli sfilai il calzino e trovai la fasciatura che gli tagliava il piede gonfio. «Posso toglierti la fasciatura dal piede?»

«Non toccarmi il piede. È sudato.»

«Non mi dispiace il tuo sudore.» Anzi, volevo seppellire il naso nel suo petto e inspirarne l'odore acre. Aggrappandomi al mio autocontrollo per un filo, gli tolsi delicatamente il nastro adesivo dal piede e gli posai sulla caviglia la borsa del ghiaccio in gel che Sara aveva portato.

«Meglio?» chiesi.

Un angolo della sua bocca si sollevò. «Meglio.»

Appallottolai il nastro e lo portai in cucina per buttarlo nella spazzatura. Mi lavai di nuovo le mani e presi un bicchiere d'acqua anche per me.

In salotto, esitai. Avrei dovuto allontanarmi dalla tentazione. Avrei dovuto andare in camera mia e chiudere la porta a chiave.

Ma se Ben avesse avuto bisogno di aiuto per zoppicare fino alla sua stanza? Non potevo lasciarlo solo.

Ben decise per me. «Vieni qui. Dimmi cosa ne hai pensato del locale.»

«Era un locale, come un altro.» Feci spallucce, cercando di essere noncurante mentre mi abbassavo sul tavolino di fronte a lui.

«E il ballo?»

Ricordare come mi aveva chiamato sulla pista, come i nostri fianchi si erano spinti l'uno contro l'altro, come mi aveva quasi baciato proprio lì sotto le luci rotanti, rese i miei pantaloni scomodamente stretti. Mi schiarii la gola. «Mi è piaciuto.»

«Anche a me è piaciuto.» Si sporse in avanti e posò la mano sul mio ginocchio. Il desiderio risalì lungo la mia coscia fino all'inguine e si parcheggiò lì, caldo e pesante. Il mio respiro si fece superficiale.

«Quei ragazzi al locale erano piuttosto fighi. Specialmente quello con il cappello.»

Sbruffò esasperato. «Cooper Fallon, non sei così intelligente come credi se pensi che fossi interessato a qualcun altro che non fossi tu. Sono tornato a casa esattamente con la persona che volevo.» Fece scorrere la mano più in alto sulla mia coscia finché non fu a un centimetro dal mio inguine. «Tu no?»

L'ultimo filo del mio autocontrollo si spezzò. «Sì.» Scattai in avanti, piantai le mani sul cuscino posteriore del divano e feci schiantare la mia bocca sulla sua. Non fu un bacio dolce o delicato. Il nostro bacio era pieno di bisogno, del cozzare dei denti, della lotta delle nostre lingue, del bruciore della sua barba contro le mie labbra. Lanciai un ginocchio sul divano all'esterno della sua gamba sana e strusciai la mia erezione ovunque – sulla sua coscia, sul suo fianco – inseguendo la sensazione del nostro ballo.

Mi afferrò la parte anteriore della camicia, avvicinando il mio petto al suo. «Ho bisogno di te,» mormorò tra una suzione e l'altra della mia lingua.

Mi immobilizzai. Non avevo fatto niente con un altro ragazzo dai tempi del liceo. Da quando avevo conosciuto Jackson. Mi ricordavo ancora come funzionava? Non avevo lubrificante o preservativi o…

«Shh.» Abbandonò la mia bocca per baciarmi fino all'orecchio. «Faremo con calma. Ti farò sentire bene.»

Repressi un brivido che partì dal punto che aveva baciato e strisciò fino alla base della mia spina dorsale. «Sei ferito. Non voglio…»

«La mia bocca non ha niente che non va.» Sentii la curva maliziosa della sua bocca contro la pelle del mio collo. Poi si tirò indietro. «A meno che tu non voglia?»

«No, certo che voglio. Io…» Dovevo smettere di parlare, o avrei detto qualcosa che non potevo rimangiarmi. Invece, indietreggiai per inginocchiarmi tra le sue gambe. Strofinai il viso sulla sua maglietta umida di sudore e inspirai a lungo per riempirmi i polmoni del suo odore. Con il naso, tracciai una linea lungo il suo stomaco fino alla cintura dei pantaloni. Lì odorava anche di sudore, mescolato a un desiderio muschiato. Sbottonai i suoi jeans e alzai lo sguardo sul suo viso. «Posso?»

Ridacchiò. «Non so se ce la fai. Potrebbero volerci le pinze idrauliche per tirarmi fuori da questi jeans.»

Tracciai il profilo della sua erezione con un dito. Si contrasse sotto il mio tocco.

«Scusa.» Trasse un respiro. «Volevo dire, sì, ti prego.»

Tirai giù la cerniera e non trovai altro che Ben. «Credo che l'intimo appropriato faccia parte del codice di abbigliamento, signor Levy-Walters.» Ma la mia voce ansimante minò la severità delle mie parole.

«Non c'è niente di appropriato al lavoro nel mio abbigliamento di stasera, signor Fallon.»

Scostai i lati dei suoi jeans finché non liberai il suo cazzo, scuro, arrossato e circonciso come avevo immaginato. Piattai la lingua contro di esso e leccai verso l'alto da dove spuntava dai pantaloni fino alla punta scura.

Lui gemette. «Se è così che punisce chi viola il codice di abbigliamento, vorrei essermi presentato in ufficio senza mutande ogni fottuto giorno.»

Le mie dita si strinsero sui suoi pantaloni. L'ufficio. Non si tornava indietro dopo avergli succhiato il cazzo.

Come se avesse sentito i miei pensieri, Ben arricciò le dita tra i miei capelli e diresse dolcemente il mio sguardo verso di lui. «Scusa. Basta parlare di lavoro. Ho presentato le mie dimissioni. Stasera, sei il mio… amante.»

«Amante?» Ogni centimetro della mia pelle fremette.

«Mi sembra che tu stia per succhiarmi il cazzo. Quindi penso che il termine sia appropriato, non credi?»

«E siamo esclusivi?»

Il suo cipiglio si aggrottò. «Certo. Ho ballato con quegli altri solo perché tu non volevi ballare con me.»

«Ma l'ho fatto. Ho ballato con te.»

«L'hai fatto.» La sua espressione si addolcì per un minuto, ma poi strinse gli occhi. «E adesso?»

«Adesso ti succhio il cazzo.»

Una fiammata dorata nei suoi occhi. «Sì, ti prego.»

Ci volle qualche manovra per sfilargli i jeans dalle gambe senza fargli male al piede gonfio, ma ci riuscii, e presto Ben era sdraiato sul divano, nudo a parte la sua maglietta attillata. Cominciai dalla punta del suo cazzo, passando la lingua lungo la fessura e succhiando la cappella finché non assaggiai il sapore del suo pre-eiaculato. Lo presi più in profondità, bagnandolo per bene e dedicando lunghe suzioni alla sua asta. A quel punto, gettò la testa all'indietro contro i cuscini e gemette.

Un'ondata di potere mi attraversò, meglio di quando avevamo raggiunto un miliardo di dollari di fatturato. Meglio di quando avevamo raggiunto i cinque miliardi. Tutto per un gemito.

L'ecca giù fino ai suoi testicoli, soppesandoli con la lingua. Afferrando la sua lunghezza con la mano, feci scivolare il pugno fino alla punta, ruotai in cima e scesi. La sua brusca inspirazione dimostrò che avevo trovato qualcosa che gli piaceva.

Leccai il più in basso possibile, ma il divano mi impedì di andare oltre. Avrei esplorato di più la prossima volta. Cazzo. La prossima volta. Sfregai la mia erezione contro il cuscino del divano. Succhia i suoi testicoli finché non si contrassero.

«Sto per, sto per...» gracchiò Ben.

«Non ancora.» Strinsi la base del suo cazzo, trattenendo il suo orgasmo.

Inarcò i fianchi. «Ho bisogno...»

«Lo so. Verrai nella mia bocca.» Volevo assaggiarlo, sentirlo pulsare dentro di me. Distruggerlo nel modo in cui lui stava già distruggendo me.

Sostituii la bocca con la mano e presi quanta più lunghezza potevo. Con la mano, gli massaggiai i testicoli. Poi gli diedi una lunga e profonda suzione.

La sua schiena si inarcò. «Sì, così,» ansimò.

Incavai le guance intorno a lui e lo lasciai spingere contro la mia gola finché non ebbi un conato. Poi succhiai ancora e ancora. Forte, poi più piano, poi di nuovo forte. Si lamentò dal profondo della gola, e mi fece venire voglia di ruggire. Invece, gli afferrai il fianco, inchiodandolo al cuscino.

I suoi testicoli si contrassero appena prima che la mia bocca si riempisse del suo sperma. Risalii lungo la sua asta, succhiando ogni goccia della sua eiaculazione, finché non schizzò fuori e lo ingoiai.

«Cazzo,» gemette. Un polso gli copriva gli occhi. Sembrava completamente distrutto, il cazzo che si ammorbidiva contro la sua coscia, la maglietta arricciata sopra l'ombelico. Volevo immergere la lingua in quella fossetta. Assaggiare ogni centimetro del suo petto. La prossima volta.

«Andiamo.» Mi alzai in piedi, infilai un braccio sotto le sue ginocchia e l'altro dietro la sua schiena.

I suoi occhi si spalancarono. «Aspetta! Cosa stai facendo?»

«Ti metto a letto. Sembri…» Feci un sorrisetto, «…stremato.» Lo sollevai al petto.

«No, sto bene. Dammi un minuto. Poi ti faccio un pompino.»

«No.» Aggirai il tavolino e lo trasportai di lato lungo il corridoio per evitare di urtargli il piede. «Devi riposare la caviglia. A letto.»

Non mi sfuggì il suo brivido all'ultima parola. «Ma voglio…»

«Ogni cosa a suo tempo.» Lo deposi sul suo letto e tirai su il lenzuolo. «Buonanotte.»

Intendevo lasciargli un bacio casto sulle labbra, ma lui mi afferrò la nuca e mi tirò a sé. Il suo sapore, mischiato al retrogusto del suo sperma, mi tentò di mettermi a cavalcioni su di lui. Di girarmi e trascinarlo sul mio viso per vedere se potevo farlo venire di nuovo così presto. Di sentire le sue labbra su di me.

Ma mi tirai indietro. Le sue palpebre si abbassarono e sapevo che la sua caviglia doveva essere pulsante.

Feci uscire la sua dose di antidolorifico dalla boccetta accanto al letto e gli porsi la compressa. «Ci vediamo domattina.»

Lui gemette ma ingoiò diligentemente la pillola e si girò su un fianco. «Notte, Cooper. Grazie per… per il ballo.»

Sorridente, uscii con passo baldanzoso. Ballare era stato un modo perfetto di passare la serata. E in quel momento, non mi importava quali cambiamenti potesse portare il mattino.

23

BEN

QUANDO RIAPRII gli occhi e vidi la luce del sole filtrare attraverso le tende leggere, seppi di aver fatto una cazzata.

Avevo intenzione di alzarmi all'alba, infilarmi nella stanza di Cooper e svegliarlo con il pompino che ero stato troppo stanco per fargli la sera prima. Poi — sorrisi a quella visione — saremmo tornati a dormire, con lui rannicchiato a cucchiaio intorno a me.

Perché la sveglia non mi aveva tirato su? Diedi un'occhiata al comodino, vuoto a parte il flacone di antidolorifici e un bicchiere d'acqua.

Ah, giusto. Il telefono era nella tasca dei jeans, e i jeans erano ancora appallottolati sul pavimento del salotto, dove Cooper Fallon mi aveva mandato fuori di testa. Rabbrividii, ricordando come apparivano i suoi occhi blu tra le mie cosce, quanto fossero perfette le sue labbra sensuali tese intorno al mio cazzo.

Ne era valsa assolutamente la pena di lasciare il lavoro.

Dopo averlo finalmente convinto a tornare a San Francisco, alla Synergy, ne avrei trovato un altro. Non sarebbe stato buono come quello che avevo alla Synergy — anche se lavorare per Cooper Fallon non era stata una passeggiata — ma tutto ciò di cui avevo bisogno era un'entrata per arrivare alla fine del mio corso di laurea e...

Cazzo. La retta universitaria. Mi sarei trovato nella stessa situazione di quando avevo perso il mio ultimo lavoro. Retta o affitto. Anche se Mimi aveva detto che non le dispiaceva se dormivo sul suo divano. Forse avrei potuto passare qualche notte da Cooper? O ero di nuovo io con il cuore in mano?

Dovevo ancora tenerlo nascosto?

Cooper mi aveva fasciato e sfasciato la caviglia. Mi aveva toccato il piede sudato e si era assicurato che prendessi le pillole e bevessi dell'acqua. Era venuto a ballare con me, e aveva ballato sul serio, cosa che non avevo osato sperare facesse. E poi mi aveva riportato a casa e mi aveva fatto un pompino pazzesco, senza preoccuparsi di venire o meno.

E io cosa avevo fatto? L'avevo trascinato in un locale dove non aveva nemmeno bevuto — probabilmente perché voleva accontentarmi — e avevo ballato con una dozzina di ragazzi, sperando che se ne accorgesse, che si avvicinasse a grandi passi come un cavernicolo, mi trascinasse in un angolo buio e mi baciasse fino a togliermi il fiato.

Ero stato un moccioso.

Cooper non aveva bisogno di un moccioso. Aveva bisogno di qualcuno che si prendesse cura di lui, che lo mantenesse in equilibrio in modo che non mollasse tutto per scappare via.

Potevo farlo. A partire da oggi. E il primo passo era riportarlo in ufficio, dove era giusto che stesse. Così avrebbe potuto prendersi cura di persone come Mimi e Marlee e tutti gli altri.

E Jackson Jones? Sentii gli angoli della bocca sollevarsi. Cooper non gli aveva mai fatto un pompino. Certo, erano amici, e non glielo avrei mai negato, ma adesso Cooper era mio.

Mio.

Mi diedi un pizzicotto e sorrisi al dolore.

Dopo essermi fatto una doccia e aver fasciato la caviglia, zoppicai fino al terrazzo, dove lui sedeva con il suo tablet. Coco saltò su dal punto in cui era sdraiato ai piedi di Cooper e corse verso di me, con le unghie che ticchettavano sul legno del ponte.

Quando Cooper alzò lo sguardo dal tablet, il suo sorriso rivaleggiò con la luminosità del sole del mattino. Posò il tablet e balzò — no, avanzò a grandi passi; Cooper Fallon non balzava da nessuna parte — verso di me. Le sue dita si incurvarono intorno alla mia mascella serrata e la sollevarono un attimo prima di posare un bacio morbido, al sapore di caffè, sulle mie labbra. «Buongiorno.»

«B-buongiorno.» Il suo tocco mi sciolse. Mi strinsi contro il suo petto e inspirai il suo profumo. Caffè forte dell'isola, il cotone fresco della camicia con le conchiglie che gli avevo comprato e un sentore di menta.

«A terra, Coco!» Comprendendo il tono di Cooper, Coco smise di saltarmi sulle ginocchia e si sedette ai miei piedi.

«Come va la caviglia?» Cooper mi afferrò le spalle e si sporse all'indietro per guardarla.

«Bene. L'ho… l'ho fasciata.»

«Bene.» Mi baciò la tempia — Dio, ero una pozzanghera — e, con una mano a coppa sul gomito, mi condusse al tavolo dove una distesa di frutta e pasticcini ci dava il benvenuto. Mi fece accomodare sulla sedia accanto alla sua e mi versò una tazza di caffè con panna e un generoso cucchiaio di zucchero.

«Dopo colazione devo andare in città. Mi piacerebbe che venissi con me, se te la senti.»

«Ah, sì?» Sorseggiai il caffè perfettamente zuccherato. «Cosa andiamo a fare in città?»

Affondò il cucchiaio nella ciotola della frutta e ne mise un po' nel mio piatto prima di servire sé stesso. «Shopping. Per quanto mi piacciano i vestiti che mi hai comprato, mi servirebbe qualche altra camicia.»

Gli pizzicai la manica. «Non prendermi in giro. Tu odi questa camicia.»

Le sue labbra si curvarono verso l'alto. «Questa camicia mi piace. Odio quella con le lucertole.»

«Anche a me piace.» Gli sistemai il colletto e gli passai una mano sul petto. Lo shopping era una cosa che i fidanzati facevano insieme. Era quello che eravamo, adesso? «Okay, ci sto.»

Dopo colazione, Mateo ci portò in città e ci seguì a distanza discreta mentre passavamo davanti ai negozi per turisti che vendevano magliette e collane di conchiglie, davanti alla grande gioielleria che vendeva il larimar per cui l'isola era famosa, davanti al negozio di liquori che vendeva rum importato da Porto Rico e altre isole vicine. Coco non si preoccupava della discrezione; trotterellava alle nostre calcagna e storceva il naso davanti agli altri Cani da Cocco che si aggiravano furtivi nei vicoli.

Invece di entrare in uno dei negozi di abbigliamento isolano, Cooper svoltò in una strada laterale. Il marciapiede qui era più accidentato, sollevato dalle radici degli enormi alberi che ombreggiavano la strada, e quando mi strinse la mano, il cuore prese a galopparmi nel petto.

In quella via non c'erano turisti con le loro camicie a stampa tropicale, le loro scarpe da ginnastica di un bianco accecante e i loro cappellini da baseball. Qui, la gente con cappelli di paglia malconci e guayaberas di lino bianco tirava carrelli della spesa o portava borse a rete. I negozianti si appoggiavano agli usci delle porte, chiamando i passanti in spagnolo.

E conoscevano Cooper. Alcuni annuivano timidamente. Altri gli si avvicinavano e lo coinvolgevano in una conversazione. Lui sorrideva — non il sorriso solare che mi aveva rivolto quella mattina, ma uno educato — e chiacchierava a sua volta. Quando un'anziana signora con un abito a fiori sbiadito gli pizzicò la guancia e alzò le sopracciglia verso di me, lui mi strinse la mano e mi chiamò il suo novio. Persino il mio spagnolo da liceo conosceva quella parola. Non mi aveva presentato come il suo amigo, ma come il suo fidanzato. Un sorriso mi si allargò sul viso.

Quando lei gli baciò la guancia e proseguì, gli strinsi la mano. «Quindi sono il tuo novio?»

I suoi zigomi si tinsero di rosa. «Come preferiresti essere chiamato? C'è una parola qui per amici di letto, ma io...» Fece una smorfia. «Quella era la mia prozia.»

Aveva ragione. Non eravamo mai stati amici. E dubitavo che quella parola fosse educata. «Novio è perfetto.» Lo tirai giù per potergli baciare la guancia, e lui non si tirò indietro. Mi mise un braccio intorno alla vita. Lanciò un'occhiata a Mateo, che stava parlando con sua prozia, e gli rivolse uno sguardo severo.

Passammo davanti a un negozio di alimentari, a un calzolaio e a un barbiere. Dall'altra parte della panetteria, Cooper aprì una porta e un campanello tintinnò sopra di noi.

«¡Tío! Soy Miguel», gridò lui.

Il ronzio di una macchina da cucire si interruppe, e un uomo con radi capelli grigi e un pizzetto curato si alzò da un tavolo in fondo al negozio. Sollevò gli occhiali in cima alla testa e ci guardò strizzando gli occhi. «Lito!» Inarcò la schiena fino a farla scricchiolare, poi si trascinò verso di noi.

Abbracciò Cooper e fece un passo indietro per abbassare gli occhiali e scrutare la sua camicia. Scuotendo la testa, schioccò la lingua. Disse qualcosa in spagnolo, e colsi le parole camisa fea. Aveva definito la camicia brutta. Cooper rispose brevemente in spagnolo e poi passò a un inglese lento.

«Tío, questo è il mio amico, Ben.»

«Buenos días», dissi e porsi la mano.

Ignorando la mia mano, lo zio di Cooper mi abbracciò. «José María, ma puoi chiamarmi tío.»

Fece un passo indietro e mi squadrò dalla mia polo ai miei bermuda. «Voi due avete bisogno di vestiti.»

Ero arrivato con una valigia piena di abbigliamento adatto ai tropici. «No, io...»

La mano pesante di Cooper si posò sulla mia spalla. «Sì, per favore, tío. Abbigliamento casual.»

«Qualcosa per domenica?»

«No, grazie, noi...»

«Sí, sí. Verrete a cena da tua tía.»

Cooper fece una smorfia, ma non protestò. Cena della domenica con la sua famiglia? La sua famiglia?

José María si affaccendò per il negozio, tirando fuori degli articoli dalle grucce. Ne diede metà a me e metà a Cooper, poi ci spinse verso due cabine a lato del negozio. La tenda si chiuse rapidamente dietro di me.

«Mettili, poi esci», disse José María.

Sfilai i miei pantaloncini per indossare un paio di pantaloni di lino color camoscio, dalla vestibilità comoda. Mi tolsi la polo e abbottonai una guayabera rosso mattone. Diedi un'occhiata al piccolo specchio. Sebbene di solito indossassi nero e grigio, il rosso stava bene sulla mia pelle, e i pantaloni erano freschi e leggeri, anche nel negozio senza aria condizionata.

Scivolai oltre la tenda e uscii. José María annuì in approvazione. «Girati», abbaiò.

Mi girai e lo sentii afferrare il tessuto sul mio sedere. «Qui lo stringerò un po'. Sarebbe un peccato nascondere questo… come dicono i giovani in inglese? Culo?»

Gli sorrisi da sopra la spalla. «Grazie.»

«Ah», disse, e il suo sguardo passò oltre di me. «Un momento.»

Cooper uscì dal suo camerino. Come me, indossava pantaloni di lino e una guayabera, una color cielo che si abbinava ai suoi occhi. Non c'era tessuto in eccesso intorno ai suoi fianchi; i pantaloni sembravano fatti su misura per lui, sfiorando i suoi fianchi stretti e le cosce muscolose e spezzandosi proprio alla caviglia, senza ammucchiarsi sul fondo come facevano i miei.

«Vedo che tieni ancora la mia taglia», disse.

Eccome, se la teneva. I miei occhi vagarono sulle spalle larghe e la vita affusolata di Cooper.

«Non fare lo sciocco. Quando ho sentito che eri qui, li ho fatti per te, Lito.»

Le guance di Cooper si arrossarono, ma lui sorrise. «Gracias, tío.»

José María appuntò i miei pantaloni con gli spilli, e io tornai nel camerino per provare il completo successivo, che era simile, ma con la camicia di un rosa ostrica pallido. José María appuntò anche quelli. La selezione finale era un paio di pantaloni attillati grigio pietra, una camicia elegante blu Francia e un blazer di seersucker.

Mentre José María appuntava i pantaloni, Cooper emerse in pantaloni color kaki incredibilmente attillati, una camicia elegante a quadretti blu e un blazer di lino blu navy con un fazzoletto da taschino a fantasia rossa dall'aria sbarazzina. «Tío, non so se questi pantaloni... penso che tu li abbia fatti per uno dei miei cugini.»

«No», sospirai io.

«No», disse José María nello stesso momento. «Quelli sono perfetti. Girati.»

Cooper si girò, e dovetti mordermi la lingua per evitare che mi penzolasse fuori dalla bocca come quella di un lupo in un vecchio cartone animato. I pantaloni stringevano e definivano il suo sedere, e se non ci fosse stato José María, avrei lasciato che le mie mani seguissero le curve che il mio sguardo stava tracciando. Fottutamente sexy.

José María ridacchiò con la bocca piena di spilli. «Visto? Perfetto. Ben approva.»

Feci una smorfia. L'avevo detto ad alta voce.

A Cooper non sembrò dispiacere. Si girò lentamente verso di me, e la giacca blu rese i suoi occhi blu feroci. «Allora lo prendo. Così com'è.»

«Fatto.» José María si alzò, le ginocchia scricchiolanti. «Farò consegnare i capi a casa tua da uno dei ragazzi. Tranne il primo completo. Lo indosserete oggi. Ben, tu puoi indossare la camicia rossa. Non ha bisogno di modifiche.»

«Sì, signore.» Tornai dietro la tenda e indossai la guayabera rossa con i miei pantaloncini kaki. Non la portavo con la stessa naturalezza con cui Cooper portava la sua camicia blu, ma sembravo leggermente meno un turista.

Quando uscii con il mio fagotto di vestiti appuntati, Cooper stava trafficando con il suo telefono. Baciò la guancia di suo zio. «Gracias, tío.»

Cercai il mio portafoglio. Non avevo assolutamente abbastanza contanti per pagare dei vestiti fatti a mano.

«Ci penso io.» Cooper fermò la mia mano e sollevò il suo telefono con l'app di pagamento sullo schermo. «È il mio turno di comprarti dei vestiti.»

Avevo messo le sue camisas feas sulla mia carta aziendale, quindi, in realtà, le aveva comprate lui. Ma non discussi. Il mio novio mi aveva comprato dei vestiti. Il cuore mi sobbalzò nel petto. Avevo perso la battaglia. Non solo quella con Cooper per i soldi. Ma quella con il mio cuore fin troppo pronto a innamorarsi. «Grazie.»

Fuori, Mateo stava in piedi, a braccia conserte, all'ombra accanto a Coco, che abbaiò gioiosamente quando uscimmo dal negozio di José María. Aveva un guinzaglio. Non uno di nylon nuovo di zecca che avremmo potuto comprare in un negozio per animali sulla terraferma. Era di pelle morbida, consumata dall'età. Come se avesse servito molti Cani da Cocco che avevano deciso di auto-addomesticarsi. Mateo mi porse l'estremità del guinzaglio, e Coco trotterellò al mio fianco come se fosse la cosa più naturale del mondo.

Tornammo sulla strada principale verso il punto in cui era parcheggiata l'auto. Mentre passavamo davanti alle vetrine immacolate della gioielleria, colsi il nostro riflesso. Non sembravamo una coppia di americani che faceva un po' di shopping nel grazioso villaggio caraibico. Sembravamo una coppia di espatriati, completamente adattati allo stile dell'isola. Con un cane al guinzaglio a dimostrarlo.

Quando raggiungemmo l'auto, il mio telefono vibrò in tasca. Lo tirai fuori per leggere il messaggio.

MARLEE

Weston si sta incontrando di nuovo con gente della Gurusoft stamattina. Che diavolo stai facendo?

Spalancai gli occhi. Che diavolo stavo facendo? Compravo vestiti come se dovessimo rimanere più di qualche altro giorno. E dimenticavo completamente ciò per cui mi ero trascinato fin sull'isola.

Dovevo rimettermi in carreggiata. Assicurarmi che Cooper non vendesse altre azioni della Synergy. E costringerlo a tornare in California, dove era giusto che stesse. Dove entrambi dovevamo stare.

24

COOPER

SULLA VIA del ritorno dal nostro giro di shopping, guardai i pollici di Ben volare sul suo telefono.

Era stata una bella giornata, a passeggiare per la città con lui, a comprargli vestiti perché sembrasse uno del posto.

Sarebbe stato così male se non fossimo tornati indietro? Jamila aveva detto che dovevo fare ciò che era meglio per la mia salute mentale, incluso lasciarmi Synergy e Jackson alle spalle come il guscio vuoto di un paguro.

Ben aveva amici e famiglia a San Francisco. Poteva essere difficile per lui lasciarli. Ma io ero un uomo ricco, e avevo molti strumenti di negoziazione a mia disposizione.

Mentre lui giocherellava con il telefono, pianificai la mia strategia.

Si era licenziato dal lavoro perché potessimo stare insieme. Poi era arrossito quando mi era scappato di chiamarlo mi novio. Sembrava godersi la vita sull'isola. Aveva stretto amicizia con Ramón e gli altri. Forse voleva essere persuaso a restare. Ma questa era una cosa troppo importante per lasciarla alla speranza.

Una regola della negoziazione è controllare l'ambiente. Ben

sarebbe stato più persuadibile in un contesto romantico. Mandai un messaggio a Luis per organizzare una cena per due sulla spiaggia appena fuori dalla mia proprietà, dove Ben sarebbe stato a diretto contatto con la bellezza dell'isola. E sebbene sarebbe stato più sicuro all'interno del cancello chiuso a chiave, sarebbe stato importante dargli un senso di libertà, così da sapere che avrebbe potuto andarsene se avesse voluto. Il petto mi bruciò al pensiero che se ne andasse.

Sebbene avessi concluso molti affari nella mia carriera (prestiti aziendali, acquisizioni, offerte di lavoro), non mi ero mai trovato in una negoziazione personale con una posta in gioco così alta. Certo, avevo negoziato con molte donne per farmi da fidanzata temporanea per qualche evento o altro. Una o due volte per un'intera stagione di eventi. Se non accettavano i termini, potevo trovare qualcunaltra (sembrava esserci sempre qualcuna desiderosa di farsi avanti) o andare da solo e alimentare le voci sul mio status di scapolo d'oro.

Ma questo era diverso. Non potevo separarmi da Ben. Se l'avessi fatto ci avrei lasciato il cuore. Per la prima volta dopo anni, ero felice. E avrei fatto quasi di tutto per rimanerlo.

Ben stava ancora trafficando con il suo telefono, così allungai la mano oltre il sedile e la posai sul suo ginocchio. Lui alzò lo sguardo, sorpreso, ma mi rivolse un rapido sorriso. Continuò a scrivere con la mano sinistra e mise la sua destra sopra le mie dita.

La tensione abbandonò il mio petto. A Ben importava. Quel ultimo giorno in ufficio, mi aveva fasciato la mano sanguinante con il suo fazzoletto. Poi era venuto sull'isola per vedere come stavo. Per cercare di convincermi a tornare. Anche se non me lo meritavo, si preoccupava per me.

Ora che stavamo insieme, doveva capire che restare qui era la scelta migliore per me. Tuttavia, avrei sfoderato l'artiglieria pesante. Fiori. Champagne. Quel dessert triplo cioccolato che facevano nel ristorante del resort e che faceva andare in estasi Jamila.

Non appena accostammo alla casa e aprimmo le portiere, Coco annusò l'aria e ringhiò.

«Che c'è, Coco?» gli chiese Ben, come se il cane potesse rispondere in italiano.

«Cooper.» Il tono di Mateo era un avvertimento.

Mi avvicinai a lui, che stava con la mano sulla maniglia della porta d'ingresso.

«La porta è aperta» disse. «E so di averla controllata quando siamo usciti. Voi due tornate in macchina e chiudete le portiere.»

Coco abbaiò a pieni polmoni quando spinsi Ben di nuovo nel SUV. Mi infilai dietro di lui e mi allungai verso il sedile del conducente per premere il pulsante della chiusura centralizzata.

«Cosa sta succedendo?» Ben si prese Coco in grembo e gli accarezzò i fianchi finché non si calmò. Il cane fissava la porta d'ingresso come se potesse vederci attraverso.

«Mateo pensa che possa esserci qualcuno dentro. Sta controllando.»

«Mateo se la caverà?»

«Se non esce tra cinque minuti, entro io.»

«Vengo con te.»

«No.» Gli posai una mano sulla spalla e lo fissai nei suoi occhi sorpresi. «Tu resterai qui fuori. Dove sei al sicuro.»

«Porta Coco con te.»

Grattargli la testa al cane. «Okay. Potrà salvare la situazione di nuovo mordendo la caviglia del cattivo.»

Mateo emerse dalla casa e corse verso l'auto. Gliela aprii e lui infilò la testa dentro.

«Tutto a posto» disse. «Un malinteso con le pulizie. Un ragazzo nuovo pensava di dover fare la tua casa.»

Un carrello delle pulizie spuntò dalla porta d'ingresso. L'uomo che lo spingeva era quasi troppo massiccio per la sua uniforme. I bottoni erano tesi, pronti a saltare. Zoppicava dietro al carrello sul sentiero e ci fece un saluto imbarazzato. Coco ringhiò.

«Luis dovrebbe saperlo. E devraitgli una divisa che gli stia meglio.» Cercai il telefono.

«Non farlo.» Ben mi mise una mano sulla mia. «È stato un

errore involontario. Ed è nuovo. Non vorrei che perdesse il lavoro per questo.»

Ben era sempre così premuroso con il personale di servizio. Mi rimisi il telefono in tasca. «Okay.»

«Grazie.» Mi baciò sulla guancia. «Credo che entrerò a fare un pisolino.»

Gli alzai la mano sulla guancia e reindirizzai il bacio sulle mie labbra. «Mi sembra una buona idea. Ho organizzato una cena speciale.»

«Mmm.» Quel suono mi arrivò dritto all'inguine. «Mi piace come suona.»

Era passato molto tempo dall'ultima volta che mi ero sbaciucchiato in macchina, ma se Mateo non fosse stato lì in piedi, e se Coco non avesse ringhiato e grattato contro il finestrino, forse ci avrei provato. Ma, date le circostanze, aprii la portiera e afferrai Coco per la pancia in modo che non inseguisse l'addetto alle pulizie. Lo presi sottobraccio e aiutai Ben a scendere. La nostra passeggiata per la città doveva essere stata dura per la sua caviglia.

Mentre Ben faceva un sonnellino, io andai in palestra e, in seguito, presi alcuni prodotti essenziali dalla sezione per la cura personale del negozio di souvenir. Essenziali che speravo di usare più tardi con Ben. Parlai con Luis dei piani per la cena, ma come avevo promesso a Ben, non dissi nulla dell'addetto alle pulizie fuori posto.

Luis mi diede una pacca sulla schiena. «Buona fortuna, amico mio. Sono felice che tu abbia finalmente trovato l'amore.»

I miei occhi si dovettero sgranare perché Luis rise. «Non dirmi che non gli hai detto come ti senti.»

«Io... no. Come mi sento?» A parte sentirmi possessivo da morire ogni volta che Mateo rideva a una delle battute di Ben. Euforico quando Ben mi baciava. Amavo persino indossare quella camicia con l'iguana, brutta da morire, che aveva scelto per me.

«Credo che tu lo sappia. Devi solo ammetterlo a te stesso. E a lui.»

Luis aveva ragione sui miei sentimenti? Ci rimuginai sopra mentre tornavo di corsa al bungalow, stringendo il mio sacchetto di provviste. Non ero mai stato innamorato di nessuno tranne che di Jackson. E sapevo, anche quando successe, che i miei sentimenti non erano sani. La stretta al petto quando ero con Jackson non era calda e frizzante come quando stavo con Ben. Con Jackson era sempre dolore, perché sapevo che lui non provava la stessa cosa per me. Nonostante mi avesse baciato un paio di volte da ubriaco, Jackson era completamente etero. Sapevo, quasi dal primo giorno in cui l'avevo conosciuto, che non avevo alcuna possibilità con lui.

Eppure mi ero strugguto per lui come un'adolescente per la sua cotta per una rockstar. Perché? Perché l'avevo fatto per quindici anni? Avevo pensato che fosse perché eravamo come fratelli. Migliori amici a un passo dal diventare amanti, se solo si fosse svegliato e avesse visto cosa provavo per lui.

Quando sposò Alicia, pensai che non potesse durare. Non aveva mai avuto una relazione seria. Inoltre, nonostante tutti i suoi difetti, speravo ancora che fossimo destinati a stare insieme. Era per questo che mi ero sobbarcato ogni lavoro che lui aveva lasciato in sospeso. Così avrebbe saputo che ci sarei stato quando tutto fosse andato a rotoli. Ma la notte in cui nacque la loro bambina, quando vidi l'euforia nei suoi occhi mentre stringeva a sé la sua nuova famiglia...

Forse la dottoressa Pradhi aveva avuto ragione per tutti quegli anni.

Ciò che provavo per Ben era diverso. Non conoscevo tutti i suoi segreti. Lo conoscevo solo da sei mesi. Eppure, quando ero con lui, mi sentivo completo.

Chiamai il servizio di catering e chiesi di raddoppiare le dimensioni della composizione floreale.

Tornato al bungalow, feci una doccia e passai più tempo del solito per sistemare l'onda tra i capelli nel modo giusto. Ben era fissato con i miei capelli. Amava toccarli. Non ero mai stato nervoso per il mio aspetto prima d'ora, certamente не sull'isola dove tutti mi accettavano. Ma stasera, tutto doveva essere perfetto. Per Ben.

Quando entrò nel soggiorno, scattai in piedi da dove ero seduto sul divano, con un bicchiere di acqua frizzante intatto sul tavolino di fronte a me. Lo divorai con gli occhi. Sembrava quello dell'ufficio, con una camicia button-down a quadretti grigi e jeans scuri più larghi di quelli che aveva indossato al club. Era a piedi nudi e i suoi capelli erano ancora umidi dalla doccia.

Inalai il miele del suo balsamo per le labbra e il caldo profumo di cotone appena stirato. Si era fatto bello anche lui per me.

«Hai fame?» Lo baciai, solo una nervosa pressione delle mie labbra sulle sue.

«Affamato. Non pensavo di dormire così a lungo.» Mi afferrò la mano per tenermi dov'ero e ricambiò il mio bacio, più a lungo e con una carezza della sua lingua che mi fece arricciare le dita dei piedi sul tappeto.

Quando ci separammo, appoggiai la fronte sulla sua. Speravo di aver fatto abbastanza per assicurarci di cenare insieme sulla spiaggia per molto tempo. Di poter avere i suoi baci ogni notte.

«La cena è pronta. All'aperto.» Lo condussi per mano atravésso il patio e fuori dal cancello posteriore che dava direttamente sulla spiaggia. I miei piedi affondarono nella sabbia calda, e mi fermai per arrotolare i pantaloni.

Ben fece lo stesso e, quando si raddrizzò, notò il tavolo. O quello che poteva vederne sotto l'enorme composizione di fiori tropicali. Ansimò.

«Ti piace?» Forse era troppo. Lo champagne. I fiori. Il cameriere in piedi accanto a un tavolo di servizio con gli scaldavivande.

«Stai scherzando? Una cena romantica sulla spiaggia al tramonto? Non pensavo fossi capace di tanto, Cooper. Lo adoro.»

Lo stomaco mi fece una capriola, e volevo stringere il pugno in segno di vittoria come facevo al liceo quando superavo un esame. Ma mantenni un'aria disinvolta e lo aiutai ad attraversare la sabbia irregolare fino al tavolo e gli scostai la sedia. Trascorsi la mano sulle sue spalle mentre camminavo dietro di lui verso la sedia accanto alla sua, e lui rabbrividì.

«Non hai freddo, vero?» Una leggera brezza soffiava dall'acqua.

«No, solo... solo felice.» Sorrise, e qualcosa scattò dentro di me. Gli presi la mano e la portai alle labbra. Ero felice, anch'io.

«Signori, siete pronti per la prima portata?» Il cameriere si avvicinò silenziosamente dietro di me.

«Sì, per favore.»

Ci mise davanti gli antipasti. Gli occhi di Ben si spalancarono quando vide il cibo. «È magnifico. Troppo bello per essere mangiato.»

Il mio sguardo non lasciò il suo viso. «No, non lo è.»

Le guance di Ben si tinsero di rosa. «Beh, signor Fallon. Credo che quella fosse un'allusione sessuale. Cosa mai farò con Lei?»

Potevo pensare a un sacco di cose che gli avrei lasciato fare. Ma dovevamo prima parlare. E volevo che fosse di buon umore quando l'avremmo fatto. Lasciai che un lato della mia bocca si sollevasse. «Prima la cena. E poi potremo parlare di quello che farai con me.»

I suoi occhi scintillarono, dorati alla luce del tramonto. Guardò oltre la spalla verso il cameriere, che si era dato da fare con il contenuto dello scaldavivande. Poi sentii lo scivolare della sua pelle lungo il collo del mio piede. I suoi piedi erano sabbiosi, e anche i miei, ma mi fece immaginare come sarebbero potuti essere i nostri corpi, strusciandosi l'uno contro l'altro. I ricci ruvidi sul suo petto. La mia barba che graffiava l'interno della sua coscia. Rabbrividii. «Mangia.»

Ben si mise diligentemente sull'antipasto. Il mio stomaco era un nodo duro, un groviglio di nervi e lussuria, così gli offrii il mio piatto quando ebbe finito il suo.

«Non mangi?»

Inarcai di nuovo la bocca. «Ho fame di qualcos'altro.»

Lui alzò le sopracciglia. «Siamo ancora alla prima portata.»

«Forse sto aspettando il dessert.»

Alzò la voce. «Signore, credo che siamo pronti per la portata principale.»

Il cameriere rimosse i nostri piatti dell'antipasto e impiattò la portata principale. Ne mise uno davanti a Ben e l'altro davanti a me.

«Grazie, signore» disse Ben. «Credo che da qui in poi ce la caviamo da soli.»

Il cameriere mi guardò e io annuii. Impilò i piatti dell'antipasto su un vassoio e li portò via lungo il sentiero verso il resort.

«Cooper, questo è troppo buono per lasciarselo scappare. Prova un boccone.» Ben allungò la mano attraverso il tavolo e mi portò la forchetta alle labbra. Senza guardare, chiusi la bocca attorno ad essa. Una specie di pesce, leggero e tenero. Ben ritirò la forchetta. «Buono, vero?» La sua voce era diventata ansimante.

Forse non dovevo aspettare. Forse questo momento, condividendo cibo delizioso, la brezza che ci scompigliava i capelli, il suono delle onde in sottofondo, era quello giusto.

«Ben, io... voglio continuare a fare questo.»

«Avere cene romantiche insieme? Sono decisamente d'accordo.» Mi fece l'occhiolino e prese un altro boccone di pesce.

«Sì, e... e tutto il resto. Andare a fare shopping insieme. Portarti fuori a cena. E voglio che ti trasferisca nella mia camera da letto.»

Mi fece scivolare il piede in grembo e mi premette il tallone sull'inguine. «Davvero? Mi piace come suona.»

Borbottai una maledizione e gli presi il piede provocante in mano. Gli massaggiai il collo del piede sabbioso.

«Voglio che tu...» Deglutii. «Sia parte della mia vita.»

Il suo piede scattò via dalla mia mano, e la foschia languida si diradò dai suoi occhi. «Parte della tua vita?»

Allungai la mano attraverso il tavolo, con il palmo rivolto verso l'alto, e lui mise la sua mano nella mia. Il contatto mi rassicurò, mi diede il coraggio di procedere. «Voglio te.» Mi schiarii la gola. «In modo permanente.»

«In modo permanente?» Mi strinse la mano. «Tipo, per sempre?»

Feci un respiro profondo, non più costretto da una stretta al petto. «Per sempre.»

Allentò la presa e tracciò un cerchio sul mio polso che mi fece rabbrividire. «Anche dopo che tornerai al lavoro?»

Il brivido si trasformò in una corrente gelida attraverso il mio corpo. Lavoro? Voleva parlare di quello proprio ora, mentre mi stavo mettendo a nudo per lui? «Fanculo il lavoro. Fanculo la Synergy.» Fanculo Jackson. «Voglio te, Ben. Non riesci a vederlo?»

«Anche se non lavoro più lì, mi importa delle persone che ci lavorano. Non puoi abbandonare la Synergy. Non per me.»

Troppo tardi. «Non mi sono mai sentito libero come qui, sull'isola con te. Non voglio tornare indietro. Non presto. Forse mai.»

I suoi occhi si addolcirono, ma la sua voce no. «Hanno bisogno di te alla Synergy. Marlee. Mia sorella, Mimi. E Jackson. Il tuo amico.»

Serrai la mascella. «La Synergy — e Jackson — sopravviveranno che io ci sia o no. Anche se vendessi fino all'ultima fottuta azione. Ma non me ne frega un cazzo di niente di quello che ho lasciato là. Non dobbiamo tornare a San Francisco. Potremmo restare qui. Non sei felice qui?» L'isola gli faceva bene. La sua pelle olivastra era diventata dorata al sole, e i suoi capelli scuri avevano riflessi rossi al tramonto. Ma Ben era bellissimo anche sotto le luci fluorescenti dell'ufficio.

Mi tolse la sua mano come fosse un'ancora di salvezza e si passò entrambe le mani tra i capelli. «Non posso restare qui. Ho una vita. Una famiglia. La scuola.»

«Possiamo risolvere tutto. Corsi a distanza. Visite sulla terraferma. Anche portare le nostre famiglie qui.» A Mamá piacerebbe tornare con la famiglia. A volte pensavo che io — e le signore della sua chiesa — fossimo le uniche cose a tenerla negli Stati Uniti.

«Non so se lo sai» — gli feci il mio sorriso vincente — «ma sono ricco da fare schifo. Nessuno di noi due dovrà più lavorare un altro giorno nella nostra vita.»

Mi aspettavo che il suo viso si illuminasse a quelle parole, al pensiero di condividere tutto ciò che avevo, ma le sue labbra si tesero. «Non voglio dipendere da te, Cooper. Non in quel modo.»

Il freddo mi attraversò. «Una volta dipendevi da me per uno stipendio. In cosa sarebbe diverso?»

Abbassò lo sguardo sul suo piatto. «Io... non lo so. Anche quando ho toccato il fondo e i miei genitori volevano aiutarmi, non ho voluto i loro soldi. Credo di aver dovuto dimostrare di potercela fare da solo. Ho lavorato sodo per costruirmi una vita. Forse non è fantastica, ma è mia, sai?»

L'immagine di Ben da solo in un rifugio per senzatetto fece passare il mio sangue da gelido a bollente. «Perché cazzo dovresti volere una cosa del genere? Io ho tutto, e te lo sto offrendo!»

I suoi occhi brillarono nel sole al tramonto. «Non mi stai offrendo tutto, vero? Ti ho raccontato tutto quello che mi è successo da piccolo. Ma tu non mi hai detto una sola cosa della tua vita prima di Jackson Jones.»

Lo stomaco mi si rivoltò. Se glielo avessi detto, i suoi occhi gentili si sarebbero induriti dal giudizio. O peggio, dalla pietà. «Non lo vuoi sapere.»

«Certo che voglio» scattò.

Mi alzai, con le mani tremanti. «Mi sto aprendo completamente per te. Mi sto dissanguando per te. Ti sto offrendo la mia fottuta vita!» Sbattei il lato del pugno contro la recinzione, e risuonò come una campana.

Ben si alzò, lentamente. «Non credo sia vero. Non ti sei aperto per niente. Né a me, né a nessun altro. Mi piacciono gli scorci che mi hai dato questa settimana. Ma voglio tutto.»

«Tutto?» Sentivo gli occhi sbarrati, e non mi importava. La voce mi uscì lacerante dal petto. «Nessuno vuole tutto quello che c'è dentro di me.» Uno bello e perfetto come Ben non poteva sopportare la bruttezza contro cui combattevo ogni giorno. Ero abituato a nasconderla. E per un momento, avevo sperato che ciò che ero disposto a mostrargli potesse bastare.

Gli occhi di Ben diventarono duri e scintillanti come topazi.

«Abbiamo bisogno di un po' di tempo per calmarci. Potremo parlare quando non sarai così.» Si girò sulla pianta nuda del piede e zoppicò attorno al lato della recinzione verso il sentiero che portava al resort.

«Aspetta.» Come cazzo avevo fatto a rovinare tutto in modo così disastroso? Scattai verso l'angolo della recinzione e mi scontrai con un muro solido.

«Togliti dal cazzo, Mateo» ringhiai.

«No, Lito. Non puoi parlargli quando sei arrabbiato.»

«Perché diavolo no?»

«Perché mi hai detto di proteggerlo. E ora lo sto proteggendo da te.»

Tutto il calore mi abbandonò come la marea che si ritira. «Non lo farei... Non lo farei mai...»

Incrociò le braccia.

Aveva ragione.

Il lato della mano mi doleva dove l'avevo sbattuta contro la recinzione di metallo. Merda. Mi sfregai gli occhi con l'altra mano. «Va' da lui, per favore. Assicurati che stia bene.» Non aggiunsi da me.

L'istante dopo, era sparito.

Mi voltai verso il tavolo. I fiori sgargianti. La cena di Ben mezza mangiata. Il mio piatto intatto. La borsa termica che conteneva il dolce al cioccolato, troppo dolce, che lui avrebbe amato. Mi misi le mani sopra la testa e mi tirai le radici dei capelli. Avevo rovinato tutto. E ora se n'era andato.

Volevo prendere a calci il tavolo. Strappare i fiori a mani nude. Spaccare i piatti. Sarebbe stato bello per un minuto. Rilasciare tutta la tensione che si era accumulata nei miei muscoli.

Ma non l'avrebbe riportato indietro.

Lasciai andare i capelli, e le mie mani ricaddero flosce ai miei fianchi.

Un guaito provenne dal basso, e quando abbassai lo sguardo, Coco mi fissava, sbattendo i suoi grandi occhi marroni.

«Che diavolo ci fai qui? Perché non sei andato con Ben?»

Il cane sbadigliò e poi si strusciò la faccia sulla mia gamba.

«Animale senza cervello. Sanno tutti che Ben è una persona migliore di me. Probabilmente mi dimenticherò di darti da mangiare. Dovresti seguirlo. Vai.»

Si piazzò a sedere sulla sabbia e mi fissò.

«Bene, allora. Peggio per te.»

Posai il mio piatto di pesce e verdure sulla sabbia. Mentre Coco lo divorava, mi sciacquai i piedi nell'acqua fredda del rubinetto, poi tornai a fatica in casa. Trovai un asciugamano e asciugai Coco. Quando fu pulito, lo lasciai seguirmi in casa. Gli chiusi la porta della camera in faccia — avevo i miei limiti — e mi rannicchiai da solo sotto le coperte.

25

BEN

MI SVEGLIAI al profumo di un intenso caffè dell'isola.

«Mmm, Cooper». Mi stiracchiai, e quando le mie mani toccarono il cuscino del divano, ebbi un sobbalzo allo stomaco come se avessi mancato un gradino.

Spalancai gli occhi e fissai il soffitto sconosciuto, che non danzava con la luce riflessa dalla piscina di Cooper.

E un paio di occhi castani, non blu, mi osservavano da dietro lo schienale del divano.

Mi misi a sedere così in fretta che la vista mi si riempì di puntini neri.

«Buongiorno», disse Ramón. «Caffè?» Mi porse una tazza bianca.

«Per favore». La presi e ne bevvi un sorso. L'aveva corretto con panna e abbondante zucchero, e io mi rilassai contro i cuscini del divano. «Grazie per avermi fatto dormire qui».

«Nessun problema. Ma oggi torni da lui, vero?»

«Non lo so». Ieri, passeggiare per la città, incontrare il tío di Cooper, era stata pura gioia. Il futuro mi si era aperto davanti e avevo visto noi due, io e Cooper, fianco a fianco, ad affrontare le sfide e le ricompense della vita. Insieme.

Poi, quando aveva cercato di riorganizzarmi la vita e, peggio ancora, quando aveva tenuto per sé quella parte di sé stesso, le solite sensazioni di dubbio, di disprezzo per me stesso, di gelosia si erano insinuate di nuovo in me. Aveva forse condiviso la sua verità con Jackson? Ancora una volta, andavo bene per un'avventura, ma non per le cose serie.

«Oggi». Ramón annuì, come se avessimo deciso. La sera prima, quando avevo bussato alla sua porta, non mi aveva fatto domande. Mi aveva solo fatto entrare e si era riseduto sul divano a guardare il baseball. Ebbi la sensazione che mi avrebbe ascoltato, se avessi voluto parlare. Ma sembrava sapere quello che non avevo detto. Che non potevo rinunciare a Cooper Fallon più di quanto potessi rinunciare a respirare.

«Hai ragione. Dovrei parlargli. Sono un adulto fatto e finito».

Lui ridacchiò. «Sì, lo sei. Ora va' a riprenderti il tuo uomo».

Mandai giù l'ultimo sorso di caffè e cercai di rendermi presentabile nel bagno di Ramón. Avevo gli occhi gonfi e la camicia stropicciata, avendoci dormito dentro. Ma non c'era bisogno di nascondere a Cooper la mia nottataccia. Lasciai che vedesse cosa aveva fatto. Come mi aveva ferito. Così non l'avrebbe fatto di nuovo.

Venti minuti dopo, feci un respiro profondo e uscii dal sentiero presso il cancello posteriore di Cooper. Dopo averlo piantato in asso la sera prima, non mi sembrava giusto usare la tessera che mi aveva dato. Né suonare il campanello principale.

Un abbaiare familiare provenne dalla spiaggia. Feci due passi in quella direzione prima che Coco mi corresse incontro, con le orecchie flosce al vento. Inginocchiandomi, aprii le braccia, e lui vi si contorse dentro, leccando ogni parte di me che riusciva a raggiungere.

«Smettila, Coco», dissi, ridendo. «Anche tu mi sei mancato».

Si fermò un attimo per guardare indietro, oltre la sua coda

scodinzolante. Cooper era in piedi a una ventina di metri di distanza, con in mano una pallina da tennis.

Quando mi alzai, Coco tornò trotterellando da Cooper e gli si sedette ai piedi.

«Ciao», disse Cooper. Indossava i pantaloncini e una delle guayabere che avevamo comprato durante il nostro giro di shopping. Gli occhiali da sole riflettevano il cielo coperto.

«Ciao». Coprii metà della distanza tra noi.

«Sono contento che tu stia bene. Mateo ha detto che sei andato da Ramón?»

«Sì. Abbiamo guardato il baseball e ho dormito sul suo divano».

«È un brav'uomo, Ramón».

«Sì». Lasciai che un sorriso mi increspasse il volto. «Fa un caffè migliore del tuo».

Spostò la mascella e fissò le onde che accarezzavano la spiaggia.

Lentamente, mi avvicinai a lui finché non fui abbastanza vicino da poterlo toccare. Allungai la mano per prendergli la sua e afferrai la pallina da tennis disgustosamente umida. La lanciai verso la spiaggia e mi pulii la mano sui jeans. Poi feci scivolare la mia mano nella sua. Attesi.

«Senti, mi dispiace di essere esploso ieri sera. Se ti senti più sicuro da Ramón...»

Gli strinsi la mano per fermarlo. «Il tuo abbaiare non mi spaventa. Ormai dovresti saperlo».

Coco corse sulla sabbia e lasciò cadere la palla nella mano di Cooper. Lui la lanciò con la destra e Coco sfrecciò via.

Raddrizzai le spalle. «Quando ti sei chiuso con me, hai toccato il mio punto debole, sai? Ho avuto un sacco di relazioni, ma nessuno resta. Sto iniziando a pensare che non siano loro, ma io».

Si avvicinò finché le nostre spalle non si toccarono. «Ben, non sei tu. Tu sei...»

«Lasciami finire, okay?» Avrei voluto che non indossasse

quegli occhiali da sole, per poterlo guardare negli occhi. «Mimi, mia sorella, mi dice sempre che ho il cuore in mano. Non ho bisogno che tu faccia lo stesso, ma ho bisogno che ti apra un po'. Che condivida ciò che ti passa dentro. Quando provi dei sentimenti, parlane invece di cercare di distrarmi con una delle tue scenate. Okay?»

Sotto gli occhiali da sole, la sua bocca si contrasse. Dopo alcuni secondi di silenzio, disse: «Mi dispiace, Ben. Per la scenata e per essermi chiuso. Cercherò di fare di meglio. Solo… solo resta».

Mi avvicinai, pronto a prenderlo tra le braccia, ma lui alzò un palmo e con l'altra mano frugò nella tasca dei pantaloncini. Mentre trafficava con il telefono, lanciai di nuovo la palla lungo la spiaggia per Coco, che scattò sulla sabbia.

«Guarda». Cooper mi porse il telefono, rivolgendolo verso di me.

Scorsi lo schermo. «Un ordine di vendita di azioni?» Arricciai il naso. «Pensavo stessimo vivendo un momento importante, e tu pensi al tuo portafoglio?»

«Non una vendita. Un trasferimento. A te».

«A me? Sono azioni della Synergy?»

«Sì. Non entusiasmarti troppo. È solo il cinque per cento circa delle mie partecipazioni».

Osservai più da vicino il numero. C'erano un sacco di zeri. «Per… per me? Sei sicuro?»

«Sto rompendo la società con Jackson. Voglio essere il tuo socio».

Feci una smorfia. «Cooper, non mi sembra il modo più sano per…»

«Shh. Faccio sul serio, Ben. Con te. Non è questo che volevi?»

Fissai l'uomo in piedi sulla sabbia, il sole che accarezzava le onde dorate dei suoi capelli e la pelle abbronzata degli zigomi. Fare sul serio era esattamente quello che volevo. Quello di cui avevo bisogno dopo la lunga serie di uomini che non mi avevano mai considerato abbastanza. Annuii.

Lui aprì le braccia, e io mi ci rifugiai, accomodando il viso nell'incavo tra il suo collo e la sua spalla.

Stretto nel suo abbraccio, che sapeva di cucina dei miei genitori a Rosh Hashanah, di un caldo sacco a pelo in una notte fredda e di un caffellatte con la giusta quantità di schiuma, non volli più andarmene. Se lui era disposto a provare, a darmi un assaggio del vero Cooper Fallon, quello che nessuno, nemmeno Jackson Jones, aveva mai visto, ne sarebbe valsa la pena.

«Okay», dissi con un sospiro.

Abbassò la testa per baciarmi, le sue labbra che tiravano le mie come se non riuscisse ad avvicinarsi abbastanza. Mi aprii a lui e lo lasciai saccheggiarmi con la lingua. Aveva bisogno di rivendicarmi, come rivendicava il posto di comando di fronte a una stanza piena di dirigenti. Mio, diceva il suo bacio.

E poiché eravamo soci alla pari, gli mordicchiai la lingua. Mio.

Quando non riuscii più a respirare, mi tirai indietro. Lasciai che le mie labbra si incurvassero nel vedere come anche il suo petto si sollevava, per lo sguardo disperato sul suo volto. «Ti va di continuare dentro?»

Senza parole, mi trascinò attraverso il cancello e dentro casa. Dritto lungo il corridoio fino alla sua camera da letto. Chiuse la porta. Coco guaiti una volta, poi si accasciò contro di essa.

Cooper mi palpò la parte anteriore dei pantaloni mentre mi dava un altro bacio punitivo. Dio, mi avrebbe finalmente scopato? Prima dovevo farmi una doccia. Avevo bisogno di...

«Smettila di pensare. Lascia che mi prenda cura di te, almeno qui», ringhiò contro le mie labbra. Mi abbassò la zip e mi tirò giù i pantaloni e le mutande. Poi mi guidò a sedere sul letto e si inginocchiò di fronte a me.

«Oh, Dio», sussurrai.

Senza interrompere il contatto visivo, abbassò le labbra sul mio cazzo. Ne leccò la punta. Poi aprì la bocca e la chiuse attorno alla cappella. Quegli occhi blu, attraversati dalla lussuria, dicevano: Sei mio. Questo è mio.

Chiusi gli occhi, sopraffatto dall'intensità. Cooper Fallon mi aveva conquistato.

Mi prese in bocca fino in fondo. Non era il pompino più esperto che avessi mai ricevuto, ma compensava con l'entusiasmo. La pressione si accumulò nei miei testicoli, e il familiare formicolio mi percorse la schiena. Gli toccai la testa, un avvertimento. «Cooper, io...»

Si alzò, armeggiò con i pantaloni e se li lasciò cadere. Cazzo, stavo quasi per venire allora, fissando il suo cazzo. Era più lungo e più grosso del mio, con una curva verso l'alto. Non circonciso. E duro, solo per me. Sarebbe stato incredibile dentro di me. Mi sporsi in avanti, desideroso di leccare la punta luccicante, ma lui mi tirò su e prese entrambi in mano. Non si preoccupò di usare il lubrificante, ma usò il pollice per raccogliere il nostro pre-sperma e se lo spalmò sul palmo.

La sua grande mano ci avvolse entrambi e ci strinse insieme. Il mio cazzo scivolò contro il suo. Il formicolio nella parte bassa della schiena si intensificò. Mi chinai verso di lui e catturai il suo labbro inferiore tra i denti. Poi gli presi le palle e lui gemette, la sua mano che si muoveva più veloce.

Stavo per eruttare come un vulcano, così allungai la mano più in basso e feci scorrere un dito dal suo perineo al suo buco. Senza lubrificante, tutto ciò che feci fu appoggiarci sopra il polpastrello. Cosa avremmo potuto farci a vicenda più tardi, quando non fossimo stati così disperati di connessione, quando il sesso di riconciliazione fosse finito? Gli piaceva essere toccato lì?

Sì. Scattò contro di me e schizzò il suo sperma sulla mia camicia, sulla sua camicia e sul mio mento. Fremetti e venni anch'io, bagnando entrambi. Mi strinse forte per tutto il tempo. Alla fine, mi afflosciai contro di lui. Mi lasciò andare e mi mise una mano appiccicosa sulla schiena, sorreggendomi.

Ridacchiai. «Per quanto ami il sesso di riconciliazione, cerchiamo di non litigare più così, okay?»

La sua risata mi scompigliò i capelli. «Okay. Anche se è stato piuttosto incredibile».

Gli baciai la guancia e poi mi tirai indietro. «Ti farò vedere io l'incredibile. Dopo esserci puliti. E aver fatto un pisolino».

Sbattachiò gli occhi iniettati di sangue. «Mi piace come ragioni».

E, come se lo avessimo fatto da sempre e non solo da dieci giorni in paradiso, mi seguì in bagno e si unì a me nella doccia.

26

COOPER

«SEMBRA che voi due abbiate fatto pace».

Grugnii, senza distogliere lo sguardo dall'hacky sack che Mateo mi calciò. Non potevo credere che avesse trovato quella vecchia palla nel capanno di tía Camelia. Non ne vedevo una da quando eravamo adolescenti. Ero un po' arrugginito, ma non potevo permettere a mio cugino di vincere. La fermai con il collo del piede, palleggiai e la calciai di nuovo a Mateo.

«Quando è andato da Ramón, ho pensato, eh, forse per voi era finita, e lui era pronto a passare a qualcuno» indicò con un cenno del mento dietro di me, e sentii la profonda risata di pancia di Ramón e poi quella più acuta di Ben, «più semplice».

Bruciavo dalla voglia di vedere cosa stessero facendo. La risata di Ben aveva una chiave speciale per il mio cuore e, quando rideva con me, o più spesso, di me, avrei voluto custodire quel suono come un tesoro.

Calciai la palla in alto, ma Mateo me la respinse facilmente di testa. La fermai di petto, la lasciai cadere sulla punta del piede e la rispedii dritta all'inguine di Mateo.

Lui si scansò, la toccò con il fianco e poi con il tallone, disegnando un arcobaleno sopra la spalla, e me la restituì di punta. «Immagino che Ben sia semplicemente affettuoso di natura».

La palla mi colpì sul sedere perché mi ero girato di scatto per fulminare Ben con lo sguardo. Ma lui stava arruffando le orecchie di Coco, e Ramón era a un paio di metri di distanza, a versare un altro dei punch al rum di tía abuela Isobel. Se Ben ne avesse bevuti troppi, avrei dovuto portarlo fuori di peso. Io e Mateo ne avevamo già vomitato la nostra dose tra i cespugli di Camelia.

«Stronzo» ringhiai.

«Puoi darmi torto?» Mateo si strinse nelle spalle, con i palmi rivolti verso l'alto. «Sei troppo divertente da stuzzicare».

Raccolsi l'hacky sack e glielo sbattei sul palmo. «Ho finito. Va' a giocare con gli altri bambini».

Lui se lo infilò nella tasca dei pantaloncini. Poi mi posò una mano sulla spalla. «È bello vederti così. Sono felice per te, primo».

Una sensazione sconosciuta, le guance che si allargavano in un sorriso, tese muscoli che non usavo da un po'. «Sono felice anch'io». Gli battei una mano sulla sua e la tenni lì per un secondo. Poi gli scrollai via la mano. «Ti trovo io quando siamo pronti ad andare».

Mi fece un saluto con due dita prima di correre a unirsi ai suoi nipoti e alle sue nipoti nella loro partita di calcio sul piccolo pezzo di prato di tía Camelia.

Mi voltai di nuovo verso Ben, che era spaparanzato su una bassa sedia Adirondack e si scolava un bicchiere del punch rosa di Isobel. Era stato lui a trascinarmi al brunch domenicale con la mia famiglia. E sembrava divertirsi un mondo, divorando il cibo semplice e praticando il suo spagnolo rudimentale con i miei parenti. Era a suo agio con la mia famiglia. Con me.

La sua felicità, il suo benessere, erano diventati la cosa più importante per me.

Gli piacevo così com'ero, con le mie ridicole scenate e tutto il resto. Anche se speravo di non averne più così tante, con l'influenza calmante di Ben nella mia vita. E con la nuova libertà di essere meno coinvolto in Synergy.

Una volta che mi fossi dimesso da Direttore Operativo e avessi trasferito le mie responsabilità, non avrei più dovuto essere il dirigente perfetto. Non avrei dovuto volare a Singapore o Mumbai o Londra. O a Boston con un solo giorno di preavviso. Potevo concentrarmi sulla mia famiglia sull'isola. Sull'aiutarli. Non avrei dovuto preoccuparmi di un'intera multinazionale, più tutti gli azionisti e i partner commerciali. Solo delle persone che tenevano a me.

Incluso Ben.

Potevo renderlo felice. Avrebbe trovato un lavoro, molto probabilmente di nuovo in California, perché la sua famiglia – e la sua indipendenza – era importante per lui. Ma potevamo visitare l'isola tutte le volte che voleva. La mia famiglia lo aveva già accolto. Uno dei miei giovani cugini gli porse un mantecadito, e lui si ficcò in bocca il biscotto burroso. Il bambino rise quando Ben roteò gli occhi e finse di svenire.

Non avrebbe mai dovuto conoscere l'altro lato della mia famiglia. Mio padre, con il suo alcolismo, la sua rabbia e i suoi pugni martellanti. Gli avrei parlato di Mick così che conoscesse il pericolo, sia da parte di Mick che da parte mia, in quanto suo figlio. Se Ben avesse ancora voluto stare con me, avrei eretto un firewall intorno a lui, come avevo fatto con Mamá.

Mamá lo avrebbe adorato. Avrebbe riconosciuto la sua premura, la sua gentilezza, la sua inconsapevolezza che qualcuno potesse fargli del male.

I nostri sguardi si incrociarono attraverso il giardino, e all'improvviso volli assaggiare la dolcezza del punch sulle sue labbra. Avanzai verso di lui con passo felpato, snodandomi lungo il sentiero tra le aiuole di Camelia. I suoi occhi si spalancarono e un sorriso gli aleggiò agli angoli della bocca.

Il mio giovane cugino saltellò via. Non riuscivo a capire cosa stesse facendo Ramón o se fosse ancora lì con Ben. Il mio sguardo non lasciò i suoi limpidi occhi castani. Quando lo raggiunsi, mi chinai e piantai le mani sugli ampi braccioli della sedia. Quella posizione mi mise con il viso proprio di fronte al suo. Il suo respiro si fece affannoso attraverso le labbra socchiuse.

Lentamente, colmai la distanza finché le mie labbra incontrarono le sue, appiccicose di punch zuccherato. Leccai via una briciola di biscotto e poi affondai la lingua nella sua bocca. Uno o due dei miei parenti ci fischiarono dietro, ma non mi importava. Tutto ciò che volevo era il mio Ben e la libertà di avvicinarmi e baciarlo ogni volta che mi andava.

Quando mi allontanai, i suoi occhi si aprirono fremendo. «A cosa devo questo?»

«A cosa? A niente. L'ho fatto perché posso». Lasciai che il mio sguardo vagasse dai suoi occhi vitrei alla sua bocca arrossata dai baci, fino al rigonfiamento nei suoi pantaloncini. Indugiai lì, e quando alzai lo sguardo sul viso di Ben, i suoi occhi si erano fatti più penetranti.

Si leccò le labbra. «Pronto ad andare?»

«Puoi scommetterci» ringhiai, troppo a bassa voce perché altri potessero sentire.

Si agitò sulla sedia e si passò furtivamente una mano sui pantaloncini prima di tendermi un braccio. «Mi aiuti a uscire da questa cosa?»

Gli afferrai la mano e lo tirai fuori dalla sedia bassa, fino a portare il suo petto contro il mio. Barcollò e io gli afferrai le spalle. «Tutto bene?»

«Sì». Sbatté le palpebre. «Quel punch è potente».

«Eccome se lo è. Mi sono quasi ubriacato di riflesso quando ti ho baciato».

«Meno male che abbiamo un passaggio per casa».

Casa. Sorrisi.

Nella mia famiglia, gli addii non sono mai svelti. O sobri. Quasi un'ora dopo, gettai l'ultimo bicchiere di punch di Ben e lo seguii sul sedile posteriore del SUV. Mateo guardò sopra la spalla per assicurarsi che avessimo allacciato le cinture di sicurezza. Aiutai Ben con la sua.

Lui lasciò ciondolare la testa contro il poggiatesta. «Ti sei divertito, Mateo?»

«Certo. È sempre bello avere il mio primo di nuovo a casa. Posso prenderlo in giro come facevo da ragazzini».

«Oh, davvero?» Ben mi lanciò un'occhiata maliziosa di sbieco prima di incrociare lo sguardo di Mateo nello specchietto retrovisore. «Su cosa lo prendevi in giro?»

«Ragazze. E ragazzi. E sport. Mai la scuola, però, perché quella era l'unica cosa in cui mi faceva il culo».

«Unica cosa?» inarcai un sopracciglio.

«Unica cosa. Ti ho appena battuto a hacky sack. E non farmi iniziare a parlare di Isaac».

«Okay, okay». Tesi i palmi. «Hai vinto tu».

«Ho sentito una storia interessante oggi» disse Ben. «Da Luis».

«Oh?» Mi sfregai il quadrante del Rolex.

«Ha detto che sei comproprietario del resort. Che gli hai dato tu il capitale iniziale».

Luis. Dagli un bicchiere di punch e si metteva a cantare come un canarino. Serrai la mascella. «Era un buon investimento».

«E Isobel ha detto che reinvesti la tua parte di profitti nella comunità».

«Sono sicuro che non l'abbia detto». La tía abuela non era un'ubriacona pettegola.

«Ha detto che stai finanziando la costruzione del nuovo centro comunitario. E ricordo che quell'amico di famiglia ha detto che hai fatto la stessa cosa con la scuola. Tipo, l'hai costruita con le tue mani».

«Isobel adora il centro comunitario» borbottai. «Ballare è un buon esercizio per una della sua età».

Mateo sbuffò. «Vorremmo solo che si limitasse alla raccolta fondi. Per evitare che si rovini quelle mani d'oro coi martelli».

Lo fulminai con lo sguardo nello specchietto. «C'era bisogno che tutti dessero una mano dopo l'uragano. Volevo aiutare la mia famiglia».

«Sono tutti la tua famiglia qui sull'isola?» Ben girò la testa verso di me e sbatté lentamente le palpebre.

«Non tutti. Non in città. Ma in questa parte, quasi. Io e Mamá vivevamo negli Stati Uniti, ma lei mi riportava qui ogni volta che poteva». Ogni volta che Mick glielo permetteva, o quando era troppo ubriaco per preoccuparsene. Anche se di solito se ne preoccupava, al nostro ritorno. Eppure, quei pochi giorni o settimane di pace ne erano valsi la pena. E investire nel resort non solo aiutava il mio amico, ma era un modo per ringraziare la piccola comunità per quello che avevano fatto per me.

«Perfino il sindaco è nostro cugino di terzo grado alla lontana. Siamo tutti una famiglia e ora lo sei anche tu, Ben». Mateo annuì alla sua stessa dichiarazione mentre metteva in folle il SUV davanti al bungalow.

«Aspettate qui» disse. Sbloccò la porta ed entrò. Non avevo pensato che prendesse così sul serio i suoi doveri di guardia del corpo. Il cugino che ricordavo tendeva a prendere la vita ridendo e a lasciare che altri si occupassero delle responsabilità. Sembrava che fosse cambiato. Potevo cambiare io nella direzione opposta, diventare più spensierato e godermi davvero la pensione?

Lanciai un'occhiata a Ben. Aveva le palpebre calate. Gli scostai dalla fronte un ricciolo ribelle e lui sorrise. Che cosa avevo fatto per meritare il diritto di averlo qui con me, e di piacergli abbastanza da venire a una delle mie riunioni di famiglia con me? Da essere disposto a condividere una casa con me, e un letto?

Niente. Non avevo fatto niente. Ben, con il suo cuore in mano, desideroso d'amore, aveva fatto tutto lui. E se non poteva proteggere il proprio cuore, lo avrei fatto io per lui.

Mateo aprì la mia portiera. «Tutto a posto».

Scesi, girai intorno al SUV e aprii la portiera di Ben. Dopo aver sganciato la sua cintura di sicurezza, mi infilai sotto il suo braccio e lo sollevai a metà dall'auto. Sbatté le palpebre e le aprì quando i suoi piedi toccarono il vialetto. «A casa?»

«Sì. A casa». Lo sorressi fino alla porta. «Grazie, Mateo. Buonanotte».

«Buenas noches, Lito. A domani».

Chiusi e bloccai la porta e mi trascinai con Ben attraverso la mia camera da letto fino al bagno, dove lo appoggiai al bancone. «Hai bisogno di aiuto?»

Le sue palpebre erano ancora calate, ma stava in piedi abbastanza stabilmente. «Ce la faccio».

Quando ebbi usato il bagno del corridoio e mi fui messo un paio di pantaloni leggeri del pigiama, Ben emerse dal bagno, ancora completamente vestito ma con un profumo di menta e dentifricio.

«Quel punch mi ha davvero steso» disse con un sorriso di scusa.

«Avrei dovuto avvertirti. Isobel ha annientato uomini più grossi con quello». Gli cinsi la vita con un braccio e lo accompagnai al letto. «Ti sei divertito nonostante il punch?»

«Sì. Mi è piaciuto far parte della tua famiglia».

Le mie ginocchia tremarono e lo lasciai cadere sul letto con meno grazia di quanto avessi previsto. Lui rise e rimbalzò.

«Davvero?» Mi sedetti accanto a lui. Mi chinai per sfilargli scarpe e calzini.

Mi strofinò la schiena. «Sì».

Dopo avergli sfilato la maglietta dalla testa, lo adagiai sul materasso. Gli aprii la cerniera dei pantaloncini e glieli sfilai, lasciandolo in mutande. Poi piegai la maglietta e i pantaloncini e li posai sul comodino prima di fare il giro dall'altro lato del letto e infilarmi sotto le coperte.

Ben mi raggiunse al centro. Mi baciò e poi si girò per fare il cucchiaio piccolo, premendo il sedere contro di me. Lui avrà anche avuto problemi di cilecca, ma io no. Mi mossi, cercando di rendere la mia erezione meno evidente.

«Capisco perché ti piace qui». La voce di Ben era impastata e lenta.

«Ah sì?» gli baciai la spalla. «Cosa c'è che non va? Lenzuola morbide, un uomo splendido tra le mie braccia…»

«Non intendevo me. Anche se sono sia splendido che fantastico». Sbadigliò. «Intendo qui, l'isola. La tua famiglia».

Mugugnai in accordo. Adesso, mentre Ben era assonnato e ubriaco, non era il momento giusto per ritornare sull'argomento di trasferirsi qui in modo permanente. Ma la possibilità che non si ricordasse quello che dicevo mi rese audace. «La mia famiglia, la mia famiglia dell'isola, sono meravigliosi. Ma una parte della mia famiglia non lo è».

«Ah sì?» si mosse, ma lo tenni fermo. Questa conversazione sarebbe stata più facile senza guardarlo nei suoi begli occhi.

«Ti devo delle spiegazioni». Appoggiai il naso contro la sua scapola. «Mio padre aveva un caratteraccio. No, non indorerò la pillola. Era un violento. Prima con mia madre, e poi con entrambi».

«Cooper». Cercò di girarsi di nuovo, ma lo tenni fermo.

Strinsi forte gli occhi. «E io… io sono come lui. Porto anche il suo nome. Sono Michael Cooper Fallon. Ecco perché qui mi chiamano Miguelito o Lito. Significa piccolo Michael».

«Non sei come lui. Cooper, lasciami…» Mentre si contorceva per guardarmi, uno dei suoi gomiti aguzzi mi colpì lo stomaco e grugnii. «Non lo sei».

Fissai il centro del suo petto come se potessi vederci attraverso fino al suo tenero cuore. «Non ti ricordi perché sono venuto qui? Ho rotto la mia fottuta scrivania».

«Il vetro si è frantumato perché non era del tipo giusto. Uno di quei terribili interinali che avevi prima di me deve aver ordinato la cosa sbagliata». Mi trafisse con lo sguardo. «Sì, hai un caratteraccio. E probabilmente dovresti lavorarci su. Ma non sei un violento. Non mi farai del male».

Non capiva. Non era mai stato vicino a un violento prima. «Ho sbattuto la mano contro la recinzione la notte in cui te ne sei andato».

«Hai colpito la recinzione, non me. Me ne sono andato perché entrambi avevamo bisogno di sbollire. L'abbiamo fatto, e sono tornato».

«Ma io...»

«Shh». Mi baciò al centro del petto. «Non mi farai del male».

Non poteva saperlo. Nemmeno io lo sapevo. Mick non era mai stato sull'isola, ma quella notte, era nella mia camera da letto, in agguato proprio dietro di me. Il temperamento esplosivo, i pugni martellanti, il rimorso successivo. Tutte le mie sedute con la dottoressa Pradhi non mi avevano convinto che non fosse nel profondo di me, in attesa del momento giusto per esplodere e farmi colpire qualcuno che amavo.

E nonostante il mio discorso a Ben dell'altro giorno sull'essere totalmente coinvolto, quello era un rischio che non mi sarei preso. Avrei tenuto sotto chiave quell'ultimo pezzo di me, quello che lo amava.

Le grandi emozioni come l'amore erano pericolose. Facevano male.

«Dormi» sussurrai tra i suoi capelli.

«Mm-hmm» mormorò contro il mio sterno.

Mi girai sulla schiena, tirandolo con me in modo che la sua testa riposasse sul mio petto. I suoi respiri si regolarizzarono e rallentarono.

Questo tipo di intimità potevo gestirla. Le cene romantiche, l'incontro con la famiglia, le coccole a letto che Ben amava. Non aveva bisogno di quell'ultima parte di me. Se avesse saputo quanto fossi pericoloso, non l'avrebbe voluta.

Anche se l'avesse voluta, non avrei mai potuto dargliela.

27

COOPER

BEN DORMIVA ANCORA, russando piano, quando mi districai da lui la mattina presto. Corsi fino alla città vicina e ritorno, l'aria afosa che mi riempiva i polmoni mentre il sole divampava nel cielo, facendomi desiderare le mattine fresche e nebbiose di San Francisco.

Mi sarebbe mancata la città che avevo sempre chiamato casa. Ma non mi sarebbe mancata la Synergy. L'inquietudine che si era agitata in me negli ultimi giorni non significava che mi mancassero la sfida, il senso di appagamento alla fine di una lunga giornata, o le persone che un tempo chiamavo la mia famiglia lavorativa. Avevo il centro sociale a cui lavorare, e quello bastava.

Avevo tutto ciò di cui avevo bisogno sull'isola. Cibo delizioso, una casa confortevole, il wifi quando lo volevo, una famiglia amorevole, anche se un po' invadente, e Ben. Ben mi rendeva felice. Avremmo trovato un hobby da condividere. Il golf. Partite improvvisate di calcio con gli adolescenti del quartiere. Forse avrei potuto rispolverare le mie competenze in edilizia ed essere una vera risorsa per la comunità locale. C'era ancora molto da ricostruire, anche a due anni dall'uragano.

Dovevo solo convincere Ben a restare. Che aveva bisogno di me tanto quanto io ne avevo di lui.

Mentre risalivo di corsa la strada verso casa, formulai un piano. Con il mio sostegno, Ben avrebbe potuto frequentare l'università a distanza o trasferendosi all'ateneo dell'isola. A tempo pieno, avrebbe potuto finire gli studi e laurearsi nel giro di un semestre. C'erano un sacco di ragazzi che avevano bisogno di aiuto sull'isola. Avrebbe fatto volontariato o trovato un lavoro retribuito presso un'organizzazione locale. E avremmo trovato un modo per permettergli di vedere i suoi amici e la sua famiglia in California tutte le volte che avesse voluto. Soddisfatto delle mie argomentazioni, rallentai e tornai a casa a piedi.

Ancora grondante di sudore, mi sfilai le scarpe da ginnastica e mi avvicinai in silenzio alla porta della camera da letto. Ben si era girato a pancia in giù, stringendo il mio cuscino. Guardai la sua schiena alzarsi e abbassarsi. Avrei potuto guardarlo per il resto della giornata, ma ero appiccicoso e puzzavo di sudore.

Il più silenziosamente possibile, presi dei vestiti puliti e andai nel bagno del corridoio per farmi una doccia.

Venti minuti dopo, mi ero appena versato una tazza di caffè quando il telefono vibrò sul bancone. Quando mi chinai per silenziarlo, vidi un volto che mi fece balzare il cuore in gola. Quello di Jackson.

Non ero pronto a parlargli. Non ancora. Non rispondevo alle sue chiamate o ai suoi messaggi da tre settimane, da quando ero sgattaiolato fuori dal mio ufficio quel giorno, con il sangue che inzuppava il fazzoletto di Ben. Eravamo migliori amici da quindici anni, e non eravamo mai stati così a lungo senza sentirci. Anche quando era in luna di miele, mi aveva mandato foto della spiaggia, di lucertole e uccelli, un selfie stupido in cui teneva una noce di cocco accanto alla testa.

Il telefono smise di vibrare. Potei tornare a respirare. Inspirai una boccata d'aria condizionata e alzai lo sguardo quando le unghie di Coco ticchettarono sulle piastrelle.

Il cane precedette Ben in soggiorno. Coco prese posizione, a guardia della porta finestra scorrevole. Ben aveva i capelli scompigliati e una delle mie magliette gli pendeva dal corpo più magro. Le sue guance erano rosee, una segnata dalla piega del cuscino. Si avvicinò e si alzò in punta di piedi per baciarmi sulla guancia.

«Giorno». Il suo alito sapeva di dentifricio.

«G-giorno». Provai a sorridere.

Non ingannai Ben. «Che c'è che non va?».

«Niente». Ma non potei fare a meno di lanciare un'occhiata al telefono.

Ben seguì il mio sguardo, e il banner sulla schermata di blocco rivelò il mio segreto.

«Dovresti parlargli». Mi passò accanto diretto alla caffettiera. Le sue spalle rigide smentivano la noncuranza delle sue parole.

Mi si annodò lo stomaco. Non mi piaceva questa versione gelida di Ben. Gli afferrai la mano. «Che c'è?».

Rimase in silenzio così a lungo che pensai non avrebbe risposto. Ma dopo essersi versato una tazza di caffè e averla corretta con latte e zucchero, mi prese la mano e mi condusse al divano.

«Da quanto tempo sei innamorato di lui?». Non mi guardò mentre lo chiedeva, si limitò a fissare oltre la piscina, verso la spiaggia.

«Cosa? Non sono…».

Si voltò, e un sorriso mesto gli incurvò la bocca verso il basso al centro ma verso l'alto agli angoli. «Certo che lo sei. Chiunque abbia prestato un minimo di attenzione può vederlo. Peccato che Jackson non lo faccia mai».

«Aspetta un attimo». Raddrizzai le spalle, condizionato da troppi anni passati a difendere il mio migliore amico.

«Non metterti sulla difensiva. È un dato di fatto. Jackson è troppo preso da se stesso per pensare a te e a ciò di cui hai bisogno. E tu gliel'hai lasciato fare per anni».

Aveva ragione. Avevo difeso Jackson, l'avevo spronato a fare di meglio, mi ero sobbarcato le sue mancanze quasi dal primo giorno che ci eravamo conosciuti. Ma fu solo l'ultimo giorno nel mio ufficio che gli avevo mai mostrato come mi faceva sentire.

«Sta facendo il primo passo». Ben strinse la presa sulla mia mano. «Dovresti ascoltare quello che ha da dire».

Lanciai un'altra occhiata al mio telefono sul bancone come se fosse davvero Jackson. «Immagino di potermi scusare».

Ben attese finché non lo guardai di nuovo. «Oppure potresti ascoltarlo».

Inspirai profondamente e sospirai. «Okay».

Ben si alzò dal divano. «Vado...».

«Resta». Gli afferrai la mano. «Non è come credi. Non più. Non da un po'. Non mi importa di lui nel modo in cui mi importa di te. Resta. Ti prego». Non ero sicuro di potercela fare senza di lui.

Lui sorrise, stavolta non triste ma rassicurante. «Okay». Si liberò dalla mia presa, girò intorno al divano e mi porse il telefono. Poi si sedette accanto a me e si girò in modo che le nostre ginocchia si toccassero.

Quel contatto rallentò il mio battito cardiaco. Placò il formicolio sulla punta delle dita. La mia mano non tremò quando premetti il tasto di richiamata e mi portai il dispositivo all'orecchio.

«Coop». Il mio nome uscì come un sospiro, e il cuore mi si strinse in petto.

«Ciao, Jay. Che succede?».

«Non fare fottutamente finta che non siano passate tre settimane da quando abbiamo parlato. Stai bene?».

Avevo pensato di poter bluffare per superare quella chiamata. Mi sbagliavo. «Sto bene».

«Jamila dice che Ben è sull'isola con te. Sono contento che qualcuno si prenda cura di te».

«Jamila ti ha chiamato?». Non pensavo che avrebbe fatto la spia.

«L'ho chiamata io, coglione. Visto che tu non mi hai chiamato».

«Senti, io...».

«No. Ascolta». La sua voce era schietta come l'estremità di un martello. «Mi dispiace. Sto facendo fatica ad adattarmi a... a tutto.

E immagino di essermi approfittato di te. Della nostra amicizia. Ho dato per scontato che saresti stato sempre disponibile a rimediare alle mie mancanze. Ma non è giusto, e mi dispiace».

Il respiro mi si bloccò in petto. Si era scusato per un sacco di cose, ma mai per quello. «È... grazie?». Non era okay. Avevo fatto abbastanza sedute con la dottoressa Pradhi per saperlo. Ma potevo accettare le sue scuse.

«Sì?». Potevo immaginarlo, con quell'espressione speranzosa sul volto.

«Sì». Ben mi posò una mano sul ginocchio, e io la coprii con la mia.

«Bene, perché io... ti devo chiedere un favore. Uno grosso».

Il peso mi tornò allo stomaco. «Cosa?».

«Odio disturbarti mentre sei in vacanza. Soprattutto dopo che ti sei occupato di tutto mentre ero in congedo di paternità. E prima ancora per la nostra luna di miele. Cazzo, sono un tale stronzo...».

Sbuffai. «Concordo. E?».

«Le cose non vanno bene in ufficio. C'è stata gente qui. Della Gurusoft».

Feci una smorfia. Non la Gurusoft. E Jackson l'aveva affrontata da solo. Quindici anni prima, avevano tormentato suo padre perché vendesse la sua startup. Jasper Jones aveva lavorato fino allo sfinimento e si era rifiutato di vendere fino al giorno della sua morte. Poi sua vedova aveva venduto l'azienda, il suo orgoglio e la sua gioia, alla Gurusoft. Jackson nutriva un sacco di sentimenti complicati riguardo a quell'azienda.

Continuò in fretta. «Weston pensava che non li avrei riconosciuti, ma non è così. Ho incontrato uno di quei bastardi a quella conferenza a cui sono andato l'estate scorsa. Ricordi, ti ho raccontato di come mi ha offerto da bere e ha cercato di convincermi a portarmi in camera la sua assistente?».

Cazzo, sì che me lo ricordavo. Anche se era fidanzato, mi ero sorpreso che lo stratagemma non avesse funzionato. Grugnii.

«Comunque, ora Weston ha indetto una riunione di emergenza

del consiglio di amministrazione. Penso che abbiano offerto di comprarci».

«Cosa?».

«Immagino che nessuno di voi due abbia controllato le email».

«Ah... no». Eravamo stati impegnati in modo molto più piacevole. Avevo disattivato le notifiche di lavoro sul telefono.

«Weston ha detto che hai venduto alcune delle tue azioni».

Ci avrei scommesso, quello stronzo. Anche se chi era più stronzo, Weston per aver spifferato i miei segreti o io per non averlo detto al mio amico? «Sì, io...».

«Davvero? Quindi è vero?». La sua voce si incrinò.

«Lo è. Ho... ho pensato all'azienda». Ben spostò la mano sul mio avambraccio e me lo accarezzò. Respirai un po' più facilmente al suo tocco. «A quanto di me stesso le do. Se voglio continuare o no». Lo avrebbe capito. Soprattutto visto quello che era successo con suo padre.

«E hai pensato che il modo migliore per gestirla fosse disinvestire senza parlarmene? Avevamo un accordo, Coop».

Anche il tocco di Ben non riuscì a controbilanciare il peso che si diffuse dal mio stomaco al petto. «Io... non potevo parlartene. Non dopo...». La gola mi si chiuse, e faticai a deglutire.

«Okay. Okay. Ma puoi tornare? La riunione è dopodomani. Se riuscissi ad arrivare prima, potresti far ragionare Weston. Forse non te ne fotte più un cazzo della Synergy, ma a me sì».

«Davvero? Weston ha detto che stavi pensando di andartene».

«Maledizione. Weston direbbe qualunque cazzata. Certo che mi importa della Synergy. L'abbiamo costruita insieme».

Tutte le ragioni per cui non potevo, per cui non dovevo, mi si affollarono nel cervello. Jackson non si era comportato come se gli importasse della nostra azienda. Non dovrebbe importare a me. O a lui.

Inoltre, se fossi tornato, che ne sarebbe stato di me e Ben? La nostra relazione era così nuova. Volevo consolidarla sull'isola prima di tornare alle pressioni di San Francisco.

E se fosse tornata la rabbia? E se lo stress del lavoro avesse risvegliato la parte di me che Mick Fallon aveva creato? E se non fosse stata una scrivania, un tavolo o una staccionata a colpire, ma Ben?

Lo guardai negli occhi, pieni di saldo sostegno. Potevo convincerlo a restare sull'isola, ad aspettare che io sistemassi questa faccenda e tornassi?

Intrecciai le mie dita con le sue. Potevo chiedere.

E ora il mio amico mi stava chiedendo aiuto. Non ero mai riuscito a dirgli di no.

«Va bene. Sarò lì domani».

Il suo sospiro crepitò attraverso il telefono. «Grazie. E dopo parliamo? Di te e della Synergy?».

Sapevamo entrambi che non intendeva la Synergy e me. Voleva dire che avremmo parlato di noi due.

«Sì».

«Okay. Ci vediamo domani. Ti voglio bene, amico».

Era il suo saluto standard. Ma questa volta, non mi si attorcigliò nelle viscere come un coltello.

«Anch'io».

28

BEN

COOPER MI STRINSE forte le dita quando tutto ciò che volevo fare era scappare. Aveva parlato con il suo migliore amico e non aveva menzionato la nostra relazione. E poi aveva detto che sarebbe tornato a San Francisco. Non stiamo tornando. Sto tornando.

Se Cooper Fallon pensava di lasciarmi sull'isola come un segnaposto, si sbagliava di grosso.

Posò il telefono sul tavolo e si voltò verso di me, finché le nostre ginocchia si toccarono. Poi alzò lo sguardo, con la scusa negli occhi, e disse: «Devo tornare».

Cercai di mantenere il mio tono leggero. «In quale disastro si è cacciato Jackson questa volta?»

«Riguarda l'intera azienda.» Mi prese l'altra mano. «Jay è stato vago sui dettagli, lui e Weston non sono esattamente dei confidenti, ma della gente della Gurusoft è stata nell'edificio e Weston ha convocato una riunione d'emergenza del consiglio di amministrazione per dopodomani. Forse hanno messo insieme un'offerta di scalata ostile.»

Povera Marlee. Il mio telefono aveva vibrato mentre Cooper

parlava con Jackson, ma ero stato troppo assorto ad ascoltare Cooper per prenderlo. «Pensi che Weston appoggi una scalata?»

«No. È un bravo ragazzo. Probabilmente si è lasciato prendere così tanto dal lavoro che avrei dovuto fare io, che...» Si accigliò.

«Non è colpa tua, Cooper.» Allungai una mano e toccai leggermente la ruga tra le sue sopracciglia.

Non si spianò. «In realtà, lo è. Ho venduto io quelle azioni.»

«Immagino che dobbiamo capire cosa sta succedendo e come reagire. Come funzionerebbe un'acquisizione?» Avrei voluto poter far sparire tutto per lui, ma Cooper prosperava nel risolvere i problemi. La cosa migliore per lui era lavorarci su. Potevo aiutarlo in quello.

Fece scorrere il pollice sul dorso della mia mano, fissandola come se fosse uno dei suoi fogli di calcolo. «Non possono aver acquistato abbastanza azioni per prendere il controllo assoluto. Io ho ancora una buona quantità e Jay ha le sue. Anche Weston ha una posizione forte. È possibile che abbiano accumulato una minoranza significativa, sufficiente per influenzare le decisioni del consiglio. Immagino che Weston voglia riunire il consiglio in modo proattivo per determinare la nostra strategia di risposta.»

Strinsi più forte le sue dita. «Vengo con te.»

«Ti prometto che non starò via a lungo. Un paio di giorni al massimo. E sarà più facile se non verrai.» Abbassò lo sguardo sulle nostre mani unite.

Il mio corpo si irrigidì. Non avevamo ancora definito il nostro futuro, ma pensavo che fossimo sulla buona strada per qualcosa di permanente. «Perché sarebbe più facile?»

«È un viaggio così breve. Non dovresti affrontare il jet lag. Potresti restare proprio qui e rilassarti senza distrazioni.» Si chinò per darmi un bacio, ma mi voltai così che mi prese solo l'angolo della bocca.

«E per quanto riguarda te?» Questa volta il mio tono divenne sarcastico. «Jackson Jones sarà una distrazione?»

Indietreggiò e, anche se ero incazzato, mi mancò il contatto con le sue mani. Si lisciò i pantaloncini sulle gambe. «Non è così. Non è mai stato così.»

«Intendi dire che la tua attrazione è unilaterale? Perché è decisamente così.»

«Jay è etero», disse, con voce piatta. «Non ha mai provato niente del genere per me. E io non ho mai voluto mettere in pericolo la nostra amicizia dicendogli come mi sentivo. La dottoressa Pradhi ha detto che provavo quei sentimenti per lui perché era una persona sicura. Irraggiungibile. Forse aveva ragione.»

Sicura? Jackson Jones era la cosa più lontana dalla sicurezza. Era stupendo, ricco e il migliore amico di Cooper da quando erano adolescenti. L'unica cosa su cui si poteva fare affidamento con Jackson era che mandasse a puttane le cose, e questa volta il suo casino avrebbe potuto distruggere quello che Cooper e io stavamo costruendo insieme.

Jackson Jones aveva spalle ampie e robuste e le sentivo incuneate tra di noi. Potevo già percepire l'affetto di Cooper per me diminuire mentre cercava una soluzione per rientrare in Synergy.

Avevo fatto esattamente quello che avevo detto a Mimi che non avrei fatto. Gli avevo dato il mio cuore. Ma ora che mi ero licenziato, sarebbe stato Jackson in ufficio con Cooper invece di me. Lo conoscevo solo da sei mesi e la nostra relazione aveva meno di due settimane. Lui e Jackson avevano tutta una storia che non avrei mai potuto eguagliare. Quando si fosse riconciliato con il suo amico, ci sarebbe stato ancora spazio per me?

Non se non gli avessi detto cosa volevo. Di cosa avevo bisogno. Anche noi avevamo costruito qualcosa di speciale. Poteva essere nuovo, ma valeva la pena lottare.

«Ascoltami.» Aspettai finché non incrociò il mio sguardo. «Torniamo insieme. Non sono più il tuo assistente esecutivo, ma voglio aiutare in questa situazione. Perché ci tengo a te. Perché io... io ti amo.» Il mio cuore si fermò, perché l'avevo strappato dal petto e l'avevo deposto davanti all'uomo per cui batteva.

Lui sbatté le palpebre. «Davvero?»

Non era la reazione che speravo. Tuttavia, insistetti. «Sì.»

«Ben, io...»

«Merda.» Balzai in piedi dal divano e guardai fuori verso la piscina. Avevo già sentito questo copione. Molte volte. Ed era meglio quando non guardavo nei loro occhi mentre gettavano il mio cuore a terra e lo calpestavano.

«No, Ben, io...»

Sentii la sua mole dietro di me, ma non mi toccò. «Va bene.» Cercai di rendere la mia voce disinvolta, come se non mi importasse, ma si incrinò e mi tradì. Mi schiarii la gola. «Va bene.»

La sua grande mano si posò sulla mia spalla e cercò di farmi voltare verso di lui. Opposi resistenza.

Mi aggirò, ma mi rifiutai di guardare il suo bel viso che avrebbe provato solo pietà per me e i miei ridicoli sentimenti.

«Ben.» La sua voce si spezzò e finalmente alzai lo sguardo. Il suo labbro tremava. «A causa di quello che mio padre ha fatto a mia madre e a me, ho qualche problema con l'amore. Con ciò che significa. Con l'aprirmi a un'altra persona. Dopo averla picchiata, mio padre si scusava sempre con mia madre e le diceva quanto la amava.»

«Porca puttana.» Tracciai la linea rigida della sua mascella. «Manderebbe chiunque fuori di testa.»

«Ci sto lavorando», disse. «In terapia. E penso di potercela fare. Se sarai paziente.»

Il mio cuore ricominciò a battere e il calore tornò nelle mie dita. «Posso darti tempo. Qualsiasi cosa tu abbia bisogno. Preferiresti che non te lo dicessi più?»

«No.» Si avvicinò finché i nostri petti si toccarono. «Dillo di nuovo?»

«Ti amo.»

Mi scostò il ricciolo ribelle dalla fronte. «Ho sentito qualcosa per te nel momento in cui sei entrato nel mio ufficio. Nell'istante in cui mi hai stretto la mano. Un'energia. Come la sensazione che provo qui sull'isola. Come appartenenza. Come se noi appartenessimo l'uno all'altro.» Sorrise, un angolo della bocca più sollevato dell'altro. «Le mie parole non escono nel modo giusto.

Quello che voglio dire è che ho iniziato a innamorarmi di te quel primo giorno e mi sono innamorato un po' di più ogni giorno da allora.»

«Ogni giorno?» Posai le mani sul suo petto e sentii il suo cuore battere veloce. «Anche quel giorno in cui sono stato stronzo perché mi hai appioppato quella riunione generale con un solo giorno di preavviso?»

«Soprattutto quel giorno. Eri un generale, che radunava la squadra, che faceva in modo che tutto funzionasse. E andò tutto liscio come l'olio. Mi sono meritato ogni occhiataccia che mi hai lanciato. Ma è stato solo quando sei venuto qui sull'isola e mi hai disintossicato e mi hai comprato le camicie», pizzicò la camicia con la stampa di conchiglie che indossava, «che ho pensato...»

Stavo per svenire per la pressione che si accumulava nel mio petto. «Che hai pensato cosa?»

«Che forse anche tu provavi la stessa cosa. Che avremmo potuto stare insieme. In una relazione. Fidanzati, anche se usare quella parola mi fa sentire come se avessi quindici anni.»

Tutto andò a posto come Mjölnir che sfreccia nella mano di Thor. Cooper provava quello che provavo io. Solo che non riusciva ancora a dirlo. Mi chinai e lo baciai, un leggero sfioramento di labbra. «Sarò il tuo fidanzato, Cooper Fallon.»

Un lampo nei suoi occhi azzurri fu l'unico avvertimento che ebbi prima che la mia schiena sbattesse contro i cuscini del divano, i miei polsi bloccati contro il bracciolo, i suoi fianchi incastrati tra le mie gambe. Soffocai un gemito nella sua bocca. Mi baciò, aggressivo, punitivo, disperato come un soldato in partenza per il fronte. Lo sfregamento dei suoi pantaloncini contro la parte anteriore dei miei boxer scatenò un formicolio caldo che si irradiò fino alla punta dei piedi, che avvolsi intorno ai suoi polpacci muscolosi.

Gemendo, lo baciai dalla sua mascella liscia fino al collo.

Si tirò indietro per schiantare la sua bocca sulla mia e mi aprii a lui, lasciandogli invadere la mia bocca come il dirigente autoritario che era. Sapeva di potere. E di affetto. Credevo in lui. Aveva il potere di sistemare le cose per noi. Sarebbe rimasto quando le cose si fossero fatte difficili.

Feci scivolare la mano dal suo ginocchio al rigonfiamento nei suoi pantaloncini. «Camera da letto.»

«Cristo santo, sì.» Si alzò, poi allungò una mano e mi tirò in piedi. Tenendo la sua mano, lo condussi in camera da letto e mi sedetti sul bordo del letto che non avevo rifatto. Mi raggiunse, la sua coscia premuta contro la mia. I suoi baci erano più delicati questa volta, quasi dolci.

Ma non volevo dolcezza. Volevo sudore e sporcizia. Possedere ed essere posseduto. Stavamo per lasciare il nostro paradiso isolano e tornare nella fredda città dove le cose sarebbero state diverse. Non avevo intenzione di lasciarlo tornare senza un segno, senza essere cambiato. Forse non potevo entrare nelle sale riunioni con lui, ma si sarebbe ricordato di me quando fosse stato lì.

A cavalcioni su di lui, lo spinsi sulla schiena. Sollevai l'orlo della mia maglietta.

«No», abbaiò lui. «Lasciala addosso. Cazzo, adoro vederti con la mia maglietta.»

Sollevai un angolo della bocca in un sorrisetto. Quindi voleva possedermi anche lui. «Bene. Ma la tua camicia si toglie.»

Lui iniziò a sbottonare dall'alto e io dal basso finché non esponemmo il suo petto. Tutti quei muscoli. Tutti miei. Tracciai con un dito una linea dall'incavo della sua clavicola allo sterno, dove i suoi peli brillavano dorati alla luce del primo pomeriggio. Feci scorrere il dito più in basso, sulle protuberanze dei suoi addominali, che si tesero al mio tocco. Quando feci roteare il dito tra i peli del suo pube, si rannicchiò, con quegli addominali che si gonfiavano.

Lo tenni giù con un dito sullo sterno. «Sto pensando a dove ti lascerò un segno. Non troppo in alto. Non voglio rovinarti quel bel collo e costringerti a nasconderlo con il colletto abbottonato. Anche se adoro vederti con la cravatta.» Mi strusciai contro il suo bacino. Un giorno, avremmo fatto l'amore mentre indossava una delle sue cravatte di seta. Forse gli avrei legato i polsi con essa. O lui avrebbe potuto legare i miei.

«Segnami», gemette, spingendo verso l'alto. «Sono tuo.»

Volevo spogliarlo subito e mettere la mia bocca da qualche parte che non avrei segnato. Non ancora.

Con la punta del dito, cerchiai un punto appena sopra il suo fianco. «Qui? O qui?» Tracciai intorno al suo ombelico. Poi su per le costole, dove la sua pelle si increspò, fino a sotto il suo pettorale sinistro. «Qui?» Feci scorrere il dito sopra il suo capezzolo fino alla parte carnosa del suo pettorale superiore.

Spinse di nuovo i fianchi.

«Lì, credo.» Ma non lo feci ancora. Baciai prima le sue labbra affamate, una pressione violenta e uno scivolamento di lingua. Quando gemette, scesi lungo la sua mascella fino al suo collo. Il suo polso pulsava, invitandomi, ma Cooper Fallon, Direttore Operativo, non poteva tornare in ufficio con un succhiotto sul collo come un adolescente. Feci scivolare le labbra fino al suo capezzolo e lo baciai, poi presi il bocciolo eretto tra i denti e succhiai.

Strusciò i fianchi contro i miei. «Ti prego.»

La mia pelle crepitò per il potere della sua supplica. Alla fine, tracciai una linea sul suo pettorale con la lingua e cerchiai il mio obiettivo una, due volte, prima di chiudere le labbra sulla sua pelle e succhiare. Si inarcò sotto di me, gemendo.

Feci scivolare una mano tra di noi e palpai la parte anteriore dei suoi pantaloncini. Sibilò. Leccai per lenire il punto e poi scesi di nuovo, succhiando e mordicchiando finché non fui soddisfatto che avrebbe portato il ricordo con sé in California. Baciai il punto, poi divorai le sue labbra. Quando mi sollevai, lui inseguì il mio bacio.

Smontai da lui e mi misi in piedi sul pavimento tra le sue ginocchia divaricate. Cominciai dal suo collo, tracciando una linea lungo il suo petto, il centro del suo stomaco piatto, il suo ombelico. Quando gli sfilai i pantaloncini e la biancheria intima, la sua erezione sobbalzò, arrossata e disperata.

Scendendo verso i suoi testicoli, inspirai la miscela di sapone e muschio. Poi leccai verso l'alto, girando intorno alla cappella. Il suo corpo si tese e strinse le lenzuola.

Lo succhiai più a fondo che potevo e stavo per iniziare a lavorarlo ancora di più quando mi afferrò i capelli. «No.»

Mi tirai indietro e gli tenni la base del membro in mano. «No?»

«Voglio...» Si sollevò sui gomiti e mosse la bocca. «Voglio che tu mi fotta.»

Il mio cuore prese a galoppare. «Vuoi fottermi?» Era quello che avevo desiderato per tutta la settimana. Per mesi, in realtà. Il mio culo si strinse.

Scosse la testa. «No. Voglio che lo faccia tu. Fottimi.»

I miei occhi si spalancarono. Avevo sempre considerato Cooper un attivo. La sua ruvidità, la sua protettività, persino il suo fottuto titolo con "Direttore" puntavano a un uomo dominante. Strinsi gli occhi. «Non è la tua prima volta con un uomo, vero?»

«No. Anche se è la prima volta da molto tempo.»

Sospirai dal naso. «Intendi dire che è la prima volta da quando hai incontrato Jackson Jones?»

Distolse lo sguardo. «Sì.»

Fottuto Jackson Jones dalle spalle larghe. Non voleva nemmeno Cooper, non come lo volevo io, eppure la sua presenza riempiva la camera da letto.

«Sei sicuro di questo? Voglio dire, non sono enorme, ma sproteggere qualcuno è una bella responsabilità. O ri-sproteggerlo dopo tanti anni, immagino.» Feci una smorfia. Perché mi stavo comportando da stronzo? Jackson non era qui. C'ero io. E Cooper mi stava chiedendo di fotterlo.

«Uso dei sex toy. Penso che scoprirai che posso prenderti.» Mi guardò dritto negli occhi, una sfida. «Le cose di cui hai bisogno sono nel comodino.»

Andai al tavolo e aprii il cassetto superiore. Certo, c'era una bottiglia di lubrificante, una scatola di preservativi non aperta e una serie di giocattoli. Un vibratore, un dildo e un set graduato di plug anali, uno dei quali era il più grande che avessi mai visto dal vivo.

Lo tirai fuori dal cassetto. Era un mostro, grande quanto il mio pugno. «Hai usato questo?»

«Sì.»

«Mmh.» La prossima volta, avremmo tirato fuori i suoi giocattoli e ci saremmo divertiti.

Ma non voleva un giocattolo. Voleva me. Almeno, pensava di volermi. Il sesso penetrativo a volte cambiava le cose. E la mia relazione con Cooper era sul filo del rasoio. Mi aveva appena proposto di lasciarmi qui mentre tornava in California. Non volevo che una prima volta imbarazzante fosse un altro motivo per cui si chiudesse di nuovo.

«Sei sicuro? Non dobbiamo farlo. Sono felice di quello che abbiamo fatto finora.»

«Voglio te, Ben. Sono fottutamente sicuro.»

La stretta al petto si allentò. Aveva detto quello che voleva e io glielo avrei dato. Aprii la scatola dei preservativi e ne tirai fuori uno. Misi la bottiglia di lubrificante sul letto.

Tornai tra le sue ginocchia. Tenendo il suo sguardo, annodai l'orlo della sua maglietta per tenerla lontana, poi, con tutta la spavalderia che riuscii a raccogliere, mi sfilai la biancheria intima.

Era questo: il possesso che avevo desiderato. Qualunque cosa avessi detto sul non averne bisogno, la parte cavernicola del mio cervello insisteva che lo facessimo. Alcune gocce di pre-eiaculazione si formarono sulla punta del mio cazzo.

«Ben, smettila di pensare e fottimi. Ho bisogno di te.» Cooper mise le mani dietro le ginocchia e sollevò le gambe, aprendosi a me.

Aprii di scatto l'involucro del preservativo e srotolai il lattice. «Sei sicuro.»

«Dannazione, Ben, non stuzzicarmi, cazzo.»

Sorrisi. Eccolo lì. Poteva anche essere il passivo fisicamente, ma era ancora lui a comandare.

Versai il lubrificante nella mia mano e lo lasciai scaldare per

qualche secondo. Poi lo spalmai sul suo cazzo, accarezzandolo
finché non sospirò e rilassò i muscoli tesi. Alla fine, lo sparsi sul
suo buco, girandoci intorno con un dito scivoloso. «Okay?»

«Mmh. Sì.»

Infilai un dito dentro, poi due, mentre continuavo a mastur-
barlo languidamente con l'altra mano. «Vuoi venire prima?
Potrebbe rilassarti.»

«No, voglio venire mentre sei dentro di me, se posso.»

«Che romantico.» Schioccai la lingua. Ma era quello che voleva
anche il mio cuore romantico. Infilai un terzo dito dentro di lui e
trovai la sua prostata. La strofinai delicatamente e lui iniziò a
contorcersi. Smettei di muovere le dita. «Ti senti bene?»

«S-sì. Non fermarti.»

«No, amore.» Lavorai con le dita dentro di lui, guardando il
suo viso. Le sue labbra si separarono, e i suoi occhi si chiusero.
Quando accelerai il movimento, le sue gambe tremarono. Quello
era il mio segnale.

Rimuovi le dita, mi lubrificai e mi posizionai alla sua entrata.
«Guardami, amore.»

Quando aprì gli occhi, spinsi dentro. Non si contrasse, quindi
continuai finché non fui completamente dentro, la stretta morsa
che inviava scintille dritte alla mia spina dorsale. Feci una pausa.
«Okay?»

Annuì, senza rompere il suo sguardo. Mentre indietreggiavo e
affondavo di nuovo, annegai nelle pozze blu ghiaccio dei suoi
occhi. Ero così perso per quest'uomo. Come poteva pensare di
tornare in California senza di me? Non ero sicuro di poterlo
nemmeno lasciare andare in ufficio da solo. Non avrei mai voluto
spezzare questa connessione, l'elettricità che mi attraversava ogni
volta che lo toccavo.

Il calore scintillò lungo la mia spina dorsale, spingendomi ad
andare più veloce, ma mantenni un ritmo misurato. Il mio cuore
martellava nel petto mentre lo guardavo, la mascella rilassata e gli
occhi sfocati. Pelle schiaffeggiava contro pelle. Alcune gocce di

pre-eiaculazione gocciolarono sulla sua pancia, e vi intinsi un dito e sparsi il liquido sulla cappella del suo cazzo. «Va bene così?»

«Dio, sì, sto per...» Chiuse di scatto gli occhi mentre tutto il suo corpo rabbrividiva e lo sperma schizzava sulla mia mano e sui suoi addominali.

Accelerai le mie spinte mentre guardavo il suo cazzo sussultare contro il suo addome. Il mio stesso orgasmo mi si scagliò addosso. Mi sfilai, strappai il preservativo, e dopo un paio di pompate, il mio sperma schizzò accanto al suo sul suo petto.

Appoggiai una mano sul suo ginocchio, macchie danzavano davanti ai miei occhi e il mio petto si sollevava ansimante.

Quando la mia vista si schiarì, guardai Cooper. I suoi occhi erano di nuovo aperti, morbidi e velati. Passò un dito sul suo petto appiccicoso. «È stato... incredibile.»

Il mio petto si espanse. Il cavernicolo dentro di me danzava nel vedere il mio amante ricoperto del nostro piacere. L'uomo più morbido e moderno era pronto per una coccola.

«Torno subito.» Presi un asciugamano dal bagno, ci pulimmo e gettai l'asciugamano nella cesta della biancheria. Poi Cooper e io ci rannicchiammo di nuovo nel letto e tirammo su le coperte. «Ancora tutto bene?» mormorai nel suo petto.

«Molto bene.» Mi baciò la sommità della testa e posò il suo braccio pesante sul mio fianco. «Tu?»

Spinsi il piede tra le sue gambe e lo tirai più vicino. «Perfetto.»

E per quella gloriosa ora, eravamo solo noi due in camera da letto. Niente Synergy, niente Jackson Jones. Solo io e il mio fidanzato.

29

BEN

COOPER FISSÒ il cane seduto tra noi sul sedile posteriore del SUV. «Credo che sarebbe più felice di restare sull'isola.»

Pensava che anche io sarei stato più felice di restare. Non senza di lui. E sapevo che Coco la pensava allo stesso modo. Mi strinsi Coco al petto e lo tenni forte. Lui mi leccò il lobo dell'orecchio. «Lui va dove vado io.» E io vado dove vai tu.

Le labbra di Cooper si piegarono in quel mezzo sorriso neutro a cui mi ero abituato in California. «Okay. Come vuoi.»

Mateo fermò l'auto proprio sulla pista di una parte dell'aeroporto che non avevo visto quando ero arrivato. Il jet aziendale della Synergy era parcheggiato a un centinaio di piedi di distanza, di un bianco brillante contro le nuvole scure che si agitavano al largo.

Avevo visto l'aereo un paio di volte prima, quando Cooper aveva avuto bisogno che lo raggiungessi in aeroporto per portargli qualcosa o per aggiornarlo prima o dopo un volo, ma — deglutii— non ci avevo mai volato. Non era più grande del minuscolo aereo con cui ero arrivato da Charlotte Amalie, quello su cui avevo vomitato il pranzo. E dovevamo volare attraverso quelle nuvole fitte e turbolente e poi attraversare tutto il paese con quello. Strinsi Coco più forte.

Come se potesse leggermi nel pensiero, Cooper disse: «Non preoccuparti. Emily ci farà volare intorno alla tempesta. Meno male che ce ne andiamo prima che si scateni.»

Mateo si voltò sul sedile del guidatore. «Sei sicuro di non avere bisogno di me, Lito?»

«Sono sicuro che chiunque abbia aggredito Ben o ha rinunciato o è rimasto sull'isola. Ho una squadra di sicurezza a San Francisco. Staremo bene.»

Mateo annuì, ma i suoi occhi non brillavano come al solito.

«Grazie.» Cooper si sporse verso il sedile anteriore e strinse la spalla del cugino. «Per averci protetto. Puoi venirci a trovare a San Francisco se decidiamo di restare.»

Dalla tensione nella sua voce, l'ultima cosa che Cooper desiderava era restare.

Mateo non doveva averla notata. Fece un gran sorriso. «Mi piacerebbe.»

«Potremmo tornare prima che tu abbia la possibilità di farci visita.» La voce di Cooper era burbera, come suonava sempre in California. Mi mancava la melodia rilassata a cui mi ero troppo abituato sull'isola.

Tenni la mano di Cooper. «Ne parleremo una volta che avrai sistemato le cose alla Synergy.» Ci aspettava una bella chiacchierata. Ma potevamo superarla. Se fossi riuscito a convincerlo a prendersi vacanze più frequenti, avrebbe potuto godersi il sole e lasciar andare le pressioni di casa. Diavolo, poteva andare in pensione se voleva. Non avrei mai potuto mantenerci al livello a cui era abituato Cooper, ma una volta finita l'università, avrei potuto trovare un lavoro che ci avrebbe permesso di portare il pane a casa. E i cospicui risparmi e i redditi da investimenti di Cooper avrebbero potuto occuparsi del resto.

«Andiamo.» Cooper aprì la portiera e scese.

Lasciai andare Coco. Saltò giù dal SUV e si scrollò mentre io uscivo a fatica, poi mi tenni forte contro il vento impetuoso. Afferrai l'estremità del suo guinzaglio e lasciai che la bufera mi spingesse verso il retro dell'auto per prendere la mia valigia.

Mateo sollevò entrambe le valigie con la stessa facilità con cui io avrei sollevato un paio di borse per portatili. «A queste ci penso io. Voi salite.»

Cooper mi aspettava a pochi passi di distanza, con la mia borsa del portatile in spalla. Il sole si nascondeva dietro le nuvole minacciose che si riflettevano debolmente nei suoi occhiali da sole. Senza la luce brillante a cui mi ero abituato, sembrava più spento, sbiadito come appariva di solito in ufficio.

Mi tese la mano e, con gratitudine, gliela strinsi. Appena infastidito dal vento sferzante, si diresse a passo svelto verso la scaletta d'imbarco e la salì. Lo seguii, aggrappandomi al corrimano mentre salivo i ripidi gradini. In cima, inspirai il mio ultimo respiro dell'aria fresca dell'isola. Il nostro paradiso, dove mi ero finalmente innamorato di un uomo che mi ricambiava, anche se non riusciva a pronunciare le parole.

Ci chinammo per entrare nell'aereo. Ci accolsero un'aria fresca e asciutta e un interno grigio e caldo. Da un lato c'era un divano, completo di cuscini blu. Era di fronte a un tavolo con un televisore a schermo gigante sopra. Verso il retro dell'aereo c'erano gruppi di morbide poltrone di pelle, anch'esse in tonalità neutre di grigio.

Cooper mi fece strada oltre il divano fino a una coppia di sedili uno di fronte all'altro, a sinistra. Si sedette rivolto in avanti e io presi il sedile di fronte a lui. Coco annusò il sedile, poi mi saltò accanto.

L'assistente di volo ci si avvicinò. «Signor Fallon. Signor Levy-Walters. Cosa posso portarvi? Bourbon? Succo?»

Non erano ancora le nove del mattino. Lanciai a Cooper un'occhiata interrogativa. Bourbon?

«Acqua per me, per favore. Ben?»

«Succo d'arancia.»

L'assistente di volo disse: «Abbiamo del succo di guava, se lo preferisce.»

«Sì, grazie.» Riuscii a mantenere la calma giusto il tempo che l'assistente di volo sparisse nella cambusa prima di rivolgere i miei occhi sgranati a Cooper. «Hai chiesto loro di procurarmi del succo di guava?»

«È un aereo privato. Fanno scorta di quello che chiedo.»

Cooper Fallon viveva in modo molto diverso da me. A cos'altro avrei dovuto abituarmi?

L'assistente di volo tornò con le nostre bevande. «Posso portarvi altro?»

Cooper mi consultò in silenzio e poi disse: «No, grazie. E siamo pronti a partire quando lo sarà la pilota.»

«Glielo comunicherò.» L'assistente di volo attraversò una porta nella parte anteriore dell'aereo.

Mi allacciai la cintura di sicurezza. Di fronte a me, Cooper guardava accigliato il suo telefono.

«Tutto bene in ufficio?»

Scorse via qualcosa sullo schermo, poi lo posò sul tavolo tra di noi. «Weston ha fissato una riunione per il primo pomeriggio. Dovrò andare direttamente lì.»

«E Jackson?» Odiavo chiederlo, ma avevo bisogno di capire anche la loro relazione. Il pensiero di Cooper e Jackson che lavoravano insieme, che uscivano insieme —maledizione, che bevevano insieme— mentre Cooper ricadeva sotto l'incantesimo di Jackson Jones mi pugnalava dritto al cuore. Si sarebbe ancora interessato a me con Jackson nei paraggi?

«Cosa c'entra Jackson?»

«Non credi che dovreste chiarire le cose?» Trattenni il respiro.

«Non importa più. Lui sta con Alicia. E io sto con te.»

Le mie labbra volevano arricciarsi. Io sto con te. Ma...

«Dovresti dirgli come ti senti. Ti sentivi. Siete migliori amici e non è giusto nascondere una cosa del genere.»

«Io...» Aggrottò le sopracciglia. «Okay. Forse non oggi, ma presto.»

Dovevo accettarlo. Era la sua amicizia. La sua relazione. E io dovevo lavorare sulla mia.

«Quindi, se tu vai in ufficio, io...» Merda. Non avevo pensato così avanti.

«Prenderò un'altra macchina per portarti... ah.»

Non capivo se il brivido che mi corse lungo il collo fosse gioia per il fatto che avesse quasi detto che la macchina mi avrebbe portato a casa sua o un avvertimento che stavamo correndo troppo, che stava cercando di prendere il controllo. «No, vengo in ufficio con te. Faccio un salto da Marlee. Probabilmente ci sono un paio di cose di cui dovrei occuparmi prima di... prima di svuotare la mia scrivania.» Mi sarebbe mancata la Synergy, ma valeva la pena rinunciare al mio lavoro per stare con Cooper.

«E dopo?»

Avrei dovuto sapere che non mi avrebbe permesso di rimandare quella conversazione.

«Credo che tornerò da mia sorella. Non pensi?» La mia voce era acuta come quella di Topolino. Mandai giù un sorso di succo.

«Se devi prendere le tue cose. Oppure posso mandare qualcuno a prenderle per te.»

«Un po' autoritario, non trovi?» Ma rovinai il mio commento sarcastico stringendo i braccioli quando l'aereo cominciò a muoversi. Il mio cuore batteva all'impazzata.

«Lo sono, e farai meglio ad abituartici.»

Cazzo. Avevo bisogno di un ventaglio. E di un Dramamine. Deglutii. L'aereo tremò mentre si sollevava dalla pista. Brividi freddi mi percorsero la pelle.

«Stai bene?» Cooper si infilò nel sedile accanto a me e scaricò Coco sul suo posto vacante.

«Non dovresti avere la cintura allacciata?» Gli strinsi la mano e fissai lo sguardo sul tavolo, ovunque tranne che fuori dal finestrino dove il jet squarciava le nuvole nere.

«Non mi avevi detto di avere paura di volare.» Mi strofinò la mano.

«Credo di non saperlo nemmeno io. La prima volta che ho

volato è stato quando sono venuto qui.» Il davanti della mia camicia tremava per la forza del mio battito cardiaco.

Sfilò la mano dalla mia presa. «Torno subito.»

«No, non dovresti muoverti per la cabina!»

Ma era già sparito. Un attimo dopo, tornò con una bottiglia di vodka. Ne versò una generosa dose nel mio bicchiere di succo. «Bevi su.»

Le mie dita tremavano mentre afferravo il bicchiere. Ma feci come mi aveva chiesto, mandando giù d'un fiato il succo dolce che mascherava il sapore dell'alcol.

Quando lo ebbi bevuto fino ai cubetti di ghiaccio, mi mise un braccio intorno e mi appoggiò delicatamente la testa sulla sua spalla. «Andrà tutto bene. Emily fa questo viaggio di continuo. Guarda fuori. Siamo lontani dalla tempesta. Senti com'è stabile adesso che ci siamo stabilizzati? Sarà così per tutto il tragitto fino in California.»

Mi strofinai il petto, sperando di poter rallentare il mio cuore impazzito. «Promesso?»

«Promesso. Sarà un volo tranquillo fino in California.»

Espirai. Inspirai. «E poi?»

«Forse uno scossone o due durante la discesa.» Mi baciò la sommità della testa. «Ma staremo bene.»

«Ti amo, Cooper.» Rivolsi il viso verso di lui.

Mi baciò, una pressione rassicurante delle sue labbra. Ma non me lo disse a sua volta. Andava bene. Per ora.

L'assistente di volo si schiarì la gola. «Ancora succo?»

«Per favore.» Cooper mi baciò di nuovo, un po' più teneramente.

L'assistente di volo prese il mio bicchiere dal tavolo e se ne andò.

«Mi hai appena baciato davanti a un dipendente della Synergy, lo sai?» mormorai contro le sue labbra.

«Davvero?» L'angolo della sua bocca si sollevò. «Farai meglio ad abituarti al fatto che ti bacerò ovunque.»

«Ovunque, signor Fallon?» Le mie labbra erano intorpidite e

molli.

«Ovunque.» Chinò la testa e premette un bacio a ventosa appena sotto la mia mascella.

Rabbrividii. «Potrei abituarmici.»

30

COOPER

ERAVAMO in ritardo perché mi ero dimenticato del cane.

In realtà non me n'ero dimenticato; era stato con noi per tutto il volo. Con l'aiuto di un'amica di Sara, una veterinaria, mi ero dato da fare per ottenere i vaccini e i documenti per far entrare Coco negli Stati Uniti. La seccatura e l'aggiunta di un altro favore alla lista di quelli che dovevo a Sara erano valsi la pena per l'espressione radiosa sul viso di Ben quando si era rannicchiato sul sedile dell'aereo con Coco.

Dopo che Ben si era addormentato sulla mia spalla, Coco era saltato su, metà sul sedile e metà su Ben, e mi aveva lanciato un'occhiata torva che non gli avevo mai visto fare. Quegli occhi marroni non mi avevano lasciato un attimo, nemmeno per chiudersi nel sonno, finché non eravamo atterrati a San Francisco.

Fu in quel momento che capii che ci serviva un'auto a parte. Per il cane. Perché potevamo anche essere un'azienda progressista, ma non permetteva l'ingresso di cani in ufficio.

L'auto non arrivò mai a causa del caos del traffico di San Francisco, così andammo in ufficio con Coco.

Quando Ben si sedette su una delle sedie color chartreuse

nell'atrio, Coco si accucciò ai suoi piedi. «Non preoccuparti per noi» disse Ben. «Ti aspetteremo qui.» Aveva il telefono in mano, pronto a mandare un messaggio a sua sorella o a uno dei suoi tanti amici alla Synergy.

«Perché non vai e basta—» Mi schiarii la gola. Volevo dire a casa. A casa mia. Ma Ben aveva dormito per tutto il volo e non avevamo avuto tempo di definire la nostra sistemazione. Lanciai un'occhiata al cane. Forse sarebbe stato una risorsa in quelle negoziazioni. Il condominio di sua sorella permetteva i cani? Certo, sarebbe stata la mia solita fortuna se Ben non fosse stato pronto a trasferirsi da me e io mi fossi ritrovato in qualche modo con l'affidamento di un cane che non volevo.

«Aspetteremo. Vedo se Marlee può scendere.»

«Va bene. Ti scrivo se dovessi metterci tanto.» Weston era stato vago sui dettagli del nostro incontro. Non avrei dovuto sorprendermi. Teneva sempre le carte ben coperte. Il suo ego era persino più grande del mio.

Al piano di sopra, andai dritto all'ufficio di Weston, sul lato soleggiato dell'edificio, all'estremità opposta del piano rispetto a quello di Jackson. Non avevo tempo di fare un salto nell'ufficio di Jackson, anche se avessi voluto.

E lo volevo? Da quando ci eravamo parlati, non sembrava più così terribile. Fino a quando non mi ricordai ciò che Ben pensava che avrei dovuto confessare.

Me ne sarei preoccupato più tardi, quando non sarei stato in ritardo a una riunione con il CEO.

Julie alzò lo sguardo dallo schermo. Guardando l'orologio, strinse le labbra. «La sta aspettando.»

Odiavo essere in ritardo. Ma non potevo farci niente. Così bussai alla porta, girai la maniglia ed entrai.

«Cooper.» Weston era seduto alla sua scrivania, la camicia bianca elegante sbottonata sul colletto a mostrare un collo quasi abbronzato quanto il mio. Doveva essere uscito da poco con la sua barca. Come al solito, i suoi capelli erano perfettamente tagliati, non arruffati come i miei, che spesso scompigliavo passandoci le dita, o schiacciati come quelli di Jackson per via delle cuffie.

«Harris.» Attraversai il soffice tappeto di seta e gli strinsi la mano. Era fredda, come al solito. Ma il suo sorriso era caldo come sempre, e la tensione tra le mie scapole si allentò.

«Si accomodi.» Fece un cenno verso le poltrone in pelle borchiata di fronte alla sua scrivania.

Mi misi a sedere sul cuscino rigido e mi chinai in avanti, appoggiando i gomiti sulle ginocchia. «Cos'è questa storia che—»

Mi sovrastò con la voce. «La vacanza Le fa bene. Si è divertito sull'isola?»

«Sì.» Di solito Weston preferiva andare al sodo come me, ma aveva senso aggiornarsi, visto che non lo vedevo da tre settimane. «Come si fa a non apprezzare? Un po' di sole, sabbia e drink con l'ombrellino.» Non gli avevo mai rivelato che la mia famiglia viveva lì. Non era qualcosa che condividevo di solito. Che tutti pensassero che ero un turista, uno proveniente da un ambiente suburbano, bianco e ricco, come la maggior parte dei dirigenti del settore tecnologico che incontravo. Come Weston stesso.

«Mi preoccupo per Lei, Cooper.» Abbassò le sopracciglia, anche se la fronte non gli si corrugò. Poteva anche lasciar intravedere il grigio alle tempie, ma non avevo mai visto una ruga sul viso di Harris Weston. «Nell'ultimo anno o due, non mi è sembrato felice come quando ho conosciuto per la prima volta Lei e Jones.»

Forse il botox mi avrebbe aiutato a mantenere il viso impassibile. A quest'ora l'anno scorso, sapevo già che Jackson non mi avrebbe mai amato come lo amavo io. Ma niente di tutto ciò importava adesso. Non con Ben che mi aspettava di sotto.

«Ora sto meglio. Il tempo trascorso lontano mi ha dato una nuova prospettiva.»

«Chiaramente ne aveva bisogno, dopo l'incidente nel Suo ufficio. La mano sta bene?»

Doveva averglielo detto Julie. Un'ondata di calore partì dalla sommità della testa e mi consumò il viso. Gli rivolsi un sorriso tirato e alzai la mano destra. C'erano solo alcuni segni rossi. «Era solo un graffio. Nessun motivo di allarme.»

Inclinò la testa. Con quel suo naso romano, mi ricordava un falco. «Credo che qui la gente fosse molto allarmata. Soprattutto Jones. E ancora di più quando ha venduto le Sue azioni di Synergy.»

Il calore mi bruciò fino al petto. Volevo sbottonarmi il colletto, ma non potevo, non sotto il suo sguardo da falco. Rimasi immobile come un topo di campagna.

«Fortunatamente, avevo dei fondi disponibili e sono riuscito ad assicurarmi le quote. Quindi sono rimaste nella famiglia di Synergy.» Aprì i palmi in un gesto benevolo.

Un freddo sollievo mi fluì nelle vene. Le mie azioni non erano finite nelle grinfie di Gurusoft. Non avevo reso l'azienda un obiettivo di acquisizione. In origine Weston aveva una partecipazione inferiore a quella mia o di Jackson, ma ora io e lui avremmo detenuto all'incirca la stessa quantità di quote della società, con Jackson che possedeva la parte più grande. Insieme, noi tre detenevamo ancora una solida maggioranza. Mi appoggiai allo schienale della sedia. «Sono contento che l'abbia fatto. Non stavo ragionando lucidamente quando ho avviato la vendita, altrimenti ne avrei parlato con Lei.»

«Interessante che non ne abbia parlato neanche con Jones. Sembrava ignaro che Lei stesse disinvestendo.»

Feci una smorfia. «Io, ehm. Come ho detto, non stavo ragionando lucidamente.» Sebbene fossi stato ubriaco fradicio quando avevo avviato quella vendita, ero stato lucido, pensando al mio pensionamento con Ben, quando gli avevo regalato il pacchetto successivo. Una volta superata questa fase, avrei preso una decisione razionale sul resto delle mie partecipazioni. Se avessi deciso di vendere, le avrei offerte a Jackson o a Weston.

«Suppongo che dalle decisioni avventate possano nascere cose buone.» Ma arricciò il labbro. Dubitavo che Weston avesse mai preso una decisione avventata. E non l'avevo mai, mai visto ubriaco. Nemmeno la sera dopo che l'azienda era diventata pubblica e tutti noi eravamo diventati multimilionari all'istante.

«Sì. Possono.» Se non fossi impazzito e non fossi corso sull'isola, Ben non mi avrebbe seguito. Saremmo rimasti capo e impiegato, senza mai toccarci, senza mai sentire il fuoco che scoccava tra noi, l'attrazione che provavo in quel preciso istante per lui, cinque piani più sotto.

«E una cosa molto buona è nata dalla Sua decisione di vendere le Sue azioni.» Weston si appoggiò allo schienale della sedia e unì i polpastrelli delle dita a mo' di campanile sul petto. «Abbiamo ricevuto un'offerta di acquisto da Gurusoft. E Jones non ha abbastanza azioni per bloccarla.»

Un brivido mi percorse la pelle. «Una… cosa?»

«Un'offerta di acquisto straordinariamente attraente. Contanti più capitale. Diventerà un uomo molto ricco.» Ridacchiò. «Un uomo ancora più ricco.»

La bile mi risalì in gola. Avevo promesso a Jackson che avrei mantenuto il nostro blocco di maggioranza proprio per questo motivo. E ora avevo mandato tutto a puttane, e Synergy sarebbe finita nelle grinfie di Gurusoft. Tutto ciò che avevamo costruito insieme sarebbe stato consumato dall'azienda più grande, il software — la creatura di Jackson — smembrato e integrato nel loro, oppure dismesso del tutto. Esattamente quello che era successo all'azienda di suo padre. I dipendenti, da Marlee alla sorella di Ben fino al più giovane e inesperto degli sviluppatori, avrebbero ricevuto pacchetti di buonuscita e sarebbero stati gettati in mezzo a una strada. Solo alcuni sviluppatori di punta, come il protetto di Jackson, Tyler Young, sarebbero stati abbastanza preziosi da essere tenuti da Gurusoft. Deglutii.

«Non si preoccupi.» Mi rivolse un sorriso da zio. «Si godrà la pensione. E se non Le piacerà, potrà fondare una nuova azienda, a patto che non violi la clausola di non concorrenza.»

Una fottuta clausola di non concorrenza. Gurusoft avrebbe anche sfoderato il potere legale per farla rispettare. Non ci avrebbero mai permesso di fondare una nuova società di software dalle ceneri di Synergy. Jackson sarebbe stato furioso. E me lo meritavo. Il mio egoismo aveva appena distrutto tutto quello che avevamo costruito insieme. Quando avevo venduto le azioni, avevo voluto chiudere con Synergy. Ma non in questo modo. La rabbia familiare mi ribollì nelle viscere.

«No!» Scattai in piedi dalla sedia. «Io... io non lo voglio. Non ora.»

Sollevò le sopracciglia di una frazione di millimetro. «È ciò che è meglio per Lei. E per l'azienda. Lei e Jones potrete tornare a essere amici senza tutta questa» — agitò la mano — «situazione sgradevole tra di voi.»

Situazione sgradevole. Così chiamava la mia burrascosa—sebbene altamente efficace—collaborazione con Jackson. Synergy, l'azienda multimiliardaria che avevamo creato nella nostra stanza del dormitorio, era diventata una situazione sgradevole.

Feci un respiro profondo, come avevo imparato con il dottor Pradhi. Ma nonostante il tradimento del mio mentore, la rabbia che di solito ribolliva appena sotto la superficie non c'era. Certo, c'erano calore e dolore, ma il mio famigerato caratteraccio era ancora in vacanza.

«No» ripetei, con più fermezza. «Io e Jackson combatteremo questa cosa. Parleremo con il consiglio di amministrazione—»

«Cooper, sia ragionevole. È ciò che è meglio per tutti noi.» Aprì le braccia per includere il suo ufficio, il sesto piano, l'edificio storico. «Incasseremo tutti la nostra liquidazione e passeremo alla prossima avventura. Avrà più tempo da passare con i Suoi cari. Tutti noi lo avremo.» Lasciò che il suo sguardo vagasse sulla foto incorniciata sulla sua scrivania, quella di lui, sua figlia, Phoebe, e il suo cavallo.

Le persone che amavo dipendevano da Synergy. Anche se Ben non era più il mio assistente, non potevo lasciare nessuno di loro, specialmente sua sorella, senza lavoro. Feci qualche passo lontano dalla sua scrivania e poi tornai a mettermi di fronte a lui. «Non posso. Non posso permettergielo.»

Weston serrò la mascella. «Lo farà. È la cosa giusta da fare.»

La mia rabbia rimase raggomitolata dentro di me, come Coco quando dormiva. Mi misi le mani sui fianchi, approfittando della mia stazza. Ma mantenni la voce bassa. «Non lo farò.»

Scosse la testa, e un'espressione quasi di rammarico gli attraversò il viso. «Lo farà. Ho parecchi incentivi per farLe vedere le cose a modo mio.»

«Incentivi?» Cosa poteva mai offrire che mi avrebbe fatto cambiare idea?

«Ha sentito parlare del bastone e della carota. Credo che Lei abbia già una carota. Non vorrà vedere il mio bastone.»

«Una carota?»

Un leggero sorriso gli sollevò le labbra. «Sicuramente considera il Suo bel giovanotto una carota? Sembrava renderLa piuttosto felice.»

Un brivido mi percorse la schiena. Cacciai le dita intorpidite nelle tasche dei pantaloni. «C-cosa?»

«Mi è stato inviato un video che documenta come ha trascorso le Sue vacanze di primavera.» Digitò una sequenza di tasti sulla sua tastiera e girò il monitor verso di me. Il video era muto e sgranato, ma il mio viso era facile da riconoscere, la mia bocca spalancata in estasi mentre Ben, di schiena alla telecamera, mi penetrava con forza.

Il fiato mi si bloccò nel petto. Quel bellissimo momento che avevamo condiviso, l'intimità che avevamo vissuto, la vulnerabilità che avevo faticato tanto a concedere a Ben, tutto lì, in un crudo bianco e nero, perché Weston potesse esaminarlo e giudicarlo.

«Il signor Levy-Walters è il Suo assistente, non è vero?» Allungò il collo per guardare il video, il viso impassibile. «Mi chiedo cosa penserà il consiglio di amministrazione delle Sue argomentazioni quando vedrà questo.»

«Si è licenziato. Prima di quello.» Agitai una mano tremante verso lo schermo, poi distolsi lo sguardo. Come cazzo aveva ottenuto quel video? Nessuno entrava mai in casa mia, nemmeno le donne delle pulizie. Che fosse stato Ben...? Deglutii. No. Ben non avrebbe mai piazzato telecamere nel bungalow. Mai. Ma chi?

Weston guardò lo schermo per qualche altro secondo. «Ha davvero importanza?»

No. In quel video, ero un uomo privilegiato che si approfittava di un subordinato, indipendentemente dal fatto che fossi ancora il suo datore di lavoro. «Mi... mi sta ricattando?» sprofondai nella sedia. Senza l'acciaio della mia rabbia, non avevo niente a cui aggrapparmi.

Inclinò di nuovo la testa. «Sto semplicemente condividendo tutti i fatti con Lei.»

Era un ricatto, puro e semplice. Ma se lo avessi accusato, il video sarebbe diventato pubblico. E probabilmente ne aveva altri. Weston non arrivava mai a una negoziazione impreparato.

Non importava. Ciò che importava era come avrei risposto alla sua minaccia. Lentamente, mi alzai in piedi. «Sono innamorato di Ben. Sono orgoglioso della nostra relazione.»

Weston strinse le labbra. «Lei è il Direttore Operativo, responsabile delle risorse umane di questa azienda. Farsi il Suo segretario — o farsi fare da lui — non è una bella figura.»

«Ha ragione.» Deglutii. Pensavo che dopo le dimissioni di Ben, la nostra relazione fosse accettabile. Ma il video in bianco e nero mi dimostrava il contrario. Avevo tutto il potere. Avevo praticamente costretto Ben a dimettersi. Non era una bella figura per il Direttore Operativo, responsabile delle relazioni con i dipendenti.

«Farò una dichiarazione ai dipendenti» dissi. «Il consiglio di amministrazione deciderà le conseguenze per le mie azioni. Se decideranno di rimuovermi, così sia.» Era ciò che meritavo. E non così diverso da ciò che volevo. Anche se Ben sarebbe stato furioso per la violazione della nostra privacy. Cazzo, lo ero anch'io. «Come ha ottenuto quel video?»

Mise in pausa la riproduzione e mi trafisse con uno sguardo duro. «Ha importanza?»

No. Ben si sarebbe arrabbiato ancora di più se Synergy fosse stata venduta a Gurusoft e tutte le persone a cui teneva avessero perso il lavoro.

Mi ero sbagliato, così tanto sbagliato su Weston. Jackson aveva avuto ragione fin dall'inizio. Nessuno che tenesse a me, che mi rispettasse, avrebbe usato un video del genere per ottenere ciò che voleva.

L'avevo considerato una figura paterna. Ma come il mio vero padre, non gliene fregava un cazzo di me.

Appoggiai una mano allo schienale della sedia per sostenermi. «Lo rilasci pure, se deve. Non mi smuovo dalla mia posizione.»

Serrò la mascella. «Ho un'altra carta da giocare. Non volevo arrivare a questo, ma non mi lascia scelta.» Con un'aria quasi rammaricata, prese il telefono della scrivania e premette un pulsante. «Julie, per favore, faccia entrare la nostra nuova guardia di sicurezza.»

«Guardia di sicurezza? Che cazzo, Weston?» Voleva farmi scortare fuori dal mio stesso edificio? Per aver fatto sesso consensuale? Per non essere d'accordo con lui? La rabbia, calda e familiare, si svegliò finalmente e si agitò nel mio stomaco. Il mio pugno si strinse, desideroso di spaccare qualcosa. Lo tenni premuto contro la coscia.

La porta dell'ufficio si aprì e l'ultima persona che mi aspettavo di vedere vi entrò strisciando. Indossava una polo blu navy sbiadita. I suoi pantaloni cachi non avevano mai visto un ferro da stiro, ed erano troppo corti per le sue gambe lunghe, mostrando un paio di centimetri di calzini di spugna grigi e sporchi. Era ancora magro e in forma, come se avesse mantenuto il suo regime di pugilato, ma i suoi capelli e la barba incolta sulla mascella erano diventati completamente bianchi, e il suo viso era più segnato dell'ultima volta che l'avevo visto.

Era inconfondibilmente mio padre.

Aggrottò la fronte, e l'espressione sostituì la mia rabbia con un'ondata di fredda paura, anche dopo tutti quegli anni.

Indietreggiai finché il retro delle mie cosce non toccò la scrivania di Weston. «Cosa—?»

Weston si alzò e la sua voce mi risuonò all'orecchio. «Non è una coincidenza che anche il suo cognome sia Fallon? Ho pensato che fosse abbastanza interessante da portarlo qui per farvelo conoscere.»

«Mikey. È passato un po' di tempo. Come sta tua madre?»

Mamá. Se Weston aveva trovato mio padre, probabilmente sapeva anche di mia madre. Sarebbe bastato un piccolo errore — intenzionale o meno — e Mick avrebbe saputo dove viveva. E se avesse saputo dove viveva, non sarebbe importato che avessi un piccolo esercito a proteggerla. Si sarebbe insinuato e le avrebbe fatto del male.

Mi staccai dalla scrivania di Weston e feci un passo verso mio padre. «Che diavolo ci fai qui, Mick?»

Mi guardò con un sorrisetto. «È questo il modo di parlare al tuo caro paparino?»

Un sussulto provenne da fuori la porta. Certo, Mick l'aveva lasciata aperta, e tre persone, Julie, Marlee e — cazzo — Ben, si erano radunate attorno alla scrivania di Julie, con la bocca spalancata come quella di Mamá davanti a una delle sue telenovelas.

A denti stretti, borbottai: «Chiudi la porta.»

Mi ignorò ed entrò più a fondo nell'ufficio. «Quello è un porno?» Indicò lo schermo accanto a me. «Un porno gay? Che cazzo sta succedendo qui?»

«Sono le riprese di sicurezza di Suo figlio e del suo assistente.» Mi ero dimenticato che Weston era ancora lì.

«Ex assistente» ringhiai. Le mani mi si strinsero a pugno. E se Mick avesse pensato di minacciare anche Ben?

Mick ridacchiò. «Ti stai spassando con il tuo assistente?» Inclinò la testa. «O lui si sta spassando con te. Avrei dovuto sapere che saresti diventato così. Debole. Come tua madre.»

«Chiudi quella cazzo di bocca.» La mia voce era così bassa che quasi non la riconobbi. «Non sono debole, e nemmeno lei.»

«Immagino di no.» Sbuffò guardando il video dietro di me. «Non quando si tratta del tuo ragazzo.»

Cazzo, se avesse fatto del male a Ben, come quell'uomo gli aveva fatto del male sull'isola... no. Non potevo dargli quella leva.

Non potevo lasciarlo avvicinare a Ben. Non potevo fargli sapere quanto Ben fosse speciale per me.

La mia rabbia si ritirò nel posto dove si era sempre nascosta quando mio padre mi minacciava. I miei pugni si aprirono e le mie mani ricaddero inerti ai miei fianchi. «Non è il mio ragazzo.»

Un altro sussulto dall'altra parte della porta aperta. Contenni la smorfia. Glielo avrei spiegato più tardi. Se me lo avesse permesso.

«Che diavolo di posto è questo, Weston?» Quando Mick si avvicinò di un passo, sentii l'odore di scotch. Era ubriaco nel mio edificio? Non potevo permettere che Mick Fallon mettesse in pericolo anche gli altri miei dipendenti. Quando eravamo una famiglia, non ero mai riuscito a proteggere Mamá. Ma ora ero più grande, e avevo il potere della mia posizione e della mia ricchezza. Avrei fatto qualsiasi cosa per proteggere la mia famiglia di Synergy, specialmente Ben.

«No.» Mi voltai verso Weston, tenendo d'occhio mio padre. Avevo imparato molto tempo fa a non voltargli mai le spalle. «No.»

Il sorriso di Weston era tirato, come se tutto il dramma che si stava svolgendo lì fosse troppo anche per lui. «Mi dispiace che si sia arrivati a questo. Ma sono contento che stia ragionando, Cooper.»

Dei passi si allontanarono pesantemente e, quando guardai oltre mio padre, rimasero solo Marlee e Julie, a fissare le rovine che avevo fatto della mia felicità.

31

BEN

NON IL SUO FOTTUTO RAGAZZO. Avevo temuto che la nostra relazione non sarebbe sopravvissuta alla pressione delle sale riunioni, ma non avevo previsto che a Cooper sarebbe bastata meno di un'ora per crollare.

Gettai la scatola di fazzoletti nello scatolone da trasloco sulla mia scrivania. Non mi sarebbe servita. I miei occhi erano asciutti, ardenti del fuoco della mia rabbia. Rabbia verso Cooper, ma anche verso me stesso. Avevo sperato che mi avesse visto e che avesse amato ciò che aveva visto. Ma era solo quello: speranza.

Dei tacchi risuonarono sul pavimento, e percepii il profumo di Marlee. «Non farlo, Ben. Resta e parlagli».

«Oh, gli parlerò, stanne certa». Fissai la porta dell'ufficio di Weston, che finalmente qualcuno aveva avuto il buonsenso di chiudere.

«Allora è vero? State insieme?».

Mi bloccai, con la mano tesa verso il minuscolo cactus che tenevo sulla scrivania. Cazzo, mi ero dimenticato della sua vecchia cotta per il mio capo. E del loro bacio. Lentamente, mi voltai verso di lei. «Lo eravamo».

«Oh, Ben». I suoi occhi si riempirono di lacrime. «Resta. Risolvete le cose».

«L'hai sentito. Non è il mio ragazzo. Non c'è più niente da risolvere». Mi voltai di scatto e allungai la mano verso il cactus, ma lo mancai. Un dolore acuto mi attraversò il dito, e una goccia di sangue spuntò nel punto in cui la spina mi aveva punto.

Un paio di scarpe da ginnastica scricchiolarono, e poi la voce di Jackson rimbombò nel silenzio dell'ufficio. «Wow, qui la tensione si taglia col coltello. Coop dev'essere tornato».

«Non ora, Jackson». Marlee mi posò una mano sulla mia. «Metti via la scatola».

«Aspetta, che sta succedendo?». Lo sguardo di Jackson si fissò sullo scatolone da imballaggio. «Ben, non te ne starai andando, vero? Non puoi. Cooper darà di matto».

«Davvero, Jackson, non ora. Torna nel tuo ufficio. Ti spiegherò tutto dopo». La voce di Marlee era gentile come un'onda sulla spiaggia, ma con la forza dell'oceano dietro.

«Ma Ben non può...»

«Sì che posso». Misi il cactus accanto alla scatola dei fazzoletti e incastrai l'altro lato con la mia scorta d'emergenza di barrette di cereali. «E lo farò». Avrei recuperato Coco da José all'ingresso e poi sarei rientrato di soppiatto a casa di Mimi. Non sarei andato nella sfarzosa casa di Cooper, quella che avevo fantasticato di condividere con lui e il nostro cane. Aveva fallito la primissima prova della nostra relazione. Non mi amava. E non mi avrebbe mai amato.

«Ben». Come se lo avessi evocato col pensiero, era lì, facendosi largo tra Marlee e Jackson. «Fermati».

Allungai la mano verso il cassetto, ma era vuoto. Lo richiusi sbattendolo. «No».

«Coop, che diavolo sta succedendo?». Jackson si gonfiò, grosso e irsuto. «Non puoi trattare Ben come gli altri assistenti. Hai bisogno di lui».

«È proprio questo il punto, Jackson» dissi. «Mi sono già dimesso. Quindi me ne vado». Un fugace rimpianto per il programma di rette universitarie, il mio stipendio e il dormire sul divano di Mimi per il resto dei miei vent'anni mi attraversò la mente. Ma avevo lasciato di nuovo il mio cuore senza protezione, e ora Cooper l'aveva mandato in frantumi come il vetro della sua scrivania. Non potevo restare.

«Ho bisogno di te, Ben». La voce di Cooper era bassa, e i suoi occhi azzurri erano più dolci di quanto li avessi mai visti. «Ti amo».

Jackson rimase a bocca aperta.

Fissai gli occhi di Cooper. «Lo dici adesso? Dopo che mi hai rinnegato?». Mi ero spinto troppo oltre, cazzo. Lui aveva pronunciato quelle parole, ma le sue azioni dicevano tutt'altro. Cooper Fallon non avrebbe mai potuto amarmi nel modo in cui avevo bisogno di essere amato.

«Lascia che ti spieghi».

«Che cazzo sta succedendo?» disse Jackson in un sussurro aspro. «Cooper, sei... gay?».

«Sta' zitto, Jackson». Il sussurro di Marlee fu tagliente. «Cooper, Ben, portatevi la vostra sceneggiata nel tuo ufficio. Vi sta ascoltando tutto l'ufficio».

A me non importava; me ne stavo andando. Ma per il bene della Synergy, Cooper doveva salvare la faccia. Senza dire una parola, mi voltai ed entrai a passo di marcia nel suo ufficio.

Cooper mi seguì. Lentamente, chiuse la porta, e poi si prese un minuto per aprire le veneziane sopra le finestre interne.

«Non preoccuparti. Non ho intenzione di toccarti mai più». Mi lasciai cadere sulla sedia in cui mi sedevo di solito, dall'altro lato della sua scrivania, quando gli davo il mio resoconto giornaliero e prendevo le sue istruzioni. Poi saltai in piedi. Non c'era niente di normale in quella situazione. E non ero più il suo assistente. L'aveva detto lui stesso. Attraversai la stanza fino al suo salottino e mi accomodai su una poltrona a orecchioni.

Quando finì di armeggiare con le veneziane, si voltò. Come se portasse il peso dell'edificio sulle spalle, si trascinò verso il salottino e si lasciò cadere sul divanetto accanto alla mia poltrona.

Passandosi entrambe le mani tra le onde sabbiose dei capelli, quelle onde che una volta avevo il diritto di toccare, fissò il soffitto. «Ho mandato tutto a puttane».

Sbuffai. «Questa è la sacrosanta verità». La rabbia virtuosa mi raddrizzò la schiena, e lo fulminai con lo sguardo. «Come facevi a non sapere che c'era una telecamera di sicurezza nella tua camera da letto? Devi distruggere quella registrazione».

«Certo». Si grattò il cuoio capelluto. «Ho messo a rischio l'azienda. Ho infranto la mia promessa a Jackson...».

Continuò a parlare, ma smisi di ascoltare quando pronunciò il nome di Jackson. Una nebbia rossa mi offuscò la vista. Aveva detto a tutti che non ero il suo ragazzo. La cosa meravigliosa che c'era tra noi era stata ridotta a un fottuto video porno. Dopo tutto ciò che ci eravamo detti sull'isola, la sua tenerezza sul jet proprio quella mattina, non significava niente per lui. Il suo ti amo non aveva senso. Ero stato uno sciocco a scambiarlo per qualcosa di più. Uno sciocco che aveva rinunciato al suo maledetto lavoro per lui.

Anche se stava ancora parlando, mi alzai. «Non ho bisogno di sentire altro».

«Ma ti ho detto che ti amo, Ben. Non significa niente?». Si alzò, sovrastandomi come al solito, e tutto ciò che desideravo era appoggiarmi a lui.

Ma non potevo. «Continui a dirlo. Non sono sicuro che tu e io abbiamo la stessa concezione di cosa significhi».

«Significa che mi prenderò cura di te. Sempre. Vai a casa mia. Fatti una nuotata in piscina. O un bel bagno lungo e rilassante nella vasca. Norma preparerà qualcosa da mangiare per te. Anche per Coco. E quando avrò finito di limitare i danni qui, tornerò a casa e parleremo».

«Limitare i danni?». Sussultò sentendo quanto la mia voce fosse diventata alta e forte. «Io per te sono un danno da limitare? No, grazie. Tu occupati della fottuta registrazione. Te l'ho detto, so badare a me stesso». Sollevai il mento e lo fulminai con lo sguardo.

Le sue mani si strinsero a pugno. «Lo so che puoi, ma è quello che faccio per le persone che amo».

«Le persone che mi amano sono disposte ad ammetterlo in pubblico».

Il viso di Cooper diventò rosso, ma la sua voce era controllata. «Devi darmi un'altra possibilità».

«No. Non devo». Lo superai e aprii la porta. Presi la mia scatola e, a testa alta, mi diressi verso gli ascensori.

Mi fermai quando arrivai alla scrivania di Marlee. Lei e Jackson erano nel suo ufficio, e le loro voci erano bassi mormorii. Allungai la mano nella mia scatola e tirai fuori la confezione di barrette di cereali. Lei avrebbe saputo cosa farne quando Cooper sarebbe stato troppo impegnato e si fosse dimenticato di mangiare.

Mi voltai e spalancai la porta delle scale. Quel giorno non avrei aspettato l'ascensore. Avevo chiuso con la Synergy. Chiuso con Cooper Fallon.

Conoscevo la procedura. Sarei andato a casa, avrei pianto e avrei annegato i dispiaceri nel cibo. Come sempre. L'unica complicazione, questa volta, era che ero anche senza lavoro.

32

COOPER

RAGGI DI LUCE color sorbetto entrarono dalla finestra del mio ufficio, facendomi dolere il cuore al pensiero dei tanti tramonti che Ben e io avevamo guardato dalla terrazza del bungalow. Ma non potevo andare da lui. Non ancora. Prima, dovevo capire che diavolo fare della mia azienda, perché se avessi permesso a Guru-soft di prenderne il controllo e licenziare tutti i suoi amici, Ben non me l'avrebbe mai perdonato. Aveva preso un cazzo di aereo, per ben due volte, per impedirlo. Non potevo deluderlo anche su quello.

Mi morsi il labbro e fissai le nuvole rosate. Sull'isola, Ben aveva indossato una polo di quel colore. Era la prima volta che vedevo le sue braccia nude. Le avrei mai riviste? Forse no, dopo che avevo fatto esattamente quello che avevo temuto di fare. Lo avevo ferito.

Un colpo alla porta mi fece trasalire e il mio migliore amico spuntò con la testa nel mio ufficio. «Sei pronto a parlare di...» fece un gesto vago con la mano, «tutto?»

Gli rivolsi un sorriso tirato a labbra strette che nascondeva il vuoto che avevo dentro. «Non sono sicuro di tutto. Ma dobbiamo parlare.»

Sulla sua fronte comparve quel solco che gli veniva sempre quando era ferito. Chiuse la porta. «Siamo migliori amici. Parlavamo di tutto, una volta.»

Aggirai la scrivania e mi sedetti, non sul divanetto dove mi trovavo quando Ben mi aveva gelato, ma dall'altra parte del tavolino, nell'angolo della chaise longue. Mi passai una mano sul viso. «Jay, non ti ho mai detto tutto.» Non ero mai stato sincero, nemmeno con il mio migliore amico.

Fino a Ben. E con lui non ero stato abbastanza onesto.

Si lasciò cadere sull'estremità della chaise longue. «Non mi hai mai detto di essere gay.»

Sospirai. «Sono bisessuale. Lo sono sempre stato.»

«Perché non me l'hai detto?» Il solco si fece più profondo.

«Perché io… era complicato.»

«Complicato in che senso?»

Cazzo, il mio segreto era appena stato svelato davanti all'amministratore delegato, a mio padre omofobo e a mezzo sesto piano. Perché nasconderglielo ancora?

«Perché ero innamorato di te. E non volevo metterti a disagio. Non volevo mettere a rischio la nostra amicizia.» La confessione, attesa così a lungo, non mi fece sentire più leggero. Mi preparai alla sua reazione.

Il solco scomparve. Aprì la bocca e prese fiato. Poi la richiuse.

Di' qualcosa. Ora che era troppo tardi, volevo che mi vedesse. Che capisse cosa avevo passato.

Finalmente parlò. «Innamorato di me? Ma mi urlavi sempre contro.»

Sprofondai nell'angolo. «Il mio terapeuta pensa che io abbia trasformato il mio affetto inappropriato in rabbia. E che pensassi di essere innamorato di te perché eri un porto sicuro. Non avresti mai ricambiato i miei sentimenti, quindi non avrei mai dovuto rendermi vulnerabile. Sublimazione da manuale.»

Aggrottò la fronte. «Ci hai pensato molto. Ne hai parlato con il tuo terapeuta. E non mi hai mai detto una parola. Avresti potuto darmi una cazzo di possibilità.»

«Jay.» Addolcii il tono della voce. «Apprezzo che tu pensi che la nostra amicizia sia abbastanza forte da resistere a una dichiarazione d'amore, ma non avresti mai potuto ricambiare. A cosa sarebbe servito?»

Mi prese la mano e la strinse tra i suoi palmi ruvidi. «Sai che ti voglio bene, amico...»

Misi la mia mano sopra la sua. «Lo so. Ma ho lasciato perdere tutto quando è nato Valentine. Sapevo che avevi ciò di cui avevi bisogno. Eri completo. Eri così felice. Sei così felice.»

Mi strinse la mano, poi la ritrasse. «Così hai venduto le tue azioni.»

Il rimpianto mi attraversò, freddo e pungente. «Non ho detto di non essere stato geloso. Ferito. E arrabbiato.»

«Non vuoi più lavorare con me? Pensavo che questa... Synergy...» gesticolò verso l'ufficio, «fosse la cosa a cui tenevi di più.»

«Tenevo a te. E a quello che abbiamo costruito insieme. E poi, poi è stato troppo. Quando sembrava che a te non importasse più.»

«Cazzo, Cooper.» Si sfregò il petto. «Non è che non me ne importasse. Ho solo dovuto rivedere le mie priorità per un po'.»

Chiusi la mano a pugno, cercando di allentare la tensione. «E mi è sembrato che la nostra amicizia... io... fossi l'ultima delle priorità.»

«Continua pure a lanciare bombe, Coop. Tira fuori tutto.»

Lo fulminai con lo sguardo. «Mi stai prendendo per il culo?»

«No, sono serissimo. Sono contento che finalmente mi stai dicendo come ti senti davvero. Forse dopo sarò ridotto a un cumulo di macerie emotive, ma ne varrà la pena.»

«Okay.» Mi massaggiai le nocche. «Okay.»

«Potrebbe essere più facile con un po' di alcol. Vuoi andare da qualche parte?»

«No, io...» Raddrizzai le spalle. «Ho smesso di bere.»

Sbucò gli occhi. «Hai fatto cosa, scusa?»

«Ero un disastro quando sono arrivato sull'isola. Mi sono ubriacato e sono rimasto così. Finché Ben non mi ha fatto smettere. E io… mi piace di più chi sono senza alcol. Vuoi andare a correre, invece?»

«Sì. Okay. Ci vediamo in corridoio tra cinque minuti?»

«Sei sicuro di avere tempo? Non hai una moglie e dei figli da cui dovresti tornare a casa?»

«Coop.» Allungò di nuovo la mano e mi afferrò la mia. «Hai bisogno di me. Sei la mia priorità assoluta in questo momento.»

Mi bruciarono gli occhi. «Cinque minuti.»

«Certamente.» Si voltò per andare.

Gli afferrai il polso. «Aspetta. Un'altra cosa. Weston ha quella… quella registrazione. Di me e Ben. Devo farla sparire.»

Un lampo gli attraversò gli occhi castani e si schioccò le nocche. «Potrei avere proprio il pezzo di codice che fa al caso nostro. Dammi dieci minuti per impostarlo. Può fare il suo lavoro mentre corriamo.»

Meno domande facevo sul perché avesse quel codice a portata di mano, meglio era. «Grazie. Sei il migliore.»

«È vero, sono il miglior programmatore. Sto ancora lavorando sull'essere il migliore amico.»

La mia voce era roca, sforzata per uscire dalla gola chiusa. «Questo vale per entrambi. Ora sparisci.»

———

LE NOSTRE SCARPE da ginnastica martellavano l'asfalto, i nostri passi sincronizzati, mentre ci lasciavamo alle spalle il centro e ci dirigevamo verso il sentiero che costeggiava la baia.

«Allora, cosa vuoi fare con l'azienda?» Jackson mi lanciò un'occhiata.

«Cosa vuoi farne tu? Lasciar perdere o ci stai dentro fino al collo?»

Il solco era tornato. «Ovvio che ci sto dentro fino al collo.»

«Davvero? Weston ha detto che tu…» Cazzo. Weston.

«Weston? Dopo quello che ti ha fatto oggi quello stronzo, come puoi credere a una sola parola che dice?»

«Hai ragione. Scusa. Avrei dovuto parlare con te.»

Jackson fissò il sentiero davanti a sé. Fui contento che non disse quello che stava pensando.

Allungai il passo. «Ci vorrà una quantità spropositata di lavoro. E qualche leccata di culo.»

«Leccata di culo? Sei tu lo stronzo che ha venduto le sue azioni a Weston.»

Feci una smorfia. «Non a me. Al consiglio.»

«Oh. Allora direi che ci sto.» Schivò una coppia di yorkshire che passeggiavano lenti a un guinzaglio doppio. «Pensi che riusciremo a leccare abbastanza culi da portarli dalla nostra parte alla riunione di domani?»

Se non stessimo praticamente correndo all'impazzata, avrei sospirato. Ma, da eterno competitivo, avevo impostato un ritmo troppo veloce e non avevo fiato per quello. «Tutto quello che possiamo fare alla riunione del consiglio di domani è rimandare la decisione. La considererò una vittoria se riusciremo a ottenere una settimana per fare la nostra magia.»

«Forse l'offerta di Gurusoft non è eccezionale.» Jackson mi guardò con occhi speranzosi. «Forse sarà facile rifiutarla.»

«Ne dubito. Weston l'ha definita straordinaria. Avrà fatto in modo che presentassero la loro offerta migliore.»

«Weston.» Jackson sputò sull'erba accanto alla pista da corsa. «Quello che ti ha fatto è stato ignobile. Dobbiamo cacciarlo subito.»

«Se lo cacciamo, saremo solo noi due finché non potremo assumere qualcun altro. C'è un sacco di lavoro da fare. Non posso farlo da solo. Dovrai fare la tua parte.»

«Assumerò più personale. Tra un mese, dopo la fine della scuola in Texas, potremo chiedere alle madri di Alicia di passare l'estate con noi e i bambini.» Fissò il sentiero. «Ma se farò casini, e li farò, non ti limiterai a raccogliere i miei cocci in silenzio. Me lo dirai, okay? E faremo il lavoro insieme. O lo delegheremo.» Mi lanciò una rapida occhiata.

Rilassai le spalle e scrollai le mani. «Sì.»

«Okay, allora. Supplichiamo il consiglio. E poi?»

Accelerai per superare una coppia di jogger più lenti. «Preghiamo che la vedano come noi.»

«Sai che sono ateo.»

«Allora farai meglio a strisciare come un verme.»

«A proposito di strisciare...» mi guardò di sottecchi, «cosa farai per Ben?»

«Non lo so. Ho fatto un gran casino.» Riuscivo ancora a vedere lo shock e il dolore sul suo volto, a sentire il suo sussulto quando avevo negato la nostra relazione. «Ho provato a chiamarlo prima di andarcene, ma non ha risposto. Non sono sicuro che pensi che io ne valga la pena.»

Ben era stato intelligente a non rispondere. A non volere più avere a che fare con me. A non darmi un'altra possibilità di ferirlo.

Vorrei essere abbastanza intelligente da non rivolerlo indietro.

Jay si spostò a destra per urtarmi la spalla. «Ne vali la pena. Se fossi gay, ti salterei addosso senza pensarci.» Fece un gesto che andava dal mio viso sudato alla mia maglietta, appiccicata al petto e che odorava di angoscia e disperazione.

«Davvero, eh?» Risi per la prima volta da quando ero entrato in Synergy quel giorno. «Credo che Ben abbia standard più alti.»

«Seriamente. Non sarebbe rimasto così ferito se non gli importasse.»

I miei polmoni si bloccarono. Di fronte a Mick Fallon, avevo solo voluto proteggere Ben, e me stesso. Come tutte le altre volte, mi ero paralizzato. Avrei dovuto difendermi. Difendere Ben. Non lo meritavo.

«Sai cosa devi fare adesso, vero?» Per fortuna, attenuò il suo sorrisetto.

Accelerai e lui tenne il mio passo. Grugnii.

«Un gesto eclatante, tesoro. Marlee ha questa pila di libri.» Fece un gesto sopra la sua testa.

«No.» Feci un gesto tagliente con la mano. «Niente fottuti romanzi rosa.»

Alzò le spalle. «Peggiori per te. Alcuni sono piuttosto piccanti. E ne ha alcuni solo con ragazzi che…» si schiarì la gola, «non sono poi così male.»

«Questo gesto eclatante. Riassumilo per me.»

«A sinistra!» Una bicicletta ci sfrecciò accanto.

Jackson rallentò e io feci lo stesso. «Il punto è che devi renderti vulnerabile. Sacrificare un po' di quello…» fece di nuovo un gesto verso di me, «quell'orgoglio. Quell'autocontrollo. Mostragli che lo ami. Perché dopo quello che hai fatto, le parole non bastano.»

Chiusi gli occhi per un istante. «Quando sei diventato così fottutamente saggio?»

«Dopo aver risolto i miei casini con Alicia. Ci arriverai anche tu. Ci vuole solo pratica.»

«Pratica? Vuoi dire che devo fare più gesti eclatanti?» Non sapevo come farne uno. Come potevo farne di più?

«No, secchione.» Mi diede un colpetto sulla nuca con il palmo della mano. «Una relazione è un cazzo di duro lavoro. Fai sempre qualcosa per cui devi scusarti. E impari a ingoiare il rospo e a chiedere scusa.»

Se il tempo passato sull'isola era un indicatore, aveva ragione. Quante volte mi ero scusato con Ben? Eppure, era rimasto. Finché non avevo negato la nostra relazione in pubblico.

E questo dimostrava che non ero la cosa migliore per lui.

Non meritavo Ben. La cosa intelligente, la cosa gentile, da fare era stargli alla larga.

«Nessun gesto eclatante,» sbuffai. «Lavoriamo alla nostra strategia per salvare l'azienda.»

«Vuoi dire che ti occuperai prima di Synergy, giusto? E poi di Ben?»

«Voglio dire, fuori dalle palle dalla mia vita sentimentale. Abbiamo del lavoro da fare.»

33

BEN

«TESORO, SIAMO A CASA.»

Chiusi la porta alle mie spalle e posai a terra il borsone che si dimenava e che avevo usato per far entrare Coco di nascosto nell'edificio di Mimi. Lui saltò fuori dalla borsa, si scrollò e cominciò a fiutare lungo il perimetro della stanza.

Annusai l'aria speranzoso, ma dalla cucina non proveniva alcun odore di cibo. Avrei dovuto prendere qualcosa, ma senza un lavoro e con la retta del prossimo semestre da pagare entro pochi mesi — e senza uno stipendio, né tantomeno un programma aziendale che la coprisse — mi ripugnava l'idea di spendere soldi per costosi piatti da asporto.

Lanciando lo zaino sul divano — noto anche come il mio letto — mi voltai verso la cucina. Mimi era al lavandino e stava mandando giù una pillola per l'allergia. Illuminata dalla luce della cappa, sembrava esausta quanto me.

«Hai fatto tardi al lavoro?» Entrai in cucina e versai dell'acqua fresca nella ciotola di Coco.

«Sì. Ci stanno facendo preparare un sacco di report extra. Immagino per l'acquisizione.»

«Non ne hai parlato con nessuno, vero?» Avevo firmato un accordo di non divulgazione quando ero stato assunto da Synergy. Lo facevamo tutti. Dire a Mimi qualsiasi cosa sentissi al sesto piano era proibito, ma la sera prima, quando ero rientrato con la mia scatola, mi era uscito tutto fuori. E con il mio cane. E una boccetta di Benadryl per mia sorella.

Coco trotterellò in cucina e leccò rumorosamente l'acqua dalla sua ciotola.

«Certo che no. Mi comporto da brava piccola contabile e tengo il naso fuori dagli affari che non mi riguardano.» Posò il bicchiere nel lavandino e mi lanciò un'occhiata spenta. Certo che l'acquisizione la riguardava. I reparti generali come la contabilità e il marketing erano di solito i primi a essere ridimensionati.

«Jackson e C-Cooper si opporranno. So che lo faranno.» Se non avesse avuto intenzione di resistere all'acquisizione, non si sarebbe preso il disturbo di dire che non ero il suo ragazzo. Avrebbe potuto prendere la sua liquidazione e andarsene da lì con i suoi segreti intatti. Con la nostra relazione intatta.

Non che la nostra relazione fosse più importante della Synergy. Il lavoro dei miei amici dipendeva dal mantenere intatta l'azienda. Immaginavo che lo sapesse anche lui. Nonostante mi avesse ridotto il cuore in polvere, dovevo comunque ammirarlo un po'.

«Non l'hai visto oggi, vero?» La domanda mi sfuggì prima che potessi fermarla.

«No. Oggi c'era la riunione del consiglio di amministrazione. Sono sicura che era rintanato al sesto piano.» Si diresse verso il bancone dall'altra parte, dove tenevamo la posta, e prese una busta grande e rigida da sotto la pila. «Questa è arrivata per te mentre non c'eri.»

Me la porse e guardai l'indirizzo del mittente. Synergy. Supposi fossero documenti relativi al mio licenziamento. Meglio occuparmene mentre mi sentivo già uno schifo. Cos'era un'altra pugnalata nel mio petto vuoto? Feci scorrere un dito sotto la linguetta ed estrassi un paio di fogli con un supporto di cartone.

Una lettera di accompagnamento. E un certificato azionario. Per un numero di azioni da capogiro.

«Merda.» Mi aveva parlato del trasferimento di azioni, ma vedere quei certificati incisi lo rese reale. Rimisi i fogli nella busta. Odiavo l'idea di accettarli. Avrei dovuto distruggerli e rispedirli a Cooper fatti a striscioline. Ma avrei avuto bisogno di quei soldi se non avessi trovato presto un lavoro.

«Cos'è?» chiese Mimi.

«Un regalo.»

Mia sorella inarcò le sopracciglia.

«Eravamo insieme quando lo ha fatto. Ora non significa niente.»

Fece un cenno per avere la busta e sfilò il certificato. Fece un fischio sommesso. «Accetterei un regalo senza significato come questo in qualsiasi momento. Questi sono, tipo, soldi per un appartamento. E soldi per un'auto sportiva europea.» Da contabile pratica qual era, strinse gli occhi verso di me. «Voglio dire, soldi per la pensione. E ora Cooper ha bisogno di te.»

«Non ha bisogno di me.» Ero solo un giocattolo per lui, qualcosa con cui giocare quando gli faceva comodo e da gettare via quando non era più così.

«Synergy ha bisogno di te. Io ho bisogno di te. Se si arriverà a una votazione degli azionisti, devi votare contro la vendita.»

«Il mio voto non sarà determinante. I dirigenti possiedono così tante azioni che la decisione spetterà a loro.»

«Benny, sarà una cosa molto combattuta. Ogni singolo voto conta. Fallo per l'azienda. Fallo per me.»

Aveva ragione. Lei, Marlee e tutti gli altri miei amici avevano bisogno di me. «Per te. Ma non per lui.»

«Okay. Ti apriremo un conto dove metterli. E così non sarai tentato di rovinarli.»

«Intendi, tipo, ops, sono caduti per caso nel distruggidocumenti?»

«Esatto. Quella è una bella sommetta. Ne avrai bisogno se...»

«Già.» Senza una lettera di raccomandazione dal mio ex datore di lavoro, con un'altra strana lacuna nella mia esperienza lavorativa, trovare un nuovo impiego sarebbe stata una sfida. «Ora che ho dato l'ultimo esame, inizierò a cercare domani.»

Mi sorrise, cupa. «Potrei iniziare anch'io. Non si sa mai.»

Il mio petto si strinse. «Mimi, mi dispiace.»

«Non fa niente. Almeno ho un preavviso. È da un po' che volevo fare qualcosa di diverso.»

«Qualcosa di diverso? Perché non ne abbiamo mai parlato?»

Lei scrollò le spalle. «Ne hai avute di gatte da pelare. E non volevo che la mamma si preoccupasse.»

Questo mi fece sorridere un po'. «La mamma si preoccupa sempre.»

«Già.»

«Qualcosa di diverso?» Le diedi un colpetto sul braccio.

«Una no-profit, credo. Il tuo lavoro di volontariato mi ha sempre ispirata.»

«Una no-profit? La mamma si preoccuperà.»

«Andrà tutto bene» disse lei. «Sai quanto sono prudente.»

«Già.» Se solo avessi avuto un briciolo della sua prudenza, non mi sarei mai innamorato del mio capo. Allora avrei potuto convincere Cooper a tornare in ufficio prima, così Weston non avrebbe avuto tanto tempo per architettare il suo piano. Se fossi stato come Mimi, avrei fatto il mio lavoro e non ci avrei rimesso il cuore.

«Festeggiamo» disse lei. «Pizza?»

«Che diavolo stiamo festeggiando?» Deglutii, ma il nodo mi rimase in gola.

«Hai un piccolo cuscinetto.» Agitò la busta. «Okay, non è così piccolo. Un bel cuscinetto morbido. E, da oggi, io ho un lavoro. Siamo entrambi sani, abbiamo un tetto sopra la testa» — entrambi guardammo la macchia d'acqua gialla sul soffitto; si stava allargando? — «e abbiamo un Chianti fruttato per accompagnare.»

Così, nonostante il mio misero conto in banca e il pagamento della retta che incombeva, ordinammo la pizza. E, seduti sul mio divano-letto, bevemmo il Chianti. Dopo troppo vino e non abbastanza pizza, dissi: «Mimi. Mimi. Guardami.»

Lei sbatté le palpebre, i suoi occhi erano iniettati di sangue. La bassa tolleranza all'alcol era un tratto di famiglia. «Sì, Benny?»

«Ho chiuso con l'amore. Mi senti? Mai più. Tu troverai qualcuno e avrai un paio di figli, e io sarò lo zio figo che vive nella casa accanto.»

«Sai che non ti renderà felice, tesoro. Se c'è qualcuno che ha bisogno di amore e di un paio di figli, quello sei tu.»

«Bisogno d'amore?» Risi, amaro. «Non più. Amo questo cane.» Grattai Coco tra le orecchie. «Amo te. E amerò il tuo uomo. Come un fratello, intendo, non in un qualche strano triangolo amoroso. E amerò i tuoi figli. E la mamma e il papà. Dovrà bastare.»

Doveva bastare. Perché avevo la sensazione che questa volta il mio cuore non si sarebbe ricucito, non come dopo la rottura con Trey.

«Ma per quanto riguarda» — agitò la sua fetta di pizza verso il mio inguine — «la compagnia?»

«Oh, me la farò con chiunque ci starà. Ma niente più amore. Prometto. Anzi, troverò qualcuno da scopare proprio adesso.» Mi alzai, ma troppo in fretta. Barcollai e ricaddi sul divano, e il bicchiere di vino che avevo in mano ondeggiò, schizzando me e il divano. «Cazzo, scusa.» Presi un tovagliolo dalla pila sul tavolino e tamponai la macchia.

«Non ti preoccupare. Il tessuto è scuro. Non si vedrà. È un divano di merda, comunque.»

«Credimi, lo so.»

Ridemmo, come non ridevo da quando avevo lasciato l'isola. Da quando mi aveva spezzato il cuore. E quella risata mi diede la speranza di poter superare Cooper Fallon. Di poter vivere la mia vita con il cuore al suo posto, dentro di me, e non lasciare che ogni persona che incontravo ne staccasse un pezzo.

Coco sembrava sapere di cosa avessi bisogno. Si raggomitolò accanto a me, la testa appoggiata sul mio ginocchio, guardandomi con i suoi intensi occhi marroni. Cooper se n'è andato, sembrava dirmi, ma hai ancora me.

Sarebbe dovuto bastare.

34

COOPER

«SIEDITI.»

Bastò una parola per farmi capire come sarebbe andata la mia conversazione con Jamila. Mi lasciai cadere sulla sedia di vimini imbottita sulla sua veranda affacciata sull'oceano. Lei si appollaiò sulla sedia accanto a me e mi versò una tazza calda della camomilla che le piaceva. Aveva un odore di terra e di fiori sbagliati, pallidi e piccoli.

Portandosi la sua tazza alle labbra, disse: «Immagino che questa visita sia per affari, non personale.»

«Sì.» Io e Jackson ci eravamo divisi il consiglio di amministrazione. Lui si era preso il suo patrigno, Charles, che era anche il presidente, e la metà più propensa ad ascoltarlo. Pensava di poter convincere Charles a passare dalla nostra parte.

Io mi ero preso Jamila e l'altra metà. La metà difficile. Nessuna delle mie altre visite aveva avuto successo. O Weston era arrivato prima, oppure avevano perso fiducia in me e Jackson. Forse entrambe le cose. Presumevo che Jamila sarebbe stata una vittoria facile, quindi l'avevo lasciata per ultima. Avrebbe dovuto essere d'accordo con me, considerata la nostra lunga amicizia. Ma la smorfia sulle sue labbra viola intenso mi strinse il petto.

«Senti, Jamila…»

«Non provare a dirmi 'senti, Jamila'. Sono un membro del consiglio di amministrazione di Synergy. Devo votare per ciò che è meglio per gli azionisti. Weston, per quanto stronzo sia, ha presentato delle argomentazioni valide l'altro giorno. E non sono così sicura che mantenere Synergy indipendente sia la mossa migliore per te, amico mio.»

«Cosa?» Posai il tè bollente. Nonostante l'aria fresca del mattino, il mio corpo si surriscaldò. «Ho costruito io questa azienda. Perché dovrei volere che venga smembrata da Gurusoft?»

Lei sorseggiò il suo tè e posò la tazza. Inarcò le sopracciglia. «Mi sembra di ricordare di essere stata seduta su una veranda diversa a parlare del tuo futuro con l'azienda. Il Cooper con cui parlai allora era esaurito. Ferito. Stanco di Jackson. E di Synergy. Avevi un'opinione ben diversa.»

Merda, me lo ricordavo anch'io. Il dolore. La stanchezza. La disperazione. Cos'era cambiato? Per prima cosa, mi ero preso tre settimane di ferie. E avevo avuto una buona conversazione con Jackson. Stava facendo la sua parte, finora, avendo esattamente il tipo di interazioni che odiava con i membri del consiglio, facendo pubbliche relazioni e parlando di numeri, quando tutto ciò che voleva fare era scrivere codice.

Ma la differenza più grande era Ben. Mi aveva ricordato che l'azienda non apparteneva solo a me e a Jackson. Era più grande di noi due. Le persone a cui tenevo dipendevano da essa, ci credevano. Ero stato egoista a considerare solo me stesso.

«Non posso… non possiamo… deludere i nostri dipendenti. Se Gurusoft prenderà il controllo, saranno i fortunati a essere licenziati. Sai quanto sia tossico il loro ambiente di lavoro.»

Si morse un labbro. «Ho sentito dire delle cose. Tutti le hanno sentite. Ma sei sicuro di essere disposto a restare, a riprendere il controllo da Weston e a comportarti come il fondatore dell'azienda di cui hanno bisogno che tu sia?»

La mia risposta fu automatica. «Lo sono.»

«Non così in fretta, Coop.» Si sporse oltre il tavolino che ci separava. «Non si tratta solo degli azionisti. Tengo anche a te. Hai parlato con la tua terapeuta da quando sei tornato?»

«Sono tornato da cinque giorni, e la maggior parte del tempo l'ho passata a darmi da fare per incontrare gli azionisti. Quando avrei avuto il tempo di parlarle?»

«Trova il tempo. Non avrai il mio voto finché non lo farai. E per quanto riguarda Ben?»

Il suo nome sulle sue labbra mi fece venire voglia di raggomitolarmi intorno al buco che avevo nel petto. Le raccontai quello che era successo in ufficio martedì. La registrazione che mi aveva mostrato Weston. Come aveva tirato in ballo mio padre e la vecchia paura era tornata a galla finché non dissi cose che non pensavo.

«Quel serpente!» esplose Jamila. «Vorrei averlo saputo durante la riunione del consiglio. Weston è così in basso che deve guardare in su per vedere l'inferno.» Si spazzolò la mano sui pantaloni color perla, come se potesse togliersi di dosso la sua stretta di mano. «Ti serve aiuto per cancellare quella registrazione?»

«Se n'è occupato Jay. Ma era solo la prova fisica. Non sarei mai dovuto andare a letto con il mio assistente.»

«Tecnicamente…»

«Macché tecnicamente. In qualità di Direttore Operativo, ho sbagliato ad approfittarmi di lui in quel modo. Dovrei dare l'esempio. Una volta superata questa situazione, farò una dichiarazione ai dipendenti.»

«Cooper.» La sua voce era gentile. «Non puoi essere il Direttore Operativo tutto il tempo. Devi anche essere un essere umano. E gli esseri umani si innamorano.»

«Non pensavo di potermelo permettere. Di lasciare che mi amasse qualcuno che avrei potuto amare a mia volta. Ma alla fine, ero una persona migliore con Ben. Grazie a Ben.»

«Alla fine? Il Cooper Fallon che conosco io non si arrende.»

«Mila, è uscito con la sua roba e non si è voltato indietro. E poi, sono tossico. Sta meglio senza di me.»

«Tossico? Un po' melodrammatico, non trovi?» Fece un sorrisetto. «Ammetto che ci vorrà del duro lavoro per riavere il tuo uomo dopo la cazzata che hai fatto. Ma non ti ho mai visto tirarti indietro di fronte al duro lavoro.»

Jackson mi aveva detto la stessa cosa. Ma non sapevo come si facesse quel tipo di lavoro. Dammi una pila di fogli di calcolo e li avrei macinati. Presentazioni? Potevo comporle sul momento. Ma non avevo mai avuto un buon esempio di persone che si impegnano in una relazione. Rabbrividii, ricordando il matrimonio dei miei genitori. La paura costante negli occhi di mia madre.

«E se io... e se lui non mi rivolesse?» Presi la tazza di tè e ne sorseggiai un po' per nascondere il tremore delle labbra. Il tè era rivoltante, ne sputai metà nella tazza e tossii l'altra metà nella piega del gomito.

Rise. Di me. Ma la rabbia non mi salì al petto come accadeva di solito nelle rare occasioni in cui qualcuno – di solito Jackson – si prendeva gioco di me. Il mio cuore doleva troppo.

«Certo che ti rivuole. Era al settimo cielo per te quando vi ho visti sull'isola. Ha bisogno che tu gli dimostri che ci tieni a lui.»

«Jay ha detto che devo fare un gesto plateale.»

Lei sbuffò. «Non saprei. Devi dimostrargli che fai sul serio con lui.»

«Faccio dannatamente sul serio. Ma devo anche pensare a ciò che è meglio per lui. E se non fossi io?»

Agitò una mano come se le mie mancanze fossero abbastanza leggere da poter svanire nella brezza dell'oceano. Sapevo che non era così. Erano enormi. Pesanti. Mi avevano oppresso per anni. Non potevo permettere che schiacciassero anche Ben. Ciò che feci in ufficio la settimana scorsa lo aveva annientato. Non se lo meritava.

«Adesso rientriamo.» Jamila si alzò. «Ti daremo qualcosa da

bere, qualcosa da mangiare. Poi penserai meglio. E faremo un piano per Synergy e per Ben. Se lo porterai a termine, se prometterai di fare più vacanze e di vedere regolarmente la tua terapeuta, voterò contro la fusione.»

Con il voto di Jamila, potevamo avere la maggioranza. Ero meno fiducioso riguardo al suo aiuto con Ben. Lei aveva avuto ancora più relazioni insignificanti di me. «Niente più camomilla.»

Si alzò e mi tirò in piedi. Le sue braccia mi circondarono e mi rilassai nel suo abbraccio. Non mi sentivo così al sicuro da quando mi ero scostato da sotto Ben la nostra ultima mattina sull'isola. «Va bene.»

La lasciai condurmi dentro. Perché una cosa che avevo imparato da tutta questa storia era che l'unico modo in cui potevo riprendere il controllo della mia vita era cedendo il controllo.

———

QUEL POMERIGGIO, rintracciai mia madre. Se mi fossi ricordato che era domenica, non mi sarei nemmeno preoccupato di chiamare la sua scorta. C'era un solo posto dove poteva essere.

Anche se la Messa era finita da ore, l'odore di incenso si aggrappava all'edificio come l'edera agli alberi dell'isola. Con amarezza, mi allontanai dalle porte del santuario. Dio non ci aveva salvati da Mick Fallon. La sua Chiesa non ci aveva salvati. Li avevo salvati entrambi io.

La trovai nel ripostiglio delle donazioni. Una giovane donna latina magra, stringendo al petto un bambino in fasce, stava lì vicino, con gli occhi spalancati su mia madre mentre frugava in sacchetti di plastica pieni di vestiti. Un occhio nero gonfiava la pelle abbronzata della donna.

Mamá emerse dal sacchetto e sollevò un paio di pantaloni neri e una camicetta a fiori sgargianti come se avesse trovato la cura per il cancro. «Pruébate estos, querida.» Li porse alla giovane donna.

Poi mi vide.

«Lito! Sei qui!»

Sapeva che sarei tornato; l'avevo chiamata la sera in cui eravamo rientrati.

«Non ti entusiasmare. Non sono in cerca di salvezza. Cerco te.»

Mi fece cenno con un dito di aspettare. Delicatamente, prese il bambino dalle braccia della donna e le porse l'abito. «Pruébate estos.» Indicò gli abiti che la donna stringeva.

Con il bambino in braccio, Mamá uscì nel corridoio e io la seguii. Sui muri svolazzavano immagini di Maria Maddalena che faceva rotolare la pietra dal sepolcro di Gesù, colorate vivacemente a pastello dai bambini del catechismo.

Mamá inclinò la testa verso di me come faceva a volte Coco. «Non sembri felice. Isobel ha detto che eri felice.»

«Cristo, Mamá. Ciao anche a te.»

Coprì l'orecchio del bambino addormentato con una mano. «Pronunci il nome del Signore invano in chiesa, Miguel? Ti ho cresciuto meglio.»

La mia pelle si accese come sempre quando ricordavo l'uomo da cui aveva preso il mio nome. «Non ti ha infastidita, vero?» Le guardie del corpo avevano riferito che non aveva cercato di vederla, ma non stavano monitorando il suo telefono. Non mi permetteva di farlo.

«No. Ha cercato di vedere te?»

«Non da martedì, quando l'ho visto al lavoro.» Avrei voluto non doverglielo dire, ma l'avevo fatto per la sua sicurezza.

«Bene. Ma dimmi, perché non sei felice? È per colpa sua?»

Mi appoggiai al muro di blocchi di cemento dipinto di bianco. «No. Lavoro e... altre cose.»

«Ah. Isobel mi ha parlato del tu novio. Ben. Cos'è successo?»

«Io... il CEO mi ha messo di fronte a un... a un video. Di me e Ben. Poi ha fatto entrare pa... Mick. È stato troppo da gestire e ho reagito male.»

«Ne hai parlato con la tua terapeuta?»

«Cri...» Mi trattenni. Sembrava proprio Jamila. «Ho un appuntamento questa settimana.»

«Bene. Vorrei...» Abbassò lo sguardo sul viso del bambino addormentato e armeggiò con la sua copertina.

Le toccai una spalla. «Cosa vorresti, Mamá?»

«Essere stata più forte quando eri piccolo. Avergli tenuto testa.»

L'aria intrisa di incenso era troppo pesante da respirare. «Mamá, no. Hai fatto del tuo meglio.»

«E anche tu, Lito. Sono fiera di te.»

«Non gli ho mai tenuto testa. Non come avrei dovuto.» Tutte quelle volte che li avevo sentiti nella loro stanza, sarei dovuto piombare lì dentro. Fare qualcosa. Qualsiasi cosa. Ma non ne ebbi mai il coraggio.

«No, no. Quello di cui avevo bisogno che tu facessi era diventare più grande di lui. E l'hai fatto.»

«Quella è solo genetica...»

«No.» Si portò una mano al cuore. «Più grande qui.»

Il mio cuore annerito batté forte. «Ma non lo sono.»

La giovane donna apparve sulla soglia. La camicetta, per quanto vistosa, le stava bene e faceva risaltare i riflessi rossi dei suoi capelli.

Mamá le porse il bambino. «Un minuto, querida.»

Quando la donna tornò nel ripostiglio, Mamá mi fissò dritto negli occhi. «Sei un uomo buono.»

Strisciai la scarpa elegante sulla squallida mattonella di linoleum. «Lo sono davvero?» Elencai le cose sulle dita. «Ho quasi colpito il mio migliore amico. Ho venduto le mie azioni anche se avevo promesso a Jay che non l'avrei fatto, e questo ha messo in pericolo la mia azienda e tutti i miei dipendenti. E poi, quando le cose si sono fatte difficili, ho detto che Ben non era il mio ragazzo. Anche se volevo che lo fosse. Non gli ho detto che lo amavo finché non è stato troppo tardi.» Chiusi forte gli occhi per non vedere il disgusto sul suo viso.

«Lito.» Allungò la mano per alzarmi il mento in modo che la

guardassi negli occhi. «Tutti commettono errori. A volte ne fanno molti, tutti di fila. Ma ascolta, tu non sei come tuo padre. L'ho conosciuto nel suo momento migliore e nel suo peggiore. E anche nel tuo giorno peggiore, tu sei migliore di quanto lui lo sia mai stato nel suo giorno migliore.»

«Davvero? Perché quando ho spaccato la mia scrivania, mi sono sentito molto simile a lui.»

«Davvero.» Mi mise il palmo ruvido dal lavoro sulla guancia. «A te importa fare la cosa giusta per le altre persone. Per la tua famiglia. Per le persone che ami.»

«Ma non l'ho fatto, Mamá. Ho fott... ho mandato tutto a rotoli.»

«Ma stai lavorando per rimediare, no?»

Sospirai. «Ho chiesto scusa a Jay. E sto facendo tutto il possibile per salvare l'azienda.»

«E Ben?»

«Sta meglio senza di me.»

«Da quello che hai detto, lui non la pensa così. Ti ama. E chi sei tu per prendere questa decisione al posto suo?»

Chiusi forte gli occhi. «Smettila di essere così saggia.»

«Lito. Me la sono guadagnata, questa saggezza. Commettendo molti, moltissimi errori.» Mi accarezzò la guancia. «Voglio che tu faccia scelte migliori. Chiedigli scusa. Mostragli che lo ami. Se ti ama ancora, basterà quello. Meriti la felicità.»

«Mamá. Non è così facile.» Secondo Jackson e Jamila, avevo bisogno di qualcosa di più per riconquistare Ben. Le idee di Jackson per un gesto plateale facevano schifo. E Jamila poteva essere bravissima a pianificare lo sviluppo di app, ma il suo piano per riavere Ben rasentava lo stalking e il rapimento ed era più probabile che mi facesse finire in prigione piuttosto che intenerire il cuore di Ben.

«Per te? No, non è facile.» Mi accarezzò la guancia. «Devi prima abbattere quei tuoi muri. Per te, quella è la parte più difficile.»

Il freddo glaciale nel mio stomaco mi disse che aveva ragione.
«E poi?»

Lei sorrise. «Poi gli mostri che tipo di uomo sei. Qui dentro.»
Mi posò una mano sul cuore.

Mostragli somigliava molto al fottuto gesto plateale di Jackson.
E sapevo a quale esperto rivolgermi per farmi guidare.

35

COOPER

IL CAFFÈ traboccò dal bordo della tazza e schizzò sul bancone della sala relax per i dipendenti al sesto piano.

Jackson scattò ad aiutarmi con una manciata di tovaglioli di carta. «Sta' indietro! Non puoi presentarti alla riunione del consiglio con il caffè sul completo.»

«Maledizione, lo so» ringhiai, allontanandomi dalla cascata di caffè sul bancone mentre cercavo di nascondere il tremore delle mani. «Altri tovaglioli.»

«Ragazzi! Lontani dalla macchia» abbaiò Marlee alle nostre spalle. Sospirò, con tutto il peso del mondo in quel gesto. «Pulisco io. Tieni.» Mi porse un frullato verde. «Bevi questo, invece.»

«Grazie.» Le rivolsi un debole sorriso.

«Non possiamo permettere che il nostro fuoriclasse si perda i suoi antiossidanti o che so io.» Il suo tono era scherzoso, ma la sua preoccupazione era evidente nella contrazione della sua bocca. Il suo lavoro dipendeva dalla mia performance nella sala riunioni quella mattina. Se Gurusoft avesse preso il controllo, io e Jay, e la sua assistente, saremmo stati i primi a saltare.

«Farò del mio meglio.» Avrei voluto poter dire che non li avrei delusi, ma non ero sicuro di avere i voti necessari. Dato che non avevo seguito il piano di Jamila per riconquistare Ben, lei non si era impegnata a votare contro l'acquisizione. E almeno uno dei due elettori del blocco di Charles si sarebbe lasciato influenzare se lei non l'avesse fatto. Weston aveva tre membri del consiglio saldamente dalla sua parte.

Se solo Jay fosse stato ancora nel consiglio, mi sarei sentito più tranquillo. Ma la prima mossa di Weston per accaparrarsi il potere, qualche anno prima, era stata quella di estrometterlo con un voto dopo che Jackson aveva saltato troppe riunioni del consiglio. D'accordo, le aveva saltate tutte, ma io avevo lottato duramente per il mio amico.

Jay mi diede una pacca sulla spalla. «So che puoi farcela. Ora bevi e andiamo.»

Infilai la cannuccia nel coperchio e presi una lunga sorsata del frullato verde. Come gli altri che Marlee mi aveva procurato quella settimana, sapeva di erba e terra. Ben doveva possedere una sorta di magia dei frullati che i semplici mortali non potevano replicare. Pensare a lui allargò il buco che avevo nello stomaco. Ci misi sopra una mano.

«Com'è il frullato?» chiese Marlee, gettando i tovaglioli inzuppati di caffè nel bidone dell'umido.

«Delizioso. Grazie.» Se la sarebbe cavata. Mi sarei assicurato che lei e Ben avessero un lavoro dopo tutto questo, anche se non ci fosse più stata una Synergy ad assumerli. Ben. «Sei, ah...?»

«L'ho invitato a pranzo. Mangeremo alla mensa di sotto, così potrai trovarci. Tu lo sai dov'è la mensa dei dipendenti, vero?» Inarcò un sopracciglio.

«Certo che lo so. Solo che non ci mangio. I nostri dipendenti hanno un'idea della nutrizione sorprendentemente scarsa. Ma ci vedremo lì. Dopo.»

«Andiamo. Ti accompagno alla porta.» Jay mi offrì il braccio.

Lo guardai con disgusto.

Mi fece l'occhiolino, un'abitudine che aveva preso l'anno prima in Texas. «Troppo presto?»

«Sarà sempre troppo presto per una cosa del genere, stronzo.»

Sorrise. «Ecco il mio Cooper Fallon. Ma sul serio, cammina con me.»

Mi precedette fuori dalla sala relax, e camminammo fianco a fianco verso la sala riunioni, forse per l'ultima volta. Quest'ultima era leggermente più sfarzosa delle altre sale conferenze, con le nostre sedie più comode e la migliore attrezzatura per le video-conferenze. Sapevo per certo che la nostra squadra di pulizie fati-cava dopo ogni riunione per cancellare le impronte digitali dal lucido tavolo di vetro. L'aveva scelto Weston, sospettavo perché voleva essere in grado di scrutare ogni parte del corpo di una persona, dalle mani sudate strette sotto il tavolo alle dita dei piedi che battevano nervosamente.

Sulla soglia, raddrizzai la schiena. Jay mi tolse un immaginario granello di polvere dalla spalla della giacca. «Fagliela vedere.»

Non c'era bisogno che dicesse altro. Sapevo dalla rigidità della sua postura, dalla tensione nella sua voce, che ciò che sarebbe accaduto nella sala riunioni era importante per lui. E non avevo intenzione di deludere il mio amico.

Annuii e varcai la soglia. Gli altri membri del consiglio erano già dentro. Alcuni sedevano al tavolo, esaminando i documenti che Julie aveva sistemato a ogni posto. Altri stavano in piedi vicino alla credenza, riempiendosi i piatti di pasticcini o rabboc-candosi il caffè. Weston sedeva da solo a capotavola. Incrociò il mio sguardo e sorrise. Prima, avrei detto che il suo sorriso era sicuro di sé. Che ispirava fiducia. Dopo quel fiasco nel suo ufficio, quando mi aveva sbattuto in faccia tutti i miei demoni, il suo sorriso sembrava segreto. Compiaciuto.

Mi voltai per un'ultima occhiata rassicurante a Jackson, ma non era lui quello sulla porta. L'uomo era corpulento. E dall'a-spetto familiare. Come lo conoscevo? Il modo in cui la camicia della sicurezza della Synergy, troppo piccola, si gonfiava sui bottoni mi ricordò un'altra uniforme inadatta. Trassi un respiro. L'inserviente del mio bungalow. Ne ebbi la certezza quando si girò e si allontanò zoppicando.

Che cazzo ci faceva nel mio palazzo? Uscii dalla stanza. Dovevo affrontarlo. Prendere il suo tesserino. «Jay, prendi...»

La voce mi si spense nella gola improvvisamente secca. L'ultima persona che avrei mai voluto rivedere era lì in corridoio. Imprecai a bassa voce, e il cuore prese a martellare.

A differenza dell'altro uomo, la sua camicia a bottoni con il logo della Synergy si adattava alla sua corporatura snella e muscolosa. Ma i pantaloni scuri, privi di cintura, gli calavano sulla vita. E le sue scarpe nere erano graffiate e consumate in punta.

«Vai da qualche parte, figliolo?» Mio padre incrociò le braccia.

Jackson si stava dirigendo verso il suo ufficio, ma al suono della voce di mio padre, si voltò di scatto per affrontarlo. «Che diavolo...? Che ci fa Lei qui?»

«Sicurezza.» Mick Fallon fece schioccare la lingua tra i denti.

La mia mano si strinse a pugno, ma Jackson si mise tra noi. «Avrà bisogno di una cazzo di scorta quassù quando io...»

«C'è qualche problema?» Weston scivolò fuori dalla sala conferenze, un sorrisetto sul volto.

«Che diavolo, Weston?» sbottò Jackson. «Non può portare lui qui.»

Mio padre si irrigidì e io trasalii. Ero alto quanto lui, e più pesante, ma una dozzina d'anni passati a fare da suo sacco da boxe mi avevano addestrato fin troppo bene.

Con un sorriso sempre più ampio, Weston si appoggiò allo stipite della porta. «Penso di poterlo fare.»

«Lascia perdere, Jay» borbottai.

«Ma...»

«Non fa niente.» Era tutto tranne che "non fa niente", e Jackson lo sapeva. Weston aveva portato di nuovo mio padre lì per mandarmi fuori di testa. Anche come minaccia. Avrebbe rivelato che ero il figlio di un ubriacone violento, uno povero, così diverso dalla maggior parte dei ricchi membri del consiglio. Feci una smorfia. I membri del consiglio che avevamo convinto a stare dalla nostra parte avrebbero cambiato idea sapendo che non ero uno di loro? Sapendo che se non fosse stato per l'incoraggiamento di mia madre e un sacco di borse di studio, sarei potuto finire a fare il loro giardiniere o il loro autista?

L'odore di sudore acido e di whiskey mi inondò le narici. Gettai il bicchiere di plastica del frullato nel cestino. «Non fa niente» dissi, più a me stesso che a chiunque altro.

«Credo sia ora che Lei torni al lavoro, Jones.» Weston si mise le mani sui fianchi.

Il mio migliore amico mi fissò negli occhi. «Coop, stai...?»

«Starò bene. Ti farò sapere cosa succede.»

Lanciò un'occhiataccia a mio padre, poi a Weston. Dopodiché, si diresse a grandi passi verso il suo ufficio.

«Lei può aspettare qui fuori, signor Fallon» disse Weston a mio padre. «La chiamerò se avremo bisogno.»

Intendeva se le cose si fossero fatte violente nella sala riunioni, o se avesse avuto bisogno di sbattermi di nuovo in faccia mio padre? Raddrizzai le spalle. Non importava. O non avrebbe dovuto. Avevo un lavoro da fare. Concentrati.

«Aspetti» dissi.

Weston si girò e inarcò le sopracciglia.

«C'era un altro uomo qui fuori. Un uomo con una zoppia. Chi era?»

«Non ne ho idea.» Il viso di Weston era una maschera. Ma i suoi profondi occhi blu scattarono di lato così rapidamente che, se non lo stessi osservando attentamente, me lo sarei perso. Conosceva l'uomo. Perché adesso era una guardia di sicurezza alla Synergy?

Ma prima che potessi insistere, Weston disse: «È ora che inizi la riunione. Sa quanto teniamo alla puntualità.»

Aveva ragione. Ero già in svantaggio. L'ultima cosa di cui avevo bisogno era che il consiglio avesse un altro motivo per votare contro di me.

Intorpidito, seguii Weston nella stanza. I membri del consiglio si erano accomodati ai loro soliti posti attorno al tavolo. Charles Hayes sedeva a capotavola, e i posti alla sua destra e alla sua sinistra erano riservati a me e a Weston. Jamila sedeva sulla sedia di pelle alla mia sinistra; il segretario, Rod Sanchez, era chino sul suo portatile in fondo al tavolo, e gli altri erano disposti lungo i lati.

Weston chiuse la porta dietro di me. Il clic della serratura mi diede la sensazione di essere stato rinchiuso in una gabbia a lottare per la vita. Mi sforzai di sorridere e salutai ciascuno dei membri del consiglio, che improvvisamente sentivo meno come la mia squadra e più come i miei avversari. Persino Jamila, che non si lasciò sfuggire il tremore delle mie dita quando mi strinse la mano.

«Stai bene?» chiese, i suoi grandi occhi marroni sgranati per la preoccupazione.

«Sto bene. Ieri ho parlato con la dottoressa Pradhi» sussurrai. Non mi aveva fatto sentire meglio, ma almeno per un'ora non mi ero preoccupato del destino della mia azienda. Avevo avuto demoni più grandi da affrontare.

E ora uno di quei demoni, mio padre, mi minacciava da fuori la sala riunioni. E l'uomo misterioso, l'uomo di Weston, che era stato in casa mia, girava liberamente per i corridoi.

Lei sussurrò: «E per quanto riguarda...?»

Scossi la testa. Dovevo aspettare la fine della riunione per il mio tentativo disperato. Se Ben non mi avesse ascoltato quel pomeriggio, per me era finita. Niente più possibilità.

Presi posto e, mentre Charles ci richiamava all'ordine e scorreva l'ordine del giorno, agitavo il ginocchio sotto il tavolo. Weston mi rivolse un sorrisetto compiaciuto attraverso il vetro, ma non riuscivo a fermarmi. Avrei voluto scuotere ogni membro del consiglio. Non sarebbero stati lì se non fosse stato per me e Jay. Dovevano capire che meritavamo un'altra opportunità per far diventare gli azionisti, e ognuno di loro, milionari. Lanciai un'occhiata all'orologio. Avremmo finito in tempo perché potessi correre di sotto e incontrare Ben? E avrei avuto buone o cattive notizie da condividere con lui e Marlee?

Finalmente, Charles passò al piatto forte. «Primo punto. Come discusso nella riunione della scorsa settimana, abbiamo ricevuto un'offerta di acquisto da Gurusoft. Abbiamo concordato di riunirci oggi per votare se accettare o rifiutare l'offerta. Se accettiamo, convocheremo una votazione degli azionisti per la conferma. Ora apro la discussione. Harris, credo che Lei avesse chiesto di parlare per primo?»

Weston si alzò. «Grazie, Charles.» Girò lentamente intorno al tavolo. «Credo che alcuni di voi siano stati avvicinati per chiedere il vostro voto contro la fusione. Comprendo che siano state usate argomentazioni emotive per incoraggiarvi a schierarvi con il signor Fallon, che sembra aver recentemente cambiato idea sull'azienda.

«Vedete, il signor Fallon» – trasalivo ogni volta che usava il mio cognome, ricordando che lo condividevo con l'essere spregevole dall'altra parte della porta – «ha recentemente venduto un numero significativo delle sue azioni di Classe A della società con l'intenzione di abbandonare la sua posizione. Ora, improvvisamente, ha ritrovato interesse a mantenere l'azienda indipendente. Perché?» Weston allargò le mani. «Forse ce lo dirà quando sarà il suo turno di parlare. Forse ha a che fare con ciò che il signor Fallon ha combinato durante il suo periodo di congedo.»

Un gelido riconoscimento mi attraversò le vene. Era così.

L'uomo di Weston, il finto inserviente e ora finta guardia di sicurezza, aveva piazzato delle telecamere in casa mia e riferito a Weston cosa avevo combinato. Il cervello mi si annebbiò di rabbia, ma la superai per pensare con lucidità. Dove altro l'avevo visto? Forse al bar, ma ero troppo ubriaco per fidarmi della mia memoria. Al ristorante con Ben quella sera? C'era un uomo che mangiava da solo, e aveva una corporatura simile. Il giorno in cui andammo a fare shopping? Non potevo esserne sicuro. Quel giorno avevo occhi solo per Ben. Ed ero preoccupato per la sua caviglia.

La sua caviglia.

Ben disse che un tipo corpulento l'aveva aggredito e che Coco l'aveva morso. Era per quello che zoppicava? Era lui l'uomo che aveva attaccato Ben?

Un velo rosso mi offuscò la vista.

Accanto a me, Jamila si schiarì la gola. Strinse gli occhi sulla penna che tenevo in pugno. L'avevo piegata con la forza della mia presa, e l'inchiostro cremisi mi colava sul dorso della mano. Afferrai un tovagliolo e lo tamponai.

Concentrati.

«A prescindere da ciò, l'instabilità» – Weston esitò e sputò la parola successiva come se avesse un cattivo sapore – «del signor Fallon dovrebbe essere motivo di preoccupazione per questa azienda e per questo consiglio. Tutti abbiamo osservato fondatori con legami emotivi con le loro aziende che non riescono a vedere ciò che è nel migliore interesse degli azionisti. Temo che ci troviamo in questa situazione ora. Il signor Fallon sembra avere un coinvolgimento emotivo» – il suo sguardo dagli occhi blu incrociò il mio e lo tenne – «che potrebbe impedirgli di vedere chiaramente che una vendita è ciò che è meglio per Synergy.»

Accanto a me, Jamila si mosse. Nonostante i chiari segni che stavo crollando – mi pulii altro inchiostro rosso – non poteva essere d'accordo con lui, vero? La guardai, ma lei teneva lo sguardo fisso su Weston.

Lui continuò: «Vi esorto tutti a considerare questa generosa offerta da parte di Gurusoft. Potrebbe significare la fine di un'era per alcuni, ma porterà sicuramente nuove opportunità di successo all'azienda e nuova ricchezza ai suoi azionisti.»

Ci furono mormorii di assenso dalla parte del tavolo di Weston. Dopo che Weston si fu seduto, Charles si rivolse a me. «Cooper, credo che Lei voglia dire qualche parola.»

«Esatto.» Mi alzai e camminai dietro la mia sedia, cercando di calmare le mie emozioni. Non importava quanto amassi Synergy, oggi era una questione di logica, non di emozioni. «Harris ha ragione nel dire che qualche settimana fa ero esaurito. Scoraggiato. Pronto a lasciarmi Synergy alle spalle. Me ne sono andato bruscamente, lasciando Harris e altri a sistemare il casino. E mi scuso per questo.

«Ho anche venduto una parte significativa della mia partecipazione nella società, con la piena intenzione di abbandonare Synergy come ha detto Harris.» Altri mormorii scoppiarono all'altro capo del tavolo. Camminai da quel lato per zittirli.

«Tuttavia, nel mio tempo lontano da Synergy, ho imparato alcune cose su me stesso.» Da questo lato del tavolo, potevo vedere il viso di Jamila, ma mantenne un'espressione impassibile. «Sono sempre stato un gran lavoratore. Non molti di voi lo sanno, ma vengo dalla povertà. Non abbiamo mai avuto molto, ma mia madre mi ha incoraggiato a studiare e a lavorare sodo per potermi elevare al di sopra di ciò che avevo sempre conosciuto.»

Le spalle di Weston si irrigidirono, ma non si girò.

«Il mio duro lavoro e la genialità di Jackson Jones hanno creato questa azienda. Le abbiamo dato tutto quello che avevamo: i nostri soldi, i nostri sforzi, il nostro tempo. Sarò sempre grato a Jackson, ai nostri primi dipendenti e a questo consiglio, che hanno contribuito a trasformare Synergy in un successo al di là di qualsiasi cosa quel ragazzo che viveva alla giornata, che ebbe la fortuna di essere abbastanza alto e forte da trovare il suo primo lavoro nell'edilizia a quattordici anni, avrebbe potuto immaginare.

«Ero così orgoglioso di ciò che avevamo costruito, così investito nel suo successo, che non mi sono quasi mai preso una pausa dal momento in cui abbiamo fondato l'azienda, quindici anni fa, a oggi.» Guardai Jamila. «Ora so che è stato un errore. Che ho trascurato la mia salute mentale per il bene del successo dell'azienda.

«Quando ho avuto una reazione inaspettata a un disaccordo con Jackson, mi sono reso conto che avevo bisogno di una pausa. E nel mio stato emotivo, ho pensato di dover rendere quella pausa permanente. Non ero sicuro di poter contribuire all'azienda in modo positivo dopo quello.

«Ma mentre ero via, un buon amico» – incrociai lo sguardo di Jamila e lo tenni – «mi ha parlato di equilibrio. Non devo essere sempre io a comandare. Ho partner forti in Jackson, nel consiglio e nei molti validi dipendenti che abbiamo assunto per condividere il carico. Ho intenzione di prendermi delle vacanze regolari d'ora in poi. Allontanarmi di tanto in tanto mi renderà un leader migliore.»

Continuai il mio giro intorno al tavolo. «Una persona a cui tengo mi ha detto quanto l'azienda significhi per lui. Altri dipendenti mi hanno avvicinato nei corridoi questa settimana per fare lo stesso. Nel corso degli anni, abbiamo lavorato sodo per rendere Synergy un luogo in cui tutti si sentano i benvenuti. Dove la nostra forza lavoro diversificata si senta legata all'azienda pur mantenendo un sano equilibrio tra lavoro e vita privata. Beh» – ridacchiai – «tranne che per il suo COO, e come vi ho detto, sto prendendo provvedimenti per cambiarlo.»

L'espressione glaciale di Jamila si incrinò in un sorriso.

«Credo che siamo tutti consapevoli che Gurusoft non condivide i nostri valori aziendali. Un articolo dopo l'altro ha messo in luce la loro cultura del lavoro tossica. Dagli straordinari obbligatori al bullismo e alle molestie, a un consiglio di amministrazione deludente e omogeneo, Gurusoft gestisce i propri affari in modo molto diverso da quello che stiamo cercando di fare a Synergy.» Certo, Synergy poteva essere più diversificata, ma ci stavamo provando. Gurusoft non sembrava fare altrettanto. «Siamo tutti d'accordo che la diversità dei dipendenti e dei leader porta alla diversità di idee e innovazione. Penso che, separatamente, Synergy possa superare Gurusoft nei prossimi cinque anni.

«Ma non lo sapremo mai se oggi voteremo per lasciare che Gurusoft prenda il controllo. I prodotti di Synergy, la nostra cultura innovativa e le nostre idee geniali moriranno di una morte lenta all'interno del nostro concorrente. Spero che vi unirete tutti a me nel votare contro l'acquisizione.»

Ero ancora in piedi, ma Weston si alzò dalla sua sedia, la sua espressione non più bonaria ma rabbiosa. «Questa è una decisione finanziaria. Vi incoraggio tutti a considerare la vostra responsabilità fiduciaria verso l'organizzazione, piuttosto che le vostre emozioni.» Strinse le labbra. «Il signor Fallon, mentre parla dei valori di Synergy, si è invischiato con il suo segretario. Non è nobile come vorrebbe farvi credere.»

Il cuoio scricchiolò mentre i membri del consiglio si giravano sulle loro sedie. Alcuni ansimarono. Tutti gli occhi si puntarono su di me.

Beh, cazzo. Avevo sperato di tenere il consiglio fuori dalla mia camera da letto, ma Weston aveva spalancato la porta e acceso le luci.

«È vero che ho intrapreso una relazione romantica con il mio ex assistente. Lo amo. E farò tutto il necessario per stare con lui.

«Amo anche questa azienda. Ben si è dimesso prima che iniziassimo la nostra relazione. Era una risorsa per l'azienda e, se mai decidesse di tornare a lavorare in Synergy, le Risorse Umane e io lavoreremo insieme per garantire che non ci siano irregolarità nel suo impiego, per dare il buon esempio per altre relazioni interne all'azienda. Penso di doverlo a Ben e agli altri dipendenti di Synergy: essere onesto su chi sono e chi amo.»

L'altro capo del tavolo brontolò.

«Ma le mie relazioni personali non sono in discussione oggi. Lo è l'acquisizione di Synergy. Synergy sarà più forte senza il peso di Gurusoft e delle sue perniciose pratiche commerciali. Spero che siate d'accordo con me e che oggi votiate no.»

Mi sedetti e, dopo un lungo momento, lo fece anche Weston. Mi guardai intorno al tavolo. Charles mi fece un cenno impercettibile. Come se fosse orgoglioso di me. Dall'altro lato, Jamila mi diede una pacca sulla spalla. I due membri del consiglio alla sua sinistra mantennero un'espressione impassibile, ma i loro occhi rimbalzavano tra Charles e me. In fondo al tavolo, Sanchez batteva furiosamente gli appunti sul suo portatile mentre la coorte di Weston era accigliata. Weston stesso mi fissava, i suoi occhi di zaffiro fiammeggianti e la mascella che si contraeva sotto il pizzetto grigio.

«Qualcun altro desidera parlare?» chiese Charles. Poiché nessuno parlò, disse: «Bene, allora. Chi propone di mettere ai voti la questione dell'offerta di Gurusoft per l'acquisto di Synergy?»

36

BEN

IL TESSERINO da visitatore giallo fluorescente appuntato alla tasca della camicia mi annientava l'appetito. Seduto nella mensa dei dipendenti della Synergy, stuzzicai l'insalata mentre i miei ex colleghi si avvicinavano al nostro tavolo, a volte da soli, a volte in gruppo. Alcuni erano sorpresi che non lavorassi più lì. Altri avevano sentito che mi ero licenziato — nessuno sembrava sorpreso che avessi lasciato il notoriamente esigente Cooper Fallon — e mi chiesero dove lavorassi. Sto ancora valutando le mie opzioni, rispondevo, come se avessi una mezza dozzina di offerte e non zero. Mi sto prendendo del tempo per pensare ai miei prossimi passi, dicevo, il che era più vicino alla verità.

L'unica cosa positiva del mio accordo di incontrare Marlee per pranzo in mensa era che non c'era alcuna possibilità di imbattermi in Cooper. I menù venivano votati dai dipendenti, e a loro piacevano i grassi e i carboidrati. Se si sapeva di dover evitare il grill degli hamburger deliziosamente unti, c'erano molte opzioni salutari. Ma Cooper evitava la mensa come se, solo a guardarla, potesse ingrassare di cinque chili.

«Ben.» Marlee pronunciò il mio nome ad alta voce, come se non fosse la prima volta. «Terra chiama Ben.»

«Scusa.» Infilzai un pezzetto di lattuga e un mirtillo. «È solo strano essere di nuovo qui.»

«Lo so. Mi manchi.»

«Anche tu mi manchi.» Mi mancavano il mio lavoro e i miei ex colleghi. Aggiornare il curriculum e inviarlo a tappeto a ogni bacheca di annunci di lavoro che riuscivo a trovare era stato più doloroso di quanto mi aspettassi. Specialmente quando dovevo inserire una data di fine impiego con la Synergy. Potevo immaginare le domande che mi avrebbero fatto al riguardo. Perché ha lasciato dopo sei mesi? E la risposta che non potevo dare: Mi sono innamorato del mio capo. Peccato che lui non ricambiasse.

«Ho sentito che non hai risposto alle sue chiamate o ai suoi messaggi.»

Feci roteare un pezzo di lattuga in una pozza di vinaigrette. «Ho bloccato il suo numero.»

«Oh, tesoro.» La sua voce era piena di compassione.

Mi sentii bene quando lo feci. La rottura definitiva di ogni comunicazione. Ero stato tentato di ascoltare i suoi messaggi in segreteria, ma cancellai anche quelli. Se lui non poteva riconoscermi in pubblico, io non lo avrei ascoltato in privato. «Va tutto bene. Starò bene. Ora ho imparato la lezione.»

«Hai imparato la lezione?» Rimescolò la sua insalata nel piatto.

«A non innamorarmi più.»

«Ti meriti l'amore, sai?»

Ah, Marlee e le sue idee romantiche. «Meritare l'amore ed essere disposti a spaccarsi di nuovo il cuore sono due cose completamente diverse.» Posai la forchetta.

Guardai Marlee dall'altra parte del tavolo e la sua ciotola di insalata ancora piena. Cazzo, ero un egoista del cazzo. Qualcosa turbava anche lei. «Marlee, tu che mi dici? Tutto bene con Tyler?»

«Oh.» I suoi occhi si addolcirono a quella domanda. «Sì, noi stiamo bene. Anzi, questo weekend andiamo via insieme. Una specie di grande sorpresa.» Fece un gesto teatrale con le mani.

«E tuo padre?»

Il suo sorriso si spense. «Sta bene. Più o meno come sempre. Ma "come sempre" è meglio di "peggio", immagino.»

Allungai la mano sul tavolo e le diedi una pacca sulla sua. «Gli stai procurando cure eccellenti. "Come sempre" va bene. È questo che ti preoccupa?»

Lei girò la mano e la strinse. «Non esattamente. Oggi è il giorno» — abbassò la voce a un sussurro — «in cui votano.»

«È oggi?» Non avrebbe dovuto importarmi. Non mi riguardava più affatto. Ma mi si mozzò il respiro in petto. Cooper sarebbe riuscito a salvare la sua azienda, tutto ciò per cui aveva lavorato così duramente? O avrebbe ottenuto quello che diceva di volere, una lunga pausa, il pensionamento? Per quanto idilliaco fosse stato il nostro tempo sull'isola, non riuscivo a immaginarlo sdraiato sulla spiaggia, giorno dopo giorno. Anche se stare sdraiato sulla spiaggia — e a letto — con lui era stato qualcosa che avevo desiderato, una volta. Ero tornato dall'isola da sette giorni, ma sembrava che una vita intera mi separasse da quelle settimane perfette con Cooper.

Lo percepii prima di sentirlo. Una sensazione di formicolio lungo le braccia mi fece rizzare i peli. Poi il brusio nella mensa si affievolì.

Marlee, che era rivolta verso l'ingresso, alzò lo sguardo e sbarrò gli occhi. Mi voltai sulla sedia.

Cooper era in piedi a pochi passi dall'ingresso, scrutando i volti nella mensa.

«Merda!» Mi girai di scatto, dandogli le spalle. Tra tutti i giorni in cui Cooper poteva fare una visita di stato alla mensa, dovevo proprio esserci io, seduto lì come uno stalker.

Marlee agitò il braccio verso di lui.

«No! Non farlo!» sussurrai.

Lei inarcò un sopracciglio e continuò ad agitare la mano. «Voglio scoprire com'è andata la votazione. E voi due dovete parlare.»

Fanculo. A. Me. Era stata tutta una trappola. «La nostra

amicizia è finita. Non sarò l'amorevole zio gay dei tuoi adorabili bambini.»

Le sue guance si tinsero di rosa. «Sii ragionevole. Lo ami. Non puoi evitarlo per sempre.»

Abbassò la mano, e lo percepii, alto e inflessibile, in piedi accanto a noi. «Vi dispiace se mi unisco a voi?»

Un silenzio innaturale ci circondò come acqua ferma in una laguna. Annuii. Di certo non avrebbe detto nulla lì, nel bel mezzo della mensa affollata, circondato da dipendenti che cercavano di capire perché il Direttore Operativo avesse improvvisamente sviluppato un debole per lo sloppy joe del giorno.

Abbassò la sua alta figura sulla sedia accanto a me, ma non mi guardò. Guardò Marlee e disse: «È andata a nostro favore. Niente vendita.»

Un po' della tensione mi abbandonò, e mi afflosciai contro lo schienale di plastica della sedia.

Lei squittì e batté le mani. «Sapevo che ce l'avresti fatta! L'hai detto a Jackson?»

«Stava curiosando fuori dalla sala riunioni.»

«E Weston?» sussurrò lei.

«È fuori. E i suoi lacchè con lui. Compreso mio padre.» Le sue labbra si tesero. «Ho parlato al consiglio del comportamento di Weston per persuadermi a sostenere la vendita. Gli hanno tolto il suo posto nel consiglio. Non ne è stato contento.»

Probabilmente era un eufemismo. Potevo immaginare Weston, tutto furia gelida e vili piani di vendetta. Rabbrividii. Almeno non ne avrei subito io le conseguenze.

Si voltò verso di me. «Gli ho tolto il suo asso nella manica. Ho detto loro cosa provo per te.»

«Non l'hai fatto,» dissi, con voce piatta e incredula. Aveva negato la nostra relazione a Weston. Non l'avrebbe mai rivelata al consiglio, che poteva licenziarlo come aveva licenziato Jackson.

«Sì. Ben, mi dispiace di averlo negato quando siamo tornati. Quando ho visto mio padre, sono andato nel panico. Mi ha ferito per così tanto tempo, e non volevo che pensasse di potermi ferire facendo del male a te.»

Mi sciolsi come cheddar sull'hamburger del giorno. «Cooper, questo è... è...»

«È stata una vigliaccata, e mi dispiace. Vorrei poter tornare indietro, ma non posso. Voglio riconquistarti, se me lo permetterai.» Sorrise. «Charles si è congratulato con me dopo. Lui, ehm.» Quegli zigomi affilati si tinsero di rosa. «Pensa che sarà facile. Che ti getterai semplicemente tra le mie braccia. So che non lo farai.»

«Oh. Ehm.» Marlee spostò indietro la sedia. «Penso che dovrei lasciarvi, ragazzi...»

«Va bene, Marlee. Non mi importa chi sente.» Quei suoi occhi blu acciaio mi trapassarono. «Ti amo, Ben,» disse, con una voce abbastanza alta solo perché io la sentissi.

Cooper Fallon, Direttore Operativo, mi disse che mi amava in una mensa affollata. I tavoli più vicini probabilmente lessero le parole sulle sue labbra. Il mio cuore batteva all'impazzata, cercando di saltare oltre il tavolo verso di lui. Gli rivolsi un sorriso malizioso. «Ti andrebbe di dirlo un po' più forte, così anche il resto della classe può sentire?»

Sogghignò, mostrando quella splendida fossetta sulla guancia sinistra. «Ok, Ben.»

Tirò indietro la sedia, le cui gambe di metallo stridettero sulle piastrelle. Si alzò.

«Merda, aspetta.» Agitai la mano, cercando di farlo sedere di nuovo come una persona ragionevole.

Mi ignorò. Con la voce stentorea che usava per farsi sentire fino in fondo alle nostre riunioni plenarie, una voce che poteva essere udita persino dagli addetti alla mensa mentre sbatacchiavano piatti e lanciavano cibo sulla griglia sfrigolante, disse: «Ben Levy-Walters, ti amo. So che sei arrabbiato con me in questo momento perché ti ho ferito. Ho sbagliato. Sono stato un codardo e mi dispiace. Farò del mio meglio per non ferirti mai più.»

Se pensavo che la mensa fosse silenziosa prima, era niente in confronto al silenzio che calò sulla grande sala. Persino la griglia sembrò ammutolire. Qualcuno gridò nel retro della cucina, e fu zittito.

«Io… cosa?» Mi persi nelle pozze blu dei suoi occhi.

Sorrise con entrambi i lati della bocca. Non proprio il sorriso disinvolto che mi aveva rivolto sull'isola, ma un sorriso affettuoso che si connetteva al calore dei suoi occhi. «Ben, ti amo. Mi perdonerai e prenderai in considerazione l'idea di tornare con me?» Mi tese la mano.

La presi e lo lasciai tirarmi in piedi. Mi presi un secondo per guardarmi intorno, verso i dipendenti che non fingevano più di mangiare, ma ci fissavano, occhi e bocche aperte.

«Non dovevi fare questo,» sussurrai. «Tutto quello che volevo era che tu dicessi che mi amavi e mi chiamassi il tuo ragazzo. In privato. Non nella fottuta mensa dei dipendenti.»

«Ben,» disse, proiettando ancora la voce verso il retro della cucina. «Dichiarerò il mio amore ovunque. Perché ti amo, e voglio che il mondo lo sappia.»

Chiusi gli occhi con forza. «Non sei nemmeno ubriaco. Domani te ne pentirai.»

«Non credo che potrei mai pentirmi di nulla che ti riguardi. Tranne di quello che ho fatto per ferirti. Tornerai con me?»

La mensa era silenziosa. Non credo che nessuno osasse masticare. O respirare. Potevano sentire il mio cuore martellare nel petto? Per Cooper. Batteva per lui.

Mi morsi il labbro e annuii. A bassa voce, dissi: «Ti amo, Cooper Fallon.»

«Come hai detto?» Si portò una mano all'orecchio. «Non credo che ti abbiano sentito nell'angolo laggiù.»

Inspirai profondamente e proiettai la voce, non bene come aveva fatto Cooper, ma più forte che potevo. «Ti amo, grosso idiota. Tornerò con te.»

Mormorii si diffusero per la mensa. Una persona applaudì.

Cooper mi rivolse un sorriso a due fossette che quasi mi fece indietreggiare di un passo.

«E adesso?» Se fossi riuscito a distogliere lo sguardo dal suo, avrei cercato con gli occhi Marlee per il piano d'azione post-gesto eclatante.

«Adesso ti bacio, Ben,» ringhiò, abbassando la voce a un registro che potei sentire in fondo ai molari e nello stomaco.

«Cosa, qui?»

Le sue labbra si posarono sulle mie. Anche sopra il pulsare del sangue nelle orecchie, sentii le grida di approvazione intorno a noi. Cooper Fallon mi stava baciando. In pubblico.

Gli cinsi le spalle con le braccia e mi tenni stretto. Ma quando aprì la bocca per stuzzicare le mie labbra con la lingua, mi tirai indietro, senza fiato. «Ehi, adesso. Niente di tutto questo. Siamo al lavoro, per l'amor di Dio.»

Le sue guance erano rosse, e anche il suo petto si alzava e abbassava. «Forse potremmo trovare uno sgabuzzino così posso mostrarti quanto mi sei mancato.»

Fui felice di aver indossato i jeans più larghi che non avrebbero mostrato quanto quell'idea mi attirasse. «Dopo il lavoro, potrai mostrarmelo in un posto privato. Come la tua camera da letto.»

«Mi piace come suona. Ma prima, andremo a un appuntamento. Cena e cinema.»

«Un appuntamento a San Francisco con Cooper Fallon? Cosa diranno i tabloid?»

«Importa?»

«D'accordo. Cena. Passami a prendere alle sette. Ma non avrò la pazienza per un film. Preferirei dare un'occhiata alla tua camera da letto.»

Mi diede un bacio a stampo sulle labbra. «Passerò a prenderti alle sei. Mettiti i jeans attillati.» Non mi diede una pacca sul sedere, ma il suo sguardo ardente diceva che l'avrebbe fatto più tardi.

Mi leccai le labbra. «Ok. Non mi importa cosa indossi tu. Te lo toglierò appena possibile.»

«Ragazzi?» Mi ero dimenticato che Marlee era proprio di fronte a noi. «Magari conservatelo per il vostro appuntamento.»

Mi prese la mano e la strinse. «Devo tornare di sopra e approvare la risposta a Gurusoft.»

«Non dimenticarti di mangiare.» Gli strinsi la mano e la lasciai andare. «Ci vediamo alle sei.»

Con un ultimo sguardo ardente, si voltò e uscì. Sì, gli guardai il sedere. E così fece mezza mensa.

Quando mi voltai di nuovo verso Marlee, era in piedi. Le sue guance erano rosate. «Andiamo. Ti accompagno all'uscita. Poi vado a cercare Tyler. E uno sgabuzzino.»

37

BEN

USCIRE con Cooper Fallon si rivelò più complicato di quanto
avessi previsto. Mi venne a prendere puntuale alle sei. Non fu
quella la parte complicata, anche se Mimi gli lanciò una delle sue
brevettate occhiatacce minacciose da sorella maggiore quando si
presentò alla porta. Mi portò in uno dei ristoranti eleganti con
vista sulla baia con la sua Porsche elettrica, grigia e filante.

Ciò che era complicato erano gli sguardi e i flash delle
macchine fotografiche. Cooper era il volto della Synergy e la gente
riconosceva quegli zigomi alti, quegli occhi azzurri e penetranti.
Anche se non ne conoscevano il volto, i suoi vestiti non inganna-
vano nessuno: non erano certo capi confezionati. I suoi pantaloni
avevano quella lucentezza costosa e la camicia gli scivolava senza
sforzo sul torso scolpito. Emanava potere e ricchezza, e le teste si
voltavano al nostro passaggio.

Mi tenne per mano mentre entravamo nel ristorante, e inizia-
rono i sussurri. Quando sentii qualcuno pronunciare il suo nome,
mi voltai – lui no – e fu in quel momento che la macchina fotogra-
fica di qualcuno mi immortalò a bocca aperta, con l'aria di un
bambino indisciplinato che Cooper si trascinava dietro. La foto

finì su un blog di gossip locale il giorno dopo, dove fui etichettato come «il toy boy birichino di Cooper Fallon».

Non mi dispiacque.

Il maître ci fece accomodare su un balcone privato con vista sull'acqua. Mi avrebbe ricordato i pasti che consumavamo sulla terrazza di Cooper sull'isola, ma la brezza proveniente dall'acqua mi fece venire la pelle d'oca sulle braccia, o forse era la vicinanza di Cooper. A ogni modo, indossai la giacca, e così fece Cooper. Mi mancava vedere la sua pelle.

Più tardi, Ben.

La cena in sé fu fantastica. Il menù non aveva prezzi e, quando cercai di saltare l'antipasto e l'insalata, palesemente alla carta, Cooper mi disse di smetterla di essere ridicolo o avrebbe ordinato lui per me. Un brivido mi percorse la schiena, ma poi mi ricordai del cibo sano che Cooper preferiva e ordinai tutto ciò che sembrava delizioso.

Finalmente, durante la portata principale – pesce per entrambi, ma il mio fritto e il suo alla griglia, senza burro – trovai il coraggio di chiedere della Synergy.

«Weston si è arrabbiato molto? La sicurezza l'ha accompagnato fuori?»

«Arrabbiato? Difficile a dirsi. Ha sempre tutto sotto controllo. È uscito di sua volontà. Con calma. Vorrei poter essere come lui.»

«No.» Immaginai Cooper com'era a volte prima di conoscerlo, gelido e distaccato. E allora se ogni tanto si scaldava un po'? Potevo gestirlo io. E poteva farlo anche lui. «Ti amo così come sei.»

Si schiarì la gola. «Ho fatto accompagnare fuori mio padre dalla sicurezza, però. Mi sono un po'… scaldato per quello. Ed è stata una fortuna che non abbia trovato quel tizio che ti ha attaccato sull'isola. Quello che ha nascosto le videocamere nella nostra camera da letto.»

Sbattei le palpebre. «Aspetta, cosa?»

«L'ho visto nell'edificio prima della riunione del consiglio. Il domestico che abbiamo visto quel giorno, quando siamo tornati dalla città. Ho affrontato Weston dopo la riunione e ha ammesso di averlo assunto per seguirmi. Ha detto che il tizio non avrebbe dovuto aggredirti. Solo riportargli informazioni. Weston ha detto che era perché era preoccupato per la mia salute mentale.» Afferrò la forchetta con una forza che avrebbe piegato una di quelle fragili di Mimi.

Anch'io avrei voluto rompere qualcosa. «Che stronzo.»

«Ho fatto sapere ai miei uomini della sicurezza che è a San Francisco. Lo troveranno, se ci riescono.»

«Oh, mio Dio. Tutto questo, e in più Weston ti ha rinfacciato di nuovo tuo padre. Stai bene?»

Posò la forchetta sul piatto e allungò la mano sulla tovaglia bianca per stringere la mia. «Adesso sì.»

Mi chinai e gli baciai la guancia. «Allora, l'acquisizione?»

«Lascia perdere. Ma non credo che la discussione sulla fusione sia finita. Alcuni membri del consiglio, non solo Weston, pensavano che fosse la strada migliore per il futuro della Synergy. Per la nostra sicurezza. Gli dimostreremo che si sbaglia.» Alzò lo sguardo, con gli occhi che ardevano.

Deglutii. «Ti sosterrò fino in fondo.»

Sapeva, senza che dovessi dirlo, che non sarei tornato alla Synergy. Non come suo assistente. Nemmeno al marketing dopo la laurea. «E tu, invece? Che cosa farai?»

«Continuerò a cercare lavoro. Almeno adesso posso pagare le tasse universitarie, grazie al tuo regalo.»

«Non puoi vendere quelle azioni per pagare le tasse. Il prezzo salirà alle stelle. Aspetta e vedrai.» Le sue guance splendevano di sicurezza. Rabbrividii.

«Ascoltami, Ben. Ascoltami attentamente.» Aspettò che incrociassi il suo sguardo. «So che non vuoi dipendere da nessuno, ma lascia che lo faccia per te. Lascia che ti paghi le tasse universitarie. Frequenta a tempo pieno. Quanto tempo ti ci vorrebbe per laurearti, se lo facessi?»

«A-ammesso che riesca a seguire i corsi di cui ho bisogno, solo un altro semestre. Ma pago per ogni singolo corso, quindi...»

«Non preoccuparti dei soldi» ringhiò. «Conosco il valore di una buona istruzione. E ho anche contatti in diverse fondazioni che aiutano i ragazzi. Non è quello che ti interessa?»

Merda, se lo ricordava. Ricacciai indietro il bruciore agli occhi. «Sì.»

«Potrei trovarti un tirocinio part-time in una di esse mentre vai all'università. Potrebbe trasformarsi in un lavoro a tempo indeterminato setelah lulus.»

«Tu… io… non puoi.»

«Perché no? Sei un impiegato eccellente. Consideralo un investimento nella gioventù di San Francisco. Nella futura forza lavoro della Synergy.»

«Wow.» Posai la forchetta. «Bel modo di rendere la tua generosissima offerta per niente romantica.» Ma era una bugia. Cooper si prendeva cura di coloro che amava e ora io facevo parte del gruppo di persone a cui teneva.

Si appoggiò allo schienale della sedia, con gli occhi azzurri che brillavano. «Non ho nemmeno iniziato la parte romantica. Mi hai chiesto di affari, quindi ti ho risposto con gli affari. Considererai la mia offerta?»

«Sì.» Sarei stato uno stupido a rifiutare. E una volta ottenuto un lavoro nel mio campo, avrei potuto restituirgli i soldi delle tasse.

«Molto bene, allora.» Scostò leggermente il piatto e il nostro attento cameriere lo portò via, insieme al mio. «Vorrei che venissi a casa con me stanotte.»

Gli rivolsi un sorriso malizioso. «Credo di aver già accettato. Ricordi? Facciamo Netflix and chill senza Netflix.»

Mi lanciò un'occhiata e rabbrividii. Potevo immaginarlo guardarmi in quel modo mentre mi inginocchiavo davanti a lui, abbassandogli la cerniera.

«Vorrei che venissi a casa con me e che ci restassi. In quella casa ho più spazio di quanto potrei mai averne bisogno. Sette camere da letto, e potrai scegliere quella che vuoi. Anche se spero» prese una briciola dalla tovaglia «che sceglierai la mia.»

«Cosa, e rinunciare allo sgangherato divano di Mimi?» Aspettai un sorriso che non arrivò. Okay, supposi che su certe cose non si scherzasse con Cooper Fallon. «Sto scherzando. Sì, facciamolo. In prova, comunque. Potresti odiare il modo in cui lancio i calzini sul pavimento.»

Il suo occhio sinistro ebbe un tic. Avrebbe sicuramente odiato il modo in cui lanciavo i calzini sul pavimento. Avrei dovuto smetterla… prima o poi.

«Ma devo contribuire ad alcune spese.» Cooper aveva probabilmente pagato la sua villa in contanti, quindi non avrebbe avuto un mutuo da dividere con lui, non che io potessi mai permettermi una cosa del genere. «La spesa. Le serate fuori. Anche se niente di così sfarzoso come stasera.» Lanciai un'occhiata all'interno, al lampadario di cristallo che dominava la sala da pranzo principale.

«Ti lascerò comprare i miei frullati. Non erano gli stessi quando non c'eri tu.»

Mirtilli era sulla punta della mia lingua. Ma mi trattenni. Meglio tenere alcuni segreti, così avrebbe ancora avuto bisogno di me.

«E» mi guardò attraverso le ciglia, e il mio cuore ebbe un sussulto enorme «ti lascerò pagare metà della nostra festa di fidanzamento. Be', metà meno il valore del tempo che impiegherai per organizzarla.»

«Fi-fidanzamento?» Le mie labbra erano troppo insensibili per funzionare correttamente. «Mi stai facendo la proposta? Stanotte?»

«No.» Si appoggiò allo schienale della sedia, tutto compiaciuto e a suo agio. «Non stanotte. Ma presto.»

«Ci frequentiamo da meno di un mese. Non possiamo sposarci.»

«Certo che possiamo. Sono innamorato di te da mesi.» Sollevò le sopracciglia.

«Mesi? Da quando ho iniziato a lavorare per te?» «Be'.» Abbassò lo sguardo sulla tovaglia. «Da quando ho tirato fuori la testa dal culo per…» Scosse la testa. «Vedo dal modo in cui aggrotti le sopracciglia che è troppo per adesso. Posso essere paziente.» Si chinò in avanti e appoggiò le labbra proprio accanto al mio orecchio. «In alcune cose.»

Si tirò indietro per farmi un sorrisetto proprio mentre il cameriere si avvicinava con i menù dei dessert.

«I signori desiderano…»

«Solo il conto, per favore.» La mia voce era troppo acuta e le mie guance avvamparono.

«Certamente.» Scomparve.

«Niente dolce?» La mano di Cooper si posò sul mio ginocchio sotto il tavolo.

«Aspetterò finché non torniamo a casa.»

«Mi piace come suona. Casa.» E mi baciò, un bacio a labbra chiuse e dolce. Ma conteneva la promessa di molto di più. Altre notti come questa, noi due mano nella mano a baciarci in pubblico. E altre notti da soli, con le lenzuola aggrovigliate intorno a noi. Altri anni insieme, dopo che avrei imparato a raccogliere i miei calzini e dopo che a lui sarebbe piaciuto vedere i miei calzini sul suo pavimento.

Quel bacio sulla veranda significava per sempre.

EPILOGO

COOPER
Sei mesi dopo

NON AVREI POTUTO ESSERE PIÙ orgoglioso.

Ben indossava ancora il tocco della cerimonia di laurea tenutasi poco prima, con il pendaglio che pendeva sul lato sinistro. Stava stretto tra i suoi genitori di fronte al gazebo, mentre sua sorella, Mimi, scattava una foto con il telefono.

Stringendo il mio bicchiere di seltz, mi avvicinai. Anche Mimi doveva essere nella foto.

«Cooper, vieni qui, vieni qui». Ben si tolse il tocco, lo ficcò in testa a Mimi e mi tirò a sé. «Momento foto di fidanzamento». A poche ore dall'inizio della festa, che si estendeva da un tendone riscaldato nel nostro giardino, il suo alito odorava di birra.

«Pensavo di fare una foto di voi quattro insieme». Ma gli passai le dita tra i capelli, scompigliandoglieli dove il cappello li aveva appiattiti.

«Oh. Anche quella. Ma prima questa». Mi avvolse la vita con un braccio e ci voltò verso Mimi.

«Uno, due, tre». Mimi fece scattare l'otturatore. «State benissimo voi due. Non ho nemmeno dovuto ricordarti di sorridere,

Cooper. Mamma e papà, entrate anche voi». Ci erano voluti alcuni mesi per mettermi alla prova, ma alla fine Mimi mi aveva accettato nelle loro vite.

Forse c'entrava qualcosa il fatto che l'avessi presentata al direttore della fondazione. Sembrava che Ben non fosse l'unico Levy-Walters a voler sostenere le cause dei bambini.

«Aspettate. Chiamo Mamá. Sarà un ritratto di famiglia». Scrissi con lo sguardo gli invitati sparsi sul nostro prato. Mia madre e Mateo erano appoggiati al ponte sul laghetto koi. Coco era seduta ai loro piedi. «Mamá! Mateo!». Feci loro cenno di avvicinarsi. Avevo invitato Mateo a vivere con noi e a coordinare la sicurezza. Con l'ex spia di Weston e Mick Fallon a piede libero, non potevo essere troppo prudente.

Scacciai i pensieri su mio padre dalla mente. Non c'era posto per lui nella nostra felice occasione.

Quando mio cugino portò mia madre da noi, con Coco che abbaiava e danzava accanto a loro, dissi: «Mateo, scatta tu la foto. Mimi, vieni da questa parte».

«Attento», scattò Mimi, quando Mateo si fece quasi sfuggire di mano il suo telefono. Lui, sempre così disinvolto e affascinante, da quando si era unito a noi negli Stati Uniti, era diventato goffo. Soprattutto vicino a Mimi.

Lui arrossì. «Adesso ce l'ho».

Ben prese in braccio Coco. Misi le mani sulle spalle di mia madre e la posizionai di fronte a me. I genitori di Ben ci fiancheggiavano, e Mimi si mise all'estremità. Mateo ci fece cenno di avvicinarci, e io misi un braccio intorno a Ben e mi voltai verso di lui.

L'otturatore scattò, ma tutto ciò che vidi fu il bel viso di Ben. Ora che tutto lo stress della scuola era alle sue spalle, ora che il suo tirocinio alla fondazione era diventato un lavoro a tempo pieno proprio come avevo previsto, sembrava rilassato, con le rughe intorno agli occhi distese. Mi chinai e lo baciai, dolcemente. Aveva il sapore aspramente acido dell'IPA che stava bevendo. Coco si divincolò e saltò a terra.

«Bella giornata finora?», domandai al mio fidanzato mentre il gruppo cominciava a sciogliersi.

Mi gettò le braccia al collo. «La migliore».

«Non ti dispiace di aver dovuto condividere il tuo grande giorno con me?». Avevo cercato di convincerlo a fare feste separate per la sua laurea e per il nostro fidanzamento. Ma, sempre attento alle finanze, disse che sarebbe stato più efficiente unirle. E aveva ragione: pianificare e organizzare una festa era stato più facile di due. Stavo migliorando nell'equilibrio tra lavoro e vita privata, ma viaggiavo ancora molto per la Synergy.

«La mia laurea è tanto un tuo traguardo quanto mio. Non sarei qui se non fosse per te».

«Certo che ci saresti. Ti ci sarebbe voluto solo più tempo». Gli passai una mano sulla schiena, solo perché potevo.

«No». Scosse la testa. «Avere la borsa di studio Cooper Fallon era una cosa. Ma ti ho sempre ammirato. Anche prima di conoscerti. Sei una fottuta ispirazione, amore».

Nascosi il viso accaldato sulla sua spalla. «Grazie».

Mi baciò la guancia e si allontanò dolcemente. «Ehi, Marlee. Tyler».

I genitori di Ben si erano allontanati con mia madre. Mimi e Mateo erano scomparsi. E in piedi davanti a noi c'erano Marlee e Tyler, che si tenevano per mano.

«Congratulazioni, Ben. Congratulazioni a entrambi». Marlee si sporse e abbracciò Ben, poi me. «Sentiamo un po'».

«Sentire cosa?», chiesi, stringendo la mano di Tyler.

«La vostra romantica storia di fidanzamento».

«Te ne ho parlato al lavoro subito dopo il nostro ritorno. Non te lo ricordi?».

Lei roteò gli occhi. «Voglio sentirla da Ben. La tua versione non era abbastanza romantica».

Sbattei le palpebre. Pensavo di essere stato molto romantico nella mia proposta. E le avevo raccontato la storia e risposto alla maggior parte delle sue domande.

«Inoltre, anche Tyler vuole sentirla. Non è vero, tesoro?».

Dopo che mi ero messo con Ben, Tyler aveva finalmente smesso di fulminarmi con lo sguardo.

«Certo», disse lui, sorridendo. «Mi piacerebbe molto sentirla, Ben».

«Okay, allora, siamo andati sull'isola per il Ringraziamento. Abbiamo portato anche Rosa, per vedere la famiglia. Quindi non mi aspettavo niente, capite? Pensavo che se non me l'avesse chiesto entro Capodanno, glielo avrei chiesto io».

«Volevi farmi tu la proposta?», lo interruppi.

«Non hai notato che cercavo di scoprire la misura del tuo anello?».

«Pensavo fosse per sostituire l'anello di larimar che ho rotto».

Si picchiettò la tempia. «Furbo come una volpe. Ma mi hai battuto sul tempo. Comunque», si rivolse a Tyler, come se a Tyler importasse della storia, «una sera, dopo cena, Rosa è rimasta con la prozia Isobel, e io e Cooper siamo tornati a casa nostra da soli. Lui mi ha chiesto cosa volessi fare, e io ho detto una passeggiata sulla spiaggia. C'era la luna piena quella notte, ed era così bella sull'acqua».

Ricordavo anche come il chiaro di luna scintillasse sui suoi capelli scuri. Toccai un ricciolo lucido che brillava di riflessi bordeaux alla luce del sole pomeridiano.

«Stavamo camminando, e gli stavo parlando di qualcosa che avevo imparato al corso di psicologia. Cos'era?».

«Genetica comportamentale», mormorai.

«Esatto. E all'improvviso, si è fermato, mi sono girato, ed era in ginocchio».

«Santo cielo! Non pensavo avessi un briciolo di romanticismo in corpo, Cooper Fallon». Marlee mi diede una pacca sul braccio.

«Direi di sì». Feci spallucce. «Era quello che volevi, giusto, Ben?».

«Chiaro di luna e il mio uomo in ginocchio. Esattamente quello che volevo. E poi, poi, ha fatto un discorso».

«Aspetta, Cooper Fallon in ginocchio sulla sabbia, che fa un discorso? Te l'avevo detto, hai tralasciato tutte le parti migliori, Cooper».

«Il discorso era personale». Fulminai Ben con lo sguardo, ma non potei fare a meno di sorridere. Le lacrime avevano brillato d'argento sulle sue guance.

«È stata la cosa più romantica di sempre». Ben mi cinse la vita con un braccio, e la mia mano si posò sulla parte bassa della sua schiena, proprio dove doveva stare.

«Vedi? Sapevo che c'era una storia migliore di quella che mi hai raccontato». Marlee abbassò la voce imitando la mia. «'Siamo andati sull'isola e ci siamo fidanzati'». Roteò gli occhi. «Sono contenta che tu mi capisca». Baciò Tyler sulla guancia. «Tu non mi racconteresti mai una storia del genere».

Ben mi strinse più forte e mi rivolse un sorriso segreto. Capiva che conservavo i miei momenti romantici per quando contava, solo per lui.

«Congratulazioni, ragazzi», disse Tyler. «E grazie per averci invitato. Credo che Marlee abbia bisogno di un altro drink».

«O di una sessione di baci dietro al garage», borbottò Ben. Non mi era sfuggito il modo in cui le labbra di lei si erano soffermate a un soffio da quelle del suo fidanzato.

«Benny!». Mimi svolazzò sulla spalla di Ben, i suoi riccioli scuri selvaggi. «Scusa, devo andare. Congratulazioni a voi due».

«Dove vai?» chiese Ben. Non me ne ero reso conto durante le foto, ma Mimi barcollava, con gli occhi sfocati.

«Serata tra ragazze! Te l'ho detto, Benny, ricordi?».

«Me lo ricordo. Sei sicura di voler uscire? Sembra che tu abbia già bevuto abbastanza».

Gli sorrise, ma il sorriso non le arrivò agli occhi. «L'ho promesso. E andrà tutto bene. Un bicchiere d'acqua per ogni drink».

Nemmeno quello l'avrebbe fatta smaltire la sbornia. «Stai attenta, okay? Hai un passaggio?».

«Sì...». Trattenne qualsiasi altra cosa stesse per dire. Lo faceva spesso davanti a me. Vorrei che riuscisse a pensarmi come il fidanzato di suo fratello e non come il suo capo, di diversi livelli superiore.

«Divertiti. E stai attenta». Ben la abbracciò, e lei si allontanò con passo incerto, con quei passi troppo cauti che ricordavo dai miei giorni da bevitore.

«Vuoi che…?».

«Sì, per favore». Si morse il labbro.

«Mateo!», abbaiai.

Sorprendentemente, fu al mio fianco in un attimo. «Sì, Lito?».

«Conosci la sorella di Ben, Mimi?».

Annuì, con un'espressione imperscrutabile sul viso.

«Tienila d'occhio, per favore. Da lontano. Assicurati che torni a casa sana e salva. E da sola».

«Ricevuto». Diede una pacca sulla schiena a Ben. «Congratulazioni, Benny. E terrò al sicuro tua sorella».

«Grazie». Abbracciò la spalla di mio cugino. Mateo si allontanò con quel suo passo felino.

«Soli, finalmente». Ben sospirò.

«Siamo a una festa con un centinaio dei nostri più cari amici e parenti, e ti aspettavi di essere solo?». Ma lo strinsi a me, senza curarmi di chi ci vedeva.

«Non proprio. Ma questa è la parte migliore dell'unire la mia festa di laurea con la nostra festa di fidanzamento».

«Quale?».

«Che posso fare questo». Si alzò sulle punte dei piedi e mi baciò, e lo lasciai entrare per far scivolare la sua lingua contro la mia. Ci furono fischi e tintinnii di bicchieri tutt'intorno a noi, ma non mi importava. Tutto ciò che mi importava era che quest'uomo, Ben, fosse mio da baciare. Che volesse baciare solo me per il resto della sua vita.

«Immagino che a una festa di laurea non ci si baci con la lingua?», mormorai contro le sue labbra.

«Non tanto quanto a una festa di fidanzamento». Scese sui talloni, assicurandosi di strofinarsi contro di me mentre scendeva.

Lo tenni stretto per nascondere il rigonfiamento nei miei

pantaloni eleganti. «Cos'altro possiamo permetterci a una festa di fidanzamento?», sussurrai, le mie labbra che sfioravano il padiglione del suo orecchio.

Rabbrividì. «Credo che una breve sparizione della coppia di fidanzati non sarebbe fuori luogo».

«Apri la strada, amore. Sono proprio dietro di te».

La nostra sparizione non fu così breve come avrebbe dovuto essere. Ma la festa andò avanti senza di noi. E più tardi, quando tornammo, con i vestiti stropicciati e le labbra gonfie di baci, tutti capirono. Tutti, cioè, quelli che sapevano cosa significasse aver incontrato l'amore della propria vita e non vedere l'ora di passare l'eternità con lui.

EPILOGO EXTRA
SAN VALENTINO

BEN

QUANDO SCATTÒ LA DOCCIA, tirai fuori la testa da sotto il cuscino e mi misi a sedere. Coco sollevò la testa dal mio stinco. Non poteva stare sul letto. Regole di Cooper.

Gli grattai tra le orecchie. «È ora di alzarsi, amico. Hai fame?»

Lui riappoggiò con un tonfo il mento sulla mia gamba. Cooper doveva avergli già dato da mangiare. Sosteneva che Coco fosse il mio cane, ma faceva almeno il cinquanta percento del lavoro, dal dargli la colazione al portarlo a correre.

A proposito, Cooper di solito preparava il caffè dopo il suo allenamento. Sarei scivolato di sotto per un paio di tazze e avrei cercato di tentarlo a tornare a letto per qualche coccola.

I pigri sabati mattina a letto con il mio fidanzato erano i miei preferiti. Avrei voluto passare l'intera giornata a letto con champagne, fragole ricoperte di cioccolato e lui — era il nostro primo San Valentino insieme, dopotutto — ma Cooper aveva comprato un tavolo per il gala della fondazione di Jackson.

Chi cazzo organizzava un fottuto gala il giorno di San Valentino? Solo quel guastafeste del cazzo di Jackson Jones.

Anche se un paio d'ore con Cooper Fallon in smoking al

braccio non era il modo peggiore di passare la serata. E più tardi, avrei potuto sfilargli lo smoking e fare di lui quello che volevo.

Ma prima, il caffè. Mi alzai e mi stiracchiai, poi trovai i miei boxer sul tappeto e li infilai. Coco saltò giù e si raggomitolò nella sua cuccia nell'angolo.

«Bravo cane. Meglio che Cooper non ti veda sul letto.»

La camera era fredda, e mi venne la pelle d'oca sulle braccia, così andai nell'armadio di Cooper a prendere una felpa. Non l'armadio di Cooper. Il nostro armadio. Anche se era grande quanto l'appartamento che avevo prima di trasferirmi da Mimi.

Cooper aveva un sacco di vestiti, per lo più abiti su misura, pantaloni scuri dal taglio sartoriale e una serie di camicie eleganti, ma li aveva ammassati e ne aveva designato metà per me. Tío José María mi mandava qualche splendido capo nuovo ogni mese e il mio lato iniziava a sembrare meno spoglio.

La vita era bella.

Con la felpa in mano, non riuscii a distogliere lo sguardo dal mobile al centro della cabina armadio.

In particolare, dal cassetto in alto.

Sbirciai fuori dalla porta, ma non c'era traccia di Cooper. La doccia scorreva ancora.

Tornai al mobile e aprii lentamente il primo cassetto. Era uno di quelli larghi e piatti, destinato a contenere gioielli. Cooper non portava molti gioielli — i suoi orologi avevano un ripiano tutto loro — ma accanto alla sua modesta collezione di gemelli c'erano due gioielli. Due anelli.

Le nostre fedi nuziali.

Le avevamo scelte durante un viaggio a New York per Capodanno. Quella di Cooper era una semplice fascia di platino, larga e piatta. Professionale. Sobria.

La mia era tutt'altro che sobria. Era di platino anche quella, ma aveva una fila di diamanti scintillanti incastonati al centro, per tutta la circonferenza. Quando le avevamo provate in negozio, ogni volta che muovevo la mano, mi spaventavo da solo per il lampo di luce riflessa.

L'adoravo.

Non la provai quel giorno, ma accarezzai entrambe le fedi nel loro nido di velluto.

Avevamo parlato di fissare una data, ma il programma di viaggio di Cooper era così massacrante che non avevo voluto insistere. Forse avrebbe avuto più senso andare in municipio un pomeriggio. Sarebbe stato in linea con la personalità di Cooper. Entri, lo fai. Senza troppe storie.

Ma ogni volta che ci pensavo, rabbrividivo.

Io volevo le storie. E anche il resto. Volevo il grande matrimonio con Mimi al mio fianco. E se Cooper voleva Jackson al suo fianco, per me andava bene. L'avrei guardato con aria di superiorità. Cooper era tutto mio, adesso.

Okay, forse ero un po' meschino.

Ma, dannazione, avevo il diritto di essere meschino il giorno del mio matrimonio.

Sentii il getto della doccia interrompersi, il mio segnale per smetterla di fantasticare sulle fedi. Con attenzione, richiusi il cassetto.

Mentre mi infilavo la felpa, qualcosa di inaspettato attirò la mia attenzione dal mio lato dell'armadio.

Con la felpa incastrata su un braccio, mi avvicinai furtivamente come se fosse una tigre addormentata.

Ma era solo uno smoking.

Sussultai. Non un semplice smoking. Uno smoking Tom Ford. Sarei sembrato un fottuto Daniel Craig.

Okay, forse sarei sembrato più Tom Holland mascherato da Daniel Craig, ma comunque. Feci scorrere un dito lungo il bavero di raso, liscio come la seta. Sarei riuscito a non sporcarlo di cibo al gala della fondazione? Forse sarebbe stato meglio non mangiare — o bere — nulla. Decisamente non mangiare. Avrei risucchiato le guance e sarei sembrato un attore sul tappeto rosso.

«Ti piace?»

Feci un salto di trenta centimetri alla voce di Cooper.

«Cazzo! Mi hai spaventato!» Mi misi una mano sul cuore galoppante e mi voltai di scatto verso di lui.

Il mio povero cuore non ebbe scampo. Cooper era appoggiato allo stipite della porta, con l'acqua che gli imperlava le punte dei capelli e gocciolava sul petto nudo. Le gocce si univano in piccoli fiumi che si facevano strada attraverso la foresta di peli biondo scuro del suo petto fino all'asciugamano bianco avvolto intorno ai fianchi.

Morto. Ero morto.

«Allora… ti piace?»

La bocca era troppo secca per parlare. Mi leccai le labbra, ma la voce mi uscì comunque roca e ansimante. «Mi piaci.»

Un lato della sua bocca si arricciò. «Intendevo lo smoking.»

«Oh.» Girai la testa per guardarlo, e fu allora che mi resi conto che avevo ancora la felpa mezza indossata, ammucchiata sul collo. Me la strappai dalla testa e la lasciai cadere sul pavimento. Non avevo più freddo. «È stupendo.»

«Tu sei stupendo.» Si avvicinò a me. «E sarai sbalorditivo in quello smoking stasera.»

«Sbalorditivo?» Una nebbia di lussuria mi turbinava nel cervello mentre si avvicinava, il mio sguardo puntato dove l'asciugamano gli stringeva i fianchi.

Piegò la testa e mi baciò, il suo alito sapeva di menta e la sua lingua scivolava lentamente contro la mia. Baciare Cooper era la cosa migliore. Mi baciava come faceva ogni cosa, con sicurezza, senza mai tirarsi indietro, come se avesse qualcosa da dimostrare. Ma sotto tutto c'era un accenno di esitazione, del sospetto di non meritarlo, di non doverlo fare. Mi aprii a lui, accogliendolo, mostrandogli che non volevo altro che lui. Mi aggrappai alle sue spalle per stare in equilibrio e inseguii le sue labbra quando si allontanò.

«Sbalorditivo» ripeté.

«Anche tu lo sei.» Feci scorrere lo sguardo dai suoi occhi blu alla sua mascella dura, ai deliziosi muscoli del petto e degli addominali, ai suoi fianchi stretti e al rigonfiamento in mezzo. Poi riportai lo sguardo sul suo viso. «Buon San Valentino.»

«Buon San Valentino. Vorrei che non dovessimo andare a questo gala stasera.»

«Oh, davvero?» Mi morsi il labbro. «Cosa preferiresti fare?»

Mi tracciò con un dito un percorso dalla guancia alla mascella. «Passare tutto il giorno a mostrarti quanto ti amo.»

Girai la testa per baciargli il palmo della mano. «Puoi farlo e andare comunque al gala. Prova A, quello splendido smoking. Prova B...»

C'era una panca dietro di me dove a volte ci sedevamo per metterci le scarpe. Vi sprofondai, il che mi portò all'altezza del rigonfiamento sotto il suo asciugamano. Bastò uno strattone secco e l'asciugamano cadde a terra. Il suo cazzo scattò in su, paonazzo ed eretto. E tutto mio.

«Salve, Prova B» dissi un attimo prima di leccargli la punta.

Lui gemette e si avvicinò, calciando via l'asciugamano.

Quel gemito impotente proveniente dal mio rigido dirigente, che mi cedeva il potere di compiacerlo, trasformò il mio desiderio in un falò. Affondai le dita nella sua natica muscolosa e lo presi in bocca fino a dove potevo. Con l'altra mano, gli cullai le palle come piaceva a lui, sfiorando con la punta delle dita il suo perineo.

Allargò la postura, ma non ne approfittai, non ancora. Lentamente, salii e scesi lungo la sua asta, tracciando con la lingua la vena sul lato inferiore. Il suo petto si sollevò e io esultai dentro di me. Il mio uomo stava perdendo il controllo.

Cazzo, anch'io. Gli tolsi una mano di dosso e palpai la mia erezione attraverso i boxer. Non ancora.

Girai la lingua intorno alla sua cappella e ricominciai, scavando le guance per dargli la pressione di cui aveva bisogno. Quando finalmente gli sfiorai il buco con la punta del dito, trattenne il respiro. Era vicino.

Ma invece di toccarmi la guancia come faceva di solito per segnalarlo, si tirò indietro.

«Letto» ringhiò.

Mi tirò su dalla panca e mi condusse fuori dalla cabina armadio, fino al nostro letto sfatto. Si sedette sul bordo e mi sfilò i boxer. Leccandosi le labbra, incrociò il suo sguardo con il mio, chiedendo silenziosamente il permesso.

«Aspetta» dissi. «Sdraiati.»

Un sorrisetto gli si disegnò all'angolo della bocca, ma obbedì, e io lo cavalcai al contrario, scivolando in avanti finché i miei fianchi furono sopra il suo viso e io guardai in basso il suo cazzo, ancora lucido della mia saliva.

«Okay?» chiesi.

Non rispose, mi inghiottì soltanto con il calore umido della sua bocca.

Scintille mi schizzarono lungo la schiena. «Okay, allora» dissi.

Leccai il suo cazzo fino alle palle, ancora fresche di bagnoschiuma dalla doccia. Le tracciai con la lingua mentre gli segavo il cazzo con la mano. Il piacere delle sue attenzioni al mio si avvolse in una spirale nella parte bassa della schiena.

Cercai di concentrarmi sul cazzo duro come la roccia di Cooper, sul modo in cui i suoi addominali si tendevano sotto di me, ma la mia vista si restrinse. Tutto quello che potei fare fu rimettergli la bocca addosso e tenermi forte, ondeggiando a scatti su e giù mentre l'estasi mi scioglieva le articolazioni e mi annebbiava il cervello.

Gli diedi un colpetto sul fianco per fargli sapere che non potevo più resistere. Lui spinse verso l'alto nella mia bocca e pulsò, il suo rilascio che mi schizzava in gola.

Grazie a Dio. Lasciai andare la mia tenue presa sul mio orgasmo e venni, tremando sopra di lui. A malapena notai quando mi spostò i fianchi di lato in modo che potessi sdraiarmi accanto a lui, con la testa appoggiata sulla sua coscia.

Molti minuti dopo, mi ritrovai sotto le coperte e Cooper rannicchiato dietro di me.

Avevo quello che volevo: una coccola del sabato mattina. Sospirai e lasciai che gli occhi si chiudessero.

Ma qualcosa mi solleticava in fondo al cervello. «Cooper?»

«Mh-mh?» Sembrava ubriaco di sesso quanto me.

«Ora che ho quello splendido smoking, forse dovremmo pensare a fissare una data. Per il nostro matrimonio.»

Sentii i suoi muscoli irrigidirsi intorno a me. «Dovremmo?»

Oh, cazzo. Mi scostai e mi girai per guardarlo. «Non vuoi?»

Mi prese la mascella nella sua grande mano e mi baciò, a bocca chiusa e dolcemente. «Certo che voglio. Ma...»

«Ma?» Le punte delle dita mi formicolavano e non sentivo più i piedi. Ma cosa?

«Speravo che potessimo sposarci in modo meno formale.»

Lo stomaco mi si strinse. Il municipio. Un frettoloso ufficiale di stato civile in uno fascia oraria di trenta minuti. Due testimoni. Niente smoking. Un bacio veloce e casto mentre ci affrettavano a uscire per far posto alla coppia successiva. Cercai di mantenere un tono di voce leggero. «Meno formale.»

Mi tracciò un dito tra i radi peli sul cuore. «Sull'isola. Con la mia famiglia lì. Potremmo far venire gli altri ospiti in aereo. La tua famiglia, i nostri amici qui. Ho parlato con Luis...»

«Davvero?» Sembrava molto meglio del tribunale. Aveva pianificato tutto?

Sorrise, teso e nervoso. «Sì. Non può darci un blocco di camere fino a novembre. Andrebbe bene?»

«Novembre? Sono solo nove mesi. Non so se...»

«Non preoccuparti.» Mi scostò un ricciolo dalla fronte. «Luis ha una wedding planner che si occuperà di tutto.»

«Non di tutto.» Misi il broncio. «Voglio organizzarlo io.»

«Certo.» Mi fece scorrere la mano dalla spalla lungo il braccio e intrecciò le sue dita con le mie. «Tutto quello che vuoi.»

Il calore mi riempì il petto. «Tutto?»

«Tutto.»

«Camicie coordinate con stampa di iguana?» chiesi con un sorriso scherzoso.

Le sue sopracciglia si aggrottarono per un secondo, ma poi la sua fronte si spianò. «Tutto quello che vuoi. Finché finirò per sposarti.»

Mi avvicinai e affondai il viso nell'incavo del suo collo. Non diceva sempre la cosa giusta, ma questa volta sì. «Ti amo.»

Le sue braccia mi avvolsero la schiena, stringendomi a sé. «Ti amo anch'io.»

Lo inspirai. Non avevamo bisogno degli anelli o del matrimonio. Lui era il mio uomo, e io il suo. Sentivo il nostro legame ogni volta che eravamo insieme, nel suo tocco gentile e nello stupore nella sua voce che mi diceva che non credeva ancora di essere stato così fortunato da trovare qualcuno — me — che lo amasse a sua volta.

Non che non litigassimo a volte. Era pur sempre Cooper Fallon dal carattere irascibile. Ma mi amava anche durante le tempeste. E io dovevo rischiare un'altra volta per parlargli.

Mi scostai finché non potei vedere il suo viso, rilassato e sereno. «Allora, a proposito del gala…»

«Hai deciso che non dobbiamo andarci?» Con un movimento potente, mi spinse sulla schiena e si mise in plank sopra di me. I suoi bicipiti leccabili si gonfiarono accanto alle mie spalle. Il suo cazzo che si induriva si annidò contro il mio.

«Calmati.» Risi. «Dobbiamo andarci. Non solo è la fondazione di Jackson, ma questa è la creatura di Mimi. Mi ucciderebbe se non ci presentassimo. Ma, uhm…» Cazzo, come potevo dirgli qualcosa a cui non voleva assolutamente pensare?

Mi baciò e rotolò di lato, portandosi via il suo calore. Lo seguii, rannicchiandomi contro le sue costole e appoggiando la testa sul suo petto. Sarebbe stato più facile per entrambi se non avessi guardato il suo viso.

«Conosci Mimi e Mateo?»

«Di cosa stai parlando? Certo che conosco tua sorella e mio cugino.»

«Voglio dire…» Feci scorrere un dito tra i peli ispidi del suo petto. «Si stanno tipo… frequentando. O si frequentavano.»

«Mmh.»

La relazione di Cooper con suo cugino era… complicata. Ma non importava cosa dicesse lei, Mimi ne aveva bisogno.

«Hanno bisogno di una spintarella.»

«Una spintarella? Non mi piace come suona.»

«Sono perfetti l'uno per l'altra.»

«Perfetti? Litigano come Coco e quel maltese psicopatico in fondo alla strada.»

«Litigano perché si amano.»

Lui sbuffò. «Te l'ha detto Mimi?»

«Non esattamente.» Non c'era bisogno di condividere quello che aveva detto di suo cugino. Non lo pensava davvero. O almeno, non credevo lo pensasse.

«Allora… una spintarella?» Cooper mi passò una mano sulla schiena.

«Dovresti parlare con Mateo. Chiedigli di venire al gala stasera e di parlare con lei.»

«Sai che sono duemila dollari a piatto.»

«I soldi vanno alla fondazione di Jackson. E la felicità di Mateo non vale duemila dollari per te?»

Quando lui fece spallucce, gli pizzicai il pettorale.

«Ahi!» Mi tirò su in modo da guardarmi negli occhi. «Non voglio parlare di mio cugino adesso. La tua felicità li vale. E se ti rende felice, lo faccio.»

«Mi rende felice.» Gli baciai le labbra. «Grazie.»

Il collare di Coco tintinnò, e poi sentii un movimento sul letto quando saltò su. Mi annusò i capelli, poi sospirò rannicchiandosi accanto a Cooper.

«Il tuo cane è di nuovo sul letto» disse, attorcigliando le dita nei miei ricci.

«Tu ami il mio cane» mormorai.

«Io amo te. Il tuo cane…»

Coco appoggiò la testa sul petto di Cooper e mi leccò il naso.

Cooper lo grattò tra le orecchie. «Immagino di amare anche lui.»

———

Grazie mille per aver letto *Comandami!* Per favore, considera di pubblicare una recensione sul tuo rivenditore preferito, BookBub o Goodreads. Le recensioni aiutano altri lettori a trovare nuovi autori come me.

La spintarella di Ben funzionerà con Mimi e Mateo? Il prossimo libro della serie, *Ricordami*, è una commedia romantica su un finto appuntamento e opposti che si attraggono, con un divertente tocco sul cliché dell'amnesia. I protagonisti sono un contabile rigido e un bel fusto che perde la testa per lei. Può essere letto come autoconclusivo ed è il quinto libro della serie Synergy. Continua a leggere per un'anteprima.

RICORDAMI, SYNERGY LIBRO 5
CAPITOLO 1

MIMI

AVEVO DIMENTICATO TUTTO. Tranne i suoi begli occhi.

Azzurri e rotondi, anche se la tequila aveva offuscato i dettagli. Non riuscivo a ricordare la sfumatura esatta o se avessero delle pagliuzze. Solo azzurri. E gli occhiali. Occhiali alla Clark Kent. La lampada a sospensione sopra le nostre teste si rifletteva sulle lenti.

La forma e il colore della montatura erano sfocati nel mio ricordo, ma ero certa al novantadue per cento che non fossero tondi e di metallo come quelli di Byron. Persino ubriaca com'ero, sarei scappata a gambe levate.

Per quanto tempo avevo fissato i suoi occhi mentre eravamo seduti in quel bar di Divisadero Street? Erano sembrate ore, ma la tequila. Tanta tequila.

Un lampo di memoria: occhi azzurri che si increspavano per la preoccupazione e una mano grande che mi afferrava il braccio per tenermi dritta sullo sgabello. E un altro lampo, anche se questo mi sfuggì, appena fuori portata. Il suo sguardo che mi bruciava, serio e intenso. Qualcosa premuto nella mia mano.

Guardai il palmo della mia mano come se quell'oggetto fosse ancora lì. Ma non c'era nulla tranne un brutto anello di plastica, il finto diamante luminoso grande come una noce. Quando lo toccai, lampeggiò debolmente di un rosa neon. Come damigella d'onore di Bree, avevo imposto la regola: niente cianfrusaglie volgari al suo addio al nubilato. Ma un'altra delle amiche di Bree aveva portato un sacco pieno di robaccia di plastica. E dopo un paio di shottini di tequila, delle regole non mi importava più. Sfilai l'anello dal dito e lo lasciai cadere sul bancone.

Maledetti postumi. Mi massaggiai la tempia, ma non servì a nulla per alleviare la morsa attorno al cervello.

Sebbene non ricordassi molto del suo aspetto, ricordavo come l'uomo misterioso di ieri sera mi aveva fatta sentire. Interessante. Accudita. Al sicuro. E avevo riso così tanto che i miei addominali erano ancora un po' indolenziti.

In realtà, poteva essere a causa del vomito.

La vibrazione del mio telefono contro il bancone della cucina scatenò un nuovo dolore da qualche parte vicino ai molari.

Ci tirai via da sopra la fascia fucsia da quattro soldi — la scritta diceva "Un casino sexy", e non si era forse rivelato vero? — e la gettai da parte. Recuperai il telefono dal bancone e strizzai un occhio per guardare il display. Bree. Pressionai il tasto di risposta.

«Perché sei già sveglia?»

Lei gemette, e la sua voce uscì roca. «Ho dovuto abbracciare la tazza. Hai bevuto quanto me. Come stai?»

«Uguale.» E il mio alito? Non potevo presentarmi alla mia riunione puzzando di tequila rigurgitata. Misi una mano a coppa sulla bocca, espirai e annusai. Fresco di menta. Inserii una cialda nella macchinetta del caffè e premetti il pulsante di erogazione.

«Mimi,» si lamentò la mia migliore amica, «non era più facile quando avevamo vent'anni?»

«La parte del bere o quella dei postumi?»

«Entrambe. Ricordo che uscivamo il sabato sera e poi bevevamo mimose al brunch della domenica. Ora il solo pensiero dello champagne — o del succo d'arancia — mi fa venire da vomitare.»

«Immagino che molte cose siano diverse ora che abbiamo superato i trenta.» Come la strana irritazione intorno alla bocca che avevo dovuto coprire con uno strato extra di fondotinta. Quella che assomigliava sospettosamente a un'irritazione da barba, anche se non ricordavo *assolutamente* di aver baciato qualcuno. «Ehi, ti ricordi molto di ieri sera?»

«Ugh, non proprio. Specialmente dopo il terzo giro di shottini di tequila.»

Terzo giro? Sforzai la mia memoria pigra, ma era un ricordo confuso della testa di Bree gettata all'indietro in una risata, delle risatine delle altre ragazze e di quegli occhiali che incorniciavano un paio di scintillanti occhi azzurri.

La luce della macchinetta del caffè si spense, e presi la mia tazza. Il suo odore amaro mi fece contrarre lo stomaco. La rimisi sul bancone. «Ti sei divertita?»

«Sì. Grazie per essere venuta. So che eri molto impegnata con la festa di fidanzamento di tuo fratello ieri.»

«Non mi sarei persa il tuo addio al nubilato per niente al mondo. Siamo amiche da troppo tempo per una cosa del genere.» Eravamo migliori amiche da quando ci eravamo incontrate al cinema a vedere *Gli Incredibili*. Entrambe le nostre famiglie si erano rifiutate di guardarlo con noi. Per me era la terza volta, per lei la quinta. Avevamo legato per quanto ci identificavamo in Violetta, anche se allora non sapevamo come esprimerlo. Man mano che la nostra amicizia si approfondiva, eravamo state ossessionate da Spider-Man, dal Superman di Henry Cavill e da tutti gli Avengers.

Quindi, anche se di solito non perdevo tempo alle feste, avevo riorganizzato tutto il mio fine settimana per farci stare sia la festa di Ben che la sua, lavorando fino a tardi il venerdì sera per finire la mia presentazione.

«Grazie a Dio abbiamo un giorno per riprenderci prima di dover tornare al lavoro,» disse lei.

Mugugnai e tirai fuori la mia presentazione dalla borsa, solo per controllarla un'ultima volta. I diagrammi a torta impeccabili, i grafici a linee che mostravano le mie proiezioni. Non c'era nulla di cui la perfetta Larissa potesse lamentarsi, e avremmo sbalordito il suo capo, Jackson Jones. Che, guarda caso, era anche un dirigente della Synergy, l'azienda dove lavoravo.

«Oh, no,» disse Bree. «Quello non è un *mmm* da 'adesso-me-ne-torno-a-letto'. Quello è un *mmm* da 'ora-mi-faccio-una-corsa-di-quindici-chilometri'.»

Ridacchiai. «Sai che odio correre. In realtà, oggi devo lavorare.»

«Di domenica?»

«È per la fondazione. Abbiamo una riunione-brunch nel Mission tra mezz'ora, e presenterò il budget del prossimo anno a Jackson Jones.»

«Aspetta, non ti pagano *neanche* per questo?»

«No.» Anche se un giorno, se avessi copiato mio fratello minore e trasformato la mia passione in un lavoro retribuito, avrei potuto avere un giorno libero ogni tanto. «La hustle culture, sai com'è.»

«Ugh, non raccontarmi queste stronzate. Sei una grande. Lo fai per… per i ragazzi.»

Sapevo che era stata sul punto di dire *per me*. Era vero che avevo iniziato a fare volontariato per la fondazione per la mia migliore amica. Per quella volta che avevo sentito quello stronzo, Anthony Anker, chiamarla Barbie sbattipalpebre il nostro primo giorno di seconda media. Avrei voluto affrontarlo a muso duro, provare il pugno che mio fratello mi aveva insegnato l'estate prima, assicurarmi *assolutamente* che Anthony non prendesse mai più in giro il tic della mia amica, ma Bree mi aveva fermata, dicendomi che non valeva la pena beccarsi una punizione per lui. Ma tutti questi anni dopo, avevo continuato il mio lavoro di volontariato perché amavo veramente il lavoro che la fondazione faceva per i ragazzi con la sindrome di Tourette. Ragazzi come era stata Bree.

Avevo appena aperto bocca per smorzare la tensione con una battuta quando lei disse: «Hai pensato a quello di cui abbiamo parlato ieri sera?»

Fissando il mio poster di Doctor Strange, cercai nella memoria un ricordo che non fosse tequila e urla di risate e balli. Balli? «Dovrai rinfrescarmi la memoria.»

«Non ti ricordi?» Merda, sembrava ferita. «Abbiamo parlato di come sei l'ultima single del nostro gruppo di amici. Hai promesso di provare a…»

«Ne dubito.» Feci ruotare la tazza sul bancone finché il manico non fu a un angolo preciso di 45 gradi. «Sai quanto sono concentrata sulla mia carriera ora. E sulla fondazione. Non ho tempo per le distrazioni.»

«Una distrazione come Byron, vuoi dire? Quel tipo era uno stronzo galattico. Ci sono un sacco di bravi ragazzi là fuori, Mimi. Ragazzi che ti aiuteranno e non ti ruberanno la promozione.»

«Non ho bisogno di aiuto. Posso farcela da sola.» Le parole uscirono più taglienti di quanto intendessi.

«Lo so, lo so. Ti bastano intelligenza, determinazione…»

«E fiducia in sé stessi,» finimmo insieme. Mia madre aveva ripetuto quelle parole circa un milione di volte.

«Tua madre si è sposata,» disse Bree.

«È il miglior avvocato ambientalista dello stato. Non mi paragonerei mai a lei. E solo perché a te manca una settimana per dire 'Lo voglio' non significa che sia la cosa giusta per tutti. Io voglio prima affermarmi nella mia carriera.»

«E soddisfare quel prurito con delle avventure di una notte?»

Alzai il mento anche se non poteva vedermi. «Non c'è niente di sbagliato nelle mie avventure senza impegno. Ottengo tutti i benefici, e nessuna discussione su a quale evento di lavoro dobbiamo andare e dove passare le vacanze.»

«È piuttosto bello avere qualcuno con cui passare le vacanze, sai.»

Mi appoggiai con un'anca al bancone. Non mi era sfuggito il modo in cui gli occhi di mamma si erano inteneriti quando mio fratello si era presentato alla sua festa di Hanukkah con il suo fidanzato. Indossavano maglioni brutti di Hanukkah abbinati. Persino il mio cuore freddo e nero si era sciolto un po' vedendo quanto fossero adorabili insieme.

Io? Non potevo certo chiedere a una delle mie avventure di venire alla festa dei miei genitori dopo essere sgattaiolata fuori dal suo appartamento prima dell'alba e aver smesso di rispondere ai suoi messaggi.

«Cosa, vuoi che mi presenti al tuo matrimonio con un accompagnatore?»

«No!» La sua risata fu acuta e forzata. «Abbiamo già dato il numero finale al catering. Ma stai sviando il discorso. Persino Ben...»

Il citofono suonò, salvandomi dal discorso della mia migliore amica su come persino mio fratello minore avesse finalmente trovato l'amore duraturo. Aveva ragione sul fatto che si stessero tutti accoppiando. Non passava settimana senza che arrivasse un invito a un matrimonio o a un addio al nubilato o a una festa di fidanzamento. Se qualcuno mi avesse mandato un annuncio di nascita, avrei vomitato. Di nuovo.

«Scusa, Bree. C'è qualcuno alla porta.» Probabilmente era Ben che passava a controllarmi. Anche se l'ultima volta che l'avevo visto alla sua festa di fidanzamento ieri pomeriggio, era piuttosto brillo anche lui.

«In bocca al lupo per la tua grande presentazione. So che spaccherai. Chiamami dopo?» Fece il rumore di un bacio prima che staccassi.

Camminai fino al citofono. Era proprio da Ben portarmi un sacchetto di dolci per la colazione per assorbire l'alcol. Il mio stomaco gorgogliò.

«Ehi,» dissi nel microfono mentre gli aprivo.

Aprii la porta di uno spiraglio e tornai verso la cucina per infilare la presentazione nella borsa. Poi mi bloccai. Ben aveva ancora una chiave. Perché avrebbe dovuto usare il citofono?

Quando mi voltai di scatto, la risposta riempiva la mia porta. Un metro e ottanta e passa di pelle abbronzata, capelli biondi, una mascella rasata che avrebbe potuto tagliare il vetro e occhi del colore dell'Oceano Pacifico in una rara giornata di sole. L'amico di Ben, e cugino del suo fidanzato, Mateo. Fissai la sua spalla arrotondata dai muscoli, dove la sua maglietta nera troppo stretta gli aderiva. Guardarlo in faccia era come fissare il sole. Accecante e magnifico. Troppo bello per essere vero. E oggi non avevo bisogno di una distrazione che avesse le sembianze di un sosia di Thor tutto flirt.

«Buongiorno, bella,» disse, entrando nel mio appartamento.

Arricciai il naso al debole odore di fumo di sigaretta che entrò con lui. Conoscevo Mateo da abbastanza tempo da non sentire alcun fremito allo stomaco. Chiunque nel suo mondo — maschio, femmina, vecchio, giovane — si beccava un soprannome civettuolo. Era un dongiovanni imparziale, e non significava nulla.

Esempio lampante: alla festa di Ben, ieri, aveva chiacchierato con Marlee, la migliore amica di lavoro di Ben. Era la donna più bella che avessi mai incontrato, tutta capelli lisci color miele e senso della moda. Ma era impegnata, e Mateo lo sapeva. Eppure, l'avevo sorpreso a guardarmi sopra la sua testa un paio di volte. Come se volesse che notassi che Marlee era il tipo di persona con cui passava il tempo. Mai qualcuno come me. Con me, era silenzioso e distaccato.

A dire il vero, perché era venuto qui stamattina? Non era mai stato a casa mia, nemmeno con Ben.

«Perché sei qui?» Incrociai le braccia. «A corto di modelle di costumi da bagno da sedurre?»

Il suo sorriso scintillante si afflosciò. Sembrava... ferito? «Sono venuto a controllarti. Ti senti bene stamattina?»

«Bene,» dissi. «Anche se in realtà sono un po'... aspetta. Cosa sai di ieri sera?»

Le sue sopracciglia biondo scuro si aggrottarono. «Non ti ricordi?»

Ripensai a ieri. Ero già brilla quando ero scappata dalla festa di fidanzamento di Ben per unirmi all'addio al nubilato di Bree già iniziato. Ben se n'era accorto e aveva mandato Mateo a sorvegliarmi? Era il tipo di cosa che avrebbe fatto mio fratello minore.

Non ricordavo di aver visto Mateo al primo bar. O al secondo. Ricordavo il separé, il tavolo rotondo coperto di bicchierini da shot, Bree che rideva sguaiatamente, diademi di plastica scintillanti, luci natalizie che lampeggiavano intorno alla finestra, e la stanza che girava intorno a me mentre i drink continuavano ad arrivare.

«No. Perché? C'eri?»

Gli angoli della sua bocca si piegarono all'ingiù. «Non ti ricordi?»

«Dovrei?» Avrei sicuramente ricordato se fosse stato al bar. Le amiche di Bree lo avrebbero reso il re della loro corte. Lo avrebbero adulato, toccato, flirtato con lui in un modo che mi faceva venire il prurito. Non conoscevano Mateo come lo conoscevo io. Poteva essere bello come un modello di fitness, ma era profondo come una pozzanghera.

Sembrò sgonfiarsi. Poi si appiccicò in faccia un'ombra del suo solito sorriso beffardo e mi porse un sacchetto bianco da pasticceria. «Ti ho portato la colazione.»

Il mio stomaco si rivoltò. «No, grazie. Postumi. Ho bisogno di caffè.»

«No.» Mi superò. «Hai bisogno di carboidrati. Zuccheri. Hai del tè allo zenzero?»

Mi affrettai a raggiungerlo, ma le sue spalle larghe e la puzza di sigarette riempirono tutto il mio cucinino. La gola mi bruciava. Non avevo tempo per un'altra visita al bagno. Sventolai la mano davanti al viso. «Scusa, ma puzzi di fumo, e» — deglutii — «temo che il mio stomaco non sia abbastanza forte per sopportarlo. Grazie per essere passato, ma...»

Il suo viso impallidì, ma posò il sacchetto sul bancone prima di spalancare la finestra della cucina. Uh. Pensavo fosse bloccata dalla vernice.

«Meglio ora?» Rimase accanto ad essa per un momento, come se potesse far prendere aria a se stesso.

Feci un respiro profondo dell'aria fredda e fresca. «Meglio. Grazie.»

«Ora, per il tuo stomaco.» Aprì un pensile. «Ti serve qualcosa con lo zenzero. O fico d'India?»

Fico d'India? «No. Vivo nel mondo reale dove beviamo caffè quando abbiamo i postumi. Grazie per essere venuto, ma devo prepararmi.»

«Prepararti?» Chiuse il pensile e si voltò verso di me. «Sei perfetta.»

«Grazie.» Le parole uscirono piatte, automatiche. Diceva quel genere di cazzate a chiunque. Con il mio maglione nero oversize e i jeans, non ero neanche lontanamente perfetta, non in confronto a un semidio come Mateo. Ovviamente, manteneva il suo fisico con allenamenti quotidiani. Era il tipo di ragazzo che berrebbe frullati di cavolo riccio con la sua partner altrettanto sexy, modella di biancheria intima. Che parlava di integratori e ripetizioni e del maledetto fico d'India.

Non che ci fosse qualcosa di sbagliato in questo. Era solo diverso. Io preferivo allenare il cervello con i fogli di calcolo, alimentata da un sacchetto di patatine al sale e aceto. Passo e chiudo per il cavolo riccio.

«Devo andare. A una riunione. Mangerò lì.» Mi insinuai oltre di lui in cucina per cacciarlo fuori.

«Sì, la tua riunione con Larissa e Jackson. Non dovresti prima mangiare?»

«La mia… la mia cosa? Come fai a saperlo?»

Guardò il sacchetto e borbottò qualcosa.

Giusto. Ben doveva averlo menzionato alla festa ieri. Un paio di drink e non c'erano più segreti. Non che la mia riunione per la fondazione fosse un segreto, ma di certo non era affare di Mateo.

«Ok, bella chiacchierata, ma sono sicura che hai dei muscoli da scolpire.» Non ne aveva bisogno. Erano assolutamente perfetti, ma il suo ego non aveva bisogno di essere accarezzato da me. «E io devo andare.»

«Affronterai meglio le stronzate di Larissa se non ti presenti nervosa per la fame. Prova questi. Sono deliziosi.» Allungò la mano per prendere il sacchetto della pasticceria, ma quando il suo braccio sfiorò il mio, ebbe un sussulto. Il sacchetto urtò la mia tazza di caffè e la rovesciò. Un liquido marrone scuro si riversò sul bancone, dritto verso i miei documenti.

«No!» Mi fiondai per raccoglierli, ma il corpo solido di Mateo mi bloccò la strada. Il caffè inzuppò i fogli, sciogliendo i miei perfetti diagrammi a torta e imbrattando i miei splendidi grafici a linee. «Merda, Mateo. Quella è la mia presentazione per» — controllai l'orologio sul muro — «la mia riunione che inizia tra quindici minuti!»

«Puoi stamparne di nuovi?» Afferrò lo strofinaccio da cucina e tamponò i fogli, ma l'unica cosa che ottenne fu trasferire la macchia sul mio immacolato strofinaccio ecrù. Il panico mi serrò la gola.

«No! Smettila.» Quando gli afferrai il braccio, trasalì. La carta bagnata si strappò.

Anche se avessi potuto magicamente asciugare la carta in quindici minuti, un diagramma a torta tenuto insieme con lo scotch non avrebbe impressionato nessuno. La mia presentazione, e la mia possibilità di impressionare Jackson Jones, era rovinata.

«Io... mi dispiace, Miriam.»

Il mio corpo si surriscaldò e la rabbia esplose. «Maledizione, Mateo. Sarò in ritardo, e ora non ho una presentazione. Togliti di mezzo.» Gettai i fogli nella spazzatura. Non avevo tempo di andare in ufficio e ristamparli. Avrei dovuto mostrarli sullo schermo. Tranne che...

Con orrore crescente, guardai il caffè. Aveva raggiunto la mia borsa. Con dentro il mio portatile. Quando lo tirai fuori, il caffè gocciolava dall'angolo.

«Merda!» Strappai lo strofinaccio rovinato a Mateo e tamponai il bordo. *Ti prego, ti prego, ti prego, accenditi.* Appoggiai il portatile su una parte asciutta del bancone, lo aprii e premetti il pulsante di accensione. Si accesero alcuni pixel, poi lo schermo divenne nero.

Schiacciai il pulsante di accensione, e questa volta non accadde assolutamente nulla. «Porca puttana!»

Il suo viso era più pallido del mio strofinaccio. «Posso fare qualcosa?»

Digrignai i molari. «Vattene. Fuori.»

«Io… posso chiedere a Lito… cioè a Cooper… di prenderti un nuovo portatile…»

«No!» Poteva essere il cugino preferito di Mateo, Miguelito, ma per me era Cooper Fallon, il capo del capo del mio capo. Assolutamente no, non poteva scoprire che avevo rovinato il mio portatile della Synergy. Il suo caratteraccio era leggendario, e nemmeno la sua futura cognata sarebbe stata al sicuro da una delle sue famigerate sfuriate. «Vattene e basta.»

«Ma io…»

«Vattene!» Indicai la porta.

Si rannicchiò su se stesso e si allontanò strascicando i piedi. La porta del mio appartamento si chiuse con un clic mentre infilavo il mio portatile defunto nella borsa fradicia.

Disperata, guardai di nuovo l'orologio. Sarei stata decisamente in ritardo. Né Larissa né Jackson Jones ne sarebbero stati impressionati. E domani, avrei dovuto chiedere al mio capo un nuovo portatile.

Grazie, Mateo.

———

Ricordami è disponibile in edizione tascabile presso il tuo rivenditore preferito.

L'AUTRICE

A Michelle McCraw piace leggere romanzi d'amore e lavorare nel settore tecnologico. Un giorno, ha deciso di combinare i suoi due interessi, e ora scrive romance contemporaneo piccante e nerd che potrebbe farti ridere. I suoi libri presentano personaggi che amano senza vergogna la scienza, l'ingegneria e la tecnologia.

Autrice americana e texana di nascita, Michelle ha spalato neve durante le tempeste in New England ed è passata a uno spazzaneve nel Midwest. Ora vive in Georgia, dove NON le manca affatto la neve. Ama leggere, viaggiare, bere bourbon e viziare il suo cane straordinariamente maleducato ma adorabile. È stata finalista nel RWA Vivian Contest, nel Contemporary Romance Writers' Stiletto Contest e nel Windy City Romance Writers' Four Seasons Contest.

facebook.com/MichelleMcCrawAuthor

instagram.com/MMOWriter

amazon.com/author/michellemccraw

goodreads.com/MichelleMcCraw

bookbub.com/authors/michelle-mccraw

LIBRI DI MICHELLE MCCRAW

Synergy Series

Lavora con Me

Fingi con Me

Viaggia con Me

Comandami

Ricordami

Tentami

40 and Fabulous

Fashion and Passion

Frenemies and Lovers

Books and Hookups

Conspiracies and Chemistry

Advances and Retreats

Marriage and Trouble

Sugar and Spice